La Novia del Dragón

JO BEVERLEY

LA NOVIA DEL DRAGÓN

Titania Editores

ARGENTINA - CHILE - COLOMBIA - ESPAÑA
ESTADOS UNIDOS - MÉXICO - URUGUAY - VENEZUELA

Título original: *The Dragon's Bride*
Editor original: Signet
Traducción de Claudia Viñas Donoso

Aribau, 142, pral. - 08036 Barcelona
www.titania.org
atencion@titania.org

ISBN: 978-84-96711-26-6
Depósito legal: B-49.137-2007

Fotocomposición: Ediciones Urano, S.A.
Impreso por Romanyà Valls, S.A. - Verdaguer, 1 - 08786 Capellades (Barcelona)

Impreso en España - *Printed in Spain*

Dedico esta novela a Melinda Helfer, crítica del *Romantic Times*, que por desgracia falleció en 2000. Melinda era una fiel amiga de la novela romántica, y apoyaba especialmente a las escritoras novatas. Cuando publiqué mi primera novela en 1988, escribió en su reseña: «El cielo es el límite para este extraordinario talento». Este comentario me sorprendió y me conmovió tanto que lloré, y también me estimuló para intentar llegar a esas alturas.

Para ti, Melinda

Capítulo 1

Costa sur de Inglaterra
Mayo de 1816

De tanto en tanto en el cielo asomaban brevemente unos trocitos de luna por entre las nubes llevadas por el viento, pero ese hilillo de luz no causaba ningún daño, pues prácticamente no iluminaba a los hombres que bajaban sigilosos por la abrupta pendiente del acantilado en dirección a la playa ni al jefe de los contrabandistas que controlaba la operación desde arriba.

Y no iluminaba en absoluto la imponente casa señorial que dominaba los acantilados de esa parte de Devon, Crag Wyvern,* sede del conde de Wyvern, afortunadamente ausente.

Tan ausente como el policía montado encargado de prevenir el contrabando en esa zona. Ciertos sonidos de animales, el ululato de un búho, el chillido de una gaviota, el aullido de un zorro, provenientes de diferentes partes del accidentado terreno costero, informaban constantemente de que no había señales de peligro.

En el mar, una breve señal luminosa anunció la llegada del barco contrabandista. En lo alto del acantilado, al pie de un rocoso pro-

* Crag Wyvern: Risco Wyvern. *(N. de la T.)*

montorio no muy elevado, el jefe de los contrabandistas, el llamado capitán Drake, abrió un lado de su linterna haciendo la señal luminosa que significaba «todo despejado».

Todo despejado para desembarcar coñac, gin, té y encajes. Exquisiteces para los ingleses que no estaban dispuestos a pagar las exorbitantes tasas de importación; beneficio para los contrabandistas, pues el té que estaba a seis peniques la libra fuera del país, se vendía en Inglaterra a veinte veces ese precio si se pagaban todos los aranceles aduaneros.

Abajo, en el pueblo de pescadores cercano, Dragon's Cove,* los hombres echaron sus barcas al mar y emprendieron la rápida carrera a descargar el barco.

El «capitán Drake» cogió su catalejo para observar el Canal por si se veían otras luces, que indicarían la presencia de otros veleros. Ya terminada la guerra contra Napoleón, los barcos de la armada patrullaban la costa, mejor equipados y tripulados que lo que habían estado nunca los barcos de los oficiales de Aduanas. No hacía mucho, un cúter de la armada había interceptado la última e importante operación, incautándose de toda la carga y tomando prisioneros a veinte hombres de la localidad, entre ellos, al anterior capitán Drake.

En ese momento llegó sigilosa una persona por detrás de aquél y se sentó a su lado. Estaba toda vestida de negro, igual que él, con la cabeza y la parte superior de la cara cubiertas por una capucha, y el resto de la cara teñida con hollín para disimular el color blanco de la piel.

El capitán Drake miró hacia ese lado.

—¿Qué haces aquí? —preguntó en voz baja.

—Estás falto de personal —fue la respuesta, también en un susurro.

—Tenemos bastantes hombres. Vuelve a Crag Wyvern y ocúpate de los almacenes del sótano.

—No.

* Dragon's Cove: Cala del Dragón. *(N. de la T.)*

—Susan...

—No, David. Maisie es muy capaz de organizarlo todo desde el interior de la casa, y Diddy está encargada de la vigilancia. Yo necesito estar aquí.

Susan Kerslake hablaba muy en serio. Esa operación tenía que ser un éxito, si no, sólo el cielo sabía qué sería de todos ellos, por lo tanto necesitaba estar ahí con su hermano menor, aunque eso fuera lo único que pudiera hacer.

Durante muchísimos años, generación tras generación, esa zona había prosperado gracias principalmente al contrabando, dirigido por una serie de fuertes y capaces capitanes Drake, todos de la familia Clyst. Pero habiendo sido capturado el anterior capitán Drake, Mel Clyst, y luego juzgado y deportado a Botany Bay, en Australia, la situación amenazaba con convertirse en un caos; otros grupos más rudos estaban intentando intervenir en ese comercio.

La única persona que estaba en posición indiscutible para ser el nuevo capitán Drake era su hermano. Aunque los dos llevaban el apellido de su madre, Kerslake, eran hijos de Mel Clyst, y todos lo sabían. A David le correspondía tomar el mando del grupo llamado la Horda del Dragón para que reportara beneficios, si no, esa zona se convertiría en un campo de batalla.

David había tenido que asumir ese papel, y ella lo había alentado a hacerlo, pero temblaba de miedo por él. Al fin y al cabo era su hermano pequeño, y aunque ya era un hombre de veinticuatro años, no podía dejar de sentir el impulso de protegerlo.

El barco de velas negras sobre el mar negro era apenas visible, pero volvió a relampaguear una luz, tan rápida como una estrella fugaz, para anunciar que habían echado el ancla. No había señales que indicaran que hubiera otros veleros por allí, pero la misma oscuridad que protegía a los contrabandistas también protegería a un barco de la armada.

Susan sabía que el capitán De Root del *Anna Kasterlee* era un contrabandista experimentado. Llevaba más de diez años trabajando con la Horda y hasta el momento jamás había cometido un error. Pero el contrabando es un asunto arriesgado, dudoso. La captura de Mel Clyst así lo demostraba, y ella tenía todos los sentidos alertas.

Por fin su esfuerzo se vio recompensado y vio aparecer las barcas acercándose a la playa, cargadas con fardos y botas de licor. Distinguió el movimiento en la pendiente del acantilado, un movimiento ondulante, parecido al de las olas; eran los hombres del pueblo bajando a toda prisa a descargar las pequeñas barcas.

Subirían las mercancías acarreándolas en bateas y caballos percherones por el acantilado hasta los escondites de las rocas. Los hombres llevarían una parte a la espalda hasta lugares seguros, desde donde se haría llegar a los intermediarios, que enviarían el cargamento a Bath, Londres y otras ciudades. Para ellos eso equivalía al salario de una semana por el trabajo de una noche, y un poco de tabaco y té para llevar a casa. Muchos habrían logrado reunir una o dos monedas para invertir en los beneficios.

Para invertir en el capitán Drake.

Como siempre, parte de la mercancía se escondería en los cuartos de almacenaje del sótano de Crag Wyvern. Ningún policía u oficial encargado de prevenir el contrabando intentaría nunca registrar la casa del conde de Wyvern, aun cuando el conde loco hubiera muerto y su sucesor todavía no llegara a tomar posesión.

Su sucesor.

Ella era el ama de llaves temporal en Crag Wyvern, pero tan pronto como el nuevo conde anunciara su llegada se marcharía de ahí. Se alejaría totalmente; no tenía la menor intención de volver a encontrarse con Con Somerford.

El hombre más bueno y encantador que había conocido en su vida, el amigo más fiel.

La persona a la que ella había herido de la manera más cruel.

Once años atrás.

Sólo tenía quince años entonces, pero eso no era ninguna disculpa. Él también tenía quince años, y ninguna defensa. Pero durante diez de esos once años había estado en el ejército, por lo que se podía suponer que sabía desenvolverse.

Y conocería formas de atacar.

Estremeciéndose con el fresco aire nocturno, volvió la atención y la ansiedad hacia la escena que se desarrollaba delante de ella. Si esa operación tenía éxito, podría marcharse.

Venga, venga, susurró para sus adentros, esforzando la vista para ver desembarcar las primeras mercancías en la playa. Se imaginaba el potente empuje de los remeros para llegar rápido con el contrabando, y casi oía los nerviosos susurros de los hombres que esperaban, aunque tal vez sólo era el murmullo de la brisa y el mar.

Muchas veces había observado esas operaciones con su hermano. Desde esa altura todo parecía lento. Deseó bajar corriendo a ayudar, como si toda esa operación fuera una enorme carreta que ella podría empujar para hacerla avanzar más rápido. Pero continuó inmóvil y en silencio al lado de su hermano, vigilante como él por si había alguna señal de problemas.

Estar al mando es un asunto solitario.

¿Sería capaz de marcharse y abandonar a David a esa solitaria tarea? Él no la necesitaba; en realidad, era desconcertante con qué rapidez él se había adaptado al contrabando y a ser el jefe. Pero ¿podría ella soportar marcharse, no estar a su lado en una noche oscura, no saber inmediatamente si algo iba mal?

Y sin embargo, una vez que Con anunciara que venía, debía marcharse.

A pesar de esos maravillosos días de verano de hacía once años, y de esos dulces placeres. Y de los prohibidos...

Comprendiendo que estaba volviendo a caer bajo el seductor atractivo de los «podría haber sido», trató de desechar esos recuerdos y concentrarse en la operación del momento.

Por fin estaban descargando la primera barca y empezaban a acarrear la mercancía por la escabrosa pendiente. Todo iba bien. David lo había conseguido.

Soltando el aliento en un resoplido, se relajó sobre el rocoso suelo, rodeándose las rodillas con los brazos, y se permitió disfrutar de la del sonido música de las olas lamiendo la guijarrosa playa, y la otra ruidosa música de cientos de hombres trabajando. Inspiró el aire fresco que venía del Canal y la nerviosa actividad que la rodeaba.

Embriagador asunto el contrabando, pero peligroso.

—¿Sabes dónde está el policía de prevención? —preguntó en voz muy baja, que no fuera a llevar el viento.

David dio una silenciosa orden a uno de los hombres que tenía más cerca y Susan supo que había un problema en el acantilado. Tal vez un hombre que se había caído.

—¿Gifford? —dijo entonces David—. Hay un barco con mercancía de señuelo a unas cinco millas al oeste y, con suerte, él y sus barqueros lo estarán vigilando, listos para incautarse de las mercancías que arrojen al agua.

Suerte. Ella detestaba depender de la suerte.

—Pobre hombre —dijo.

David giró la cabeza hacia ella.

—Logrará confiscar un pequeño cargamento tal como hacía Perch cuando estaba Mel al mando. Con eso quedará bien ante sus superiores y al mismo tiempo tendrá su tajada.

El teniente Perch había sido el policía montado del lugar durante muchos años y tenía una agradable relación de trabajo con la Horda del Dragón. No hacía mucho había muerto al caer por un acantilado, tal vez empujado por alguien, y ahora tenían que vérselas con el joven y perspicaz teniente Gifford.

—Esperemos que eso lo satisfaga —dijo.

David emitió una especie de gruñido.

—Si Gifford fuera un hombre más flexible podríamos llegar a un acuerdo permanente.

—Es honrado.

—Un maldito fastidio. ¿No podrías emplear con él tus ardides femeninos? Creo que le gustas.

—No sabría cómo hacerlo. Soy simplemente un ama de llaves.

—Si te lo propusieses no te faltarían ardidesa. —Le cogió la mano y ella sintió la de él sólida y caliente en la fría noche—. ¿No es hora de que dejes de trabajar, cariño? Después de esto habrá dinero en abundancia, y podemos encontrar a alguien que simpatice con este comercio para que sea el ama de llaves.

Susan sabía que a él le molestaba que ella fuera una empleada doméstica.

—Es posible. Pero deseo encontrar ese oro.

—Eso sería estupendo, pero después de esto, no lo necesitamos.

Siempre tan despreocupado, tan confiado, pensó ella. Le gustaría ser como él, encontrar satisfacción y bienestar en lo que fuera que ocurriera. Deseaba no ser el tipo de persona que vive mirando hacia delante, haciendo planes, preocupándose, intentando forzar al destino.

Ah, sí que deseaba eso, lo deseaba angustiosamente.

Pero era como era, y al parecer David no aceptaba que ella tuviera esa necesidad, tan extraña e impropia de una dama, de tener un trabajo. Esa necesidad de independencia.

Además, estaba el oro. Cuando estaba al mando de Mel, la Horda le pagaba al difunto conde de Wyvern para que los protegiera. Y puesto que éste no les dio esa protección, tenían intención de recuperar ese dinero. Ella lo deseaba especialmente, aunque principalmente para mantener a salvo a David. Ese dinero pagaría las deudas ocasionadas por la operación fracasada y sería una especie de amortiguador, para que él no tuviera que correr tantos riesgos.

Ceñuda contempló el oscuro mar. Las cosas no serían tan difíciles si su madre no se hubiera embarcado para seguir a Mel hasta Australia, llevándose todo el dinero en efectivo que la Horda tenía en reserva. Su madre, Isabelle Kerslake, o lady Belle, como le gustaba que la llamaran; amante de un contrabandista, sin un asomo de vergüenza de que alguien pudiera dar testimonio, y sin un asomo de sentimiento por sus dos hijos.

Sacudió la cabeza para desechar esa pena sin sentido y volvió sus pensamientos a ese dinero en monedas de oro. Se giró a mirar hacia la maciza casa, Crag Wyvern, como si eso le fuera a encender la chispa de una nueva idea acerca de dónde pudo haber escondido su botín el conde loco. Aunque el problema de los locos es que lo que hacen no tiene ningún sentido.

Por reflejo automático miró hacia las saeteras de arriba, por si veía alguna luz. Crag Wyvern tenía dos utilidades; por un lado servía como puesto para enviar mensajes que eran visibles a millas de distancia, y por otro servía a modo de atalaya para observar millas y millas de costa por si se veían otras señales luminosas de aviso. Pero aparte de eso, no tenía ningún rasgo redentor.

La casa sólo tenía doscientos años de antigüedad, pero la habían construido de modo que pareciera una fortaleza medieval, por lo que las ventanas de la parte exterior eran pequeñas, estrechísimas, como saeteras. Afortunadamente, en el interior había un patio ajardinado y las habitaciones tenían ventanas normales con vista a los jardines, pero por fuera la casa se veía lúgubre.

Cuando volvió a mirar hacia el mar, la rajita de luna en cuarto creciente asomó nuevamente entre las nubes y su luz plateada se meció sobre las olas iluminando las barcas en el agua. Pasado ese breve instante las nubes volvieron a taparla como una cortina, y sopló el viento trayendo una ligera llovizna. Susan bajó la cabeza hasta las rodillas, para protegerse, pero en realidad sabía que la lluvia era una bendición, porque oscurecía aún más la vista. No se veía nada sobre el mar, y la playa parecía desierta.

Si Gifford había descubierto el engaño con el barco cargado con mercancía de señuelo y andaba buscando el verdadero contrabando, necesitaría la suerte del mismo demonio para encontrarlos esa noche. Y era de esperar que todo continuara así. Él era un joven bastante agradable y ella no deseaba que muriera destrozado al caer por un acantilado.

Ay, Señor, pero no deseaba formar parte de eso.

Llevaba el contrabando en la sangre y solía encantarle observar esas tranquilas operaciones que se llevaban a cabo con ardiente entusiasmo en las noches más oscuras. Pero ya no era una aventura distante.

Ahora era una necesidad, y un peligro para la persona que más quería en el mundo.

¿Qué había sido ese ruido detrás?

Ella y David se giraron al mismo tiempo a mirar hacia Crag Wyvern. Vio que él también retenía el aliento, para oír mejor algún sonido de aviso.

Nada.

Comenzaba a relajarse cuando en una de las estrechas ventanas de arriba brilló la luz de una vela.

—Problema —susurró él.

Ella le puso la mano sobre el brazo repentinamente tenso.

—La señal de esa vela sólo dice que hay una persona desconocida. No es Gifford ni los militares. Yo me ocuparé de eso. Un chillido si hay peligro. Dos si no lo hay.

Ése era el aviso del contrabandista: el chillido de un animal atrapado en las fauces de un zorro o en las garras de un búho; y si el chillido terminaba pronto, seguía señalando peligro.

Dándole un apretón en el brazo para tranquilizarlo, se deslizó hacia un lado, con sumo cuidado y muy lentamente, de modo que cuando se enderezara no estuviera al lado del capitán Drake. Cuando ya se había alejado bastante, comenzó a trepar por la escabrosa pendiente del promontorio, afirmando las blandas botas en el traicionero suelo, con el corazón retumbante.

Tal vez se parecía más a su hermano de lo que quería reconocer. Le encantaba ser hábil y fuerte. Disfrutaba de la aventura. Le encantaba tener una pistola en el cinturón y saber usarla.

Y también le gustaba no tener ningún sueño de convertirse en una dama fina.

O al menos ya no.

Una vez se encontró atrapada por el loco y destructivo deseo de casarse con el futuro conde de Crag Wyvern, Con Somerford, y acabó desnuda con él en una playa.

Sacudió la cabeza para desechar ese recuerdo. Le dolía terriblemente pensar en ello, y no quería sentir ese dolor, y mucho menos en ese momento, en que necesitaba tener la cabeza despejada.

Con el corazón acelerado y la sangre corriendo ardiente por las venas, continuó subiendo por el promontorio, peligroso en la oscuridad, agachada, apoyando las manos en el suelo para mantener la posición, con los oídos aguzados y buscando con los ojos al desconocido.

Fuera quien fuera ese desconocido, era de suponer que había entrado en la casa. Maisie podría haberles hecho alguna señal, pero tanto ella como David habían oído un ruido allí arriba, cuando estaban en el borde del acantilado.

Aminoró el paso para estar más alerta y descubrir al intruso, y entonces lo vio. Vio la silueta de alguien envuelto en una capa, una figura más oscura que destacada en el cielo nocturno. Estaba inmóvil como una estatua. Casi podría imaginarse que alguien la había colocado ahí, en el promontorio situado entre la casa y el acantilado.

Una estatua con un claro aire militar. ¿Sería el teniente Gifford después de todo?

Se estremeció, sintiendo de repente la fría y húmeda brisa nocturna en el cuello. Gifford vendría acompañado por soldados, y éstos ya estarían dispersándose por el borde del acantilado. Los hombres que iban subiendo las mercancías serían recibidos con una ronda de disparos; pero los contrabandistas también tenían hombres armados. Sería una batalla sangrienta, y si David sobrevivía, los militares caerían sobre la zona como una plaga buscando a alguien a quien colgar.

Buscando al capitán Drake.

Con el corazón acelerado por el pánico, se quedó quieta donde estaba, respirando lo más lento posible, y se obligó a dominarse. El miedo no era útil para nadie.

Si era Gifford el que estaba ahí con sus soldados, ¿no habría actuado ya? Aguzó al máximo los sentidos tratando de detectar soldados escondidos entre las matas de aulaga, con los mosquetes apuntando hacia la playa.

Estuvo así un largo rato sin descubrir nada.

Los soldados no eran tan buenos como para permanecer tanto tiempo quietos en la oscuridad.

¿Quién era entonces y qué se proponía?

Con el corazón todavía acelerado, pero ya no de terror, avanzó, tratando de no mostrar su silueta recortada contra el mar y el cielo que tenía detrás. Pero el llegar a lo alto del promontorio el terreno era llano y le era difícil continuar agachada, y entorpecía su avance pues la tierra cedía bajo sus pies.

Más que verlo, presintió que el hombre se giraba hacia ella.

Era el momento de mostrarse y rezar.

Se quitó la capucha y la usó para limpiarse el hollín de la cara, para que pareciera simple suciedad. Después se la metió en el bolsillo y se incorporó. Era bastante excéntrico eso de andar vagando por la noche vestida con ropas de hombre, pero una mujer podía ser excéntrica si lo deseaba, sobre todo una solterona ya a punto de cumplir los veintiséis años y de turbios antecedentes.

Sacó la pistola del cinturón y se la puso en el enorme bolsillo de su anticuada levita, y sin soltarla continuó caminando hacia la figura inmóvil y silenciosa, apuntándola y lista para disparar.

Jamás le había disparado a nadie, pero esperaba saber hacerlo si era necesario para salvar a David.

—¿Quién es usted? —preguntó con la voz en volumen normal—. ¿Qué asunto le trae por aquí?

Estaba a unos tres pasos de él, y en la negra oscuridad no lograba distinguir ningún detalle, aparte de que era algo menos de un palmo más alto que ella, lo cual significaba que medía unos seis pies.*

* 6 pies: 1,83 m. *(N. de la T.)*

No llevaba sombrero y debía llevar el pelo muy corto, porque con la fuerte brisa no se le movía.

Tuvo que cogerse un mechón de cabello con la mano libre para que no le bailara ante los ojos.

Lo miró fijamente, extrañada de que él no contestara, y pensando qué debía hacer. Y entonces él dijo:

—Soy el conde de Wyvern, y todo lo de aquí es asunto mío. —Pasado un momento de silencio, añadió—: Hola, Susan.

A Susan se le paró el corazón, y luego empezó a latirle con tal violencia que vio pasar estrellas por delante de los ojos.

Ay, Dios, Con. Aquí, en este momento.

En medio de una operación de contrabando.

Once años atrás él encontraba fascinante el contrabando, pero las personas cambian. La mayor parte de esos años había sido soldado, parte del poderoso puño de la ley del rey.

El mareo producido por la conmoción bajó por ella en espiral hasta desvanecerse, y entonces pudo volver a respirar.

—¿Cómo supiste que era yo?

—¿Qué otra dama andaría por lo alto del acantilado a la hora de una operación de contrabando?

A Susan se le ocurrió negarlo, pero comprendió que eso no tenía ningún sentido.

—¿Qué vas a hacer? —Se obligó a sacar la pistola, aunque no la amartilló. Dios sabía que no sería capaz de dispararle. A Con no—. Sería violento dispararte —dijo, con la voz más firme que logró sacar.

De repente, sin que ella alcanzara a notar su movimiento, él se abalanzó sobre ella. Cayó al suelo con un golpe fuerte, y quedó sin aliento, con todo el peso de él encima, sin la pistola, y con su mano sobre la boca.

—Nada de chillar.

Él recordaba. ¿Lo recordaba todo? ¿Recordaría haber estado encima de ella así, disfrutando del placer? ¿Su cuerpo recordaría...?

Era tan encantador, tan acomodadizo, tan simpático, pero en ese momento era peligroso, tenebroso, no había en él ni un asomo de preocupación por la dama a la que estaba aplastando contra el duro suelo de tierra pedregosa.

—Contéstame —dijo él.

Ella asintió y él le quitó la mano de la boca, pero continuó sobre ella, aplastándola.

—Tengo una piedra enterrada en la espalda.

Él no reaccionó inmediatamente, pero luego se incorporó, y cogiéndole la muñeca la puso de pie de un tirón antes de que ella tuviera tiempo para protestar. Tenía la mano más dura de lo que ella recordaba, y muchísimo más fuerte. ¿Cómo era posible que después de once años tuviera tan presentes aquellas dos semanas de verano?

¿Cómo podría no recordar? Él había sido su primer amante, y ella la primera de él; fue Susan quien negó toda pizca de sentimiento por él cuando lo envió lejos.

Qué ironías tiene la vida, pensó. Rechazó a Con Somerford porque no era el hombre que ella creía que era, el heredero del condado. Y ahí estaba él, conde, como un castigo, tal vez dispuesto a destruirlo todo debido a lo que ella le hizo once años atrás.

¿Qué podía hacer para impedírselo?

Recordó el comentario de David sobre los ardides femeninos y tuvo que reprimir un ataque de risa. Ésa era un arma que no daría resultado jamás con el nuevo conde de Wyvern.

—Supe que cogieron y deportaron al capitán Drake —dijo él, como si no hubiera nada de importancia entre ellos—. ¿Quién es el jefe de los contrabandistas ahora?

—El capitán Drake.

—¿Se escapó Mel Clyst?

—Aquí el jefe de los contrabandistas siempre se llama capitán Drake.

—Ah, eso no lo sabía.

—¿Cómo podrías saberlo? —dijo ella con intencionada dureza,

en reacción directa a la debilidad que amenazaba con hacerla caer sobre la negra tierra—. Sólo estuviste dos semanas aquí. —Con la mayor frialdad posible, añadió—: Eres un forastero.

—Estuve dentro de ti, Susan.

Esa intencionada grosería la dejó sin aliento, muda.

—¿Dónde están los agentes de prevención? —continuó él.

Ella tragó saliva y logró contestar:

—En otro lugar de la costa, engañados por un señuelo.

Él se giró y miró hacia el mar. La luna apareció un momento entre las nubes iluminando un perfil nítido, fuerte, mientras en el mar, el ejército de pequeñas barcas iba avanzando hacia el barco en busca de otra carga.

—Parece que la operación va bien, entonces. Ven conmigo a la casa.

Dicho eso, se giró hacia la casa, como si sus palabras fueran la ley.

—Prefiero no ir.

Dominando su debilidad estaba el miedo, tan punzante como el hielo de invierno. Un miedo irracional, era de esperar, pero angustioso.

Él se giró a mirarla.

—Ven conmigo a la casa, Susan.

Su tono no era amenazador. Ella no tenía idea en qué podía ser él amenazador, pero se le escapó un sonido muy parecido a un suspiro y echó a caminar tras él por el pedregoso terreno.

Con Somerford estaba de vuelta, después de once años, como amo y señor de todo lo que los rodeaba.

Capítulo 2

Susan se sentía mareada, casi borracha por la conmoción.

¿Cómo era posible que se sintiera como si esos once años hubieran desaparecido como nieve derretida? Pero así era. A pesar de los cambios físicos en los dos, y prácticamente toda una vida de experiencias, él era Con, el que por un breve periodo fue el amigo de su corazón que nunca había vuelto a encontrar.

El que durante unos momentos más breves aún fue el amante que jamás podría imaginarse volver a encontrar.

Con. Con, diminutivo de Connaught, su segundo nombre, porque su primer nombre era George y sus dos mejores amigos se llamaban George, y los tres acordaron elegir otros nombres.

La mente le bailaba como loca, encogiéndose ante los recuerdos y sentimientos y luego volviendo a ellos.

Él era simplemente Con cuando le conoció.

Se mordió el labio para reprimir la risa nerviosa. Le conoció en el sentido bíblico. Era el jovencito más dulce y ecuánime de todos los que había tratado. Ella lo embromó diciéndole que era su san Jorge, que la salvaría de cualquier dragón.

Y él le prometió ser siempre su paladín, su héroe.

Y casi al instante ella le dijo que no deseaba volver a verlo nunca más.

La casa se elevaba imponente y lúgubre ante ellos, y sólo la luz de una vela en una estrecha saetera rompía la oscuridad. Con estaba de vuelta, pero ya no era san Jorge. Era Wyvern; era el dragón.

—Hay una puerta en este lado, ¿verdad? —dijo él.

—Sí.

Lo adelantó unos pasos, pero estaba tan oscuro que tuvo que palpar la pared para encontrar la puerta. Cuando sus manos temblorosas encontraron la manilla de hierro, la puerta se abrió silenciosamente a la luz de una lámpara que Susan había dejado allí encendida, para cuando volviera. Una vez que entraron los dos, se apresuró a cerrar la puerta y se volvió hacia él, temerosa de lo que vería.

En su cara vio surcos y ángulos que no tenía antes, y dos cicatrices blancas en la frente, cerca de la línea del pelo, que insinuaban un peligro del que había escapado por poco. Había sido soldado durante diez años.

Y sin embargo, seguía siendo Con.

Llevaba severamente corto el pelo rebelde, que en aquel tiempo llevaba demasiado largo. Ella había introducido los dedos por ese pelo largo, mojado por el sudor.

Sus ojos eran los mismos, grises y serios. Ella pensaba que eran mudables como el mar, pero jamás habría soñado que los vería tan tormentosamente fríos.

Era el conde. Al menos en teoría, gobernaba esa parte de Inglaterra. En la práctica, los contrabandistas se tomaban muy en serio la parte «libre» del comercio libre. Él daba la impresión de ser el tipo de hombre que intentaría poner fin al contrabando, y con eso conseguiría que lo mataran.

Repentinamente sintió miedo por él y de él. El teniente Perch había encontrado un sangriento final «accidental». Eso podía ocurrirle a cualquiera que se entrometiera en el contrabando. Ella nunca había creído que David fuera a matar para salvarse él y salvar a su gente, pero ya no estaba tan segura.

David mataría para salvarla a ella. De eso sí estaba segura.

—¿Qué vas a hacer? —preguntó Susan sin estar muy segura de si se estaba refiriendo al contrabando, a ella o a todo.

Con la observaba con la mirada fija, amedrentadora. Tal vez no aprobaba que vistiera levita y pantalones, pero ¿habría algo más personal en su examen? ¿La estaría comparando con la niña de quince años, como estaba haciendo ella con él?

—¿Qué voy a hacer? —repitió él, en voz baja, sin apartar de ella sus ojos plateados—. Después de una larga y dura cabalgada, mi plan es comer, darme un baño y acostarme. Pero parece que hay escasez de personal en la casa, y también está ausente mi ama de llaves.

Ella no tuvo otra opción que decir:

—Yo soy tu ama de llaves.

Él agrandó los ojos y ella encontró irónicamente agradable haberlo sorprendido así.

—Me dijeron que mi nueva ama de llaves era una tal «señora» Kerslake.

—¿Te dijeron? ¿Quién?

—No te hagas la tonta, Susan. Eso no va a colar. Swann me ha enviado informes periódicos desde que heredé.

Claro, claro. Susan se sintió estúpida. No era un espía sino Swann, el abogado del condado, que venía de Honiton cada dos semanas a ver cómo iba la propiedad de su cliente.

—Yo soy la señora Kerslake —dijo.

Él movió la cabeza de lado a lado.

—Algún día, cuando esté menos cansado y menos hambriento, tendrás que decirme cómo ocurrió eso.

—Las personas cambian —dijo ella y, desesperada por conservar la distancia y protegerse, añadió—: Milord. Además, en realidad un ama de llaves no friega la cocina ni hornea los pasteles. Lo encontrará todo en orden.

Diciendo esto cogió la lámpara para guiarlo fuera de esa estrecha sala.

—Pero no lo encontré todo en orden —dijo él.

Ella se giró bruscamente, alertada por su tono.

Estaba enfadado. Después de todos esos años, seguía furioso. El miedo la recorrió toda entera, como una amenazante ola. Éste era un hombre al que había que temer cuando estaba enfadado.

—¿Te sientes mal? —preguntó él, ceñudo.

Probablemente había palidecido y estaba blanca como un papel.

—Estoy cansada, como usted. Si esperaba un mejor recibimiento, milord, debería haber enviado aviso de su llegada. Sígame y me encargaré de satisfacer sus necesidades.

Abrió la puerta, lamentando haber empleado esas palabras. ¿Qué haría si él la deseaba en su cama? No tenía el menor deseo de matarlo. No deseaba que nadie lo matara. No quería crear más problemas de los que ya tenían.

No deseaba acostarse con él.

Un dolor suave pero profundo le dijo que tal vez eso era una mentira.

Consciente de la inmovilidad detrás de ella, se volvió a mirarlo. Él daba una excelente impresión de ser una estatua de piedra.

—Si decido actuar por impulso, señora Kerslake, corresponde a mi personal, a mis criados, acomodarme.

—Heredó el condado hace dos meses y no le ha parecido conveniente visitarlo hasta hoy. ¿Teníamos que tener todo preparado por si acaso?

—Puesto que os pago, sí.

Ella alzó el mentón.

—Entonces debería haber dejado claro que deseaba derrochar dinero. ¡Habríamos tenido preparado un banquete cada noche!

Él entrecerró los ojos y el peligro pareció vibrar por toda la sala. Más que nada por miedo, ella se giró y salió al corredor.

—Por aquí, milord. Podemos preparar una comida sencilla en poco tiempo y tener preparado un baño dentro de una hora.

Continuó caminando. Si él decidía no seguirla, allá él. Sería mejor. Ella necesitaba pasar un tiempo lejos de él para recuperarse.

Ay, Dios, oyó los pasos de él detrás.

—¿Viene solo, milord, o ha traído criados?

—Claro que he traído criados. Mi ayuda de cámara, mi secretario y dos sirvientes más.

Ella hizo una mueca. Seguro que parecía una idiota. Pero seguía pensando en él como en Con, el jovencito normal y corriente con el que se encontraba en el acantilado y en la playa, con el que exploraba, bromeaba y hablaba, hablaba y hablaba, como si hicieran un mundo de las palabras y se escondieran en él para siempre. Se metían a gatas en las cuevas y vadeaban por el agua sin medias. Y entonces un día se bañaron en el mar casi sin ropa y eso fue la perdición de los dos.

Ahora es el conde, se dijo. No lo olvides. El conde de Wyvern, con todas las rarezas que entraña eso.

—¿Tiene dos lacayos? —preguntó, para llenar el silencio, cuando comenzaba a subir la escalera—. Eso será útil. Al viejo conde no le gustaba tener criados, y yo no he contratado a ninguno desde su muerte.

—No son lacayos, no. Considéralos mozos de establo.

¿Que los considere?, pensó ella. ¿Qué son entonces? ¿Soldados? ¿Espías? Deseó poder salir y avisar a David, pero comprendió que eso de poco serviría. No había nada que hacer esa noche. Pero ¿habría algo que se pudiera hacer? No podían atacar a un conde sin que se les echara encima la ira de toda la nación.

Pero alguien podría empujarlo por el borde de un acantilado.

Cayó en la cuenta de que sin querer había elegido una de las sencillas escaleras de servicio que abundaban en la casa. Pues, sea. Si él la consideraba indigna de él, bien podía hacer el largo trayecto hasta encontrar los peldaños más apropiados para sus pies nobles. Las blandas botas de ella no hacían ningún ruido en la sencilla madera, pero las botas de montar de él causaban un estruendo en cada peldaño.

Tenerlo detrás de ella comenzó a ponerla nerviosa. No creía que él fuera a atacarla, pero sentía un hormigueo en la nuca. En el promontorio, él la había tirado al suelo y le había quitado la pistola con mucha facilidad.

Era una mujer alta y fuerte, y se engañaba pensando que era capaz de hacer frente a la mayoría de los hombres. Y tal vez lo fuera, pero tampoco hasta ahora ningún hombre la había atacado jamás en serio.

Hija del capitán Drake desde que nació, ahora hermana del capitán Drake, era prácticamente intocable en esa parte de la costa, pero entendía el mensaje de ese ataque: cualquiera que amenazara al nuevo conde sería eficazmente atacado de inmediato, fuera quien fuera.

Abrió la puerta del corredor sur, y su lámpara iluminó las paredes pintadas de forma que parecieran áspera piedra.

—Veo que la querida y vieja casa no ha cambiado —dijo el conde situado detrás de ella.

Susan se giró y, tal vez por efecto de la luz, vio sus ojos más claros y más intensos.

—Ah, sí que ha cambiado. Probablemente, con la oscuridad, no se ha fijado en las gárgolas de fuera. También tenemos una cámara de tortura. —Contestando la sorprendida y tácita pregunta de él, continuó—: No, no la usaba, a no ser para asustar a un invitado ocasional. Pero encargó víctimas de cera al museo Madame Tusseaud.

—Buen Dios —exclamó él.

Ella esperó, pensando que él haría algún comentario o le ordenaría que derribara toda la casa, pero se limitó a decir:

—¿Comida y un baño, señora Kerslake?

Ella se giró, herida por su indiferencia. ¿Qué esperaba?

Había pasado mucho tiempo, y él habría conocido a muchas mujeres. Ella había entregado su cuerpo a otros dos hombres, pero éstos no borraron ni un momento del recuerdo de Con, por torpe e imperfecto que hubiera sido.

Deseaba que se lo borraran, con ese fin lo hizo, pero ninguno de los dos hombres lo consiguió.

Cuando ya llevaban un rato caminando por el lúgubre corredor, dijo:

—No le conviene usar los aposentos del conde, milord. Las habitaciones China son las que le siguen en grandiosidad. Todo se ha mantenido bastante bien, aunque no puedo garantizar que el colchón no esté húmedo, al no haber recibido aviso para prepararlo.

—He soportado cosas peores que un colchón húmedo. ¿Por qué no me conviene usar los aposentos del conde?

—Créeme, Con, no te conviene.

Se quedó inmóvil, paralizada. Lo había tuteado otra vez, llamándolo Con, y lo más probable era que él no la tomara en serio. No pudo evitarlo y se giró a mirarlo.

Parecía más cansado que divertido, pero era un hombre capaz de luchar e incluso matar aunque estuviera agotado.

Repentinamente se fijó en las curvas de sus oscuras cejas sobre los ojos claros y las pestañas oscuras. Siempre pensaba que sus ojos eran los más hermosos que había visto en su vida.

—¿Quién es tu marido? —preguntó él.

Ella pestañeó, perpleja.

—No estoy casada.

—¿«Señora» Kerslake?

Ridículamente, ella se sintió arder las mejillas, como si la hubiera pillado en una mentira.

—Es la tradición llamar así a una ama de llaves.

—Ah, así que es eso. Pero encuentro sorprendente tu encarnación doméstica. ¿Cómo ocurrió eso?

—Creí que tenía hambre, milord.

—He conocido el hambre antes. ¿Y bien? ¿Cómo?

Dominada por la voluntad de él, Susan explicó:

—Cuando murió el conde, la señora Lane decidió jubilarse. Ninguna mujer adecuada para el trabajo aceptó el puesto, así que me ofrecí para ocuparme de la casa por un tiempo. A pesar de lo de esta noche, milord, estoy bien formada en economía doméstica.

—¿Y tu hermano, David? ¿Es mi mayordomo?

Susan reprimió un gesto nervioso, como si éste fuera a hacer salir la verdad.

—¿No sabe que es el administrador de la propiedad?

—Swann debe de haber olvidado decírmelo. Un arreglo muy simpático, sin duda. —Hizo un gesto con la mano—. Lléveme a las habitaciones China, señora Kerslake. Si mal no recuerdo, son todo esplendor bárbaro, pero supongo que me acostumbraré.

Esas habitaciones estaban en el otro lado de la casa, y dado que Crag Wyvern estaba construida como un monasterio alrededor de un gran patio central, el trayecto era largo. Un estrecho corredor ininterrumpido recorría la casa por los cuatro costados junto a las paredes exteriores, de modo que las habitaciones daban al interior, con vista al patio ajardinado. Las únicas ventanas que daban al corredor eran las ventanas saeteras acristaladas.

La escasa iluminación lo hacía lúgubre incluso en días soleados; pasada la medianoche era realmente cavernoso, especialmente con la ilusión de piedra tosca que daba la pintura del suelo y las paredes y las armas de adorno que colgaban de ellas. Susan ya estaba acostumbrada al corredor. A lo que no estaba acostumbrada era a sentir una sombría presencia detrás de ella.

En realidad, las armas no eran puramente ornamentales, y él podría coger una espada o un hacha y decapitarla. Sabía que no lo haría, pero iba caminando con los nervios de punta por entre las brillantes hojas.

—El viejo Yorrik sigue aquí —comentó él cuando doblaron la esquina donde colgaba un esqueleto encadenado.

Tocó las cadenas y éstas empezaron a tintinear y chirriar. Susan hacía la misma jugarreta infantil a veces, pero en ese momento los tintineos y chirridos le erizaron el vello de la nuca.

Santo cielo, ella creía que estaba acostumbrada a esa casa, pero esa noche volvía a parecerle horrenda, la señal externa de la tradicional locura de los condes de Wyvern. El último había sido realmente un loco de atar. Por suerte Con procedía de otra rama de la familia.

La caminata se le hizo interminable, por lo que sintió un inmenso alivio cuando por fin abrió la puerta del dormitorio de los aposentos chinos. A la luz de la lámpara los dragones dorados parecían gruñir, enseñando los colmillos que destacaban contra las paredes pintadas en rojo vivo, enmarcadas por frisos de madera lacada negra.

—Zeus —exclamó él, emitiendo una corta risita—. Mi memoria estaba un poco oxidada. Recuerdo que deseaba tener esta habitación. Evidentemente es juicioso tener cuidado con lo que uno desea. —Se quitó la gruesa capa de montar y la extendió sobre un sillón. Bajo la capa llevaba un pulcro traje de chaqueta marrón y pantalones color tostado—. ¿Hay habitaciones contiguas para criados?

—Está el vestidor, en el que hay una cama para un ayuda de cámara.

—Las habitaciones de al lado son las Escandinavia, ¿verdad? Recuerdo que entonces, mi padre tenía esta habitación y Fred y yo estábamos en ésas.

Un recuerdo pasó brillante como una estrella fugaz. Ella hizo como si no lo recordara.

—Sí.

—Ponga ahí a mi secretario. Se llama Racecombe de Vere, y es un pícaro. Mi ayuda de cámara se llama Diego Sarmiento. Su inglés es excelente y lo empleará para quejarse del clima y tratar de seducir a las criadas. Mis otros dos criados, Pearce y White, se alojarán en la aldea, en los cuartos del establo. por cierto que en el establo, curiosamente, no vi mozos ni caballos.

Ella no contestó. Seguro que él tenía que saber que los caballos de la casa estaban prestados a los contrabandistas esa noche, junto con todos los demás caballos de la zona. ¿Qué haría cuando descubriera que Crag Wyvern había mantenido diez caballos en su establo durante años cuando el conde jamás salía de la casa? Sería un grave inconveniente para la Horda no poder disponer de esos excelentes y vigorosos caballos.

Le pareció que él suspiraba.

—Encienda la vela y vaya a ocuparse de sus deberes domésticos, señora Kerslake. Cualquier comida irá bien, pero deseo ese baño dentro de una hora, ocurra lo que ocurra y al margen de cualquier otra actividad que se presente.

Entonces Susan descubrió que no deseaba marcharse, y se sorprendió buscando las palabras que pudieran salvar esa brecha ancha y profunda que se abría entre ellos. ¿Existirían palabras para darle algún sentido a la situación en que se encontraban, del pasado y del presente?

Tal vez no. Encendió la vela solitaria de la mesilla de noche y se apresuró a salir y cerrar la puerta a todos los dragones de la habitación.

Capítulo 3

Con hizo una inspiración profunda y completa, que le pareció que era la primera que hacía desde el momento en que vio acercarse a esa figura por el promontorio y comprendió quién era.

Once años.

No debería afectarle tanto. Había habido otras mujeres.

Pero éstas pasaban por su mente como fantasmas, mientras que Susan siempre había vivido ahí vibrante, como si estuviera en carne y hueso.

Ser rechazado de la manera más cruel y dura era como una marca, al parecer; algo de lo que un hombre no se libra jamás.

Semejante a un tatuaje. Se friccionó distraídamente el lado derecho del pecho. Otra marca permanente.

Recorrió la habitación, mirándolo todo ociosamente, abriendo y cerrando cajones, que, como era de suponer, estaban vacíos. Dondequiera que mirara había dragones retorciéndose y gruñendo. Clavó la mirada en uno y le gruñó.

Maldito el conde loco de Crag Wyvern. Malditos todos ellos, y en especial el último, por morirse tan pronto. Si no fuera por eso, él estaría en la paz de Somerford Court en Sussex.

Las cortinas de las ventanas y de la cama eran de una gloriosa seda negra, con más dragones bordados en ellas. La cabecera y el pie de la cama eran de madera lacada negra, como todos los muebles. Casi todo el suelo estaba cubierto por una mullida alfombra de seda en colores más claros, más agradables, pero también en ella estaba dibujado un dragón serpentino con la cola enroscada. Le fastidió caminar por ella con las botas puestas, pero no se las podía quitar sin un sacabotas o la ayuda de Diego.

Sus botas del ejército eran mucho más prácticas, pero al terminar la guerra pensó que debería vestirse con más elegancia y así fue como acabó con unas botas tan finas y ceñidas que no se las podía quitar solo.

Atravesó la alfombra hasta una de las anchas ventanas y se asomó a mirar el oscuro patio ajardinado. Dos lámparas formaban claros círculos de luz sobre los senderos e iluminaban los bordes de ramas y hojas. Recordaba que ése era un lugar agradable en medio de aquella extraña casa.

A sus ojos de niño, Crag Wyvern le había parecido una aventura de primera clase, y el conde loco una figura divertida. Ya no estaba tan seguro de eso. Una cámara de tortura, pensó, moviendo la cabeza. Todos los Somerford de Devon habían sido locos, desde el primer conde, al que le gustaba que lo llamaran Matador del Dragón. Doscientos años atrás aseguraba que allí había matado a un dragón.

Se rumoreaba que practicaban la brujería. Claro que la suerte los había bendecido con una fortuna que les permitía complacer sus locos caprichos. Era decepcionante, entonces, encontrar las arcas casi vacías.

Pensando qué habría de tan especial en los aposentos tradicionales del conde, sintió la natural curiosidad de ir a verlos. Sonrió. El niño nunca abandona totalmente al hombre. Sería feliz si pudiera rendirse al niño otra vez, pero la vida parecía conspirar en contra de eso.

Su infancia llegó a su fin cuando Susan Kerslake se la destruyó con tanta crueldad, y él dio por su cuenta el paso siguiente entrando en el ejército. Eso no lo lamentaba del todo. Siendo hijo segundón, necesitaba un empleo, y ni la Armada ni la Iglesia lo atraían. Se necesitaban hombres para luchar contra Napoleón, y decidió que bien podía ser uno de ellos.

Había servido en el ejército durante ocho años, y se enorgullecía de haber cumplido su deber, pero también se alegró inmensamente cuando Napoleón abdicó y acabó todo. Y lo necesitaban en casa, pues había muerto su padre. Al poco tiempo, su hermano mayor moría ahogado en un tonto accidente en una barca. Dadas las circunstancias, se convirtió en lord Amleigh, y aunque lamentaba la muerte de su padre y de Fred, también se sentía afortunado por haber sobrevivido a la guerra y llegado a ser el propietario de su hermosa casa de Sussex.

Ese breve periodo dorado había acabado hacía un año, cuando Napoleón huyó de Elba y emprendió la marcha para recuperar el poder y la corona. El victorioso y experimentado ejército de Wellington se había dispersado, por lo que, lógicamente, todos los oficiales veteranos tuvieron que volver para la última batalla.

Waterloo acabó llamándose esa batalla.

Tal como él suponía, la batalla fue un baño de sangre. Cuando salió de Inglaterra en dirección a Bélgica, sabía que ningún general podría escapar para luchar otro día. Sería una batalla a muerte, y en algún momento durante los meses de paz y felicidad en Inglaterra, le habían desaparecido los callos que hacen capaz a un soldado de matar, matar y matar, de caminar por en medio de la sangre y el barro, y de pasar por encima de cadáveres, algunos de amigos, con un único objetivo: la victoria.

No, no había perdido la capacidad de hacer eso; lo que había perdido era la capacidad de celebrarlo después.

Y en alguna parte de todo eso, entre el barro y la sangre, había quedado perdido él.

Su vida anterior a la del ejército ya era un mito para él, y los recuerdos de su vida hasta los dieciséis años le parecían puro invento.

Tal vez nunca fue un niño feliz en Hawk in the Vale, nunca un escolar aventurero en Harrow, nunca un jovencito inocente en las rocas y playas de Devon.

Un amante impetuoso y precipitado.

Sacudió la cabeza para desechar esos pensamientos y se volvió a contemplar la habitación, y entonces vio su imagen reflejada en un espejo con marco dorado.

Un hombre duro, sombrío, tenebroso, el hombre al que habían reducido la guerra, las matanzas y la constante muerte por la que se había visto rodeado, el hombre que sólo sonreía con un esfuerzo consciente.

Por lo menos seguía teniendo una finalidad: el deber. Y el condado de Crag Wyvern, que incluía esa casa, formaba parte de eso. Había dejado pasar demasiado tiempo evitando venir. Debía comprobar que la casa estaba bien llevada y que se atendía a las necesidades de su gente.

Sería agradable también ver cómo se llevaban las finanzas, que hubiera dinero para mantener Crag Wyvern sin tener que recurrir al dinero producido por Somerford Court.

Había venido a esa casa sabiendo que podría encontrarse con Susan Kerslake. Pero jamás se habría imaginado que ese encuentro sería tan pronto y directo.

¿Y ahora qué? Estaba muy consciente de todas las reacciones irracionales que pasaban por él, pero ya no era un niño.

La pregunta importante era ¿qué se proponía ella? ¿Por qué estaba ahí, haciendo el papel del ama de llaves? Lo del contrabando no lo sorprendía, ella lo llevaba en la sangre, pero ese puesto de empleada doméstica lo encontraba tan ridículo como poner a un caballo de pura sangre a trabajar en la bomba de una mina.

Susan se proponía algo.

Retuvo el aliento. ¿Podría estar tan loca como para pensar que podía volver a intentar hacer de puta para conseguir el rango de condesa?

Se le escapó una risita. Tendría que estar tan loca como el conde loco para creer que eso sería posible.

Sin embargo... Sin embargo, esas reacciones de terror que giraban en espiral por dentro de él le decían que era totalmente posible si él estaba con la guardia baja. Ella ya no era la niña retozona que recordaba, sino que era mucho más.

Era la misma persona, pero ya crecida y peligrosamente femenina.

A pesar de las ropas de hombre y la cara cubierta de hollín, seguía teniendo las bien definidas facciones que recordaba y esos hermosos ojos castaños. Era alta, esbelta y ágil, y caminaba como una mujer capaz de subir por un acantilado como una oveja de montaña y de nadar como un pez.

Hizo otra inspiración profunda y enderezó la espalda. Era un oficial, y muy bueno, por cierto. Había enfrentado a muchos enemigos y sobrevivido. Sería capaz de enfrentar, y de sobrevivir, a Susan Kerslake.

Susan iba caminando a toda prisa por el corredor, tratando de dominar el miedo y pensando a cuáles criadas sería mejor hacer subir de los cuartos de almacenaje del sótano para que prepararan la comida y calentaran el agua para el baño de Con.

No, del conde. Tenía que pensar en él como en el conde, para recordar que ya no era el jovencito amable y encantador del pasado, y que ahora tenía en sus manos la suerte de todos los habitantes del condado.

Había dejado a Maisie, la de la columna torcida, a cargo de la parte principal de la casa, sin pensar que la pobre tendría que subir a decirle a Diddy que encendiera la vela para avisar que habían llegado huéspedes.

¿Quién otra podría atender a Con? La madura Jane y la joven Ellen.

Con, Con. ¿Qué pensaría de ella?

Sabía muy bien lo que pensaba de ella. ¿Qué otra cosa podía pensar después de lo que ella le hizo y pasados todos estos años?

Ahora él era su empleador, ya está, eso era todo, y quería comida y un baño.

Inconscientemente, sin pararse a pensarlo, comenzó a bajar la ancha escalera principal que llevaba a la sala grande o vestíbulo, y tuvo que volverse a toda prisa, antes de que la vieran. Se giró tan rápido que la lámpara se le ladeó. «Contrólate, hija, no sea que te consuman las llamas.»

Había personas ahí esperando, dos hombres, y ella iba con ropas de hombre y con la cara toda negra con hollín. ¿En qué estaba pensando? Igual podría haber proclamado a gritos que formaba parte del grupo de contrabandistas.

Sabía en qué estaba pensando y al parecer no podía hacer nada para evitarlo.

Se apoyó en la pared para serenarse, mientras se enderezaba la llama blanca dorada de la lámpara, y se tomó un momento para analizar la situación.

Con estaba en la casa. Estaba claro que ya no sentía nada por ella, aparte de una vieja rabia. Si cada uno se mantenía en el lugar que le correspondía, no había ninguna necesidad de que se encontraran. Los dos eran adultos y esa loca pasión juvenil ya era algo que pertenecía al lejano pasado. Él no era la misma persona y tampoco lo era ella.

En el fondo, no creía nada de eso pero debía creerlo. Era la verdad desnuda.

Bajó por la escalera de servicio que llevaba a la cocina. Allí, sólo estaba Maisie.

—¿Lo hice bien, señora? Me llevó un tiempo llegar.

—Lo hiciste perfectamente bien, Maisie. No te preocupes. Todo está bien. Simplemente ha llegado el conde, por fin.

—Pero lo encontré aterrador, señora.

—Sólo está cansado. Desea comida y un baño, así que enciende el fuego bajo la caldera mientras yo voy a buscar a Ellen y Jane. Y pon a hervir agua en la tetera para preparar té.

¡Té! Tuvo que reprimir una carcajada. ¿Exigiría Con saber de dónde procedía el té y el coñac que iba a beber? En la mayor parte de Inglaterra compraban productos de contrabando si podían, pero siempre había personas que se atenían firmemente a los principios.

Tal vez Con seguiría la costumbre de las generaciones pasadas y llegaría a un acuerdo de caballeros con la Horda, pero a ella no le parecía probable. Él era un soldado, acostumbrado a obedecer órdenes y a hacer cumplir la ley. Ya no le encontraría nada romántico al contrabando.

Si él insistía, ella lo compraría todo pagando las tasas de impuestos, a diez veces el precio, aunque sería el hazmerreír del sur de Devon.

Pero la mayor parte de la gente no podía permitirse pagar esos precios. ¿Por qué el gobierno no recuperaba la sensatez y aceptaba que tendría más dinero por aranceles de importación si reducía precisamente esos aranceles?

Claro que si hacían eso, sería el fin del contrabando, ¿y qué sería de la costa del sur entonces?

Las cosas estaban llegando a un punto en que ella ya no sabía por qué rezar.

Maisie estaba poniendo brasas encendidas debajo de la enorme olla para calentar agua y añadiendo carbón nuevo y removiendo para que se encendiera.

—Cuando hayas terminado eso, Maisie, prepara una sopa de algo.

Trató de serenarse; se sentía ligeramente mareada, como si le faltara aire, como si el mundo estuviera girando alrededor.

¿Y ahora qué? ¿Qué debía hacer?

¿Bajar a buscar a Ellen y Jane o cambiarse? Debería bajar primero, pero ¿y si Con decidía seguirla hasta allí? Deseaba sentirse segura con su severo uniforme de ama de llaves cuando tuviera que volver a enfrentarlo.

Corrió a sus aposentos, un dormitorio y una salita de estar que la anterior ama de llaves, bendita ella, había amueblado y decorado en un acogedor estilo moderno, con las paredes pintadas verde claro. Ella había añadido algunos de sus dibujos de insectos enmarcados y muchos libros. Inesperadamente, habían llegado a gustarle esas habitaciones, el único espacio privado que había tenido en su vida.

Se había criado en la casa señorial Kerslake Manor, con mucho cariño y amabilidad, pero ni el cariño ni la amabilidad podían producir habitaciones suficientes para que cada uno tuviera la suya propia. Por eso en su infancia pasaba tanto tiempo fuera, al aire libre.

Por eso conoció a Con. Por eso con él...

Una mirada al espejo le mostró una cara blanca con manchas negras, y el pelo simplemente recogido en una coleta. Ay, Dios, no era así como le habría gustado volver a encontrarse con Con.

¡El conde, caramba!

El conde de Crag Wyvern, quien, al fin y al cabo, ya no era asunto personal de ella.

Se sacó la levita y luego el resto de la ropa. Se lavó la cara, quitándose el hollín, se puso una camisola limpia, un corsé liviano y uno de sus sencillos vestidos grises. Encima se puso un delantal blanco almidonado.

Tampoco era así como deseaba verse para Con, pero era mejor. Mucho mejor. Era una armadura.

Se enrolló bien el pelo castaño en un moño plano sobre la cabeza, lo sujetó con horquillas y encima se caló una cofia, atándose las cintas bajo el mentón. Viendo que eso no era armadura suficiente, cogió un pañuelo de algodón almidonado y con él se rodeó los hombros, a modo de chal.

En lo profundo de su interior, como una campanilla de alarma, sonaba la necesidad de escapar, de huir antes de que tuviera que volver a ver a Con. A modo de contrapunto, vibraba el desesperado ritmo del deseo.

Del deseo de ver y oír al hombre en que se había convertido el chico.

Tragó saliva, sintiéndose tan preparada como podía estar, y salió a la cocina. En la cocina grande ya salía vapor de tres ollas, y Maisie estaba picando verduras. Después de elogiarla, cogió la lámpara y echó a andar para bajar a las frías profundidades de Crag Wyvern a llamar a las otras criadas.

Pero ésa era sólo una escapada temporal.

Arriba seguía el dragón, esperando el enfrentamiento.

Con estaba pensando si un conde en su noble casa debía permanecer en sus grandiosos aposentos hasta que llegara alguien del servicio a avisarle que la cena estaba lista. Aunque en realidad no estaba en los grandiosos aposentos del conde, las llamados habitaciones Wyvern, según recordaba, y lo más probable era que el servicio fuera lento como un caracol.

La cama lo tentaba como un canto de sirena. Había cabalgado desde primera hora de la mañana, y continuado la marcha sin parar debido a la necesidad de llegar a su destino, de acabar esa primera parte.

O poner fin a la necesidad de escapar.

Pese a la llamada del deber, tal vez no habría salido de Somerford Court para venir si uno de sus viejos amigos no hubiera regresado a su propiedad, cercana a la de él. En lugar de cabalgar hasta el otro lado del valle para encontrarse con Van por primera vez desde hacía un año, se quedó en casa escondido. Cuando en Steynings comenzaron las obras, las que indicaban que Van podría haber vuelto para quedarse, le entró la urgente necesidad de ir a inspeccionar su propiedad en Devon, y emprendió la marcha sin haber hecho ningún preparativo.

Se pasó las manos por su rostro cansado. Una locura. Tal vez estaba tan loco como los Somerford dementes de Devon.

Van había perdido a todos sus familiares inmediatos en los últimos años. Y sin embargo, sabiendo que tal vez necesitaba a un amigo, él huyó, como huye un cobarde de una batalla.

Porque Van podría desear ayudarlo.

¡Buen Dios! Cogió la vela y salió al corredor. ¡Maldición! ¿Hacia dónde tenía que ir en esa casa de locos? Estaba llena de escaleras, recordaba. De caracol en las cuatro esquinas, una ancha y recta que bajaba al vestíbulo grande; escaleras estrechas para los criados.

Tomara a la derecha o a la izquierda, llegaría a una de caracol. A la izquierda, ¿por qué no? Era zurdo.

Encontró el arco y comenzó a bajar, recordando que ser zurdo le daba una ventaja.

En los castillos medievales, esas escaleras siempre hacían las curvas en sentido contrario a las manecillas del reloj, de forma que los defensores que bajaban tuvieran espacio libre para el brazo derecho, el de la espada, mientras los atacantes que subían tuvieran el movimiento obstaculizado por el menor espacio junto al grueso eje interior de piedra. En Crag Wyvern esas escaleras hacían las curvas en el sentido de las manecillas del reloj, porque la zurdera era característica de la familia Somerford de Devon.

El viejo conde era zurdo y al parecer también lo eran los condes anteriores. Él era zurdo; ¿sería eso un mal presagio? Sentía la presión de la locura hasta en las paredes de esa casa.

Lógicamente, deseaba tener una lámpara o una linterna en lugar de la vela que llevaba en la mano derecha, dejando instintivamente libre la izquierda, aun cuando no llevaba ningún arma. Le habría gustado tener un arma, pero en realidad el mayor peligro que enfrentaba era que la llama, que se agitaba terriblemente, se apagara, dejándolo totalmente a oscuras y bajando a tientas la escalera.

Con inmenso alivio comprobó que la escalera desembocaba en una esquina del enorme vestíbulo estilo sala grande medieval, y se detuvo un momento para que se le calmara un poco el corazón que le latía desbocado. La sala era tan estrafalaria como el resto de la casa, con las paredes llenas de armas, pero en ella había también dos seres humanos relativamente cuerdos.

—¡Ah, un ser humano! —exclamó Racecombe de Vere, que estaba repantigado en un banco de roble con engañosa languidez, su cara de delicada estructura ósea enmarcada por rizos dorados, y sus ojos azules humosos contemplando el mundo con cínica diversión.

—Eso en el caso de que un conde de Wyvern sea alguna vez humano —contestó Con.

—¿No? —Race movió la mano indicando las paredes—. Al menos parece que han sido guerreros.

—Pues no, estas armas debieron comprarlas por yardas.

—Ay de mí. Y yo que tenía la esperanza de que los mosquetes y las pistolas funcionaran. Aquí se huele claramente una inminente batalla.

Race tenía que notarlo. Era un soldado, aunque se perdió la batalla de Waterloo. Formaba parte del grupo de hombres que volvieron a toda prisa de Canadá y llegaron retrasados. A causa del fastidio que eso le produjo vendió su comisión.

Con puso la vela en un candelabro con otras tres velas sobre la enorme mesa de roble de refectorio que ocupaba el centro de la sala.

—La única batalla probable sería contra fantasmas —dijo.

—¿Entonces por qué desapareciste para dar un solitario paseo de medianoche?

Con lo miró a los ojos traviesos.

—Para estirar las piernas. Se han despertado las criadas.

—¿Despertado del sueño en el promontorio cubierto de brezo?

Con se limitó a mirarlo mal.

Race había sido su subalterno en España durante un tiempo, y en febrero volvieron a encontrarse en Molten Mowbray. Él acababa de enterarse de la muerte de su pariente loco; entonces Race decidió que necesitaba un secretario y se asignó el puesto.

En aquel momento a Con le pareció una farsa pero no le dio tanta importancia como para poner objeciones. Pero resultó que Race tenía un don especial para la administración. Seguía siendo a veces un diablo del infierno.

—Está cansado, milord.

La suave voz con acento español le hizo abrir los ojos. Casi se había quedado dormido ahí mismo, de pie.

Se estremeció y se volvió hacia Diego, hombre de cara curtida por el sol que casi lo doblaba en edad. Tenía los ojos oscuros, propio de los españoles, y en su pelo ligeramente castaño asomaban algunas canas. Sabía que el único motivo de Diego para estar ahí era el de cuidar de él. Una vez que estuviera seguro de que estaba bien, volvería a su amada y soleada España.

—Todos estamos cansados —dijo, frotándose los ojos—. Puedo decirte dónde te puedes ir acostar ahora mismo si lo deseas, pero deberían servir la comida pronto, y después nos daremos un baño.

Sólo habría agua caliente para una bañera. La ventaja de ser un conde era que a él le correspondía el privilegio de disfrutar del baño primero; era un hecho de vida que Race y Diego podrían usarla después de él si querían. El agua de una bañera serviría para diez antes de enfriarse y agotarse. Ser el décimo en la cola para un baño solía ser un lujo soñado durante la guerra.

—Me encantaría ir a supervisar a las criadas para animarlas a darse prisa, señor —dijo Diego.

La idea de Diego azuzando a Susan le resultó vagamente alarmante; vagamente debido al sueño que lo invadía. Combatió el cansancio.

—No. No es necesario. El ama de llaves tiene las cosas controladas.

—¿La señora Kerslake? ¿Cómo es, señor?

—Joven —dijo Con, empezando a pasearse para hacer circular la sangre de las extremidades y el cerebro—. Y a pesar del «señora», es soltera.

—¿Es guapa? —preguntó Race, enderezándose.

—Eso depende del gusto —contestó Con, reprimiendo el deseo de gruñir—. Si te interesa, trátala como a una dama, porque lo es. Es sobrina del terrateniente aristócrata de la localidad. —No era necesario explicar asuntos más complicados, como el de los padres de Susan. Dirigiéndose a los dos hombres, añadió—: Si hace alguna pregunta acerca de mí, no le digáis nada.

Diego arqueó las cejas, y Con vio pasar una expresión de maliciosa curiosidad por la cara de Race.

Condenación. Pero no tenía ningún sentido ocultarlo todo.

—La conocí hace unos años y podría ser entrometida. Lo importante es que aquí todo el mundo está metido en contrabando, y por el momento vamos a simular que eso no ocurre.

—Pero ocurre, claro —dijo Race, totalmente despabilado—. De ahí la falta de criados en la casa y de caballos en el establo. Fascinante.

—Recuerda, Race, que por el momento somos ciegos, sordos y muy, muy estúpidos.

Race se calmó y juntó los talones en posición firmes en un gesto muy irónico:

—¡Señor!

—Milord.

Con se giró al instante y vio a Susan caminando hacia él. No pudo dejar de mirarla fijamente. No lo había sorprendido verla con ropa de hombre, aun cuando nunca la había visto vestida así, pero sí lo sorprendía verla con ese soso atuendo de ama de llaves.

Incluso se sintió ofendido; deseó arrancarle esa horrible cofia y el pañuelo almidonado; ordenarle que no usara ese vestido gris oscuro que le apagaba el color de la cara. Ese atuendo hacía casi lo imposible: la hacía fea.

Recuperándose, hizo las presentaciones. Vio que Race intentaba coquetear y cómo ella reaccionaba con desalentadora frialdad.

Estupendo.

Santo Dios, ¿es que había caído tan bajo que sentía celos?

Entonces ella se dirigió a él:

—Tenemos lista una comida sencilla para todos, milord. ¿Dónde quiere que la sirvamos?

Normalmente Diego comería con los criados, pero Con no quería que éste viera la actividad de contrabando. Los contrabandistas tendían a defender sus secretos con un cuchillo.

—En la sala de desayuno por esta vez, por favor.

Ella asintió.

—Si recuerda el camino, milord, tal vez podría llevar a sus acompañantes ahí y yo ordenaré que les sirvan la comida enseguida.

Volvió a desaparecer y fue la última vez que él la vio esa noche.

Dos criadas les llevaron sopa, pan, queso y un pastel de pasas a la sala de desayuno. A petición de ellos, volvieron con jarras de cerveza para acompañar la comida. Una de ellas era fea y ya había dejado bastante atrás la juventud; la otra era joven, flaca y tenía los dientes salientes. Con pensó si tal vez Susan los consideraba a él y a sus hombres un grupo de seductores y por eso había elegido a las criadas más feas.

Cuando terminaron, llevó a Race y a Diego a la primera planta y en su habitación encontró una bañera con agua humeante lista para él. Ya estaba tan cansado que no le habría importado saltarse el baño, pero desde su vuelta a casa después de Waterloo había intentado no irse nunca a la cama sucio. Así pues, se desvistió, se metió en la bañera de madera y se lavó vigorosamente; al salir de ella, medio tambaleante, prácticamente cayó en la cama y se quedó dormido tan pronto como estuvo en posición horizontal.

Capítulo 4

La luz del día lo despertó; había olvidado cerrar las cortinas de la cama.

La luz del día y el canto de los pájaros; una manera muy inglesa de despertar, y la saboreaba cada día. Amaba a Inglaterra con una pasión nacida de ese tiempo en que lo deprimían todas esas muertes y la nostalgia de ese país. Tal vez si absorbía bastante de Inglaterra podría sanar, creía.

Pero la Inglaterra que amaba era aquella de las suaves colinas de Sussex, de su tranquila casa de Somerford Court y el idílico y pastoril pueblo de Hawk in the Vale. No era esa aberrante casa en lo alto de un acantilado, sobre un promontorio cubierto de hierba, guarida de locos y delincuentes.

Bajó de la cama, le gruñó a los dragones y, desnudo como estaba, fue a asomarse a la ventana de pequeños paneles a mirar el jardín. En Somerford su habitación daba al jardín, pero la vista era mucho más amplia, se veía el valle y más allá leguas y leguas de verdes y ondulantes colinas. Aquí el jardín estaba encerrado entre oscuras paredes de piedra; por lo menos las paredes estaban cubiertas de hiedra y otras plantas trepadoras, y en el patio había sólo dos árboles, y los dos eran árboles enanos, mal desarrollados. Sintió la opresión del encierro, de los límites.

Sin duda ese encierro era intencionado en un monasterio o un convento, pero él no había renunciado al mundo. O tal vez sí. Tal vez el alejarse de Hawk in the Vale y de su amigo había sido una renuncia de lo más profunda.

Al menos había pájaros; los trinos de los pájaros no eran imaginarios. Vio a un gorrión pasar volando desde un árbol a la hiedra, y percibió aleteos arriba cerca del techo. Logró distinguir los gorjeos de un zorzal y el feliz canto de un petirrojo. Tal vez el canto de los pájaros proclamaba que había mucho que decir a favor de un jardín artificial rodeado por elevadas paredes.

Comenzó a distinguir una forma en los senderos del patio. Formaban pentágonos: un símbolo del ocultismo. Meneó la cabeza. En el centro había una fuente con estatuas que no estaba ahí hacía once años. Al parecer las estatuas eran de una mujer y un dragón. Seguro que era algo raro.

Una cámara de tortura también.

De verdad, de verdad, no deseaba ni una sola parte de esa casa, por segura que fuera.

Un movimiento le atrajo la atención. Susan acababa de salir por una puerta de una pared lateral e iba caminando con paso enérgico por un sendero en diagonal. Llevaba los mismos vestido gris y delantal blanco que lo fastidiaban, con esa cofia que le ocultaba casi todo el pelo, pero su andar era ágil y elegante.

Once años atrás vestía ropa de escolar, pero de colores más alegres y favorecedores. Pensándolo bien, eran colores muy claros y ella siempre hacía un mohín de disgusto al mirarse las manchas de barro, arena y hierbas, resultado de sus aventuras juntos.

¿Qué hacía su espíritu libre ahí, representando el papel de ama de llaves vestida de gris?

Estaba claro que no pretendía seducirlo; si fuera así se vestiría con ropa más favorecedora.

Ella se detuvo a observar las flores plumosas de una planta alta. Seguro que en una de esas flores había algún insecto interesante.

Siempre le habían encantado los insectos.

¿Qué quieres decir con «siempre»? Sólo la conociste durante dos semanas.

Pero no fueron simplemente dos semanas. Fue toda una vida en catorce días. A ella le encantaba observar los insectos, y muchas veces se tendía en el suelo o en la arena para estudiarlos y maravillarse, para analizar sus peculiares rasgos de comportamiento. Siempre llevaba un bloc de dibujo y los dibujaba, demostrando tener verdadero talento. Ésa era su llave a la libertad, la excusa que tenía para escapar; salía a estudiar y a dibujar insectos, y no era en absoluto una simulación.

La observó mientras contemplaba una flor. Pasado un momento Susan se enderezó, echó atrás la cabeza e hizo una inspiración profunda y dichosa.

Él inspiró con ella y, con sumo cuidado para no hacer ruido, abrió la ventana para que entrara el aire perfumado que ella estaba inspirando.

Pero algún ruido hizo, porque cuando sólo tenía medio abierta la ventana, ella se sobresaltó y miró hacia él.

Dominó el impulso de retroceder. El alféizar le llegaba a la altura de las caderas, por lo que estaba bastante decente, aunque estuviera desnudo.

Los dos sostuvieron la mirada un largo rato, que a él le pareció demasiado largo. Vio que Susan entreabría los labios, como si fuera a hablar, o tal vez sólo fue para coger aire.

Entonces ella rompió el contacto visual, se giró y echó a andar con paso enérgico, más enérgico que antes, atravesó el patio y desapareció.

Él continuó allí, con los brazos apoyados en el alféizar, inspirando aire como si le costara respirar. Durante todo ese tiempo se había dicho que los momentos pasados juntos ahí habían sido algo sin importancia, momentos pasajeros, que el dolor que le causó ella al rechazarlo y despedirlo había borrado cualquier sentimiento cálido y, paradójicamente, no lo había herido en absoluto.

Siempre supo que eso era una mentira.

Quince años. Tenía quince años, un niño deslumbrado, asustado, deseoso...

Fue extraño el avance de su relación, cómo fueron pasando de estar sentados en el promontorio hablando de cosas cotidianas, a estar tendidos boca abajo lado a lado hablando de asuntos personales, luego a caminar por la playa cogidos de la mano y de ahí a estar sentados abrazados comunicándose sus sueños y temores.

Durante la segunda semana la luna estaba llena y dos veces salieron a hurtadillas por la noche a sentarse en la playa, rodeados por la mágica música del mar, a hablar de cualquier cosa y de todo. Él deseó encender una fogata, pero ella le dijo que eso era ilegal. El fuego podía ser una señal para los contrabandistas, y por eso era ilegal.

Ella sabía muchísimo acerca de los contrabandistas y se lo contaba todo, y al oír esas historias él sentía una fascinación romántica por el contrabando. Y así fue cómo ella le explicó finalmente su relación personal con los contrabandistas, que no era hija de sir Nathaniel y lady Kerslake de la casa señorial, sino de la hermana de sir Nathaniel, Isabelle, y del dueño de la taberna George and Dragon del pueblo, Dragon's Cove.

Y después le contó que su padre, Melquisedec Clyst, era el capitán Drake, el jefe del grupo de contrabandistas de esa zona.

Estaba claro que ella no sabía si sentirse orgullosa o avergonzada por ser hija de esos padres. Aunque «lady Belle» vivía públicamente con Melquisedec Clyst en el pueblo, no estaban casados.

Él se sintió deliciosamente escandalizado por esa descarada depravación; esas cosas no ocurrían jamás en Hawk in the Vale. Pero, más que nada, consideraba fabuloso ese parentesco, el que a sus ojos hacía aún más excepcional a Susan.

Dado que él y su hermano pasaban un buen tiempo en Dragon's Cove, comenzó a observar por si veía al capitán Drake. No logró verlo, y no tenía ningún motivo para entrar en la taberna George and Dragon.

De todos modos lo pasaban en grande en el pueblo. La mayoría de los pescadores estaban muy dispuestos a conversar mientras limpiaban el pescado o arreglaban sus redes. Así aprendieron muchísimo sobre la pesca y oyeron fabulosas historias mientras trataban de deducir cuáles pescadores eran contrabandistas y cuáles no.

La verdad era, claro, que todos lo eran.

A veces los pescadores los llevaban en sus barcas cuando salían a pescar, e incluso les hacían el inmenso regalo de permitirles subir las redes cargadas. A Fred le gustaba más que a él salir en las barcas, y eso le dejaba tiempo libre para vagar solo por el pueblo, con los oídos aguzados por si se enteraba de algún secreto de contrabandistas.

Niño estúpido.

Por fin un día divisó a Mel Clyst. Era un hombre musculoso, de estatura mediana, de mandíbula cuadrada y los ojos castaños de Susan. No era lo que se diría guapo, tal vez por los huesos demasiado gruesos, y en la nariz llevaba señales de que se la habían roto una o dos veces, pero era fácil ver en él a un líder. Vestía como el próspero hombre de negocios que era, con chaqué y un elegante sombrero de copa.

En otra ocasión lo vio acompañado por lady Belle, que vestía como una dama refinada, aunque con un estilo algo rimbombante que lady Kerslake no habría usado jamás. Era una mujer pecadora, y la madre de Susan, aunque él coligió que ella no se relacionaba para nada con sus hijos.

Lady Belle lo fascinó, pero el capitán Drake lo fascinó más aún. A partir de ese momento, su mayor ambición fue tener una charla con su héroe.

Y se hizo realidad su deseo, aunque la charla no fue la que habría deseado.

Estaba sentado en la guijarrosa playa oyendo a Sim Lowstock contar su versión de la muerte del dragón a manos del primer conde cuando los interrumpieron. Entonces, con mucha amabilidad pero igual firmeza, lo llevaron a la taberna George and Dragon. No lo llevaron al bodegón para la clientela sino a una habitación de atrás amueblada como la sala de estar de un caballero.

Mel Clyst estaba sentado en un sofá, vestido de caballero, y lady Belle estaba sentada a su lado. Ésa era la primera vez que la veía de cerca, así que observó atentamente su figura llenita, su piel blanca y sus grandes ojos azules, pero por encima de todo, reconoció su exuberante atractivo carnal. El corpiño era muy escotado y en su pamela se agitaba una gloriosa pluma teñida de color escarlata.

El capitán Drake y lady Belle estaban sentados en el sofá como un rey y una reina, y Mel Clyst empezó a hablar acerca de Susan y de él.

Ya hombre, y hombre probado por el fuego, Con volvió a sentir el horrible nerviosismo y azoramiento que sintió durante esa entrevista; o juicio, más bien.

Clyst no fue cruel, pero ese día él sintió todo el poder del capitán Drake; el poder de un líder natural, pero también el poder de un hombre que contaba con la lealtad y sumisión de la mayor parte de la población de la costa. Si le ordenaba a un pescador que lo cogiera y lo arrojara al fondo del mar, el hombre lo haría.

Años después, cuando estaba desarrollando su propia autoridad, usando el poder de la advertencia franca y la amenaza tácita, el capitán Drake fue uno de sus principales modelos.

Sin embargo todo fue una simple conversación, una conversación en la que Mel Clyst reconoció que Susan Kerslake era su hija, y que gozaba de muchísima libertad para vagar por esa zona porque tenía la seguridad de que nadie le haría ningún daño. A eso añadió que un jovencito prometedor como Con Somerford tenía por delante una vida muy interesante, lejos de allí, en el ejército tal vez, o en el campo jurídico.

Ésa fue una advertencia, tácita pero muy clara, de hombre a hombre, para que no hiciera lo que él y Susan hicieron justamente al día siguiente.

¿Tal vez la advertencia le puso la idea en la cabeza, sembró alguna especie de semilla? No había manera de saberlo. Su afecto, su adoración de niño, era puro en esencia, pero su cuerpo era joven, sano y vigoroso.

Mel Clyst le había dado una orden terminante: no más encuentros por la noche. Sin una sola palabra de amenaza, lo hizo comprender que él y, muy probablemente, Susan, sufrirían duramente si desobedecían.

Por lo tanto, al día siguiente se encontraron por la tarde, en la playa de la llamada Irish Cove,* situada a una milla o más de distancia del pueblo de pescadores y de Crag Wyvern. No era fácil llegar ahí, dado que el antiguo camino del acantilado había quedado cortado por un deslizamiento de tierra, y la pendiente para bajar a la playa era bastante abrupta y traicionera. Era un sendero para contrabandistas le explicó Susan, por lo que tenía que ser difícil.

Bajaron, afirmándose con manos y pies, en busca de soledad, sabiendo ya que los vigilaban.

No habían planeado nada.

Al menos él no.

Hablaron de la injusticia que les hacían esos adultos entrometidos que no entendían la amistad, y se rieron de las sospechas.

Entonces se besaron para probar, para demostrar que eso no era...

Pero claro, era.

Él había besado a una o dos chicas antes. Lo había encontrado bastante interesante, pero no algo que deseara volver a hacer particularmente.

Cuando besó a Susan fue diferente.

Cerró los ojos al recordarlo y casi volvió a sentir el beso, a saborear esa inocencia dulce, vacilante, que lo excitó y le quitó el aliento.

Todavía sentía el olor de ella, un aroma sutil a flores que ema-

* Irish Cove: Cala Irlandesa. *(N. de la T.)*

naba de su cuerpo calentado por el sol. Volvió a experimentar la vacilación, el creciente entusiasmo, la absoluta entrega al beso. Y luego, cuando se apartaron, la conmoción, el miedo, y la intensidad de los ardientes pensamientos sobre posibilidades.

La excitación le produjo una erección; una erección asombrosa, alarmante, exigente. Había tenido muchas erecciones antes, pero jamás una con una finalidad tan franca y presente.

Ella se dio cuenta. Le miró las calzas y sonrió, ruborizada. A él también le ardían las mejillas de rubor.

«El agua fría cura eso, dicen», dijo ella, levantándose para quitarse el vestido.

No llevaba corsé sobre su cuerpo firme y ligeramente curvilíneo; sólo llevaba una camisola, medias y zapatos. Entonces se quitó los zapatos y las medias y corrió a meterse en el agua.

«¡Vamos!», gritó.

Esbelta, larguirucha, pero ay, qué femenina, con esas sutiles curvas que se insinuaban bajo la fuerte tela de la camisola.

Estaban a la vista de cualquiera que pasara por la orilla del acantilado. Pero ese camino no llevaba a ninguna parte, así que a menos que los estuvieran vigilando no pasaría nadie que pudiera verlos por casualidad.

Si los estaban observando, a la mañana siguiente él estaría casado o muerto, y seguro que Susan recibiría la paliza de su vida. De todos modos, se quitó la enredada ropa, incluso las calzas, y corrió a reunirse con ella en el agua fresca.

Puesto que ella no había vacilado, él tampoco vaciló, y se arrojó al agua y empezó a nadar. Ella también sabía nadar, mejor que él, y así juntos nadaron adentrándose un poco en el mar y volviendo hacia la orilla, y ella ya tenía la camisola pegada al cuerpo. Era una especie de baile, pero como en otros bailes, la percepción, el conocimiento, nadaba con ellos, intensificado por el roce de sus cuerpos y las miradas a las formas. El conocimiento brillaba en lo profundo de sus ojos que rara vez dejaban de mirarse.

Entonces ella se puso de pie, con el agua lamiéndole los pechos pequeños y elevados, ocultando y revelando los pezones bajo la tela opaca. Él no pudo dejar de mirarle esos botones agitados por el agua.

«Puedes tocarlos si quieres», dijo ella.

Y él se los tocó, después de mirar angustiado hacia lo alto del acantilado, donde no vio a nadie. Estaría muerto, muerto, si el capitán Drake se enteraba de que le había tocado los pechos a su hija.

Pero valdría la pena morir por eso, le pareció.

Notó los pechos fríos por el agua, y ásperos por la tela que los cubría, pero turgentes, firmes, y dulcemente diferentes a cualquier parte de su propio cuerpo. En su forma eran misteriosamente femeninos, y se los besó, por puro instinto, deseando desesperado tener la valentía de quitar la tela que los cubría para sentir la sedosa y cálida piel en lugar del áspero y frío algodón.

Un chillido lo arrancó bruscamente del pasado.

Una criada con la cara roja estaba en la puerta, con un enorme jarro apretado contra el pecho.

—¡Golpeé la puerta, milord! La señora Kerslake dijo que usted estaba levantado... —se mordió el labio, avergonzada por la implicación de lo que acababa de decir.

Él estaba totalmente desnudo y no necesitaba mirarse para saber que tenía el miembro totalmente erecto.

Los dos estuvieron inmóviles un momento. Luego la criada entró precipitadamente a dejar el jarro en el mueble lavabo, sin mirarlo, y volvió a la puerta. Pero ahí se detuvo y se giró, y el color de su cara ya era simplemente rosado. Bajó la mirada por su cuerpo, hasta ahí, y luego la subió hasta su cara.

—A no ser que necesite alguna otra cosa, milord.

Él retuvo el aliento al sentir el mordisco de la vil tentación. Ella estaba bien dispuesta, y qué más daba que fuera fea, de cara tosca y cuello grueso.

—No —logró decir—. Eso es todo.

Se cerró la puerta y él cerró los ojos, tratando de dominarse. Sería ya el colmo comenzar a utilizar a las criadas como comodidades.

Pero sabía que ése no era su verdadero motivo para rechazar el ofrecimiento. La barrera absoluta había sido pensar en la reacción de Susan cuando se enterara.

Susan estaba en la cocina supervisando a la pequeña Ellen en la preparación de tostadas cuando irrumpió Diddy Howlock.

—Estaba desnudo. Total y absolutamente desnudo. ¡Y listo para un revolcón también!

Risas y exclamaciones salieron de las bocas de las cinco mujeres, jóvenes y mayores.

—Y lo dejaste así, Diddy —dijo la señora Gorland, la cocinera de edad madura que venía cada día—. Eso sí es una sorpresa.

—Me ofrecí —contestó Diddy riendo—. No me importaría tener el bastardo de un conde. Seguro que con eso quedaría instalada de por vida, y éste me parece que también sería capaz.

Susan tuvo que morderse la lengua para tragarse las glaciales palabras inspiradas por la rabia; revelarían demasiado. Bastaría muy poco para que la gente del pueblo recordara que ella y Con habían sido... bueno, lo que fuera que fueron.

Amigos. Fueron amigos.

La gente recordaría esa entrevista entre Con y el capitán Drake en la taberna George and Dragon. Nadie sabía lo que se dijo en esa entrevista, pero bastantes personas lo adivinaban. La mayoría pensaba que entre ellos había habido un romance juvenil, aunque a nadie se le ocurría pensar hasta dónde llegaron.

¿A quién se le podría ocurrir pensarlo? Ella era una damita de la casa señorial de la aldea, aun cuando fuera bastarda, y él un joven caballero de Crag Wyvern. La gente sencilla siempre se atiene a la tradicional idea del pueblo de que las clases superiores sienten menos deseos carnales que ellos, aun teniendo delante las pruebas de lo contrario, como el caso de lady Belle y Mel Clyst, y el del viejo conde que llevaba a su cama a cualquier jovencita que estuviera dispuesta.

La gente se enteraría muy pronto de que el nuevo conde era Con Somerford, aquel chico simpático que vagaba por el pueblo asimilando muy atento cualquier historia que alguien deseara contar, y que se pasaba muchísimas horas en los acantilados con la señorita Susan. Él había causado buena impresión y por lo tanto durante años ella tuvo que oír una y otra vez a la gente la cantinela «ese joven suyo, señorita Susan».

Todo volvería a comenzar: «Me parece que el conde es ese joven suyo, señorita Susan».

¿Cómo podría soportarlo?

Mientras las mujeres continuaban riendo y hablando del conde desnudo ella recordaba cómo lo vio esa mañana en la ventana. Supuso que estaría en calzoncillos, pero por lo que acababa de enterarse, estaba totalmente desnudo. A pesar de la lógica, eso hacía nuevamente vergonzoso el momento.

O nuevamente excitante.

—Tiene un cuerpo muy hermoso —estaba diciendo Diddy, encantada por ser el centro de atención—. Buenos y duros músculos, y ninguna cicatriz fea.

Ah, pensó Susan, ese delgado cuerpo de jovencito se había desarrollado y endurecido a la perfección. Hombros anchos, puro músculo.

¿Ninguna cicatriz fea? ¿Tenía cicatrices?

Pues claro, tenía que tenerlas.

—Pero tiene un tatuaje en el pecho —añadió Diddy—. No puedo decir que me guste eso en un hombre.

Ah, o sea que lo que ella vio no era la sombra de la ventana medio abierta.

—Es un dragón —continuó Diddy—. No como los dragones chinos. Ésos me gustan bastante. Ah, ¡ya sé! —exclamó—. Es como el del dormitorio Saint George. Asquerosa bestia. Podrían haberlo sacado directo de la pared. Todo enroscado alrededor de su... —pasó los dedos por alrededor de su voluminoso pecho derecho.

Susan olió a quemado y se giró a mirar. Ellen estaba mirando a Diddy con la boca abierta.

—La tostada se está quemando —ladró, dándole una palmada en la cabeza a la chica, aunque lo lamentó al instante.

Ellen se echó a llorar y sacó la rebanada de pan chamuscado del tenedor y puso otra.

—Lo siento, señora.

Ay, Dios. Esa noche había dormido muy poco, con el trabajo de ir a verificar que la mercancía de contrabando estuviera bien guardada en los almacenes del sótano y luego con la imagen de Con dándole vueltas en la cabeza como una pelota con púas. Pero no podía descargar el cansancio en la pobre Ellen.

Le friccionó la cabeza a la chica por encima de la cofia.

—Lo siento. Pero mira las tostadas, no las tetas de Diddy. —Entonces se dirigió al resto—. Basta de esta vergonzosa conversación. Ahora ésta es una casa decente. No habrá ninguna actividad ni conversación indecente, ¿entendido?

Todas corrieron a reanudar el trabajo, pero Diddy dijo:

—Es el conde de Wyvern, ¿no? Y se pensó mi ofrecimiento. Yo lo vi, ¡venga ya!

A Susan no le cupo duda. Diddy era fea, pero tenía el cuerpo maduro, atractivo, unas amplias curvas con sus generosos pechos y caderas. Tenía un montón de pretendientes, y el único motivo de que aún no se hubiera casado era que tenía puesta la mira en mejorar su posición.

Pero el comportamiento de Diddy no era el responsable del torbellino que se agitaba en su interior, ni de su estallido de mal humor. Tampoco era el cansancio.

—A saber por qué el conde se despertó tan temprano —dijo—,

pero le tendremos preparado un buen desayuno. Ahora a trabajar; para lo que sea que él desee.

Diddy se echó a reír.

Tragándose una réplica mordaz, Susan se retiró a sus aposentos. Una vez allí se sentó y se rodeó con los brazos.

No era Diddy.

Ni siquiera era la idea de Con con Diddy.

Era el dragón.

Si Con Somerford tenía tatuado un dragón en el pecho, un dragón parecido al de la enorme pintura de san Jorge y el dragón del dormitorio de los aposentos Saint George, era por culpa de ella.

Capítulo 5

Habían conversado acerca de su nombre, George, y de por qué no lo usaba. Entonces él le contó acerca de los otros dos Georges, Van y Hawk, y de cómo cada uno escogió un nombre.

Los tres nacieron con pocas semanas de diferencia alrededor del tiempo en que los franceses querían tomar prisionero a su rey, así que a los tres los bautizaron, patrióticamente, George, como el rey de Inglaterra. Además, sus respectivas familias eran vecinas, por lo que crecieron siendo amigos, y tener los tres el mismo nombre era causa de constantes confusiones.

Hasta que al final se sentaron a intentar resolver el problema. Los tres deseaban llamarse George, no por el rey sino por el santo que mató al dragón. Para ellos el dragón representaba todo lo que era malo en el mundo, y san Jorge era el héroe perfecto. Al principio propusieron echarlo a suertes, pero al final decidieron que si no podían llamarse George los tres, sería mejor que ninguno se llamara así. Tomarían sus nombres de sus apellidos.

Así, George Vandeimen pasó a llamarse Van, George Hawkinville se convirtió en Hawk, pero George Somerford se resistió a llamarse Somer, que consideró un buen nombre para un mariquita. Así pues, adoptó el nombre Con, tomado de su segundo nombre, Connaught.

Recordaba cómo oía y asimilaba embelesada las historias de sus amigos íntimos. Criada en Kerslake Manor, era amiga de sus primas y primo, pero no había ninguna damita en las cercanías con las que pudiera relacionarse, y sus primas, aunque eran encantadoras y dulces, no eran compañeras adecuadas para su alma aventurera. David era más parecido a ella, pero era su hermano, y dos años menor.

Con fue el primer verdadero amigo de su vida, el único amigo con el que conectó al instante, a la perfección. En su imaginación, los amigos de él eran los amigos de ella.

Los Georges, como los llamaba Con. O, a veces, el triunvirato. Con, Van y Hawk.

Con también tenía amigos en la Compañía de los Pícaros, un grupo de amigos del colegio Harrow. Doce alumnos nuevos que, agrupados por un chico llamado Nicholas Delaney, formaron una pandilla para protegerse de los matones, y para hacer travesuras creativas.

Catorce amigos en total.

Una riqueza inimaginable para ella.

Sin embargo toda esa felicidad estaba ensombrecida ahora por ese tatuaje.

A Con le encantaban la historia de san Jorge y el dragón y todas las historias de dragones de Crag Wyvern. Aunque no tenía una elevada opinión de los Somerford de Devon, lo fascinaba llevar la sangre de un posible matador de un dragón. A él y a su hermano los pusieron juntos en las habitaciones Escandinavia, pero cuando descubrió las habitaciones Saint George, pidió cambiarse a ellas.

Un día él la hizo entrar a escondidas en Crag Wyvern y subieron a su habitación a mirar la pintura de la pared. Curiosamente, esa vez no hubo ni un asomo de percepción de que estaban juntos y solos en el dormitorio de él. Eso fue el séptimo día, antes de que cambiaran las cosas.

«Este santo se parece a mí, ¿no te parece?», dijo él, con los ojos brillantes de expectación.

Ella miró al santo, tan cubierto por la armadura romana, una ancha y ondulante capa roja y un inmenso yelmo con cimera, que era difícil verlo. Pero sabía lo que exigía la amistad, por lo que contestó: «Sí, tiene la mandíbula cuadrada, como tú. Y los pómulos».

«Puede que yo sea Con —dijo él—, pero en mi corazón soy George, defensor de los débiles y los inocentes. Te defenderé, Susan, si alguna vez estás amenazada.»

«¡Yo no soy débil ni inocente!», protestó ella, con un fastidio tal que hizo sonreír irónicamente a la Susan mayor que estaba recordando.

Con se puso tan nervioso, pidiendo disculpas y protestando al mismo tiempo, que salieron corriendo de la casa, al aire libre, donde todo era mucho más sencillo.

Recordaba que pensó que a él podría gustarle que lo llamara George, pero encontró que ese nombre no le sentaba bien. Él era Con, el hermoso y ecuánime Con, amante de la diversión. Pero después que hicieron el amor le dijo: «Mi George», y él la besó y le dijo: «Para siempre».

Seguía recordando ese momento, tan perfecto como un diamante engarzado en oro. Recostada en sus brazos a la cálida sombra del acantilado, oyendo los chillidos de las aves marinas y el murmullo de las olas al romper sobre las rocas cercanas.

No era por lo que acababan de hacer. Era porque había encontrado a su persona, al hombre con el que estaría toda su vida, del que no quería separarse jamás.

Sabía muy bien que tendrían que estar separados un tiempo. Eran muy jóvenes, unos niños; los harían esperar. Pero ya estaban unidos por toda la eternidad. Y el último detalle perfecto era que su George, su san Jorge, su héroe, su amigo, algún día sería también el conde de Wyvern.

Y ella sería lady Wyvern, reina de todas las personas que conocía.

Jamás se le había pasado por la mente que Con no fuera el hermano mayor. En altura igualaba a su hermano, pero era más fuerte y más vigoroso. Fred Somerford era terriblemente tímido y sólo se sentía a gusto hablando de barcos.

Y así, en todos esos días mágicos, mientras se enamoraba de Con, se había enamorado también de una visión del futuro.

No sería la hija bastarda de lady Belle, siempre oyendo decir qué buenos eran sir Nathaniel y lady Kerslake por tratarlos a ella y a David como si formaran parte de la familia.

No sería nunca más una persona sin hogar.

Sería la condesa de Wyvern.

Éste sería el desquite perfecto hacia todas esas personas que a ella y a David los trataban como si no fueran verdaderos miembros de la aristocracia local, que recomendaban a sus hijos no pasar mucho tiempo con ellos y los vigilaban constantemente por si veían un mal comportamiento.

Sería la condesa de Wyvern. Pertenecería a la sociedad sin ninguna duda, y todos, ¡todos! tendrían que hacerle reverencias y sonreírle. Y ella haría respetable a David también, para que pudiera ir a cualquier parte y hacer lo que quisiera; casarse con una heredera; convertirse en un gran lord, si lo deseaba.

Nadie podría volver a mirarlos en menos.

Y por lo tanto, estaba recostada entre sus brazos, segura de la perfección total.

«No sé cuándo volveré», dijo él, acariciándola, contemplándole el cuerpo como si fuera un maravilloso misterio para él.

Y ella lo miraba de la misma manera. Lo que acababan de hacer le había dolido un poco, y estaba segura de que había algo más en eso, pero de todos modos, había sido lo más mágico que podría haberse imaginado, y deseaba volver a hacerlo.

Estaba el peligro de quedar embarazada, pero si ocurría eso no sería tan terrible. Tendrían que casarse inmediatamente, ¿no?

«No tardes mucho», le dijo, siguiendo con los dedos una figura de arena que le había quedado en el pecho.

Habían tenido buen cuidado de poner la ropa de los dos debajo, pero de todos modos se les pegó un poco de arena en la piel.

«Podría pasar un año, no sé cómo voy a soportar eso.»

«¿Un año? —exclamó ella, incorporándose para mirarlo—. Podrías insistir en volver antes.»

«¿Con qué motivo?»

Ella lo besó.

«¿A verme a mí?»

«No creo que eso impresione a nadie —dijo él, sonriendo—. Dirán que somos muy jóvenes.»

«Entonces di que quieres aprender más acerca de tu futura propiedad.»

Él la miró sorprendido, con las pestañas mojadas, y el pelo oscuro pegado a las sienes por el sudor.

«No es mi futura propiedad. Es la de Fred.»

Recordaba claramente, incluso en ese momento, la horrible y dolorosa frialdad que la invadió toda entera.

«Es menor que tú», protestó, aun cuando ya sabía que decir eso era estúpido, que él no le mentiría en una cosa así.

«Tal vez lo parece, pero es trece meses mayor que yo. Qué, ¿lamentas que no sea yo el heredero?», dijo alegremente, bromeando, seguro de que ella lo negaría riendo.

Pero ella estaba tiritando, como si repentinamente hubieran pasado de agosto a noviembre. Y no era solamente porque él no tendría Crag Wyvern, porque era un hijo menor que jamás sería un señor, un lord, sino también porque no era de allí y no era de Sussex; tampoco sería dueño de Somerford Court. No tenía su lugar en el mundo, igual que ella.

Si se casaba con él tendría que ir dondequiera que fuera él, vivir desarraigada con el ejército, o trasladarse de parroquia en parroquia como la mujer de un cura, cuando lo único que había deseado siempre, por encima de todo lo demás, era pertenecer a un lugar, tener su hogar.

Allí.

Le había entregado su virginidad a Con para atarlo a ella. Lo había seducido. Él estaba bien dispuesto, pero no lo habría hecho si ella no hubiera dado los primeros pasos. Y ella lo había hecho para asegurarse, por fin, su lugar allí, y en lugar de eso había arrojado al mar su destino, donde iría a la deriva, llevado hacia donde soplara el viento.

¿Y si estaba embarazada?

Mirando en retrospectiva, no lograba entender a esa chica. ¿Por qué no comprendió que Con habría sido su mundo, su hogar, su seguridad, su estabilidad en el mundo? Tal vez se equivocó debido a su naturaleza amable, su capacidad para disfrutar simplemente de la vida, y pensó que no era fiable.

Si era por eso, había juzgado muy mal lo que había debajo.

Pero sólo tenía quince años. ¿Qué chica de quince años es capaz de hacer juicios sutiles sobre esas cosas? Pero unas cuantas deciden su vida con sus tonterías.

No era de extrañar que los padres protegieran a sus hijos justamente de su juventud.

De la cara de él había desaparecido la alegría y la seguridad, y ella deseó besarlo, decirle que no, que por supuesto no le importaba que no fuera el heredero. Recordaba muy bien eso. Recordaba que se sintió dividida en dos partes, la parte que amaba a Con Somerford y la parte que se lo jugó todo para ser la condesa de Wyvern.

«¿Susan?», dijo él, serio, ya desvanecida toda la alegría.

Ella lo deseaba tanto, tanto, sufría tanto por él, por el amigo de su corazón, que sólo fue capaz de abandonarlo duramente. Se apartó de él, y cogió su camisola para cubrirse la desnudez y protegerse del frío.

«Sí, lamento que no seas el hermano mayor. Deseo ser condesa. Nada inferior me irá bien.»

Tal vez esperaba que diciendo eso le encontraría sentido. Intentó añadir una disculpa, pero incluso once años después seguía doliéndole lo mal que le salió el «Lo siento».

Él continuó sentado, desnudo, hermoso, con el sufrimiento por la traición reflejado en todos los rasgos de su cara, así que ella volvió a intentarlo:

«Te alegrarás cuando lo pienses. No te conviene atarte a la hija bastarda de un contrabandista y una puta».

Eso fue un error. Vio la chispa de esperanza, el inicio de una discusión, así que cogió su ropa y echó a correr, no sin antes gritarle: «¡No quiero volver a verte! ¡No me vuelvas a hablar nunca más!»

Y él obedeció.

Si él la hubiera seguido esa tarde o la hubiera buscado en los días que le quedaban allí, si hubiera discutido con ella, tal vez habría sido capaz de comprender y ser sensata. Pero siendo Con, le tomó en serio la palabra y ella no volvió a verlo ni oírlo hasta esa noche pasada.

Se le destrozó el corazón, pero de una manera retorcida que le fortaleció la voluntad. Obedeciendo los dictados de su corazón y atendiendo a sus deseos, su madre se fue a vivir en una unión vergonzosa, causándole todos los problemas imaginables. Lady Belle podría haberse casado bien. La habían cortejado la mitad de los hombres del condado, incluso el propio conde.

Pero su madre siguió los dictados de su estúpido corazón hasta una taberna de un pueblo de pescadores, y aun cuando Mel Clyst era el capitán Drake, eso no cubría de gloria su vergüenza a los ojos de la mayor parte del mundo.

Ella no sería la esclava de sus deseos como su madre, decidió. No subió a Crag Wyvern a meterse a escondidas en las habitaciones Saint George a buscar a su George para suplicarle que la perdonara. No le envió las cartas que le escribió después de que él se marchara.

Mirando atrás, la impresionaba la voluntad de acero que demostró tener esa chica de quince años, su capacidad para aplastar todos sus instintos con el fin de conseguir su objetivo de ser una gran dama en lugar de una mantenida por caridad.

Cubriéndose la boca con la mano, se tragó las lágrimas. Creía que lo había hecho mejor tratando de olvidar.

La chica de quince años hizo denodados esfuerzos por quitarse a Con de la cabeza. Con la edad llegó la sabiduría, y luego el pesar, pero continuó esforzándose en olvidar. Lo hecho, hecho estaba; no se podía deshacer, y a veces se sentía como si se fuera a desangrar hasta morir si se permitía pensarlo.

Debería haber comprendido que eso no le resultaría. Durante once años, todas las rocas, todas las plantas, todos los insectos se lo recordaban. No soportaba ni pensar en la playa de Irish Cove; no había vuelto allí desde entonces.

Pero sí creyó que lo había enterrado todo más hondo.

Se había dejado seducir por dos hombres simplemente para eliminar de su cuerpo el recuerdo de Con. Eso tampoco resultó, ni siquiera con lord Rivenham, hábil pícaro que le dio todo el placer que ella esperaba pero no consiguió disolver la dulzura de ese torpe momento con Con.

Obsesionada por ese objetivo, incluso intentó atraer la atención del hermano mayor de Con, Fred. Al fin y al cabo había renunciado al cielo por Crag Wyvern, de modo que tenía que tenerla, si no, su sacrificio habría sido en vano.

Recordando, ahora podía agradecer a Dios que Fred Somerford no anduviera buscando esposa en ese tiempo. No quería ni imaginarse cómo habría sido volver a encontrarse con Con después de todos esos años siendo su cuñada.

Finalmente comprendió que ese premio era puro oropel sin ningún valor, pero ya era demasiado tarde. A veces soñaba que se encontraba con Con e intentaba sanar las heridas, pero el amable Fred iba de visita unas cuantas veces al año y les llevaba noticias, por lo tanto ella sabía que Con se había marchado al extranjero con el ejército poco después de irse de allí, y que rara vez estaba en casa.

En cierto modo inexplicable, el hecho de que él estuviera fuera de Inglaterra la hacía considerarlo más perdido para ella aún. De todos modos, a lo largo de los años le escribió cartas al alférez, al teniente y al capitán George Connaught Somerford, cartas que después rompía y quemaba.

Lo sabía todo acerca de la carrera de Con porque la tía Miriam alentaba a Fred a visitarlos en la casa siempre que quisiera. En parte eso era sincera amabilidad, pero también se debía a que tenía dos hijas y una sobrina y, ¿por qué alguna de ellas no podía acabar siendo la condesa de Wyvern como cualquier otra joven?

Recordaba la ocasión en que, en una cena con la familia, Fred sacó un retrato en miniatura que le había enviado Con, hecho con su uniforme nuevo de capitán. Lo fueron pasando de mano en mano y ella lo veía circular acercándose a ella, sintiendo una insoportable mezcla de expectación y miedo.

Cuando llegó a sus manos, le quitó el aliento. Tuvo que pasarlo a la siguiente persona antes de haber tenido el tiempo para contemplarlo bien.

Sintió el desesperado deseo de apoderarse del retrato, de robarlo y esconderlo.

Él tenía veintidós años cuando se le hicieron; y tenía más fuerte el mentón cuadrado, y la delgadez de su cara hacía más pronunciados sus pómulos. De acuerdo al reglamento, se había empolvado el pelo, y eso parecía hacer resaltar sus ojos color plateado ribeteados por pestañas oscuras. Pero estaba sonriendo y ella sintió auténtica alegría al pensar que tal vez él era feliz, que podría haber logrado olvidarla totalmente.

Pero él continuaba en la guerra. Acobardada, leía los obituarios y las listas de bajas, rogando que su nombre no estuviera en ellos.

Durante sus muchísimas noches de insomnio revivía el momento de la decisión, imaginándose qué habría ocurrido si ella hubiera seguido los dictados de su débil corazón en lugar de los de su fuerte voluntad. Sólo tenían quince años. De ninguna manera les habrían permitido casarse, a no ser que ella hubiera quedado embarazada, lo cual, gracias a Dios, no ocurrió.

Siendo hijo menor, Con necesitaba una profesión, pero tal vez habría elegido otra por la comodidad de ella. Una ocupación más segura. Y por lo menos ella hubiera estado estado con él, aunque fuera siguiendo al ejército.

Todo ese darle vueltas y vueltas a las cosas era como un círculo vicioso, sin ningún sentido, que ella intentaba romper, bloquear, pero que muchas veces la hundía, la deprimía, sobre todo cuando despertaba por las noches inmersa en la oscuridad. Pero con los años todo se fue convirtiendo casi en una fantasía y ellos ya no eran personas del todo reales, sino más bien personas a las que había conocido, ella se veía no como era sino como había sido. Y eso le enterraba sus colmillos.

Hasta ese momento. Hasta ese momento en que Con estaba allí, en esa casa, marcado de maneras que ella nunca deseó, pero Con de todos modos. Si no hubiera sido tan voluntariosa, y se hubiera permitido amar y ser amada, ¿seguiría siendo él la persona amable y risueña que conoció?

En ese tiempo él se consideraba un san Jorge, un guerrero que combatía la maldad, pero en algún momento se hizo tatuar un dragón en el pecho.

Se levantó y, trazándose mentalmente una ruta que le evitara la posibilidad de encontrarse repentinamente con él, salió a toda prisa en dirección a las habitaciones Saint George.

Capítulo 6

Las habitaciones Saint George estaban decoradas en un estilo vagamente romano, con el suelo embaldosado imitando mosaicos, y clásicas cortinas de lino blanco. La pintura de san Jorge y el dragón era un fresco que ocupaba la mayor parte de una pared del dormitorio. Ésa no era la primera vez que Susan iba allí a mirarla.

El santo sí tenía un cierto parecido con Con, pero ahora se veía bastante blandengue, comparado con el endurecido guerrero. Sostenía la lanza levantada en una mano elegantemente flexionada que parecía incapaz de ejercer fuerza y violencia. Esa noche pasada Con le cogió la muñeca para ponerla de pie de un tirón, y ella notó su mano dura y fuerte. La postura del santo con la cadera ladeada se veía más femenina que masculina. En ese tiempo Con siempre se movía con garbo y elegancia, pero sus movimientos eran vigorosos, decididos, y ahora eran aniquiladora y totalmente masculinos.

El dragón no estaba muerto. Estaba detrás del santo, erguido sobre las patas traseras, y más atrás estaba la virgen para el sacrificio medio desmayada, encadenada a una roca. El dragón tenía las fauces medio abiertas y dentro de ellas se distinguían los colmillos y la lengua bífida. Era claramente un dragón malo, y Susan deseó gritarle al estúpido san Jorge que mirara hacia atrás.

Sintió abrirse la puerta y se giró a mirar.

Con se detuvo, como si se hubiera quedado paralizado, y ella creyó ver un ligero tinte rosa en sus morenas mejillas.

—Lo siento. ¿Tú ocupas estas habitaciones ahora?

Ella se sintió arder las mejillas, seguro que las tenía rojas, y le costó abrir la boca, que repentinamente se le había resecado. Se obligó a hablar:

—No. Tengo las habitaciones del ama de llaves, abajo. Esto... estaba...

—No mientas —dijo él, secamente—. Hubo algo especial entre nosotros, ¿verdad? —Se acercó a mirar la pintura, pero se situó a una prudente distancia de ella—. Qué burro más arrogante era yo para ver un parecido.

—¡No, no! —exclamó ella; era una inútil presunción suponer que podría aliviarle su orgullo después de todos esos años, pero no pudo evitarlo—: El primer conde posó de modelo, ¿sabes?

—Supongo que entonces eso podría explicarlo. —Se giró a mirarla y ella vio un asomo de humor en su expresión—. Aunque no sé si deseo tener un parecido con los Somerford dementes de Devon.

Sí, sólo fue un asomo de humor, como la promesa de sol en un día muy nublado.

Deseó preguntarle por qué estaba allí, pero lo sabía. Por el mismo motivo que ella: una peregrinación al pasado.

Deseó preguntarle por qué se había hecho tatuar un dragón en la piel.

Pero lo sabía: debido a lo que ella le hizo en el pasado.

Más que cualquier otra cosa, deseó preguntarle si había alguna manera de deshacer el sufrimiento que le había causado, después de tantos años.

Pero no. Las heridas que ella le infligió entonces ya se habrían curado y cicatrizado en todo ese tiempo. Las cicatrices, como los tatuajes, no se pueden borrar. No había ningún puente para volver al dulce ayer.

Y, en todo caso, pensó, estaba en esta casa para encontrar el alijo de oro del conde loco, para David y la Horda. Ese dinero pertenecía por derecho a la Horda, que lo necesitaba perentoriamente, pero Con no vería el asunto de esa manera. Sólo vería otra traición más de ella.

A no ser que la operación hubiera resultado satisfactoria.

Ése era un rayito de luz y esperanza. Si la operación había ido todo lo bien que ella creía, la Horda no tendría necesidad de ese dinero. Ella no tendría que volver a traicionar a Con.

El silencio entre ellos se iba alargando tanto que corría el peligro de decir todo lo que no debía decir, así que, para romperlo, fue a abrir la puerta de la pared más cercana.

—Ha habido innovaciones desde que usaste estas habitaciones —dijo.

Aparentemente tranquilo, él caminó hasta la puerta y se asomó.

—¿Un baño romano?

—Sí.

Caminó delante de él atravesando la corta distancia de suelo embaldosado y subió el peldaño, para enseñarle el inmenso baño de mosaicos. No se le había ocurrido pensar en la imagen dibujada en el fondo, simplemente recordó el baño para tener un pretexto para salir de la habitación.

Entonces se ruborizó, porque el cuadro del fondo del baño representaba a un muy superdotado san Jorge, al que se identificaba por el yelmo, que era lo único que llevaba puesto, que estaba a punto de enterrar su voluminoso miembro en una mujer que supuestamente era la princesa rescatada.

¿Rescatada? La mujer seguía atada a una roca con una cadena de hierro, y era evidente que estaba desesperada tratando de escapar de ese destino.

—Físicamente imposible —comentó él—, o una extraña forma de asesinato. Además, no sé si es posible bañarse aquí. ¿Funcionan los grifos?

—Por supuesto. —Dio la vuelta al enorme baño para poner toda su anchura entre ellos—. Hay un depósito de agua en la parte de arriba con un fogón debajo. Lleva tiempo calentar el agua, pero se puede llenar el baño.

—Ah, ahí veo la boca del desagüe. Qué lugar anatómico más interesante para ponerla.

A ella se le escapó una risita antes de poder reprimirla, y sus ojos se encontraron con los de él a través de ese espacio, y sostuvieron la mirada durante un momento.

Con desvió la vista.

—¿Dónde desagua?

Las paredes de mosaicos daban una cierta resonancia al cuarto y ella pensó si se oirían también los latidos de su corazón. Dado que él no la estaba mirando, lo estaba observando en todos sus detalles, toda esa belleza masculina tan diferente, y tan parecida, a la del chico de quince años.

—Sale por una gárgola —contestó—, y cae sobre quienquiera que se encuentre debajo. —Apuntó hacia una cadena dorada—. Es de buena educación tocar antes esa campanilla.

Él se giró a mirar las paredes de mosaico, en las que incluso los árboles estilizados tenían una sutil semejanza a falos e insinuaban otras actividades impúdicas.

—¿Mi estimado pariente difunto usaba mucho este baño?

—De vez en cuando, me parece.

—¿Solo?

—Creo que no. Es muy grande para una sola persona.

Él la miró, haciendo valer su condición de conde.

—Deseo cambiarme a estas habitaciones, señora Kerslake. Soy muy aficionado a los baños. Encárguese de eso, por favor.

Ella estuvo a punto de protestar. Tenerlo en las habitaciones Saint George era acercarse demasiado al pasado, y detestaba pensar que él hubiera cambiado tanto que le gustaran esas obscenas imágenes. Pero dijo:

—Por supuesto, milord.

Sin embargo, fuera quien fuera ahora, no le gustaba la idea de que él compartiera ese baño. Con Diddy, por ejemplo. Cuando iban saliendo del cuarto, intentó establecer ciertas normas.

—Llevo esta casa de una manera respetable, milord. Espero que no use ese baño de ninguna manera impúdica.

—¿Es que quiere dictaminar mi conducta, señora Kerslake?

—Creo que tengo el derecho a preocuparme por el bienestar de las criadas, milord.

—Ah, comprendo. Pero ¿no pondría objeciones si yo trajera a damas o a otras mujeres de fuera para compartir mi baño?

Ella lo miró a los ojos.

—Expondría a las criadas a situaciones indecorosas.

—¿Y nunca han estado expuestas al indecoro?

—Los tiempos han cambiado.

—¿Ah, sí? —Hizo una pausa para dejar sonando eso, y luego añadió—. Y si no obedezco tus órdenes, Susan, ¿qué harás?

Ése fue un golpe limpio y decisivo.

Su único desquite posible era dimitir, pero no podía marcharse de Crag Wyvern todavía.

Ante su silencio él arqueó una ceja. Ella vio en él un asomo de humor y mucho de triunfo, pero también de elucubración. No quería que él se pusiera a pensar por qué necesitaba quedarse.

Se dirigió a la puerta.

—Creo que lo está esperando su desayuno, milord.

—Creo que mi desayuno me seguirá esperando. Hay ciertos privilegios debidos al rango. Enséñeme las habitaciones del difunto conde.

Ella estaba desesperada por escapar, pero no quería eludir los momentos que podía pasar con él; eso sería huir del amigo de su corazón que vivía en sus sueños y recuerdos. De su primer amante, torpe pero maravilloso; del chico al que hirió intencionadamente. Del hombre en que se había convertido.

Más se apresuraría en huir del dragón, con la cola enroscada esperando pacientemente, y encarnación del peligro de los ojos plateados. Miró atrás y vio, horrorizada, que aunque era imposible discernir de qué color tenía los ojos el santo, los ojos del dragón eran de color gris plateado.

—¿Señora Kerslake? —dijo él, en tono bastante autoritario.

Eso la obligó a concentrarse en lo que tenía entre manos.

—Como quiera, milord. Son las habitaciones contiguas a éstas, pensadas para que el conde tuviera más fácil venir al baño.

Tenía que dominar las malditas reacciones que él le provocaba. Si sentía algo por ella, era rabia. Y sin embargo..., sin embargo reconoció que había venido a esa habitación por el mismo motivo que ella, y que había habido dulzura entre ellos.

Cayendo en la cuenta de que casi había pasado de largo por la primera puerta de las habitaciones Wyvern, se detuvo para abrirla. La llave se negaba a entrar en la cerradura, tal vez porque Con estaba a su lado, muy cerca. Juraría que sentía el calor de su cuerpo. Y detectaba claramente un olor muy tenue pero reconocible.

Nunca se le había ocurrido pensar que las personas pudieran tener un olor individual tan potente, pero aunque él se había bañado, ella sentía un olor en el aire que lo rodeaba, el que la llevaba directamente al recuerdo de un cuerpo desnudo en una playa calentada por el sol, y a un pecho joven, musculoso, que ella había mordisqueado y besado una y otra vez.

¡Basta!, se ordenó.

La llave entró en la cerradura, la giró y abrió la puerta, agradeciendo el aire rancio y hediondo que aplastó los dulces recuerdos. Esos olores, a hierbas raras y a sustancias químicas, tenuemente matizados con olor a vómito, eran todos del difunto conde. Fue casi corriendo a abrir la ventana.

—¿Murió aquí? —preguntó Con, como si estuviera oliendo a muerte.

Tal vez un soldado sabía reconocer ese olor.

Se giró a mirarlo, sintiéndose más segura pues entre ellos estaban el enorme escritorio y una mesa de trabajo.

—Sí. La habitación se ha limpiado, por supuesto, pero todo se ha dejado tal como estaba. Algunos de esos pergaminos y libros son valiosos. Y algunos ingredientes también.

Las paredes estaban tapadas por armarios de diferentes estilos, con todos los estantes llenos hasta arriba de libros, frascos, botellas y potes, todo en absoluto desorden.

—Sólo para otro de su calaña —dijo Con, acercándose a examinar un estante con botellas de vidrio—. ¿Se dedicaba a la alquimia o a la química?

—A la alquimia, rayando la brujería.

Él se giró a mirarla.

—¿Intentaba convertir el plomo en oro?

—Intentaba convertir la vejez en juventud. Buscaba el secreto de la vida eterna.

—Y murió a los cincuenta años por beber de su propia poción secreta. Qué ironía. Por lo general, en nuestra familia todos han sido bastante longevos, a no ser que haya habido un accidente. Mi padre sucumbió a la gripe, mi hermano a un momento de descuido en el mar. A mi abuelo lo arrojó al suelo su caballo a los setenta, y tuvo la mala suerte de aterrizar de cabeza.

Susan cayó en la cuenta de que estaba fuertemente aferrada al alféizar de la ventana, a su espalda, como si necesitara un sostén para su cordura.

—Le tenía miedo a la muerte —logró decir—, y temía encontrarse con su antepasado, el primer conde.

—¿Por qué?

—No tenía heredero. Iba a ser él el que dejaría morir el linaje del Matador del dragón.

—Debería haberse casado.

Ella decidió no explicar las costumbres del conde loco. No podría hablar de esas cosas con Con.

Él apoyó las caderas en el escritorio, alto, delgado, duro, y todavía batiéndose a duelo con ella.

—¿Cómo es que sabes tanto de él? Sólo viniste aquí cuando se marchó la señora Lane, ¿verdad?

Ella no tenía el menor deseo de decirle la verdad, pero todo el mundo lo sabía.

—Antes de eso fui la ayudante del conde durante tres años.

—¿Ayudante? —repitió él, y ella vio que estaba pensando lo peor.

—Copiaba documentos antiguos, hacía investigación y le encontraba proveedores para sus ingredientes. Era una especie de secretaria.

—Caramba, así que tenías verdaderas ganas de convertirte en la condesa, ¿eh?

Ella apretó con más fuerza el alféizar.

—Fui su secretaria, y acepté el trabajo porque necesitaba empleo.

—¿Te echaron de la casa señorial?

—No, claro que no. Simplemente preferí dejar de vivir de caridad.

—¿Y éste era el único empleo posible?

¿Con qué fin intentar siquiera explicárselo? Pero abrumada como estaba por tantas cosas que no podía explicar, decidió intentar al menos no echarse la culpa de eso.

—Era el único empleo aquí para una persona como yo. Una señorita Kerslake, de Kerslake Manor, no podía emplearse para labores serviles, y la hija de un contrabandista y una puta no era deseable para ninguna ocupación que requiriera educación y finura. El conde me ofreció el puesto y yo lo acepté.

—¿También le ofreció el puesto de administrador de la propiedad a tu hermano?

—Sí.

—¿Por qué?

Ella nunca había pensado en eso.

—Supongo que mi padre se lo sugirió.

Él curvó los labios en una leve sonrisa de incredulidad.

—¿Y el conde hacía lo que le sugería Mel Clyst?

—Tenían un acuerdo. —Pasado un momento, añadió—. Contrabando, Con.

—Ah —dijo él, apartándose del escritorio—. Puedes decirle al capitán Drake, supongo que conoces al actual capitán Drake, que no habrá acuerdo conmigo.

—Con...

La mirada dura y enfadada de él la silenció, pero el momento fue interrumpido por un intruso.

—¡Buen Dios! ¿Qué es esto?

El secretario de Con entró como una brisa de primavera en una caverna hedionda. Grácil, pensó ella, con su cuerpo delgado, ligero, ágil, y sedoso pelo rubio. Pero no un ángel. Todo en él, hasta el último detalle, contradecía al ángel.

Arrancada bruscamente de una realidad totalmente diferente, estuvo un momento sin lograr recordar su nombre. Él le sonrió: una sonrisa reflexiva, calculadora.

—Racecombe de Vere, señora, para servirla. Mis amigos me llaman Race.

Susan flexionó las rodillas en una reverencia.

—Señor De Vere.

Y entonces cayó en la cuenta de que a Con no le había hecho ni una sola reverencia.

De Vere volvió a sonreír, y en sus ojos brilló una expresión de encantador buen humor. Era un seductor, pero en ella no tenía el menor efecto, aparte de una ligera irritación, y un gran alivio por la interrupción.

—¿Qué es esta atmósfera pesada que percibo? —preguntó De Vere.

—Brujería y exasperación a partes iguales —contestó Con—. Ésta era la guarida del difunto conde. Estaba loco de remate, y se mató con un brebaje que supuestamente tenía que darle la vida eterna.

—¿Su espíritu vaga por la casa? —preguntó De Vere, dando la impresión de que encontraba eso fabuloso.

Con miró a Susan, así que ella contestó:

—No que alguien lo haya notado. Curiosamente, Crag Wyvern no tiene ningún fantasma.

—Eso porque las víctimas de la cámara de tortura están hechas de cera.

—¡Cámara de tortura! —exclamó De Vere, con los ojos brillantes de entusiasmo—. Con, el mejor de los buenos amigos, vamos ahí inmediatamente.

—Si quieres que te estiren en el potro, podemos hacerlo después. —Cogió por el codo al joven y lo llevó hasta la puerta—. Por el momento, me parece que hay un desayuno esperando. —Pero en la puerta se detuvo y miró hacia atrás—. Después del desayuno quiero un recorrido por toda la casa, señora Kerslake, y la mayor parte de su tiempo durante el día. Además, encárguese de que se presente su hermano con los informes de la propiedad.

Dicho esto se alejó sin esperar respuesta, lo cual a Susan le vino muy bien porque no tenía ninguna, aparte de un tiritón que la obligó a rodearse con los brazos y friccionarse un poco. Incluso cuando estaban peleando, incluso cuando había una tercera persona presente, se hablaban de una manera evocadora de una intimidad en el pasado. Como si sólo ellos dos fueran reales en un mundo irreal.

Y era al revés. El mundo era real y Susan Kerslake y Con Somerford eran los fantasmas de dos jovencitos de un lejano verano, dos personas que ya no existían, a no ser en el recuerdo.

Pero los fantasmas tienen auras muy potentes. El amigo de él las había percibido y era el tipo de persona capaz de crear problemas.

Tendría que marcharse.

¿Cuánto tiempo llevaría encontrar y contratar a una nueva ama de llaves y marcharse dignamente? Demasiado. Sin embargo, huir sería una tremenda muestra de debilidad y cobardía. Además, estaba ese oro que debía encontrar. En esos meses había organizado una limpieza a fondo de la casa, y no se halló nada. El escondite del conde tenía que ser un lugar muy oculto y difícil de descubrir.

Salió de la habitación, tuvo buen cuidado de ponerle llave y bajó a su habitación a escribir un mensaje para David. Cuando él llegara a ver a Con podría confirmarle que salió todo bien en la operación. Después se pondría a buscar una nueva ama de llaves y haría su escapada, fuera digna o indignamente.

Claro que adónde ir y qué hacer era otra historia muy diferente. Tal vez debería seguir a sus padres errantes y dirigirse a las antípodas.

Cuando iban bajando por una de las escaleras de caracol, Race comentó:

—Colijo que la hermosa dama queda fuera de mis límites.

Con deseó no haber hecho un gesto de crispación.

—No particularmente. Como te dije anoche, eres libre para cortejarla si es un cortejo honorable el que tienes pensado.

—Eso sería difícil, pero podría intentar un coqueteo honorable si no voy a sentir tu puño encima. Es la única mujer guapa de la casa. La criada que me llevó el agua sólo es un pelín más sustanciosa que el esqueleto del corredor. Decididamente ésta es una casa rara.

—No lo había notado —dijo Con, irónico, echando a andar por el patio en dirección a la sala de desayuno.

Cuando iban pasando junto a la fuente se detuvo a mirar las estatuas. El dragón, tan superdotado como el san Jorge del baño, estaba a punto de enterrar el voluminoso pene en la mujer desnuda para el sacrificio, quien claramente estaba mal dispuesta. En el borde de la fuente se leía en letras grabadas: *«El dragón y su esposa»*.

—Nunca había visto al dragón haciendo eso con la tradicional doncella —comentó Race—. Lo cual arroja una nueva luz sobre la historia, ¿no?

—A mí siempre me ha parecido que la lanza de san Jorge es bastante sugerente.

—Sobre todo en los cuadros donde lo muestran acariciándola.

Riendo, Con entró delante de Race en la sala de desayuno por las puertas cristaleras que estaban abiertas. Los muebles eran de roble oscuro, como en toda la casa, pero las paredes blancas lo alegraban, y era agradable tener las puertas abiertas hacia el jardín.

Y él se estaba riendo. De pronto sintió gratitud hacia Race por haberse asignado el puesto de acompañante y traído risa a esa casa.

—Acuérdame de que te enseñe el baño que hay en mis nuevas habitaciones —dijo, mientras se sentaban.

—¿Los dragones de las habitaciones China te resultaron demasiado insoportables?

—En las habitaciones Saint George hay un baño muy grande y muy interesante.

—Ah, tú y tus baños. ¿Qué tiene tan especial éste?

Con se lo describió, y Race movió la cabeza.

—Muchas veces me he preguntado qué sentirían esas pobres doncellas respecto al precio del rescate. Me vienen a la mente muchísimos héroes a los que no me gustaría tener que agradecerles. ¿Y si a la dama le gustaba el dragón y no quería que la rescatara un santo aburrido?

En ese momento entró la criada flaca con una cafetera en una mano y un jarro con chocolate en la otra, y los puso sobre la mesa.

—El resto no tardará, milord —dijo, y salió a toda prisa.

—¿Y por qué la dama iba a elegir al dragón? —preguntó Con, sirviéndose café en la taza—. Un montón de joyas no le compensarían el estar casada con un monstruo.

—A algunas mujeres les apetece acostarse con monstruos.

—Entonces se merecen los monstruos que consiguen.

A Race se le iluminaron de risa los ojos.

—¿Y las que eligen santos también se merecen ese destino?

—Cínico.

—Yo te pregunto, ¿te gustaría estar casado con una santa?

De pronto en la mente de Con apareció la imagen de lady Anne Peckworth. Llamarla «santa» sería exagerado, pero era dulce, amable, buena, y se dedicaba a obras benéficas prácticas, relacionadas con la educación de los niños y el cuidado de los ancianos.

Era la mujer con la que probablemente se casaría. Esos dos últimos meses le había dedicado bastantes atenciones, lo que ciertamente le daba motivos para esperar...

Entonces entraron dos criadas, interrumpiendo, afortunadamente, sus pensamientos. Ninguna de las dos era la que lo sorprendió desnudo. Una era el esqueleto, pobrecilla; la otra era la mujer mayor que los atendió la noche anterior. Pusieron sobre la mesa el contenido de dos bandejas llenas.

—¿Alguna otra cosa, milord? —preguntó la mayor.

Con miró la enorme cantidad de comida.

—No, gracias. Creo que con esto tendremos suficiente.

Las criadas salieron y los dos se miraron sonriendo.

—Podríamos alimentar a un regimiento con esto —comentó Race, sirviéndose en el plato un buen número de huevos y casi la mitad del jamón de la fuente.

Con cogió una rodaja de carne con el tenedor y lo puso en su plato.

—Quieren causar buena impresión, supongo.

—Y lo están consiguiendo —dijo Race, untando con una gruesa capa de mantequilla un panecillo—. Entonces, ¿con quién debe casarse una mujer juiciosa?

—Con un hombre bueno y aburrido. ¿Y por qué seguimos clavados con el tema de las mujeres?

—Es algo que tiene que ver con la angelical Susan, supongo.

Con lo miró fijamente.

—¿Por qué?

—Mi querido amigo, dime que cierre la boca, si quieres, pero no finjas que no hay nada.

Con evadió eso.

—Es la mujer menos angelical imaginable —dijo—. Anoche estaba fuera con los contrabandistas.

—¡Qué espléndido! —exclamó Race, mojando el pan en la yema de un huevo—. En cuanto a lo de angelical, ¿no te has fijado que tiene el aspecto de uno de esos ángeles renacentistas? La cara demasiado hermosa para ser de un hombre, y los rasgos demasiado fuertes para ser los de una mujer hermosa. Pero perfecta para ángeles, los que no son ni hombres ni mujeres, sino espíritus puros.

—Te aseguro que Susan Kerslake es absolutamente mujer en carne y hueso.

Al instante lamentó haber dicho eso, y pensó si tendría que matar a Race para impedirle que siguiera hablando.

Pero pasado un momento, Race dijo:

—Entonces, veamos, ¿cuáles son las órdenes para el día?

Con se agarró aliviado al cambio de tema.

—Mi plan es hacer una inspección física de la casa. Tu misión es revisar los papeles del difunto conde. Cuanto antes esté seguro de que todo está en orden, antes podré marcharme, pero sería agradable descubrir también cuáles son las goteras por donde se fugan los fondos.

—¿Y los contrabandistas?

—Me inspira curiosidad la relación del condado con ellos, pero por lo demás, nos desentendemos. —Vio la expresión de sorpresa de Race—. Race, aquí el contrabando es tan parte de la vida como el mar. Si le pusiera freno, la gente se moriría de hambre. Si enviara a todos los contrabandistas a Australia, la costa se quedaría desierta. Si hubiera asesinato, extorsión o alguna otra cosa de ese tipo, podría tener que actuar. Pero si no, igual podríamos intentar librar al mundo de hormigas.

—Muy bien —dijo Race.

Pero parecía sorprendido. Claro que era de Derbyshire, muy lejos de cualquier costa. Él se había criado en Sussex, no en la costa, seguro, pero lo bastante cerca para entender el contrabando y las costumbres de los contrabandistas.

—Comienza en el despacho, que está contiguo a la biblioteca. El administrador de la propiedad debería presentarse esta mañana a informar de los detalles. Quiero un informe completo de cómo han ido los asuntos aquí todo el año pasado. Verifica si las cuentas son correctas.

Race emitió un gemido, pero Con le dijo:

—No ves las horas, confiésalo.

—Me quitas mis pequeños placeres. Me encanta dar la impresión de que estoy sufriendo.

—Entonces te obligaré a pasar los días acompañando a damas en sus compras por las tiendas y las noches en un antro de juego.

Race se echó a reír.

—Las torturas de los condenados. Aunque es bastante raro también. Si hubiera sospechado que me gustaba el trabajo con papeles habría tomado un simpático y pacífico trabajo de oficina en Londres en lugar de andar marchando durante años por el barro y el polvo.

—El cielo proteja a Londres —comentó Con. Estuvo un momento observando cómo Race se zampaba otro plato lleno de comida, pensando dónde se la metería—. ¿Cuánto tiempo voy a beneficiarme de tus extraños gustos?

—Hasta que me aburras.

—¿Y aún no te he aburrido? Soy un hombre bastante aburrido.

Race se rió y cogió la servilleta para cubrirse la boca.

—Ay, Señor, no digas esas cosas. Me vas a matar.

Con se echó hacia atrás.

—Te encontré en una pacífica parte de Sussex mejorando el anticuado sistema administrativo de una propiedad pequeña y te he traído a esta casa que más parece una prisión.

Race hizo una honda inspiración.

—La cámara de tortura, recuerda. Y todos esos encantadores papeles.

Con estuvo un momento examinando detenidamente la redondeada asa de su taza de café.

—¿No será que quieres hacer el papel del ángel, eh? —Lo miró—. ¿Del ángel de la guarda?

Race lo miró con una expresión de absoluta inocencia.

—¿Para guardarte de qué?

Con estuvo a punto de contestar, pero negó con la cabeza.

—Muy ingenioso, pero no. No voy a hacer la lista de respuestas posibles.

Race dejó la servilleta sobre la mesa y al parecer dejó ahí con ella su actitud traviesa.

—Fuiste un oficial al que yo admiraba, Con, y eres un hombre al que admiro. Pero en la Península eras un oficial y un hombre distinto al que eres ahora. Si puedo ayudarte a encontrar a ese hombre, quiero hacerlo.

Con no supo cómo reaccionar a eso.

—Y yo que creía que te daba un empleo que necesitabas.

—Un empleo es siempre agradable.

—Ya estás otra vez... —Pero igual podría intentar dar sinceridad por sinceridad—. No sé si el capitán Somerford de la Península era un hombre mejor, pero fuera como fuera, ya no existe. Si empiezas a escarbar en este caparazón seco podrías encontrar solamente polvo.

—O una mariposa.

—¡Una mariposa! —exclamó Con riendo.

Race sonrió.

—Ahí tienes, ¿lo ves? Te he hecho reír.

—Me río.

—Hay risas y risas. ¿Te acuerdas de los cerdos?

Con no pudo dejar de sonreír.

—Cerditos, Race, cerditos. ¿Cuántos eran? ¿Doce? Todos metidos en las mochilas y casacas de los hombres en marcha. La compañía parecía un saco de panes duros. —Se puso serio y miró a su secretario ceñudo—. Si lo que pretendes es convertirme en el tipo de hombre que siempre está contando historias para desternillarse de risa sobre la vida del ejército, es una empresa desesperada, no hay ninguna esperanza.

—Hablando de empresas desesperadas. ¿Recuerdas Santa Magdalena?

Con se levantó bruscamente echando atrás la silla.

—Basta. A veces la guerra le arranca el corazón a un hombre. Pero parece posible vivir sin corazón.

Race continuó sentado.

—Lord Darius murió, Con.

Santo Dios, ¿en qué momento sensiblero le había hablado de Dare a Race?

—¿No es ése el problema? —dijo—. Murió. Me aflige su muerte. La aflicción y la risa no van bien juntas.

—A veces sí. Pero ¿es aflicción? ¿O sentimiento de culpa?

—No tengo nada de qué sentirme culpable. Dare hizo su parte en Waterloo, y como tantos otros, murió.

—Totalmente.

—Por el amor de Dios. ¿Qué diantres pretendes? ¿Por qué actúas como un cirujano torpe?

Race frunció ligeramente el ceño.

—No tengo idea. Debe de ser esta casa. Me preocupa.

—A mí también me preocupa, maldita sea. Por eso quiero cumplir concienzudamente mi deber para con ella, y luego dejarla en buenas manos y volver a la cordura de Sussex. ¿Crees que podré persuadirte de que hagas tu parte?

Race hizo una mueca, pero sin dar señales de arrepentimiento, y se levantó.

—No es necesaria la persuasión.

Deseando discutir con él, o estrangularlo, o ambas cosas, Con echó a andar para llevarlo al despacho de la propiedad, donde se guardaban la mayoría de los papeles y documentos administrativos.

Sentimiento de culpa.

Dare era un viejo amigo, uno de la Compañía de los Pícaros, y simple ciudadano sin ninguna experiencia militar. Él pensó que debía encontrar una manera de impedirle que se alistara como voluntario en el ejército. Y cuando las relaciones ducales de Dare le consiguieron un puesto como correo, debería haberlo preparado mejor. O por lo menos debería haberlo vigilado, aunque sólo el diablo sabía cómo habría podido hacer eso, estando él inmovilizado en su puesto del regimiento mientras Dare iba y venía viajando de aquí para allá por todas partes.

Pero ciertamente debería haber cumplido el último deber con un amigo y buscado su cadáver hasta encontrarlo para darle una sepultura decente.

En la parte fría de su mente sabía que nada de eso era culpa suya, pero la mayor parte de su mente no era fría. Dare había llegado a representar todas las muertes y penurias que fue Waterloo, las que continuaban cerniéndose sobre todos.

Abrió la puerta. El despacho era una sala relativamente normal, para ser de Crag Wyvern. Las paredes estaban tapadas por armarios con estantes y cajones, todo muy ordenado, y en el centro sólo había un escritorio de roble macizo. Las figuras talladas en el escritorio no se merecían un examen detenido, aunque, lógicamente, Race se acuclilló para inspeccionarlas, y se echó a reír. Y en el cielo raso estaba pintada una visión del infierno, con imaginativos detalles de las torturas de los condenados.

Race contempló la pintura un momento.

—Está claro que al que fuera que encargó pintar eso no le gustaba el trabajo de oficina. Pero esto me recuerda que aún no me has enseñado la cámara de tortura.

—Voy a reservar esa visita para que sea la recompensa de un trabajo bien hecho.

—Muy bien. ¿Qué debo hacer?

Con se dio una vuelta mirando toda la sala, que para él sí sería una cámara de tortura.

—Revísalo todo, todo. Trata de descubrir y encontrarle sentido a lo que ha ocurrido aquí. Investiga cualquier cosa en que parezca que hay algo turbio o anómalo.

A él eso le parecía equivalente a ordenarle a una tropa que vadeara un río torrentoso, atravesara a gatas un pantano y tomara una colina coronada por las armas del ejército contrario, pero Race sonrió y dijo:

—¡Perfecto!

Cuando Con salió, Race ya se había quitado la chaqueta y comenzado a revisar los cajones del escritorio.

Moviendo la cabeza, Con volvió a la sala de desayuno.

Condenado Race. Tal vez él y Diego se juntaban por la noche a intercambiar informes de criadas.

Así que Waterloo lo dejó desolado, ¿eh? Eso no le parecía una reacción irracional a esa monstruosa matanza, en la que murieron muchísimos amigos y colegas.

Y ahora tenía concertada una entrevista con Susan.

Ahora él era quien se sentía como si le hubieran ordenado vadear un río torrentoso, atravesar a gatas un pantano y tomar una colina coronada por las armas del ejército enemigo.

Tiró del cordón para llamar.

Cuando se presentó la criada esqueleto, descubrió que se llamaba Ada Splint,* apellido que encontró desafortunado, y le pidió que le dijera a la señora Kerslake que estaba listo para el recorrido.

* *Splint*: tablilla. *(N. de la T.)*

Mientras esperaba se sirvió otro poco del excelente té, seguro de que no se había pagado ningún impuesto por él, y planeó la mejor estrategia de ataque.

En primer lugar la trataría como a un ama de llaves. Ése era el puesto que ella había elegido. Sin duda su intención había sido marcharse tan pronto como él anunciara su llegada, pero ya que estaba atrapada bien podía vivir con eso.

Luego debía descubrir qué tramaba. Por desgracia, no tenía la intención de recurrir a la seducción para meterse en la cama de la condesa, y mucho menos con esa ropa que usaba. O por lo menos ella pensaría así. La verdad, sospechaba que era capaz de seducirlo vestida con harapos...

Ah, no. Le prohibió a su mente continuar en esa dirección.

En tercer lugar, nunca, jamás, la tutearía llamándola Susan.

Bebió un poco del té ya medio frío y se obligó a considerar los motivos que podría tener ella para hacer de ama de llaves.

Tenía algo que ver con el contrabando, eso seguro. Los caballos de Crag Wyvern los usaba la Horda del Dragón, lógicamente, y sin duda en algún lugar del sótano había cuevas o cámaras secretas para almacenar las mercancías. ¿Sería ése su motivo? ¿Simplemente vigilar el territorio de la Horda del Dragón?

Hasta ahí había llegado en sus planes cuando apareció Susan, por la puerta del corredor, con su atuendo gris y blanco, y la cara sin expresión.

Ocultando cosas.

Ella alzó ligeramente el mentón al hacerle la reverencia y lo miró a los ojos de una manera nada humilde ni servil.

Capítulo 7

Al instante Con vio que Race tenía razón. La nariz recta, el mentón cuadrado y los labios formando una curva perfecta le daban esa apariencia del ángel clásico, sobre todo con esos ojos castaño claro con delicadas cejas en arco. Si Race la hubiera visto a los quince años con su pelo castaño dorado suelto agitándose alrededor de ella habría creído que estaba ante una visión celestial.

—¿Milord?

Condenación, pensó él, no olvides mantener la actitud formal de trabajo. Le indicó la silla de la derecha.

—Haga el favor de sentarse, señora Kerslake. Tenemos que hablar de muchas cosas.

Ella obedeció, muy rígida, visiblemente recelosa.

—Ahora, señora Kerslake, explíqueme cómo se han llevado las cosas aquí desde la muerte del anterior conde.

Vio que se relajaba ligeramente. Se había preparado para otra cosa. ¿Qué?

—El sexto conde murió repentinamente, milord, como sabe...

—¿Se hizo alguna investigación de su muerte?

Ella lo miró sorprendida, y la sorpresa parecía auténtica.

—¿Cree que hay algo sospechoso? Él vivía probando nuevos ingredientes.

—Alguien podría haber añadido alguna hierba tóxica si hubiera querido.

—Pero ¿quién? Recibía a algunos invitados, pero nunca los llevaba a su despacho particular como lo llamaba. Además —añadió, mirándolo francamente a los ojos—, nadie ganaba nada con su muerte, aparte de usted, milord.

—¿Ganar? ¿Esta casa y una propiedad poblada totalmente por contrabandistas?

—Y el título.

—Yo ya tenía un título. Muchos no le damos tanta importancia a un rango elevado.

Eso fue una puñalada, y la lamentó inmediatamente. Y no porque ella se encogiera sino porque indicaba que él recordaba. Y que tal vez seguía importándole.

Si a ella le dolió, lo ocultó muy bien.

—Ah, sí, vizconde Amleigh, ¿verdad, milord?

—Y puedo asegurarle que estaba contento con él. En cuanto a otros sospechosos, a veces las personas albergan deseos y rencores ocultos.

Ella arqueó las cejas, pero el gesto podría ser tanto de perplejidad como de sentimiento de culpa.

—Su ayuda de cámara estaba con él cuando preparó la poción y cuando la bebió, y Fordham llevaba treinta años a su servicio. Es posible que algún ingrediente no fuera lo que parecía, pero los proveedores no tenían ningún motivo para hacerle daño. Han perdido a un excelente y generoso cliente.

Parecía totalmente sincera en eso, y él ni siquiera entendía por qué había dado ese rumbo a la entrevista. Ya tenía bastantes problemas sin intentar crear un asesinato de la nada.

—Muy bien. ¿Qué ocurrió después de la muerte, señora Kerslake? ¿Usted había sido su ayudante?

Estaba sentada tan inmóvil que todo en ella se veía mal: las manos cogidas flojas en su oscura falda, todo apagado por el gris y el blanco, tanto que parecía no tener ningún color. Tuvo que concentrarse para ver que sí, que tenía los labios ligeramente rosados, los ojos castaños, los pocos rizos visibles de ese exquisito y complejo color castaño dorado. Siempre la recordaba tan vibrante, y a pesar de la ropa negra que llevaba esa noche pasada, le había parecido que continuaba así.

Ah, sí. Susan tramaba algo.

—Sí, milord.

¿Sí a qué, maldita sea?

Tenía la mente llena de otras cosas, pero se obligó a ordenar sus pensamientos. Ah, sí, estaban hablando de su empleo en la casa.

—¿Y se convirtió en ama de llaves después de la muerte del conde?

—Sí, milord.

—¿Por qué?

Ella no se amilanó.

—En su testamento el conde le dejó una anualidad a la señora Lane, y ella deseó jubilarse. Tenía más de setenta años, milord, y sufría de dolor en las articulaciones, pero no quería marcharse mientras no se encontrara a alguien que la reemplazara en el cuidado de Crag Wyvern. Así que yo acepté el puesto, que sólo sería temporal. Se suponía que usted contrataría a un ama de llaves a su gusto cuando viniera.

—¿Sus tíos no pusieron ninguna objeción a que tomara este empleo?

Ella arqueó ligeramente las cejas.

—Ya no soy una niña, milord, y puesto que no me he casado, necesito una ocupación. Además, necesito tener ingresos. Mis tíos son muy generosos, pero yo no puedo vivir eternamente de su caridad.

—Ah, sí, recuerdo que siempre fue muy ambiciosa.

Ésa fue otra puñalada indigna, y al ver que ella palidecía, casi le pidió disculpas. Pero al mismo tiempo, la parte negra de él deseaba verla encogerse.

—¿Su padre no le da nada?

Ella levantó la vista, pero sólo hasta la altura de la tetera de plata. Él observó la delicada piel de sus párpados, las tenues venillas visibles ahí, los oscuros abanicos que formaban sus pestañas, su mandíbula tensa. ¿Desearía soltar palabras sinceras, furiosas?

Deseó que lo hiciera. Ya era hora de tener una acalorada pelea con Susan Kerslake.

—Me compró una propiedad, milord. Eso me da unos pequeños ingresos.

—¿Se sintió obligada a trabajar aquí?

—Necesito una ocupación, milord.

—Debería haberse casado.

—No me han hecho ninguna proposición que me tiente, milord.

—Se reservaba para el conde de Wyvern, ¿verdad?

Mírame, Susan. Necesito ver todas tus reacciones en tus ojos.

Como si hubiera dicho eso en voz alta, ella levantó la vista y le dirigió una mirada intencionada, fiera, impaciente.

Ah, claro. Estaba tan concentrado en su propio torbellino que no había prestado atención al cuadro grande. Traer a la casa a una persona de fuera sería muy inconveniente para los contrabandistas. Poner en ese puesto a una persona de la localidad, que simpatizaba con la Horda del Dragón, era lo sensato.

Pero ¿por qué Susan? No creía que en la zona no hubiera mujeres capaces de llevar los asuntos básicos del cuidado de una casa, aunque fuera una grande como Crag Wyvern.

Tal vez, pensó, controlando sus reacciones, la pregunta que había que hacerse era ¿quién es el nuevo capitán Drake? Susan estaba con los contrabandistas esa noche, pero ser la hija del anterior capitán Drake no le daba derecho a eso.

Ser la amante del nuevo, tal vez sí.

No le sorprendería que ella hubiera seguido los pasos de su madre y fuera la amante del nuevo jefe de los contrabandistas. No le sorprendería que ella se hubiera empleado ahí como ama de llaves por ayudarlo a él.

Ésa era la explicación más lógica a la que había llegado hasta el momento, y sin siquiera conocer al hombre lo deseó muerto. O por lo menos capturado y deportado a Botany Bay, a reunirse ahí con Melquisedec Clyst. Él se encargaría de eso.

No, maldición, no. No quería convertirse en el tipo de hombre que hace daño a rivales más débiles por una mujer.

Se tomó un momento para despejarse la cabeza, y luego le preguntó:

—¿Está dispuesta a continuar en el puesto hasta que yo haya tomado mis decisiones respecto a Crag Wyvern, señora Kerslake?

Creía que se negaría, pero ella contestó:

—Por un tiempo corto, milord. Pensaba comenzar a buscar a una persona que me reemplazara.

—Muy bien, pero no hace falta buscar a una mujer muy cualificada. No tengo la intención de vivir aquí. Tengo casa en otra parte y una familia bien acomodada allí.

—¿Una familia? —exclamó ella.

Tan pronto como dijo esas palabras, le subió el color a las mejillas y se apresuró a bajar sus sorprendidos ojos, humillada.

Él habría cacareado su triunfo. Era evidente que eso le dolió.

Pardiez, ¿es que tenía la esperanza de seducirlo, después de todo? Le gustaría ver cómo lo intentaba.

Ah, sí, le gustaría muchísimo que lo hiciera.

También le habría encantado poder decirle que tenía mujer e hijos y hacerle sangrar las heridas. Si existiera la posibilidad de mantener la mentira, lo habría hecho, pero no, no colaría.

—Mi madre y dos hermanas —dijo—. No les gustaría venirse a vivir aquí. —Entonces cayó en la cuenta de que tenía una espada que podría herir a fondo—. Además, me voy a casar. Lady Anne no se sentiría a gusto aquí.

Tienes una rival, Susan.

Una rival seria.

¿Qué vas a hacer con eso?

A lady Anne la había conocido en Londres y allí la vio sólo unas pocas veces; después pasó cuatro días en la casa de su padre, Lea Park. No se había hablado ni acordado nada, pero estaba pensando en proponerle matrimonio. Por lo tanto, no era una mentira total, y lady Anne era un arma demasiado buena para dejarla en la vaina.

Pero Susan ya estaba con la guardia en alto, y demostró muy poco, aunque verle los ojos agrandados por la sorpresa le produjo bastante satisfacción.

—No es bueno para una casa que no viva nadie en ella, milord.

—No creo que Crag Wyvern resulte atractiva para muchos posibles inquilinos.

—Algunas personas tienen gustos raros, milord —dijo ella, con una leve y tranquila sonrisa—. El conde tenía huéspedes a los que les gustaba mucho Crag Wyvern.

Esa sonrisa era un acto de valentía tan pura que lo hizo desear inclinarse ante ella en un saludo solemne.

Maldita sea, Susan. ¿Por qué?

—Entonces, por favor, entréguele al señor De Vere la lista de sus nombres, señora. Ellos podrían tener la primera opción. Sé que dejar vacía la casa principal siempre significa apuros económicos para una zona.

Ella arqueó las cejas y apretó los labios, aunque el gesto fue más una sonrisa reprimida que de molestia, y él vio bailar la sonrisa en sus ojos.

—Está pensando en el contrabando —dijo—. Sí, por el momento la zona prospera gracias al contrabando, pero el fin de la guerra va a traer tiempos difíciles a todas partes. Más todavía, ahora el ejército y la armada tienen hombres de sobra para patrullar las costas. Así fue, supongo, como cogieron a su padre.

A ella se le desvaneció la sonrisa.

—Sí, aunque si el conde hubiera levantado un dedo para ayudarlo, no lo habrían deportado.

—Es extraordinario que el conde loco hiciera lo correcto por una vez. La ley es la ley, y ha de respetarse.

Toma, ahí tienes un mensaje bastante claro.

—Si en el Parlamento hay alguna cordura —continuó—, se reducirán los aranceles de aduana y el contrabando dejará de ser lo bastante lucrativo para justificar los riesgos. El cambio no se producirá ni hoy ni mañana, pero está en el horizonte, Susan. La gente de aquí debe recordar que en otro tiempo vivían de la agricultura y la pesca de algo diferente a barriles y fardos.

—Lo sabemos —dijo ella en voz baja.

—¿Sabemos?

—La gente de aquí.

Pero no era eso lo que quiso decir. Quiso decir ella y el nuevo capitán Drake, maldita su alma negra.

Y en medio de todo la había llamado por su nombre de pila, cosa que había resuelto no hacer jamás. Se levantó bruscamente.

—El recorrido de la casa, señora Kerslake.

Ella se levantó con tranquila elegancia y se dirigió a la puerta que salía al corredor de piedra falsa. Desde allí se dirigió al sector de la cocina.

No había muchas sorpresas. Él había explorado esa casa cuando estuvo ahí y descubierto la mayoría de sus rincones y recovecos. Una sorprendente novedad era una especie de salón que daba al vestíbulo o sala grande, estucado con yeso y pintado en estilo moderno, amueblado con sillones y mesas de patas delgadas y talladas.

—Persuadí al conde de tener una sala decorada y amueblada de manera que los huéspedes tradicionales se sintieran más cómodos —le explicó Susan.

Estaba muy serena a su lado, y él detectó el sutil aroma a jabón de lavanda. No era ése el perfume adecuado para ella. Debería oler a flores silvestres, y a sudor y arena.

—¿Venía aquí algún huésped tradicional?

—De vez en cuando, milord, hay personas que se dejan caer.

—Qué alarmante. Tal vez por eso construyó una cámara de tortura. He conocido a personas que se dejan caer de visita a las que me gustaría colgarlas de cadenas.

Su intención era hacer una broma, pero había olvidado con quién estaba hablando. Cuando ella lo miró, con los ojos iluminados por sorprendida risa, instintivamente retrocedió unos pasos.

—Supongo que ahora tendríamos que explorar las plantas de arriba —dijo—, incluyendo un examen más detenido de las habitaciones del difunto conde.

Ella ya tenía la cara absolutamente sin expresión cuando se giró para salir delante de él.

—No son particularmente alarmantes, milord, pero están en un cierto desorden.

Caminando detrás de ella, la vio encoger ligeramente los hombros, lo que le atrajo la atención a esos hombros erguidos, en ángulo recto, y luego a su espalda derecha.

Que recordaba desnuda...

Respira, maldita sea. Respira y escucha. Dijo algo sobre cierto desorden.

—Recuerdo que no le gustaba salir de Crag Wyvern —dijo, siguiéndola hacia la ancha escalera central.

Su larga espalda se iba ahusando y parecía apuntar hacia abajo, hacia la curva llena de su trasero, que se veía hechiceramente seductor al nivel de los ojos. Se apresuró a subir los peldaños para continuar subiendo a su lado, y al diablo que ella fuera el ama de llaves.

En ese momento la deseaba intensamente, como si ella fuera una fogata en una noche gélida en la montaña. Pero el fuego quema; el fuego destruye. Incluso una fogata bien encendida, protegida por piedras, puede hacer daño. Había visto a muchos hombres ateridos de frío estropearse las manos y los pies por intentar calentárselos demasiado cerca del fuego.

—No salía nunca —iba diciendo ella—. Al menos nunca salía durante el tiempo en que yo estaba al tanto de sus idas y venidas.

—¿Y por qué no salía?

—Padecía de miedo al exterior, al aire libre.

—¿Qué peligro temía encontrar ahí?

Para él, todo el peligro estaba dentro de la casa.

¿Podría el miedo capacitarlo para resistirse al llameante poder de Susan, en especial en el caso de que ella se detuviera, se girara hacia él, se le acercara, lo besara y comenzara a quitarse la ropa?

Ella se detuvo y se giró hacia él.

—No tenía nada real que temer, al menos que yo sepa. Simplemente le daba miedo estar fuera de estas paredes. Estaba loco, Con. Su locura se manifestaba principalmente de modos sutiles, pero estaba loco.

¿Tan loco como estaba él para imaginarse que Susan tenía el plan de seducirlo?

Con un gesto le indicó que continuara guiándolo, y no tardaron en llegar a los aposentos del conde. Esta vez ella abrió otra puerta y entraron en el dormitorio, aunque dormitorio no sería precisamente la palabra más correcta para llamar a la habitación que vio.

Había una cama, enorme, con cortinas rojas desteñidas y apolilladas; aquí y allá se veían los agujeros hechos por las polillas. Pero la cama parecía estar insertada en medio de una selva de muebles, como si el conde hubiera intentado convertir esa sola habitación en una casa completa.

Las cortinas rojas de la ventana estaban cerradas, pero los agujeros dejaban entrar un poco de luz. Cuando se le adaptaron los ojos a la penumbra, vio una enorme mesa de comedor con una sola silla, un sillón, un sofá, un escritorio tipo buró y librerías por todas partes.

Había más librerías de las que se podían adosar a las paredes, por lo que muchas eran del tipo giratorio, repartidas por la habitación. Todas estaban absolutamente llenas de libros, y tenían más libros en precario equilibrio encima. Era tal el atiborramiento que al principio Con no se atrevió a recorrer la habitación. Había otro motivo también; en el aire se mezclaba el olor de libros mohosos y de cosas vagamente tóxicas.

Todas las superficies estaban cubiertas por diversos objetos dispuestos de cualquier manera, desde fustas de montar a extraños frascos de vidrio y animales disecados. Vio dos cráneos humanos, y no de los cráneos pulcros y cuidados que se ven en las colecciones de anatomistas. Había otros huesos también; era de esperar que fueran de animales. Algunos eran tan pequeños que igual podrían ser restos de las comidas del conde.

Pero era de suponer que el conde loco no se había comido el cuerpo del cocodrilo y dejado sólo la cabeza con los ojos vidriosos, ni el resto del animal, el que fuera, al que en otro tiempo perteneció la pata con piel negra arrugada que colgaba de la lámpara cubierta por telarañas cercana al escritorio. De las barras para cortinas de la cama colgaba una hilera de cosas oscuras y arrugadas.

La curiosidad lo impulsó a abrirse paso por entre los muebles para mirarlas de cerca.

—Falos secos —explicó Susan—, de todas las especies que logró conseguir. Su colección más preciada.

Con se detuvo bruscamente y pasado un instante cambió de rumbo, dirigiéndose a la ventana para abrir las gruesas cortinas. La primera que cogió, la de la derecha, se le rompió en la mano, arrojándole polvo y otras cosas encima, provocándose un acceso de tos y obligándolo a limpiarse la cara.

Se giró a mirarla a través del rayo de luz en que flotaban motas de polvo.

—¿De veras pensaste en unirte con él en esa cama?

Ella se lo quedó mirando, inmóvil, como una estatua de mármol, y por un instante él pensó que le iba a contestar un frío «sí». Pero ella dijo:

—No. Nunca entré aquí antes de convertirme en ama de llaves.

Maldición, esa respuesta era muy ambigua.

—¿Entonces por qué has pasado tantos años de tu vida aquí?

—Ya te lo expliqué. Necesitaba un empleo, y no era fácil encontrar uno. Más importante aún, éste era un trabajo interesante. El conde estaba loco, pero a veces su locura era fascinante. Después de todo —añadió, curvando los labios en una sonrisa irónica—, ¿cuantas mujeres de Inglaterra tienen un conocimiento tan extenso acerca de falos?

Él estuvo a punto de reírse, por lo que desvió la mirada hacia una de las dos puertas, la que no daba al despacho particular.

—¿Qué hay al otro lado de esa puerta?

—Su vestidor. Teóricamente.

Susan echó a andar hacia la puerta, sorteando con sumo cuidado los diversos y atiborrados muebles, sintiéndose como si estuviera permanentemente abriéndose paso por entre caóticos y podridos obstáculos con el fin de intentar llegar a alguna especie de entendimiento con Con.

No podía recuperar el pasado, pero ¿tenían que chocar como enemigos? ¿Es que no existía un terreno neutral?

Entró en el vestidor y se hizo a un lado para dejarlo pasar a él. Afortunadamente, este cuarto estaba más despejado; sólo había dos inmensos roperos y una bañera de latón rodeada por cortinas que la protegían de corrientes de aire. Las cortinas de la ventana estaban abiertas, por lo que la iluminación era buena.

Lo miró para observar su reacción.

Él se detuvo a mirar el muñeco del tamaño de un hombre que colgaba del techo. Pero pasado un momento avanzó y le enterró un dedo en uno de los agujeros por los que asomaba borra.

Ella apretó los labios para reprimir la sonrisa que pugnaba por formarse. Contra toda lógica, se sentía muy orgullosa de la sangre fría que había forjado en él la guerra. Contra toda lógica, un intenso dolor cerca del corazón le dijo que su amor por él seguía vivo en ella. Como las brasas encendidas que quedan cuando comienza a apagarse el fuego, ese amor amenazaba con lanzar llamas otra vez.

A pesar del creciente deseo de continuar ahí, debía escapar de esa casa antes de que pudiera hacer algo que lamentaría más de lo que lamentaba el pasado.

Él se acercó a un armazón fijado a la pared que contenía un buen número de espadas, y con sumo cuidado tocó el filo de una.

—No son adornos —comentó.

—Él me explicó que en su juventud había sido un experto espadachín, pero junto con su miedo a estar fuera de la casa, temía a cualquier persona que estuviera cerca de él con un arma. Por eso hacía prácticas con eso.

Apuntó hacia el muñeco que había quedado oscilando, pues estaba suspendido de tal manera que los pies apenas tocaban el suelo.

—¿Colgado por el cuello?

Ella se limitó a encogerse de hombros.

—Qué manera de vivir. Pero está ese baño romano. ¿Cómo encaja eso?

—Le vino una obsesión por la limpieza física, y se pasaba horas en la bañera. Entonces tuvo la idea de hacer contruir una más grande. Decidió que la limpieza física es la clave para una larga vida y la buena salud, y también para la fertilidad.

—Zeus, eso basta para inspirar a un soltero una aversión a los baños.

Se miraron y sostuvieron la mirada un momento. Ella comprendió que él también estaba pensando en el riesgo que corrieron con tanta despreocupación once años atrás.

Capítulo 8

—Yo era joven y tonto —dijo él—, y ni siquiera se me ocurrió pensar en el riesgo. Espero que...

—No, claro que no —dijo ella, deseando no haberse ruborizado—. El precio a pagar habría sido un infierno.

Ése era un tema delicado, pero la oleada de calor que sentía discurrir por su piel no era sólo por eso; por fin hablaban realmente del pasado.

—Eso fue lo que supuse —dijo él. La miró un momento, tan largo que ella retuvo el aliento con la esperanza de que surgiera algo que pudiera crear un hilo de conexión entre ellos, pero entonces él se volvió a mirar el cuarto otra vez—. ¿Por qué no se han ordenado mejor estas habitaciones, señora Kerslake?

Ella reprimió un suspiro y se armó de valor.

—Se ha tirado todo lo que podía convertirse en polvo o lodo, milord. Y, por supuesto, se hizo el inventario de todas esas cosas. Pero aparte de eso, el conde estipuló en su testamento que todo debía dejarse tal como estaba para que usted decidiera qué tirar y qué conservar.

—No había entendido del todo qué significaba eso. Muy bien, para empezar, tire ese muñeco.

A largas zancadas fue hasta los armarios y los abrió. Contenían una colección de túnicas largas. En los cajones, sabía ella, había algunas prendas de ropa, ninguna de menos de diez años.

—Y tire todo esto —dijo él entonces—. Déselas al párroco, para los pobres, si sirven de algo. —Volvió al dormitorio—. Haga sacar de aquí todos los muebles que sobran. ¿Queda algún espacio desocupado en el piso de arriba?

—Sí, milord.

—Entonces, que los pongan ahí. —Miró la cama—. Tire eso también. Haga quemar esas cortinas. ¿Y de dónde diablos sacó esos cráneos?

—No lo sé, milord.

—Hablaré con el párroco a ver si se les puede dar un entierro decente. Y le preguntaré si ha tenido noticias de que haya habido robo en algunas tumbas de por aquí. Todos estos libros pueden ir a la biblioteca, aunque será mejor que De Vere los revise para ver si hay algo extraordinario en ellos. —Entonces frunció el ceño—. Ya tiene bastante que hacer. ¿Hay alguna otra persona en la zona que sea capaz de evaluar y clasificar estos libros?

—El coadjutor es un erudito y le vendrían muy bien unos ingresos extras —dijo ella, feliz de ver a Con tomando el mando y dando órdenes enérgicas.

Podría haber disfrutado viéndolo en las batallas, sólo que verlo en peligro la habría matado, momento a momento. Ya había sido terrible saber que estaba en la guerra y coger un diario temiendo ver su nombre en la lista de bajas.

No había podido dejar de seguir la carrera de Con a través de Fred Somerford. Que entró en la infantería, que lo ascendieron a teniente, después a capitán, y que una vez fue mencionado en un comunicado oficial. Que estuvo en Talavera y fue herido en la toma de San Sebastián.

¡Herido! Pero no de gravedad.

Que se cambió tres veces de regimiento para ver más acción.

Tratando de fingir que sólo se interesaba por buena educación, ella deseó gritar ¿Por qué? ¿Por qué no te quedas donde estás seguro, estúpida criatura?

Su Con, su amable y risueño Con; no le correspondía estar en los campos de batalla, en medio de cañonazos y matanza.

Sin embargo, eso lo había convertido en el hombre que veía ese día.

Él estaba abriendo y cerrando los cajones del escritorio, echándole un rápido vistazo al contenido.

—Será mejor que el coadjutor lo revise todo —dijo—. En realidad, tal vez no es conveniente tirar la cama; sólo las cortinas y el colchón. Hay escasez de dinero en las arcas, así que no puedo permitirme el grandioso gesto de tirar muebles sólidos.

Susan tuvo que hacer un esfuerzo para mantener la expresión tranquila, impasible, porque se sintió atenazada por el sentimiento de culpa. Recordaba cuando Con le contó que su rama de la familia era la pobre. Eran los descendientes del hijo menor del primer conde, y la modesta riqueza que habían logrado acumular los Somerford de Sussex fue arrasada por los simpatizantes de la causa realista durante la Guerra Civil. Desde entonces vivían con bastante comodidad, pero más como caballeros agricultores con título que como miembros de la aristocracia.

Pero ésos eran tiempos difíciles para los agricultores, incluso para los que eran caballeros, y el difunto conde había dejado casi vacías las arcas con sus estrafalarias aficiones. Y ella tenía que coger el poco dinero que quedaba.

Entonces se le ocurrió una idea.

—¿Y el contenido de su despacho particular, milord? Los... especímenes e ingredientes. Creo que algunos son valiosos. El conde pagó muchísimo dinero por ellos.

Él se giró a mirarla.

—¿O sea que no debo enviarlos al fuego? Demonios. ¿Hay algún experto por aquí cerca que pudiera estar dispuesto a organizar su venta?

—El conde trataba con el señor Traynor de Exeter. Es un marchante de curiosidades de anticuario.

—¿Así se les llama? Bueno, la economía protege de la necesidad. Déle los detalles a De Vere y él le pedirá a Traynor que venga. Y entonces, los diversos objetos raros de esta habitación se podrían poner en el despacho particular para que él los evalúe. Igual la cabeza de cocodrilo tiene poderes místicos. No sería conveniente que priváramos al mundo de esos artefactos tan valiosos, ¿verdad?

Tratando de reprimir la sonrisa que pugnaba por formarse en sus labios, ella miró los objetos arrugados que colgaban alrededor de la cama.

—¿Y ésos?

—Por supuesto.

Entonces él se abrió paso hasta un aparador y con sumo cuidado sacó algo de debajo de un rimero de revistas viejas. Era una pistola. La examinó atentamente y luego dejó caer algo. La pólvora de la cazoleta, supuso ella.

—¿Temía que entraran invasores?

—No lo sé, pero le gustaba practicar.

—¿Y a qué le disparaba para practicar si no salía nunca?

—A los pájaros del patio. Tenía bastante buena puntería.

Él se giró a mirar hacia el patio. No se veía pasar ningún pájaro volando, pero se oían los trinos y gorjeos.

—No es tan seguro después de todo —musitó, y ella no entendió qué quería decir.

Él dejó la pistola sobre el mueble y se dirigió a la puerta, tan rápido que chocó con una de las librerías giratorias, que comenzó a girar arrojando un montón de libros al suelo.

—¡Demonios! —mascculló, deteniéndose a friccionarse el muslo.

Ella corrió a recoger los libros.

—Déjalos ahí —dijo él y continuó caminando hasta salir al lúgubre corredor.

Ella lo siguió, sin entender qué le había pasado tan repentinamente.

—¿Cuántas llaves hay? —preguntó él.

—Sólo dos de cada. Las mías y las del conde, que deberían habérselas enviado a usted.

—Un enorme montón de llaves, sí. Creí que eran simbólicas. —Cerró la puerta—. Póngale llave. No tocaremos nada hasta que ese Traynor lo haya revisado todo con entera libertad.

Pero cuando ella estaba girando la llave en la cerradura, le preguntó:

—¿Cree que hay más armas de fuego ahí?

—Creo que tenía un par.

Lo vio prepararse para volver a entrar en la habitación y luego recapacitar.

—Antes de que llegue Traynor le diré a Pearce que revise la habitación por si hay algo peligroso. No será necesario que lo acompañe, señora Kerslake. Puede confiarle la llave.

Habían vuelto a la formalidad, cuando hacía un momento la habían olvidado.

—Muy bien, milord.

Justo entonces, él le preguntó:

—¿Te habrías casado con él para convertirte en lady Wyvern?

—No.

—¿Nunca se te pasó por la mente?

Aahh.

—Yo era una niña, Con. —Lo único que tenía para ofrecerle era sinceridad, por empañada que estuviera—. Sí, lo pensé, pero no lo conocía. Nunca lo había visto. Para mí era tan mitológico como un dragón. Confieso que acepté el puesto de ayudante con esa idea en un recoveco de mi mente. Pero entonces me enteré de que él no se casaría con ninguna mujer hasta estar seguro de que estaba embarazada de él, y comprendí que no podría hacer eso. Y eso me hizo ver que no podría tener relaciones íntimas con el conde loco ni antes ni después del matrimonio. Y eso fue antes de que viera esa cama.

—¿Ofrecía un matrimonio condicionado a una prueba preliminar? ¿Creía que así conseguiría que una dama de la localidad se casara con él?

—Las no damas de la localidad estaban bastante dispuestas.

—¿Se habría casado con cualquier mujer que estuviera embarazada de él?

—Al parecer, sí.

—¿Y ninguna lo engañó?

—Era loco, Con, no estúpido. La mujer dispuesta tenía que venir aquí durante su menstruación, y él la examinaba para asegurarse de que ésta era real, y entonces se quedaba aquí hasta la siguiente menstruación. Como sabes, no había criados, aparte de su ayuda de cámara, cuya lealtad rayaba en fanatismo.

—El viejo chivo.

—Venían bastante bien dispuestas, y él les daba veinte guineas cuando se marchaban. Una bonita cantidad de dinero para la gente sencilla. En realidad —añadió, con un claro brillo de picardía en los ojos—, algunas podrían venir ahora con la esperanza de que tú estés interesado también.

—¡Perros del infierno! Les pagaré veinte guineas para que se marchen.

—Que no salgan al público esas palabras.

Creyó que él se iba a reír, pero él movió la cabeza de lado a lado.

—Supongo que ahora deberíamos ir a la mazmorra para acabar con esto, pero le prometí esa visita a De Vere.

Con echó a andar por el corredor deseando que pareciera una retirada tranquila, digna, disciplinada, y no la aterrada huida que era. La creía. Ella no había pensado en serio unirse al conde loco en esa cama, y sin embargo la imagen lo atormentaba.

Ella había pensado en casarse con el conde.

Venía caminando detrás de él. La sentía, aun cuando no hacía ningún sonido con sus zapatos blandos: como un recuerdo, o el fantasma de un recuerdo.

Sólo lo había pensado.

También él había pensado hacer muchas cosas que se alegraba de no haber hecho. Una vez incluso pensó en suicidarse. Sólo lo pensó.

Una vez contempló también la posibilidad de desertar. Eso fue en los primeros días, antes de endurecerse y hacerse capaz de ver a hombres y animales sufriendo, agonizando, antes de aprender a hacer sufrir y agonizar a hombres y animales. Durante unos días le pareció que desertar era la única opción cuerda, e incluso hizo planes respecto a cómo lo haría.

Pero entonces se encontraron ante un ataque repentino y tuvo que luchar para sobrevivir y contribuir a que sobrevivieran sus camaradas. En algún momento durante todo esto, se comprometió con la lucha contra Napoleón y fue capaz de continuar.

Casi violó a una mujer una vez.

Estaba con un grupo de oficiales bebiendo en una taberna de un pueblo español. No hacía mucho que había terminado una batalla, aunque que lo colgaran si recordaba qué batalla fue o algo acerca de ese lugar. La sangre seguía corriendo caliente por ellos, y todos deseaban una mujer.

Algunas de las mujeres estaban dispuestas, pero unas cuantas no, y sus protestas e intentos de escapar le parecieron divertidos; excitantes, incluso.

Al recordarlo en ese momento lo veía todo como si sólo hubiera sido un espectador, y no entendía cómo pudo comportarse así; pero también recordaba que en ese momento se sentía como en un éxtasis divino. Esas mujeres le correspondían por su derecho de guerrero.

Se vio aplastando sobre una mesa a la mujer que se debatía y lloraba, oyendo los vítores de los hombres que lo rodeaban y la fogosa música española que continuaba sonando.

Estaba muy excitado, y su vibrante pene saltó fuera impaciente cuando sólo llevaba desabotonada la mitad de la bragueta. Otros hombres lo ayudaban a sujetar a la mujer.

Entonces en su mente algo hizo clic. Un vestigio de cordura hizo pasar por todo él un chorro de realidad frío como hielo.

Cogió a la mujer, la sacó de la mesa y se abrió paso hasta la puerta de la taberna, mascullando que eso debía hacerlo bien. Algunos intentaron detenerlo, pero él se liberó y salió al caliente aire español y al contacto con la cordura, con la mujer todavía debatiéndose y sollozando en sus brazos.

La tuvo en su tienda toda esa noche sin tocarla, y al alba la despidió dándole unas cuantas monedas. Antes de salir, la mujer se detuvo a preguntarle: «¿Quiere que diga que es capaz de hacerlo, capitán?»

La mujer creía que la había rescatado para ocultar su impotencia. Logró reprimir una loca carcajada y simplemente le dijo, en castellano: «Diga lo que le resulte más fácil, señora».

Unos días después se enteró de que ella había hecho correr todo un cuento de virilidad heroica. La intención de ella fue buena, sin duda, pero con esa historia le hizo la vida condenadamente difícil durante un tiempo. No pasó nunca una noche completa con una mujer, no fuera ella a esperar de él una actuación heroica.

Todo eso lo hacía capaz de entender que a veces las personas hacen cosas en un estado de locura temporal, o piensan en hacerlas. Y que las consecuencias, incluso las de actos bien intencionados, son imprevisibles.

Y que muchas veces las personas no son lo que parecen.

Cuando iban llegando a la puerta del despacho, se volvió hacia ella y le preguntó:

—¿Qué te parece el señor De Vere como secretario?

Ella arqueó las cejas.

—No me corresponde a mí hacer un juicio sobre eso, milord.

—Deja de actuar como una criada, Susan. ¿Crees que estará

bostezando o sentado con los pies sobre el escritorio hojeando un libro con imágenes de gusto discutible?

—Lo creí, pero ahora supongo que no.

Él abrió la puerta y, tal como suponía, vieron a Race sentado al escritorio rodeado por rimeros de papeles y un aura de intensa actividad. Al oírlos levantó la cabeza, impaciente, y Con casi vio salir de su boca la palabras «Fuera de aquí», como en un dibujo de una viñeta satírica.

Pero pasado un momento, dejó la pluma en el estuche para material de escribir y se levantó.

—La documentación está bastante ordenada, milord —dijo, haciéndole el homenaje de llamarlo por su título delante de Susan—. Pero hay una gran cantidad de dinero no explicado.

¡Ajá!, se dijo Con, y miró a Susan:

—¿Tiene una idea de adónde podría haber ido ese dinero, señora Kerslake?

—No —dijo Race—. Quiero decir que en los libros aparece muchísimo dinero salido de ninguna parte.

Con lo miró con una expresión significativa:

—Contrabando.

Race se apartó un mechón de pelo de la frente.

—Ah, pues, eso tiene que ser. Como soy de Derbyshire no se me había ocurrido. —Cogió una hoja de papel para revisarlo—. Tiene que ser un negocio muy lucrativo.

—Lo es —repuso Con, mirando nuevamente a Susan. Vio que ésta estaba tensa y con una expresión resuelta, como si quisiera negar que existía aquello llamado contrabando—. En su calidad de secretaria del conde en el pasado, no me cabe duda de que sabe algo acerca de su participación.

La mirada que ella le dirigió fue casi de irritación.

—El conde invertía en cargamentos, sí, milord. La mayoría de la gente de aquí lo hace.

—¿Y cuánto beneficio produce una operación de ésas?

Mirándolo nuevamente irritada, ella contestó:

—Alrededor de cinco veces la inversión, si todo va bien. Siempre hay operaciones que fracasan, claro, produciendo una pérdida total.

Con vio que Race agrandaba los ojos, por lo que le dijo:

—Recuerda que eso es ilegal.

—También lo son muchísimas cosas interesantes —repuso Race—. Señora Kerslake, ¿sabe qué cantidad se invierte y cuánto se gana en una operación que termina con éxito? Sólo lo pregunto por fascinado interés.

De pronto Susan se relajó y sonrió a Race. Una sonrisa relajada y amistosa que a Con lo hizo apretar los dientes.

Ella fue a situarse junto al escritorio.

—Dicen que el año pasado llegó a la costa un barco cargado con mil galones* de coñac, mil de ron, mil de ginebra, y cinco quintales y medio de tabaco. Me han dicho que fuera el tabaco se puede comprar a seis peniques la libra y vender aquí a cinco veces ese precio. Los licores podrían comprarse a un chelín el galón y venderse a seis chelines aquí.

Race se inclinó a hacer unos cálculos rápidos en un papel.

—Casi mil libras por una inversión de unas ciento sesenta. Dios de los cielos.

Susan se le acercó más, a mirar las cifras.

—Hay gastos, por supuesto. El barco y el capitán, el pago a los barqueros y remeros que llevan la mercancía a tierra, a los hombres que la descargan y transportan, y sus ayudantes, y por el uso de caballos y carretas. Además, todos esperan llevar a casa una pequeña parte de la mercancía. En cuanto a lo otro —añadió—, el té es más lucrativo aún; la proporción es diez a uno.

Race parecía estar decididamente deslumbrado. Era por los be-

* 1 galón: 4,546 litros en Gran Bretaña; 3,785 litros en Estados Unidos. *(N. de la T.)*

neficios, no por Susan, pero a Con ya le dolía la mandíbula de tanto controlar el deseo de apartarla de su lado.

—Es sorprendente lo mucho que sabe sobre eso, señora Kerslake —dijo, y vio que ella daba un respingo al recordar la discreción.

—Todo el mundo sabe en esta zona —dijo ella, alejándose de Race, lo cual mejoró las cosas para Con.

Race levantó la vista de sus papeles.

—No me extraña que el conde haya ingresado por lo menos dos mil libras cada año, extras, además de los alquileres.

—¿Sí?, no me digas —exclamó Con, acercándose a mirar los papeles que Race tenía distribuidos sobre el escritorio—. Sin embargo, según el informe que me envió Swann, sólo hay un par de miles en el banco del condado. —Miró a Susan, que estaba al otro lado del escritorio—. ¿Cómo se explica eso, señora Kerslake?

—El sexto conde gastaba muchísimo dinero en lo que le interesaba, milord. Sus excentricidades.

Se había escondido detrás de su actitud de criada, pero a él no lo engañaba; estaba a reventar de conocimientos.

—Ojos de tritón y colas de rana; ¿son muy caras estas cosas actualmente? —Volvió a mirar a Race—. ¿Tienes una idea de si hay algo de esto almacenado?

—En realidad —interrumpió Susan—, es ojos de tritón y patas de rana.

Él la miró y tuvo que hacer un esfuerzo para no sonreír al ver su expresión traviesa; y era travesura de adulta, nacida de ingenio y sabiduría, no de la pícara energía infantil.

—Puede que las colas tengan más lógica —explicó ella—, pero las patas producen más beneficio, puesto que las ranas tienen más de una.

—Pero las colas tendrían más valor por su rareza —dijo él—, puesto que las ranas ya no las tienen cuando son adultas.

A ella le chispearon los ojos.

—Eso las haría un símbolo de la eterna juventud.

Él captó la idea.

—Y si el conde siguiera vivo, yo podría hacer una fortuna vendiéndole colas de rana.

Comprendió que los dos se habían relajado simultáneamente, inmersos en recuerdos del pasado. Entonces ella se puso seria y se volvió hacia Race al mismo tiempo que él.

—¿Beneficios ocultos? —preguntó entonces, consciente del interés y la curiosidad de su secretario, maldito él.

—Todavía no he encontrado ninguno, milord. Aunque no están anotados claramente todos sus ingresos y sus gastos; y está claro que muchas veces hacía las transacciones en efectivo. Es posible que lo haya gastado todo.

Seguro que Susan lo sabría, habiendo sido la secretaria del conde tantos años. La desafió francamente:

—¿Debo suponer que no sabe dónde está ese dinero extra, señora Kerslake?

Ella lo miró a los ojos.

—No lo sé, milord.

Eso era la verdad.

—Continúa buscando —ordenó a Race—. Eso animará tus aburridos días. Y toma nota de los precios de compra de sus excentricidades. Podría ser la clave de mi fortuna.

En aquel momento Susan tenía en la cara una expresión tan absolutamente impasible que él comprendió que ocultaba algo. En realidad, debía dejar de considerarla una mujer honrada. Era hermosa, realmente fascinante.

Pero no honrada.

Había tenido años para manipular los libros de cuenta y desviar dinero a voluntad. Pero estaba claro que ahora tramaba hacer algo en contra de Race, cuyo principal placer era encontrar las verdades y los secretos escondidos en archivos y libros de cuentas.

Sensible por ese momento de broma amistosa, tenía que intentar escapar.

—Voy a ir a inspeccionar la propiedad —anunció. Entonces cayó en la cuenta de que eso dejaría a Susan libre para hacer todo tipo de diabluras—. Señora Kerslake, quiero que trabaje con el señor De Vere. Está familiarizada con la administración del condado.

—¿Y la cámara de tortura, milord? —le recordó ella.

—Eso es un añadido totalmente superfluo —contestó él.

Vio su gesto de perplejidad, pero no pensaba darle explicaciones. Crag Wyvern era una inmensa cámara de tortura cuando Susan Kerslake estaba en ella, y una trampa también.

Viendo que Race no daba absolutamente ninguna señal de tener algún interés en potros y otros instrumentos de tortura, salió y cerró la puerta.

Enseguida se giró para volver a entrar. ¿Susan y Race solos ahí? Pasado un momento, se obligó a alejarse de la puerta. Tal vez Race lo salvaría de sí mismo.

Unos días más con esa nueva Susan y podría encontrarse revolcándose con ella en la arena otra vez, y esta vez no había nada que le impidiera proponerle matrimonio y así quedar atrapado de por vida.

A no ser, pensó de repente, que ya estuviera comprometido en matrimonio.

La semana anterior había empezado a pensar en proponerle matrimonio a Anne Peckworth. No había cambiado nada desde entonces. Ella era una joven amable, dulce, de buena crianza y tenía una buena dote. Le caía bien a su madre y a sus hermanas. Era la esposa perfecta para él.

Y casarse con ella tenía otra ventaja también, lo que en realidad era el motivo de que se le ocurriera la idea de solicitarla. A comienzos del año, uno de sus amigos de la Compañía de Pícaros, lord Middlethorpe, había estado a punto de proponerle matrimonio cuando conoció y luego se casó con su hermosa esposa, Serena. Lady Anne tenía motivos para esperar su proposición y se sintió herida, aunque su reacción fue de lo más correcta.

Entonces él decidió que puesto que carecía de la capacidad de enamorarse, bien podría ocupar el lugar de Francis junto a Anne, quien al tener un pie lisiado le resultaba más difícil asistir a los eventos sociales.

Eso era lo racional y sensato, y sin embargo aquí en esta casa, con Susan, corría el peligro de que se le debilitara la voluntad y cambiara esa cuerda decisión.

Subió a su habitación y abrió su escritorio de viaje para sacar una hoja de papel. Después de vencer el impulso a dudar, le escribió una corta carta a Anne Peckworth.

Una carta de un caballero a una dama soltera ya equivalía de suyo a un compromiso, pero para hacerlo totalmente seguro, le expresó con toda claridad su intención de ir a hablar con su padre tan pronto como regresara a Sussex, lo que esperaba hacer dentro de una semana más o menos.

No le puso arenilla a la tinta sino que esperó a que se secara sola, sabiendo que con esa carta quemaba sus puentes. Pero era quemar puentes entre él y la enemiga, lo cual es una excelente táctica militar.

La atracción, e incluso el amor, no siempre es algo bueno. Había visto a hombres hechizados y enredados con mujeres indignas, muchas veces hasta destruirse. Él no sería uno.

La tinta estaba seca.

Dobló la carta, la selló, puso la dirección y arriba de todo escribió «Wyvern», para cubrir el franqueo. Después se levantó para ir a entregársela a Diego.

—Llévale esto a Pearce. Tiene que llevarla al correo inmediatamente. Si tiene que cabalgar hasta Honiton o Exeter, que lo haga. La quiero de camino.

No sea que me debilite y se la quite, añadió para sus adentros.

Vio que Diego arqueaba las cejas, pero éste sólo dijo:

—Sí, milord.

Volvió a sentarse a considerar su posición defensiva. Era perfecta. Ahora sí podría resistir cualquier arma que Susan decidiera usar.

Capítulo 9

Susan se esforzaba en poner atención a lo que decía De Vere sobre los papeles que estaba revisando, pero su mente y su corazón seguían con Con. Ese breve momento de bromas había sido como una gota de agua sobre tierra sedienta.

Una gota más tentadora que refrescante.

No podría resistir más encuentros como ése. La hacían sentirse como la concha más frágil de la orilla del mar, que se iba adelgazando y adelgazando más y más con cada ola de conversación. Muy pronto estaría transparente y la más mínima presión la rompería. Acabaría convertida en arena, y sería arrastrada por la siguiente marea.

La voz de De Vere interrumpió sus pensamientos.

—¿Señora Kerslake?

Ella lo miró y vio su expresión: intrigada, pero no hostil.

—Tal vez podría explicarme qué método empleaba el conde para dejar constancia de los intereses de sus inversiones. Lo encuentro poco claro.

Ella se concentró en ese sencillo asunto.

—Era dado al secreto por naturaleza, señor De Vere.

Le había acercado una silla, por lo que ya estaba sentada a su lado. Él comenzó a hacerle una serie de preguntas inteligentes, bien enfocadas y formuladas. La impresionó la rapidez con que él había captado los aspectos misteriosos de las anotaciones y con qué claridad entendía lo que contenían, e incluso lo que daban a entender entre líneas.

También la impresionó y preocupó su método sistemático. Ella había sido eficiente, pero no meticulosa. Aunque trabajaba con extraordinaria rapidez, De Vere extraía hasta el último dato de cada hoja de papel y luego los organizaba de tal manera que no le costaría nada encontrarlos cuando los necesitara después.

Estaba casi segura de que en esos archivos no había constancia de ningún detalle acerca de transacciones y asuntos de contrabando, pero éstos se podían detectar entre líneas. Había anotados pagos a la taberna George and Dragón, por vino y licores, por ejemplo, y éstos eran inversiones en mercancías de contrabando disfrazadas. ¿De Vere se daría cuenta de eso?

Había anotadas grandes sumas de dinero como pago de préstamos, sin que hubiera ninguna constancia del préstamo.

Además, el conde era aficionado a escribir notas para sí mismo, sobre todo tipo de asuntos, y las escribía en los márgenes de las hojas, o en trozos de papel que muchas veces terminaban mezclados con otras cosas.

¿De qué se enteraría De Vere por esas notas?

¿Podría enterarse de que David era el nuevo capitán Drake? Y si se enteraba, ¿qué haría con esa información, siendo forastero y soldado?

Tenía que hablar con David, para ponerlo sobre aviso, aunque sabía que un aviso sería inútil. David no podía cambiar nada, no podía hacer nada, a no ser, tal vez, dejar pasar un tiempo sin asomar la cabeza, sin realizar ninguna operación.

¿Y dónde estaría David, por cierto? Esa mañana temprano le había enviado un mensaje diciéndole que lo necesitaban en la casa. Necesitaba saber que había ido bien la operación, que podía dejar de lado el asunto de buscar el dinero escondido.

Estaba mirando sin ver una columna de cifras. ¿Y si no había ido todo bien? ¿Y si David estaba herido en alguna parte y por eso no venía?

Se obligó a pensar con sensatez. Ella ya lo sabría. Alguien se lo habría dicho.

¿Y si nadie lo sabía? ¿Y si sus tíos creían que se había quedado a pasar la noche con sus amigos?

Se dio cuenta de que De Vere le había hecho la misma pregunta dos veces. Debía pensar que era tonta, retardada mental.

Procurando hablar tranquila, dijo:

—¿Sabe, señor De Vere? Creo que mi hermano le sería mucho más útil en estos asuntos. No sé por qué aún no ha venido.

—Mientras llega, tal vez...

Ella se levantó.

—Iré a asegurarme de que le llevaron el mensaje.

Y antes de que él pudiera poner una objeción, escapó.

Fue a la cocina y dejó a cargo a la señora Gorland. Casi salió corriendo tal como estaba, pero se disciplinó y fue a ponerse su sencilla pamela. Debía ser la señora Kerslake, la respetable ama de llaves, no Susan Kerslake, la que vagaba libre por los cerros.

La que iba de aventuras con Con Somerford.

Tan pronto como estuvo fuera de Crag Wyvern, se le desvaneció el miedo e hizo una respiración larga y profunda. Nunca le había gustado esa casa, pero hasta ese día no había sentido todo su poder constrictor.

Sin duda David estaba bien; simplemente cansado por el trabajo de esa noche y tan tranquilo y despreocupado que no obedecía las órdenes. Pero ya estaba fuera y aprovecharía al máximo la salida.

Aprovecharía su libertad.

Nunca se había sentido así antes, pero claro, antes no estaba Con Somerford en Crag Wyvern. No estaba desde hacía once años.

Comenzó a bajar por la ladera de la colina tomando el camino hacia Church Wyvern, la aldea del interior. Para más dicha, el sol brillaba en un cielo casi sin nubes. El tiempo había estado horrible, al parecer debido a la erupción de un volcán casi a más allá de la mitad del mundo. Los días soleados del siempre veraniego mayo eran escasos, y después de la llovizna de la noche pasada podrían haber esperado un cielo nublado y lluvioso, pero el cielo había enviado al sol justo cuando ella más lo necesitaba.

Rogó que la operación hubiera tenido éxito. Entonces ella no tardaría en encontrar otra ama de llaves y podría alejarse de la órbita de Con antes de hacer algo que lo destrozara, o la destrozara a ella. Separarse de él le rompería el corazón nuevamente, pero debía hacerlo.

Destrozar, pensó mirando hacia la lúgubre casa por encima del hombro. Ésa era una palabra muy fuerte, y sin embargo percibía ese tipo de poder flotando por la casa entre ellos.

Él estaba muy sombrío, tenebroso, muy diferente al Con que recordaba, aunque también veía en él a su dulce y mágico Con. ¿Estaría atrapado, tal vez? Si estaba atrapado dentro de ese caparazón de oscuridad, no sabía que hacer para liberarlo. Aun cuando todo fuera culpa de ella, si fue ella la que causó la formación de ese caparazón alrededor de él tantos años atrás, no sabía cómo rompérselo ahora.

Pero sí podía evitar empeorar las cosas.

Desde esa altura se divisaba la bonita aldea, con las casas agrupadas alrededor de la iglesia. Vio a la señora Howlock, la madre de Diddy, tendiendo ropa en el jardín de atrás y niños pequeños corriendo alrededor. Nietos, probablemente, aun cuando el hermano menor de Diddy era muy pequeño todavía, casi un bebé. Una niñita le estaba pasando las pinzas con gran solemnidad. La escena le hizo pensar tristemente en todos esos simples placeres: una casa, un hogar, hijos, las tareas cotidianas que no exigen pensar mucho ni angustiarse.

Sabía que eso era una tontería; la preocupación vivía en esas casas tanto como en Crag Wyvern, pero la mayoría de las personas no se mezclan intencionadamente con actos demenciales ni delitos merecedores de la horca.

¿Podría lograr que David se olvidara de todo eso? Podrían trasladarse a algún lugar del interior y llevar una vida normal.

No, pensó, negando con la cabeza. En los dos se mezclaba la sangre de una mujer desenfrenada con la de un jefe de contrabandistas. David se había resistido a convertirse en el capitán Drake, pero una vez que aceptó el puesto se aficionó a eso como un gato a cazar ratones, y seguro que ya no renunciaría a esa ocupación.

En todo caso, ése era su deber y ella lo sabía. Ahí la gente necesitaba el contrabando, y a un jefe organizado y disciplinado. Él no podía esquivarle el cuerpo a su responsabilidad heredada, como no podía Con desentenderse de la suya.

En cambio ella podía irse a cualquier parte.

Pero ¿dónde?

Era totalmente inepta para ser una institutriz o una dama de compañía, y su nacimiento la hacía nada atractiva para esposa de un caballero. En todo caso, no creía tener el temperamento para ser una buena esposa, y, lógicamente, no era virgen.

¿Adónde podría ir?

¿Qué trabajo podría hacer?

Le había encantado el trabajo de secretaria del conde, pero normalmente ese puesto le corresponde a un hombre. Además, no le apetecía marcharse de allí, el único lugar de la Tierra que sentía como su terruño, su hogar.

Jack Croker estaba trabajando en su huerta, preparando la tierra para plantar alubias, a juzgar por las largas estacas que estaba colocando, y que había colocado durante treinta años o más. En la granja de Fumleigh un buen número de cerditos muy pequeños se agitaban y se tropezaban nerviosos alrededor de una cerda. Los manzanos estaban florecidos y formaban una alfombra sobre el huerto de la casa señorial, prometiendo buenos frutos.

No había manera de sentirse de un pueblo como ése sin haber nacido en él; todas las demás personas, por agradables y simpáticas que fueran, eran forasteras. Ella se sentía de ahí, pero era, y siempre sería, la hija de Mel Clyst y lady Belle, una pareja que no se tomó la molestia de cubrir con el barniz del matrimonio el escándalo de su unión.

Si ella hubiera estado dispuesta y hubiese sido capaz de vivir como una damita de la casa, habría sido mejor aceptada. Pero no, ella tenía que pasar todo el tiempo al aire libre, explorando, haciendo preguntas, aprendiendo a nadar y a navegar, tanto que muy pronto la gente comenzó a murmurar que era tan alocada como su madre y terminaría haciendo lo mismo.

Lo cual tal vez había hecho, pero de modo menos feliz.

Entró en la calle que daba toda la vuelta por la aldea, y observó tenues huellas de carreta en la tierra blanda. La llovizna de esa noche había ablandado la tierra, por lo que quedaron huellas, pero apenas visibles. Los hombres de la Horda del Dragón eran expertos; siempre seguían a la carreta con un rodillo, apisonando un poco las huellas para hacerlas parecer antiguas, y luego pasaban por encima, dejando las huellas de pisadas, incluso pisadas de niños. Aquí participaba todo el mundo en el negocio del contrabando.

También había huellas de cascos de caballos. Habrían tomado prestados los caballos de la casa solariega y los habrían devuelto al alba. A veces los granjeros se quejaban por los animales y los hombres cansados, pero la mayoría aceptaban el pago en barriles y fardos que encontraban ocultos entre la paja.

Nunca había sabido qué pensaban el tío Nathaniel ni la tía Miriam acerca del contrabando. Ése era un tema del que rara vez se hablaba en la casa, y cuando se hablaba sólo era como algo que ocurría en otra parte. Por haber sido la secretaria del conde, y por estar ayudándole a David a llevar las cuentas de la Horda, sabía que no invertían en mercancía.

Tal vez, como la mayoría de los aristócratas rurales de la costa, eran neutrales, hacían la vista gorda cuando les ocupaban los caballos, no prestaban mucha atención a las cosas escondidas en su terreno, y no hacían preguntas acerca de los barriles de licor, paquetes de té o rollos de encaje que aparecían.

—¡Señora Kerslake!

Sobresaltada se giró y vio a un jinete que le hacía señas desde lo alto de una elevación de terreno cercano. Le había dado un vuelco el corazón porque por un instante pensó que era Con. Pero, no, claro, ya sabía que no. Por la voz sólo podía ser una persona, Gifford, el policía montado.

Él puso a su caballo a medio galope para que saltara el muro bajo que lo separaba del camino y continuó hacia ella trotando.

Susan trató de disimular el repentino miedo que sintió. Él no sospechaba nada. Estaba prácticamente recién llegado a la zona, y ni siquiera sabía todavía que ella y David no eran hijos de sir Nathaniel. Pero de pronto las tenues huellas de carreta le parecieron surcos profundos y muy visibles.

Él desmontó y fue a situarse a su lado, un hombre muy simpático, de cara ligeramente redonda y sedosos rizos castaños, pero también con una boca que revelaba firmeza y una mandíbula que le recordaba un poco la de Con. Gifford también había luchado en la batalla de Waterloo. A ella le caía bien, pues él sólo quería cumplir concienzudamente con su deber, y sin embargo era su enemigo.

—Hermoso día, ¿verdad? —dijo él, con una alegre y franca sonrisa.

Ella también sonrió, esperando que la sonrisa le saliera natural.

—Pues sí, señor, y nos lo merecemos, después de los días feos que hemos tenido.

—Ese maldito volcán. Y aquí estamos mejor que en el Continente y que en América. ¿Va en dirección a la casa señorial, señora Kerslake? ¿Me permite acompañarla?

—Sí, cómo no.

¿Qué otra cosa podía decir?

Pero el hombre pretendía cortejarla, y eso la azoraba muchísimo, porque una relación de pareja entre ellos era algo impensable. Ella no sentía ni el menor interés ni afecto por él, y él no desearía continuar el galanteo cuando se enterara de la irregularidad de su nacimiento. Más importante aún, ningún policía montado podía casarse con una hija de contrabandista sin arruinar su carrera.

Le encantaría decírselo, pero no podía, pues con eso le señalaría el camino hacia David. Tal vez podría al menos aprovechar ese momento para enterarse de algo acerca de la noche pasada.

—¿Y cómo va su trabajo, teniente Gifford?

Él hizo un gesto de contrariedad.

—Vamos, señora Kerslake, no me tome por un tonto. Todo el mundo sabe aquí cuando ha llegado un alijo, y anoche hubo una operación de contrabando. Dos, maldita sea. Logré impedir una, pero la otra se realizó en otra parte de la costa.

Una lástima que fuera inteligente.

—He estado ocupada en Crag Wyvern toda la mañana, teniente, así que no he oído ningún cotilleo. Ha llegado el nuevo conde.

—¿Llegó? —exclamó él, agudizando la mirada—. Un militar, tengo entendido.

Ella comprendió hacia dónde iban sus pensamientos.

—Creo que fue capitán de infantería, sí.

—Entonces tal vez tenga un aliado en este lugar.

Ella sintió cierta compasión por él, pero se vio obligada a decirle:

—El conde no tiene la intención de vivir aquí, teniente. Tiene su casa familiar en Sussex, y prefiere vivir allí.

Él miró hacia la lúgubre casa.

—Eso no me sorprende, pero es una lástima. El conde de Wyvern tiene poder para facilitar o eliminar el contrabando en esta zona. He oído decir que el conde anterior colaboró en el arresto de Melquisedec Clyst.

—¿Qué? —exclamó Susan, y se controló al instante, deseando que él no hubiera visto su reacción de horror—. Eso tiene que ser un error. El conde tenía fama por su apoyo a los contrabandistas.

—Tal vez se pelearon. Ya sabe que no hay ningún honor entre los ladrones, señora.

Susan se sentía casi mareada dándole vueltas en la cabeza a la idea de que el conde loco no sólo no intervino en salvar a su padre sino que además fue causa de su arresto y de la pérdida de todo un cargamento.

¿Por qué haría eso?

—He oído rumores de que el contrabando de anoche se desembarcó cerca de aquí —estaba diciendo Gifford—, pero no logro encontrar ni un solo rastro. Supongo que usted no ha oído nada, señora Kerslake.

Eso era más una afirmación que una pregunta. Él sabía muy bien que nadie de la zona le daría información.

—No, teniente.

—Hubo una batalla cerca de Pott's Hill, y un par de hombres resultaron gravemente lesionados. Sin duda fue una pelea por el botín, por lo tanto tienen que haber descargado cerca de aquí la mercancía.

A ella le dio un vuelco el corazón.

—¿Una batalla? —repitió, agradeciendo que su expresión de sorpresa fuera natural—. ¿Qué quiere decir, señor?

—Una banda trató de robarle a la otra. Eso ocurre todo el tiempo, mi querida señora. Estos contrabandistas no son los nobles aventureros que algunos querrían hacerla creer.

Dios de los cielos, ¿de veras creería que alguien nacido y criado ahí se haría alguna ilusión respecto a los contrabandistas? Pero ¿qué ocurriría? ¿Habrían herido a David? ¿Le habrían robado la mercancía?

Hizo lo posible por adoptar una expresión de ignorancia, o de estupidez, más bien.

—¿Y no puede arrestar a los hombres lesionados, entonces?

—No sin pruebas, señora Kerslake —contestó él amablemente—. Aseguran que se pelearon por una mujer y nadie los saca de ahí. Por desgracia, cuando llegamos el contrabando ya había desaparecido.

Ella esperó un momento, por si decía algo más. Si David era uno de los lesionados, seguro que se lo diría. Pero él no dijo nada más, por lo que pudo volver a respirar.

—Supongo que una pelea por una mujer no es algo tan insólito, teniente.

—La noche de una operación, señora Kerslake, incluso las mujeres son de menos interés. —Entonces sonrió—. Es decir, para los tunantes de humilde cuna. Para un caballero, una dama siempre está en primer lugar.

A ella le vino a la lengua un comentario mordaz acerca del deber, pero logró callarse. Afortunadamente, la puerta del huerto ya estaba a unas pocas yardas.

—La veo muy poco, señora Kerslake. La semana pasada hubo una reunión social en Honiton, a la que estropeó su ausencia.

Susan consiguió no poner en blanco los ojos.

—Estoy empleada, teniente, por lo que no soy libre para asistir a esos eventos.

—Vamos, vamos. Antes de que llegara el conde sus deberes no pueden haber sido abrumadores.

—Por el contrario, señor. Las excentricidades del difunto conde tenían la casa hecha un caos. He intentado poner las cosas en orden.

—¿Sí? —dijo él, y ella tuvo la impresión de que no le creía—. Pero no me cabe duda de que va a disfrutar de diversión en alguno que otro lugar. Si me lo dijera, querida señora, yo frecuentaría especialmente esos lugares.

Ella encontró rarísima la manera de decir eso, como si supusiera que ella iba a pasar las noches en tabernas, pero en ese momento no tenía ni el tiempo ni la paciencia para aclararlo.

—Llevo una vida muy sosegada y aburrida, teniente —dijo, abriendo la puerta.

—¡Bromea! Muy bien, me plantea un misterio para resolver. Por el momento voy de camino a Dragon's Cove a resolver otro misterio, aunque dudo de que me entere de algo entre esa gente que lo oculta todo. —Montó en su caballo—. No estando ahora ese tunante Melquisedec Clyst, sin duda hay demasiada desorganización para que intenten hacer una operación aquí, pero le echaré una buena mirada a la nueva tabernera, y andaré con los ojos bien abiertos para ver si hay huellas de carretas.

Susan no miró las tenues huellas que estaba pisando el caballo, pero tuvo que esforzarse por no echarse a reír. La nueva tabernera del George and Dragon era la prima de Mel, Rachel Clyst, una alegre mujer madura tan ancha como alta. Sí que estaba aliada con la Horda, pero era difícil imaginarse un capitán Drake más inverosímil que ella. Si resollaba subiendo unos pocos peldaños, cómo resollaría subiendo un acantilado.

Pero el humor se le desvaneció tan pronto como Gifford emprendió la marcha. Él no se enteraría de nada en Dragon's Cove, pero era lo bastante inteligente y buen profesional para descubrir algo finalmente.

Entró en el huerto preocupada por esa batalla. Tratándose de contrabando, «batalla» era la palabra acertada. Podían luchar cientos de hombres, algunos de ellos armados.

¿Qué habría ocurrido?

¿Estaría David desangrándose en alguna parte?

Tomó un atajo por la huerta para entrar por la parte de atrás de la casa, y pasó junto a un muchacho medio dormido que estaba haciendo como que escardaba la tierra en una melga de coles. Casi todo el mundo de la costa habría dormido muy poco esa noche.

Entonces el muchacho le gritó un alegre saludo y se le calmó la ansiedad. Nadie estaría sonriendo si el capitán Drake hubiera sido herido o arrestado. Y todo el mundo lo sabría.

Pasó más tranquila bajo el arco de madreselvas y tomó el sendero que subía por en medio de cuadros de flores y césped hacia la hermosa casa. Era tan exactamente rectangular como Crag Wyvern, pero la piedra gris oscura estaba encalada. Situada en el medio de fértil terreno y hermosos jardines, y habitada por personas amables, cariñosas, esa casa era otro mundo.

Se detuvo a contemplarla, pensando que debía de estar loca para no sentirse totalmente en su hogar en ella. Sus familiares eran personas buenas, y las amaba muchísimo, pero nunca se había sentido verdaderamente en su casa, ni siquiera cuando era pequeña. Cuando se enteró de la verdad acerca de sus padres, comprendió por qué.

—¡Susan!

Sobresaltada, miró, y vio a su prima Amelia corriendo hacia ella por la hierba. Amelia era una chica de veinte años, algo mofletuda, y, típico de ella, venía corriendo con tanto entusiasmo que la pamela típica de aldeana se le fue deslizando hacia atrás por sus rizos castaños hasta que le quedó colgando del cuello.

—¡Supe que llegó el conde! —exclamó, cuando ya estaba cerca.

—Sí, anoche, tarde.

—¿Cómo es? ¿Es guapo?

—Ha estado aquí antes.

—Una vez, y yo tenía nueve años. Recuerdo que vi al padre y a los dos hijos en el banco Wyvern de la iglesia, pero es un recuerdo muy vago. Éste es el que era más moreno y sensato, ¿verdad? Yo creí que era el hermano mayor.

—Sí, yo también —dijo Susan, echando a andar hacia la casa.

—Claro que conocí a Fred Somerford —comentó Amelia, caminando a su lado—, ya que madre siempre lo animaba a considerarse en su casa aquí. —Se rió—. ¿Te acuerdas cuando padre mascullaba algo sobre los Somerford locos y madre alegaba que era un chico muy cuerdo? Tantas esperanzas que tenía la pobre de que alguna de nosotras lo atrapara. No sé qué irá a hacer ahora que éste es el nuevo conde.

Susan casi gimió al imaginarse a la tía Miriam haciendo de casamentera otra vez.

—Una pena que se ahogara —dijo Amelia—. Fred, quiero decir. Pero en realidad no es tan sorprendente. Yo le había puesto el apodo Fred el Imprudente, como el rey Ethelred el Imprudente, porque me imaginaba que lo llamaban así para no decir «tonto».

Susan se rió y se tapó la boca para no seguir riendo.

—Ay, Dios, eso no es muy amable.

—Supongo que no. Pero ¿éste es más listo?

¿Listo para qué?, pensó Susan y súbitamente recordó a Diddy explicando que estaba «listo para un revolcón». Se ruborizó por la nítida imagen que surgió en su mente.

—No sabría decirlo —contestó.

—Recuerdo que era moreno. ¿Sigue moreno? Me gustan los hombres morenos.

—No podría habérsele aclarado el pelo, a no ser que se le vuelva canoso.

—Bueno, a algunas personas se les vuelve canoso. Por una aflicción o un susto. Y Michael Paulet volvió de la Península con su pelo castaño claro convertido en rubio por el sol.

—No creo que le pase eso al pelo castaño oscuro —repuso Susan, deseando que Amelia dejara de hacerle esas preguntas.

—Y estaba ese retrato en miniatura que trajo Fred —continuó Amelia cuando entraron en el sendero empedrado que llevaba a la puerta de atrás—. Me enamoré de ese gallardo capitán. ¿Está tan guapo ahora?

Susan procuró no reaccionar mal. ¿Amelia y Con? No podría soportarlo.

—¿Vas a intentar conquistarlo? —le preguntó en el tono más alegre que pudo.

Amelia sonrió de oreja a oreja, y se le formaron unos profundos hoyuelos en las mejillas.

—¿Qué daño haría si lo intentara?

—¿Aunque no sea de tu gusto?

—Eso no lo sabré si no lo intento, ¿verdad? Y un conde de mi gusto sería muy fabuloso, ¿no?

—¿Incluso si tuvieras que vivir en Crag Wyvern?

Amelia se giró a mirar hacia la casa, arrugando la nariz.

—Eso sería un problema, lo confieso. Pero se podrían cambiar cosas. Abrir ventanas hacia fuera, para empezar. Y ponerle pintura blanca a las paredes. O estuco.

A Susan la asombró que su prima pudiera hablar tan alegremente de todo eso, como si la vida sólo presentara opciones felices. Pero ése era el estilo Kerslake, y a eso se debía que ella siempre se sintiera una extraña. Una extraña envidiosa.

—El conde tiene un secretario muy guapo —dijo, consciente de que quería desviarle el interés—. El señor Racecombe de Vere, que tiene todo el aspecto de ser un caballero refinado a pesar de su humilde puesto. En realidad dudo que su posición sea particularmente humilde. Deberías buscarlo en una de las guías nobiliarias del tío Nathaniel.

A Amelia se le ahondaron más los hoyuelos.

—¡Dos desconocidos guapos! Ya era hora de que ocurriera algo interesante aquí.

Susan la miró de reojo. Seguro que Amelia sabía.

—¿Qué pasa? ¿Es por el nuevo conde? ¿Está loco, verdad?

—No, no. Pero traerá cambios, y es difícil saber cuáles podrían ser.

—Todo tiene que ser mejor de lo que ha ocurrido antes. Es joven, es buen partido, es guapo y tiene un amigo guapo. ¿Va a ofrecer bailes?

Susan se echó a reír.

—¿En Crag Wyvern?

—¿Por qué no? Por lo que dices, esa casa sería maravillosa para un baile de máscaras.

Daba la impresión de que Amelia le daba vuelta a todo para mostrar un nuevo aspecto.

—Tienes razón, sería maravillosa. Y podría expulsar algunas de las tinieblas. Por el bien de la zona esa casa necesita transformarse en un lugar donde puedan vivir personas normales y recibir a sus vecinos.

No alguno de los amigos locos del conde loco. Inquilinos normales, serios, responsables. ¿Cuánto costaría cubrir las paredes con estuco elegante? Tal vez esos corredores de piedra falsa se podrían pintar en colores alegres también. Y abrir ventanas al exterior.

Pasmosas posibilidades.

Capítulo 10

Entraron en la casa y encontraron a la tía Miriam en la cocina, con la cocinera y una criada, preparando pan. Siempre tenía sonrosada su cara redonda, y con el vapor y el calor la tenía colorada. Se le iluminaron los ojos.

—Susan, cariño, cuánto me alegra verte. Espérame un momento y tomaremos una taza de té.

—Antes tendría que hablar con David, tía.

Esa cariñosa sonrisa la tranquilizó y al mismo tiempo le atizó el sentimiento de culpa. La tía Miriam la consideraba su hija y la quería como a una hija, y sin embargo ella nunca había podido ser la hija que su tía deseaba que fuera.

Tradicional, feliz, ya casada.

—Todavía debe de estar en la sala de desayuno —dijo la tía Miriam, hundiendo las manos en una buena cantidad de masa y comenzando a trabajarla—. No sé a qué hora volvió a casa anoche, ni en qué ha andado. —Hizo un guiño y añadió—: Los jóvenes hacen de la noche día, ¿verdad?

Resistiendo el impulso de decir verdades desagradables, Susan se dirigió al otro lado de la casa, con la esperanza de poder hablar un momento a solas con su hermano. La tía Miriam conquistó a Amelia para que se quedara a ayudar en la cocina, lo que la libraba de un problema, pero cuando entró en la sala de desayuno, bañada por el sol, encontró al primo Henry haciéndole compañía a David.

Todos los verdaderos Kerslake tendían a desarrollar una cómoda redondez, y Henry, a sus veintiocho años, ya lucía una próspera tripa. Sobre ella tenía entrelazadas las manos contemplando a David terminar su desayuno y sermoneándolo acerca de la importancia de las Leyes del Trigo.

Al verla se levantó sonriendo de oreja a oreja.

—¡Bueno, esto sí es un regalo! —Dio la vuelta a la mesa y fue a cogerle las manos y besarle la mejilla—. No es mucho lo que te vemos, prima.

A decir verdad, todos eran sumamente cariñosos en esa casa. Entre ellos Susan siempre se sentía como un cardo en un cuadro de flores. En cambio David, con todo lo que se parecía a ella, florecía despreocupadamente con los demás.

Se sentó a la mesa y contempló las pruebas de su abundante desayuno. Se veía normal, alegre y relajado, gracias a Dios. Todo estaba bien.

—Cualquiera diría que trabajas para ganarte la vida.

Él simplemente le dirigió una breve mirada de sus ojos del sutil color azul grisáseo. Aparte de los ojos, cuando eran niños se parecían muchísimo, los dos con el mentón cuadrado de su padre y el pelo castaño dorado de su madre. Pero él ya había desarrollado una estructura ósea más corpulenta y mucha musculatura, y la sobrepasaba en poco menos de un palmo en altura.

Contemplándolo, por la cabeza le pasó la desconcertante idea de cómo sería si se enzarzaba en una pelea con Con. David era unos dedos más ancho y más alto que Con, pero algo le advirtió que era posible que Con ganara.

—¿Y tú no deberías estar trabajando también? —preguntó él, ensartando el último trozo de pan frito en el tenedor y llevándoselo a la boca.

—En eso estoy. He venido a hacer de perro pastor. Se te envió un mensaje ordenándote que te presentaras en Crag Wyvern.

—¿Y has venido para llevarme allí a mordiscos? ¿Tanta prisa tiene el conde?

—Ya es casi mediodía. Y no sé nada de prisas, pero es muy concienzudo. O, mejor dicho, lo es su muy eficiente secretario. Lo tiene revisando todo como un avaro buscando un penique.

Tan sólo era un aviso. No tendría por qué haber nada sobre operaciones de contrabando en los archivos Wyvern, pero era posible.

—Eso es lo correcto y conveniente —dijo Henry—. Tomar las riendas. Ver qué es qué. Ya era hora que hubiera un poco de orden y decencia allá arriba. Necesitará tus informes y consejos, Davy, y si se te ha ordenado subir ahí, pues, debes subir.

David se sirvió otra taza de café y se repantigó en la silla, con los ojos brillantes de picardía.

—Si quería un servicio instantáneo debería haber enviado aviso de su llegada.

Cuando se llevó la taza a los labios para beber, sus risueños ojos se desviaron hacia ella, haciéndole llegar una pregunta: «¿Algún problema?»

Ella sonrió levemente, para indicarle que no había ningún problema. Y era cierto. A Con no le había dado ningún ataque de cólera a causa de la operación de contrabando de la noche pasada, que era lo único que le interesaba saber a David. Pero necesitaba hablar con él, y Henry estaba clavado en su silla como un erizo en un perro de pelaje largo.

Puesto que no podía hacer nada al respecto, se puso a hablar del nuevo conde y con Henry entablaron una inútil y ociosa elucubración sobre su efecto en el vecindario. Aprovechó la oportunidad para enviarle a David el mensaje de que Con no iba a hacer de esa casa su principal residencia.

—Eso es una lástima —comentó Henry—. Podría cambiar de

opinión si le mostráramos lo agradable que es la pequeña comunidad que tenemos aquí.

David agitó las cejas y curvó los labios en una sonrisa traviesa. No había nada que deseara menos que tener a un conde viviendo en Crag Wyvern. Aun en el caso de que fuera uno amistoso, continuamente tendría que tomarlo en consideración y apaciguarlo.

—Tendrás que ver si Amelia consigue conquistar su corazón, Henry. Eso lo ataría aquí.

Henry se puso rojo.

—¿Casarla con un conde loco de Wyvern? Tendría que conocer muchísimo mejor al hombre antes de tolerar eso, y apuesto a que padre pensará lo mismo.

—Entonces, si es un demonio guapo tal vez no deberíamos alentarlo a quedarse aquí.

Henry miró a Susan.

—¿Es un demonio guapo?

A ella no le resultó difícil hacer su papel.

—Me parece que sí.

Henry se levantó.

—Tengo que ir a hablar con padre sobre esto. —Pero se quedó un momento más a sermonear a David—: Obedece las órdenes y sube allí, Davy. Es un buen puesto el que tienes, y si el conde no va a vivir aquí, será un trabajo fácil con influencia local. No te conviene perderlo.

—Muy cierto —dijo David, pero continuó repantigado.

—Puede que ahora pienses que estás muy bien como estás —continuó Henry, exasperado—, pero algún día vas a desear casarte y establecer tu propia casa. Eso cuesta dinero. Necesitas tu empleo.

—Tienes toda la razón, Henry —dijo David, con un guiño en los ojos—. Tan pronto como termine mi café me pondré en marcha.

Henry exhaló un suspiro y salió de la sala para ir a hablar con sir Nathaniel.

Susan miró a su hermano y reprimió la risa. No quería ofender a Henry riéndose de él, y podría oírla si estaba cerca, pero las perspectivas de David en la vida ya no dependían de ese puesto, y cualquiera que estuviera al tanto de lo que estaba ocurriendo a su alrededor lo sabría.

Se le acabaron las ganas de reírse. Preferiría que David fuera simplemente el administrador de la propiedad del conde.

—¿Todo fue bien anoche? —preguntó en voz baja, pues en esa casa nunca podía estar segura de que no hubiera alguien cerca que podría oírlos.

—No exactamente —dijo él, de repente muy serio—. Después te lo contaré.

A ella se le formó un nudo en el estómago. Eligió con sumo cuidado sus palabras:

—Cuando venía me encontré con el teniente Gifford. Iba de camino a Dragon's Cove a buscar pruebas de que anoche hubo un desembarco de contrabando aquí.

David bebió lo último que le quedaba de café.

—Dudo que encuentre algo.

Ah, pensó ella, o sea que no era ése el problema. Empezó a imaginarse otros tipos de desastre.

—¿Y cómo es realmente el nuevo conde? —preguntó él.

Tenía que advertirlo sobre el hombre que era Con ahora.

—No está loco —dijo—. Es fuerte. Fue capitán en el ejército. Luchó en Waterloo. —Y se le escapó la palabra, aunque de mala gana—. Implacable.

David estuvo un momento pensativo.

—Lo conociste cuando estuvo aquí, ¿verdad? En mil ochocientos cinco.

Ella se apresuró a coger un trozo de pan y comenzó a mordisquearlo. ¿Qué habría oído David? Lo último que necesitaba era que se generara un antagonismo entre su hermano y Con por causa de ella, pero de ninguna manera quería confesarle lo mal que se portó entonces.

—Sí, le conocí. Somos de la misma edad.

—Tom Bridgelow me dijo algo de eso anoche. Que Mel pensó que intimabais demasiado, y que le hizo una advertencia para que se alejara de ti.

—No hubo nada de eso —dijo ella, en un tono que intentaba hacerlo parecer ridículo—. Nos encontrábamos por aquí y por allá, y éramos más o menos amigos. Sólo estuvo dos semanas aquí.

—Según Tom, después que Mel habló con él, no se os volvió a ver juntos.

—Bueno, eso no tiene por qué sorprender a nadie. ¿Quién querría tener a Mel enfadado con él? Un excepcional ejemplo de preocupación paternal.

—Cuidaba de nosotros —dijo él, y antes de que ella pudiera preguntarle qué quería decir, añadió—: Es una lástima que no hubiera nada entre vosotros. Ahora sería útil si fuerais íntimos amigos.

—Eso fue hace once años, David, y nunca nos hemos escrito ni siquiera una carta.

Él se encogió de hombros.

—Sólo fue una idea.

Dicho eso echó atrás la silla y se levantó, todo lo serio y pensativo que habría complacido a Henry si hubiera estado ahí para verlo. De pronto Susan vio una similitud entre él y Con, una especie de aura, la que viene de ser jefe, líder, de llevar sobre los hombros la vida y el bienestar de muchas personas.

Ese pensamiento le produjo un estremecimiento. Eso era lo que llevaba a la gloria, y eso era también lo que llevaba a la muerte. Entonces lo vio hacer un gesto de dolor y apoyar más un pie que el otro al alejarse de la mesa.

—¿Qué te pasa? —le preguntó en un susurro.

—Me metí en una pelea —contestó él con la voz normal—. Resultado, muchas magulladuras y moretones pero nada grave, así que no te preocupes. Iré a buscar mis libros de cuentas e informes y podremos ir a postrarnos ante el exigente conde. —Se detuvo a bostezar y volvió a hacer un gesto de dolor al desperezarse—. Es de esperar que sus preguntas no sean demasiado profundas ni difíciles. Sólo he dormido cuatro horas.

Susan fue a esperarlo en la cocina, donde calmó su ansiedad con un bollo caliente chorreando de mantequilla y charlando con su tía acerca de Con.

—Un muchacho encantador —dijo la tía Miriam—. Todo él vibrante de energía, pero energía amable. —Fue sirviendo té en todas las tazas—. George. Pero prefería que lo llamaran de otra manera. Ah, sí, Con. —Le pasó una taza a Susan, haciéndole un guiño—. Supongo que se ha convertido en un hombre guapo.

Susan no había pedido té, pero tomó un reconfortante trago.

—Sí, es muy guapo. —A modo de defensa de ese esperanzado guiño, añadió—: Está comprometido en matrimonio con la hija de un noble.

La tía Miriam puso mala cara.

—Ah, bueno. Recordé que te encontrabas con él por aquí y por allá cuando andabas estudiando tus insectos. Tener un interés común siempre es agradable.

—Dudo que le interese mucho la entomología ahora.

Susan terminó de beber el té atónita por la total falta de sospechas en la actitud de su tía. ¿Es que nunca encontró sospechoso que su casi hija saliera con un chico sin carabina a la vista?

A veces tenía la impresión de que su familia vivía dentro de una burbuja de jabón, desconectada de la realidad de Crag Wyvern, de Dragon's Cove, del contrabando y de cualquier cosa que fuera menos que idílica.

Eso tenía que ser fabuloso.

Pero sabía que la idea de agradable complacencia sólo era una ilusión. En esa casa habían muerto cuatro hijos, tres de la tía Miriam y uno de lady Belle, y muchos familiares mayores de generaciones anteriores. La tía Miriam conocía muy bien todos los aspectos no agradables de la vida.

Ella tenía casi nueve años cuando llegó su segundo hermano a esa casa. Cuando nació David era demasiado pequeña para hacer preguntas, pero el pequeño Sammy exigió una explicación.

Saber que era su hermanito la impulsó a ayudar en el cuidado del bebé, pero también le inspiró sueños y anhelos. Conocía muy vagamente a Mel Clyst y a lady Belle, ya que a ninguno de los niños de la casa se los animaba a ir a Dragon's Cove. Pero cuando se enteró de que Mel y Belle eran sus padres, sus verdaderos padres, se sintió fascinada por ellos.

Se esforzó en mantener vivo a Sammy por él mismo, pero tal vez también para demostrar que era digna de la atención de sus padres. Sintió una pena terrible cuando a las seis semanas el bebé renunció a la lucha por vivir; y se sintió culpable también.

Recordaba con toda claridad a lady Belle y Mel Clyst cuando fueron a la casa a mirar al bebé muerto, pálido como cera. Aunque ella anduvo caminando a su alrededor, intentando ponerse a la vista, lady Belle, exuberante, majestuosa y exquisitamente vestida, no le prestó la menor atención. Miraba al bebé como si fuera una pieza de museo expuesta en una vitrina de cristal.

En cambio Melquisedec Clyst, que a pesar de ser tabernero iba vestido con tanta elegancia como el tío Nathaniel, manifestó más sentimientos. Acarició al bebé envuelto en pañales y la miró a ella de una manera que se habría podido interpretar como reconocimiento. Pero aparte de eso, nada más.

Fueron con el ataúd a la iglesia para el servicio fúnebre y luego al camposanto a ver enterrar el pequeño ataúd en la parcela de la familia Kerslake. Mientras lloraba desconsolada, tuvo la impresión de que lady Belle estaba profundamente aburrida.

Desde ese día abandonó toda esperanza de que sus verdaderos padres la acogieran amorosamente. No entendía por qué había deseado eso, teniendo el amor de la tía Miriam, sir Nathaniel, su hermano y sus primas y primo.

Pero desde ese día también empezó anhelar tener raíces, pertenecer a una familia por derecho propio, sentirse en su casa.

A veces pensaba si tal vez simplemente necesitaba estar en una posición en que lady Belle se viera obligada a reconocer su existencia.

Cuando entró David en la cocina y se agenció un bollo, habiendo terminado recién su abundante desayuno, impulsivamente se levantó a darle un fuerte abrazo a su tía. Esta le correspondió el abrazo, pero ella vio un interrogante en sus ojos; aunque también notó que estaba conmovida y la alegró haberse dejado llevar por el impulso. ¿Es que nunca les había demostrado a sus tíos lo agradecida que estaba por todo lo que habían hecho por ellos?

—¿Va todo bien, Susan? —le preguntó tía Miriam, reteniéndole la mano un momento.

Entonces sintió el repentino deseo de echarse a reír y llorar al mismo tiempo como una loca, pero dijo:

—Sí, todo bien. Aunque la estancia del conde en Crag Wyvern va a traer consigo algunos cambios. Creo que no deseo seguir de ama de llaves mucho tiempo más.

—Eso siempre fue algo temporal, cariño, y será fabuloso tenerte aquí de vuelta.

Susan sonrió, pero sabía que no podría hacer eso. Había tomado una bifurcación en el camino y no podría volver a esa acogedora casa a vivir, del mismo modo que no podría volver a explorar los acantilados con Con. No dijo nada de eso, sino que se limitó a apretarle la mano a su tía y se marchó con David.

Tan pronto como se encontraron a una distancia prudente de la casa, David le preguntó:

—¿Va a dar problemas el conde?

¿Problemas? ¿Qué cosas se podían considerar problemas? Tal vez debería explicarle toda la historia para que estuviera sobre aviso. Temía muchísimo que si Con descubría que su hermano era el nuevo capitán Drake se pusiera en contra de la Horda del Dragón justamente por ese motivo.

—Tal como están las cosas por el momento, no creo que se oponga al contrabando —dijo, deseando que fuera cierto—. Pero sospecho que no va a invertir en mercancía, y es posible que no colabore con los almacenes del sótano ni con los caballos.

—Muy molesto. ¿De verdad no te crees capaz de convencerlo de participar con algo? El contrabando tiene que continuar, si no, yo no lo haría.

—¿En serio?

—En serio. Confieso que en parte me gusta, pero también sé muy bien los peligros que entraña. Si puedes, persuádelo de que se ponga de nuestro lado.

Susan reprimió el estremecimiento que le produjo esa idea.

—Creo que hay más posibilidades de que Gifford lo convenza de adoptar una postura totalmente en contra. Los dos son hombres del ejército.

—Pero ¿Gifford no está un poco enamorado de ti?

—No le voy a dar alientos al pobre hombre, ni siquiera por ti.

—Ah, muy bien —dijo él cuando iban pasando bajo el arco de paso al huerto—. Mel siempre decía que tenemos que jugar con la mano que se nos da.

—Mel —dijo Susan, recordando—. David, Gifford dio a entender que el difunto conde colaboró en el arresto de Mel.

—¿Qué? —exclamó él, deteniéndose a mirarla—. Eso es una tontería. Tenían un acuerdo.

—Podría haber habido una pelea.

—Yo diría que tú deberías saber eso mejor que yo.

Reanudaron la marcha.

—No vi nada. Pero él podría habérmelo ocultado. No era tonto, y sabía que era posible que yo advirtiera a Mel del peligro.

—¿Sólo era posible?

—No tenemos ningún motivo para ser amables con nuestros padres.

Él la miró de soslayo.

—A veces yo iba a la taberna George and Dragon. Supongo que para mí era más fácil, siendo los dos hombres...

—¿Erais amigos, entonces, tú y Mel? —dijo ella, sintiéndose dolida, sin saber por qué.

—No sé cómo podría llamarse. No era una relación de padre e hijo. De amigos tampoco. Yo no me siento más feliz que tú por la forma como se desentendieron de nosotros, pero llegó a caerme bien. Me decía que yo tendría que asumir el mando si a él le ocurría algo sin haber tenido tiempo para prepararse. Por eso hablaba conmigo acerca del negocio.

Ella comprendió que se sentía herida por esa relación, y porque David la había mantenido en secreto. Pero claro, ella también tenía sus secretos. Además, sabiendo eso, ya podía dejar de sentirse responsable de haberlo empujado a aceptar el puesto de capitán Drake.

—¿Y lady Belle? ¿Eras amigo de ella también?

Notó el tono agrio, de amargura, con que le salió la voz. La mirada de él le dijo que también lo había notado.

—Le gustaba la compañía de chicos guapos.

—Conque eres guapo, ¿eh?

—Sería estúpido decir que no. Escucha, Susan, algunas mujeres simplemente no están hechas para ser madres. Creo que a Mel le habría gustado ser más amigo, intimar más con nosotros, pero no quería fastidiarla a ella. Y le gustaba que sus hijos se criaran en la casa señorial como aristócratas rurales. No quería que viviéramos en Dragon's Cove, mezclados con la gente de su clase. Estaba vigilante, cuidaba de nosotros, y todo el mundo sabía que no les convenía hacernos ningún daño.

Cuidaba de nosotros. Lo que hizo Mel cuando habló con Con. Y ella siempre se sentía segura explorando la costa. Tal vez sus tíos sabían que estaba bajo la protección del capitán Drake y por eso le daban tanta libertad.

Volvía a ladearse su mundo.

—¿Y qué crees que hará en Australia? —preguntó.

—¿Mel? Si ha sobrevivido al viaje, es posible que prospere. Me parece que pasado un tiempo pueden establecer negocios.

—¿Y lady Belle? Vamos, qué tontería. Si ni siquiera me cae bien. ¿Por qué tengo que preocuparme por ella?

Él se echó a reír.

—¿La sangre se revela? Será la reina de Australia.

—Con un oro que no le pertenece.

—En cierto modo sí. Mel siempre reservaba una buena suma para auxiliar a la Horda en los tiempos difíciles. Incluso pagaba a hombres por estar sentados ociosos, para que no se metieran en problemas. Pero era su dinero. Sus beneficios.

Susan iba pasando de una sorpresa a otra.

—Pero el oro del conde es de la Horda, ¿verdad? El conde no cumplió su parte del trato.

—Eso segurísimo.

Entonces estaba bien cogerlo. De todos modos no deseaba quitárselo a Con. O, para ser más exacta, no deseaba que Con lo supiera si lo cogía. Decidió pasar a un terreno más firme.

—¿Qué ocurrió anoche? ¿Fue muy mal?

—Medio mal. Tenemos segura la mitad de la mercancía, aunque durante un tiempo no podremos trasladarla, pues Gifford y sus hombres andan metiendo las narices en todas partes. La pelea de anoche los ha traído a vigilar toda esta parte de la costa, maldita sea.

—¿Qué ocurrió? ¿Resultaste muy mal herido?

—No te preocupes. Atacaron a una hilera de transportistas de bateas. Yo creo que fueron los Blackstock, pero no estoy seguro. Llegué antes de que se apoderaran de todas las bateas, pero lograron llevarse algunas y dejaron a muchos hombres magullados y maltrechos.

—Gifford dijo que conoce a algunos de los lesionados. ¿Eran de los nuestros?

—Sí. Los dejé para que los encontraran, ya que no hay ninguna prueba de la causa de la pelea; ya nos habíamos llevado gran parte del cargamento. Así recibirán mejor atención médica. Los otros se llevaron a sus heridos.

Ella temió que él pudiera irles detrás a los Blackstock para darles una lección, y temía que resultara mal herido, pero no podía decirle nada sobre esas cosas. Ya no era su hermano pequeño.

Pero había un tema del que sí podía hablar.

—¿Cuánto perdimos? ¿Cuál es nuestra situación ahora?

—Más o menos la mitad de los beneficios, pero eso me lo he callado. Yo renunciaré a mi parte, y si tú haces lo mismo...

Eso la dejaría sin dinero para financiar su escapada; a no ser que encontrara el dinero escondido en Crag Wyvern.

—Por supuesto. Pero la Horda quedará sin reservas.

Ya estaban en la calle circular y se hicieron a un lado para dejar pasar a un hombre con una carretilla, saludándolo amablemente. El hombre hizo un guiño al pasar.

—Fabulosa noche la de ayer, ¿no, capitán?

Susan hizo una honda inspiración.

—Está claro que no sabe lo de la pérdida. Pero preferiría que no todos supieran que eres el capitán.

—No seas tonta. ¿Cómo podría funcionar esto si no lo supiera todo el mundo? Nadie dirá nada.

—Se va a filtrar. Perch sabía quién era el capitán Drake, pero aceptaba dinero por no saberlo. Gifford no hará eso. —Entonces dijo lo que sabía que no debía decir—: David, no quiero que le hagan daño.

Él se detuvo a mirarla.

—¿A Gifford? Tal vez te gusta entonces.

Ella sintió subir el rubor a las mejillas.

—No, claro que no. Pero es un hombre bueno que simplemente intenta cumplir su deber. Sería malo matarlo.

—Así que crees que me he convertido en un monstruo, ¿no?

—No, pero si se tratara de ti o él, o de tus hombres o él...

—No lo mataré ni ordenaré que lo maten. Ése no es el estilo de la Horda, Susan. Tú lo sabes.

—¡Pero tampoco quiero que te cuelguen o te deporten!

—Decídete, cariño. —Entonces le pasó el brazo por el de él y la instó a avanzar—. No busques problemas donde no los hay. Pero tengo que decir que sería útil si lograras poner las manos en ese oro pronto. Una vez que podamos sacar la mercancía de anoche, podremos pagar a los inversores. Pero, como has dicho, no quedarán reservas. Tendremos que montar otra operación. Pronto.

—¿Cuánto es pronto?

La mirada de él le dijo: «Demasiado pronto».

—El capitán Vavasour tiene un cargamento de té que no pudo desembarcar en la costa al este de aquí.

—¡No puedes traerlo aquí! Y la luna está más llena cada noche.

—Hemos tenido un tiempo tan malo que es posible que esté nublado.

—Posibilidades.

—Susan, el contrabando es un asunto dudoso, todo es posibilidades.

—Por eso no quiero tener nada que ver con él.

—No, por eso quieres que yo no tenga nada que ver con él. Basta.

La firme orden la dejó sin aliento. Pero él tenía razón. Su miedo podría hacerle más daño que bien a él.

—Claro que no lo traeríamos aquí, pero el té es un cargamento más liviano, así que podemos buscar un lugar difícil, la Irish Cove, por ejemplo. Esa cala no se ha usado desde hace años.

Ella retuvo el aliento, aunque eso no tenía por qué importar. Era simplemente otra cala en la costa. Pero en cierto modo retorcido, le parecía otra traición a Con usar ese lugar especial para una operación de contrabando estando él cerca.

—Es difícil subir con los fardos —dijo.

—Podríamos colgar cuerdas y con ellas subir los fardos. Para los oficiales de prevención es igualmente difícil acceder a ella. O le pedimos a Vavasour que hunda los fardos con indicadores. Entonces los recogemos en las barcas...

Estaba absorto en sus planes, pero ella sabía que Gifford estaría ahí observando como un halcón.

—David, si encuentro el oro, ¿podrías esperar?

—Es una oportunidad difícil de dejar pasar, es un bonito cargamento que sólo está esperando... Pero bueno, muy bien, si encuentras el dinero podemos dejar pasar un mes sin actividad, o incluso dos. ¿No te va a resultar difícil eso ahora que el conde está viviendo ahí?

—No creo que importe mucho, a no ser que esté escondido debajo de su cama, y allí no está. Ya he revisado todos esos lugares, con el pretexto de hacer el inventario y la limpieza de primavera. Reconozco que esperaba que sería mucho más fácil encontrarlo. El difunto conde no debía tenerlo tan complicado para poder sacar y poner dinero.

—Tal vez lo gastó todo en ingredientes para pociones y pichas secas —dijo él sonriendo de oreja a oreja.

Ella lo había llevado al dormitorio del conde y él casi se mató de la risa al ver los falos secos.

Le dio una palmada en el brazo.

—No olvides que fui su secretaria; sé lo que gastaba. Por lo que recibía de la Horda, y solamente los últimos años, tiene que haber más de dos mil libras en monedas de oro en alguna parte. Esa cantidad no es fácil de esconder, aun cuando sea en escondrijos pequeños repartidos por toda la casa, y si hubiera escondrijos pequeños yo ya habría encontrado por lo menos uno.

—Tal vez hay un cuarto secreto o una cámara oculta en el grosor de una pared.

—Lo sé, pero eso podría estar en cualquier parte. Al menos son pocas las que están recubiertas por paneles.

—Tengo que darle una respuesta a Vavasour dentro de dos días.

—¡Dos días! Bien, iniciaré una búsqueda implacable, en particular en los lugares donde podría haber agujeros ingeniosamente ocultos. Ah, y eso me recuerda, Con trajo a un secretario con él.

—¿Con? —dijo él, con interés.

Susan rogó que no le subiera el rubor a las mejillas.

—Cuando lo conocí lo llamaba Con. Se me escapa. Escucha, su secretario...

—Pues claro que tiene un secretario.

Estaban comenzando a subir la parte más empinada del camino a Crag Wyvern y tal vez por eso el corazón le latía más fuerte.

—Bueno, lo ha puesto a revisar todos los archivos y libros de cuentas. ¿Y si ahí hay algo sobre el contrabando?

—¿No lo sabes?

—El conde era tan loco en su manera de llevar los asuntos administrativos como en todo lo demás. Escribía notas para él mismo y las ponía en cualquier lugar. Lo mismo hacía con las cartas que recibía.

—Dudo mucho que Mel le escribiera cartas.

—Lo sé, pero tengo la sensación de que De Vere va a descubrir algo.

Él le sonrió.

—Jugaremos esa mano cuando nos la den. No es propio de ti inquietarte tanto.

Nuevamente ella deseó decirle la verdad, pero, si podía, prefería ocultarle todo su pasado.

—Aunque ya es hora de que dejes de trabajar ahí —continuó él—. No es apropiado.

—Si yo no puedo decirte cómo debes llevar tus asuntos, tampoco tú puedes decirme a mí cómo llevar los míos. —Se detuvo para recuperar el aliento, algo que no recordaba haber hecho nunca antes—. Tú trabajas para él —añadió.

—Soy el administrador de su propiedad —dijo él, sin el menor problema para respirar—. Ése es un empleo apropiado para un caballero. Ser ama de llaves es diferente. ¿No te sientes bien?

No, me siento fatal. Tengo miedo, me siento confundida, y al mismo tiempo deseo volver a ver a Con y le tengo terror.

—Sólo estoy cansada. Yo tampoco dormí mucho anoche.

Él le rodeó la espalda con un brazo y la ayudó a subir la última parte de la pendiente hasta llegar al terreno plano que rodeaba Crag Wyvern.

—No voy a intentar darte órdenes, Susan, pero me gustaría que te marcharas de esa casa y no te preocuparas por mí.

Ella puso los ojos en blanco.

—Voy a buscar una mujer que me reemplace, pero primero tengo que hacer un último intento de encontrar ese dinero. En cuanto a no preocuparme por ti, ¿cómo?

—Tal vez necesitas marcharte de aquí.

Ella se detuvo a la fría sombra de la enorme casa.

—¿Marcharme? ¿Quieres que me marche?

—No quiero que te marches, pero tampoco quiero que vivas preocupada. No puedo prometerte que voy a llevar una vida sin riesgos por ti. Eso lo sabes.

—Sí, lo sé, lo siento, perdona. Lo que pasa es que hoy me siento algo indispuesta.

—Ah, es ese periodo del mes, ¿verdad?

No lo era, pero sonrió y dijo:

—Sabes demasiado sobre las mujeres.

Él se rió y reanudaron la marcha hacia el arco coronado por gárgolas que llevaba al interior de la casa de los condes dementes de Wyvern.

Capítulo 11

Con había huido de Crag Wyvern. El motivo oficial que se dio era el de ir a inspeccionar su propiedad y ver a los aparceros, pero en realidad, haciéndose acompañar por el chico Jonny White, fue una huida al mundo normal, el que era tan fácil olvidar entre las paredes de fortaleza de Crag Wyvern.

Al cabo de una hora más o menos, ya se sentía tranquilizado por la normalidad y la buena salud de esa parte de Devon. Al principio observó una extraña quietud y la ausencia de personas, aparte de ancianos y niños. Poco a poco el panorama se fue poblando de habitantes, todos muy agradables y deseosos de hablar con el nuevo conde. Todos contrabandistas la noche anterior.

En una de las casas aceptó la invitación a compartir la abundante comida de medio día, y conversó acerca de los trabajos en las granjas como si eso fuera lo que ponía la comida sobre la mesa.

Percibía una tácita pregunta a su alrededor: ¿Cuál era su actitud hacia el contrabando? Dio la respuesta sin referirse al tema: no era su intención cambiar nada.

Y era cierto. Cualquier intento de hacer un cambio repentino sería desastroso. De todos modos, era su deber tratar de que algún día acabara el contrabando y preparar a la gente de allí para el cambio que llegaría inevitablemente.

Se refirió a los barcos de la armada que patrullaban la costa y al número de oficiales y soldados del ejército que andaban buscando empleo en tiempos de paz. Cuando una anciana dio gracias a Dios porque había terminado la guerra, él comentó que otro de los beneficios de ello era que el gobierno necesitaría menos dinero y podría reducir los onerosos aranceles aduaneros en cosas como el té.

Ella manifestó su acuerdo entusiasmada, con lo cual ponía en evidencia que entre la gente sencilla nadie entendía las consecuencias: las tasas bajas abaratarían los precios y eso reduciría a nada los beneficios del contrabando. Nadie iba a querer correr el riesgo ni trabajar por un diez por ciento de lo que ganaban antes.

Se sintió abrumado por esa carga. Ese lugar necesitaba la atención de toda una vida, y él no deseaba darle su vida. Podía dejar la parte más sencilla de eso al administrador de su propiedad, pero debía o bien darle más poderes a Kerslake o contratar a un administrador de oficio. Eso podía esperar hasta que hubiera visto al hermano de Susan y tuviera una idea de sus capacidades. Recordaba vagamente a un bribón de ancha sonrisa.

¡Zeus! No podía dejarlo todo en las manos de ella y su hermano.

Por lo menos la propiedad parecía estar bien, con los cultivos y los animales sanos. El lastimoso tiempo no había tenido un efecto muy grave en esa zona. Las casas y las granjas estaban en buen estado y la gente se veía bien alimentada. En la aldea Church Wyvern había incluso una escuela, dirigida por la mujer del coadjutor, con la ayuda de la señorita Amelia Kerslake. Allí lo invitaron a admirar la enorme aula, bien acondicionada con pupitres, pizarrones, un globo terráqueo y una buena selección de libros.

Todo pagado por el contrabando, no le cabía duda, pero había mucho que decir a favor de la prosperidad, viniera de donde viniera el dinero.

Logró hablar un momento con el coadjutor, que se manifestó encantado de colaborar evaluando y clasificando la colección privada de libros del difunto conde. El campechano joven confesó que sentía gran curiosidad por esos libros.

—Le interesa la magia negra, ¿eh, señor Rufflestowe?

—«Conoce a tu enemigo», milord —dijo el coadjutor, pero haciendo un guiño reconoció que era simple curiosidad humana.

Dado que le pareció un hombre admirablemente práctico, Con le preguntó:

—¿Cuál es el procedimiento correcto para un cráneo, Rufflestowe?

—¿Procedimiento, milord?

—En los aposentos del conde hay dos cráneos humanos, y yo tengo la impresión de que fueron desenterrados en un pasado no muy lejano. ¿Ha habido robos de tumbas por aquí?

—Santo cielo. No, que yo sepa, milord. Pero en esta zona hay algunos cementerios antiguos. Muy interesantes... —se interrumpió—. Es un pequeño interés mío, milord. Tal vez sería mejor dejar el asunto de los cráneos hasta que yo pueda examinarlos. ¿Mañana, tal vez?

Otro trabajador entusiasta, pensó Con.

—Por supuesto, señor.

Encontró a Jonny en el aula sentado en un pupitre, leyendo muy atentamente las palabras de un libro para aprender a leer. El muchacho era un huérfano en Londres cuando se alistó en el ejército justo antes de la batalla de Waterloo. Sin duda tenía muy poca educación. Tomando nota mental de disponer que le dieran clases de lectura, Con se lo llevó para continuar el recorrido de su propiedad.

Cuando el reloj de la iglesia de Wyvern dio las cuatro, dirigió su caballo rumbo a Crag Wyvern, sintiendo tan pocas ganas de volver a la casa como las que sintiera la noche anterior. La sensación le recordó Waterloo; tampoco deseaba ir ahí, pero el deber no le dejaba otra opción. Pero entonces sabía que cabalgaba hacia el infierno. En este momento sólo tenía la sensación.

Dejó los caballos y a Jonny en el establo de la aldea y se fue a pie hasta la casa. Cuando llegó al gran arco de entrada, titubeó, tentado de quedarse un rato fuera.

Podría caminar hasta el promontorio.

Riendo amargamente, cayó en la cuenta de que estaba soñando con encontrarse con una amiga ahí, con explorar los pozos entre las rocas y cuevas, con echarse al sol a hablar, hablar y hablar.

Enderezando los hombros, pasó bajo el arco coronado por gárgolas y entró en las sombras de Crag Wyvern.

Atravesó la sala grande o vestíbulo en dirección al despacho, consciente de que iba alerta por si veía a Susan, deseoso de verla y receloso a la vez. Ella no apareció, pero igual podría estar todavía con Race.

Cuando abrió la puerta del despacho vio que había otra persona ahí con Race, un joven que se levantó de otra silla que habían acercado al escritorio.

Sólo podía ser el hermano de Susan. El parecido era extraordinario, aunque, lógicamente, nadie confundiría a uno por el otro. Ella podía parecer un ángel renacentista, pero su hermano, aun vistiendo la ropa práctica que se usaba en esa zona rural, tenía todo el aspecto de un guerrero renacentista.

—Señor Kerslake —dijo.

El hombre inclinó la cabeza.

—Milord.

Era un joven alto, rodeado por un aura que el oficial que había en él reconoció. Entonces lo entendió. Ése era el capitán Drake, sin duda. Era el hijo de Mel Clyst. No le resultó difícil sonreír; Susan no era la amante del nuevo jefe de los contrabandistas. Por otro lado, pensó, poniéndose serio, no cabía duda de que estaba metida hasta el cuello en el contrabando.

—Así pues, ¿cómo ha ido la propiedad en los últimos tiempos? —preguntó a Race.

—Muy bien, milord. Lógicamente, como en todas partes, está

sufriendo las consecuencias del final de la guerra, la caída de los precios...

Con fue a coger una silla de las adosadas a la pared y se sentó junto al escritorio para que los otros dos pudieran sentarse y continuar el eficiente repaso.

Kerslake podía hacer dos trabajos, pero daba toda la impresión de que hacía bien el de administrador. Si Race no había encontrado ningún problema en los archivos de la propiedad quería decir que no había ninguno. A todas las preguntas que le hizo, Kerslake le dio respuestas sensatas, y cuando tenía que mirar alguna cifra sabía exactamente dónde encontrarlas.

Pasado un rato, Con levantó una mano.

—Suficiente. Parece que todo está correcto, y De Vere me hará un resumen sencillo de todo esto. ¿Te quedas a cenar, Kerslake?

El joven titubeó un momento.

—Encantado, milord, pero ¿sabe que mi hermana es su ama de llaves?

—¿Importa eso?

—Se podría pensar que generaría una cierta incomodidad.

Con comprendió que el joven desaprobaba que Susan trabajara allí, y con eso quería enviarle un sutil mensaje. Le recordó vivamente el mensaje de Mel Clyst tantos años atrás.

Esa advertencia del pasado provocó un problema. ¿Qué provocaría ésta?

Una diablura.

—Entonces la invito a cenar con nosotros, Kerslake —dijo—. Ella no es el tipo común de ama de llaves, y me ha asegurado que entre sus deberes no está el de cocinar. —Estaba seguro de que a Susan no le haría ninguna gracia esa jugada, y, claro, significaba que ella no podría esconderse de él, si eso era lo que tenía pensado—. ¿Por qué no le llevas el mensaje?

Kerslake se levantó, pero le preguntó, sin pestañear:

—¿Es esto una invitación, milord, o una orden?

—Soy oficial del ejército, Kerslake. Si te diera una orden no te cabría la menor duda.

Cuando David Kerslake salió del despacho, Con se volvió hacia Race y arqueó una ceja.

—Honrado, competente, concienzudo, y apto para un puesto muy superior —dijo Race—. No sé por qué continúa con este trabajo.

Con exhaló un suspiro.

—Contrabando, Race, contrabando.

—¿Y es atractivo eso para un hombre tan capaz?

—Es el mejor de los juegos, y es el capitán del equipo, estoy seguro. Es el hijo del anterior, después de todo.

—¿Qué?

Con cayó en la cuenta de que Race no lo sabía.

—Susan y su hermano son los hijos bastardos de Melquisedec Clyst, tabernero y anterior capitán Drake, y...

—¿Capitán Drake?

—Ése es el nombre que toman los jefes de los contrabandistas en este lugar.

Race arqueó las cejas.

—¿Y la casa señorial?

—Su madre es la señorita Isabelle Kerslake, de Kerslake Manor.

—Pero qué diablos dices. ¿Y no se casaron?

—Al parecer no le daban importancia a eso. A sus hijos los criaron el hermano de la madre y su mujer en su casa. Llevar el apellido Kerslake es útil porque todo el que busque al capitán Drake pensará que su apellido es Clyst. Colijo que el policía de prevención es nuevo. Es posible que todavía no sepa que David Kerslake no es verdadero hijo en Kerslake Manor.

—¿Qué le ocurrió al policía de prevención anterior?

Con sonrió.

—Empiezas a tomarle el tino a este lugar. Una noche se cayó por un acantilado. Creo que la creencia general es que lo empujaron, y que fue alguien de la banda de contrabandistas rivales, con el fin de hacerle la vida difícil al nuevo capitán Drake.

—Yo pensaría que eso le haría la vida difícil a todos ellos, a no ser que el policía anterior fuera listo y el nuevo sea torpe.

—Ah, pero en esto la palabra clave es «pensar», Race. Muchos contrabandistas no piensan. Y no, el teniente Perch era un hombre de edad madura y complaciente. Al parecer el teniente Gifford es joven, inteligente y ambicioso.

—Idiotas —dijo Race, y lo miró a los ojos—. A Kerslake no le gusta que su hermana sea tu ama de llaves, ¿verdad? Es extraño que lo haya permitido.

—¿Crees que ella es una mujer a la que se le permite o no se le permite?

—Veo que me has encontrado más diversión —dijo Race, ordenando los papeles y cerrando los libros—. Primero la expectación. ¿Asistirá la dama a la cena o no? Si asiste, ¿lo hará toda oculta bajo su uniforme gris? Luego la emoción de seguir la escena, la acción entre los tres. ¿Sabe el formidable hermano lo del pasado?

—¿Qué pasado? —preguntó Con, aunque era inútil.

Race sonrió de oreja a oreja.

—¿Sigue deseando la dama? ¿Sigue deseando el señor? ¿Dejarán hablar a sus corazones? ¿Se los prohibirán? Uy, ¡será tan bueno como estar en el Drury Lane!

Con alargó el brazo para golpearlo, y Race esquivó el golpe agachándose, y riendo como un diabillo del infierno.

Susan estaba supervisando los preparativos para la cena temprana y disponiendo los vinos. No habiendo mayordomo en la casa, el ayuda de cámara del difunto conde era el que hacía siempre ese trabajo, y puesto que muchas veces ella cenaba con el conde, había aprendido algo acerca de sus bodegas. Era de esperar que los vinos que había elegido fueran apropiados. Todos eran franceses; todos de contrabando, lógicamente, pero no creía que Con fuera a sacar el tema.

Cuando unos brazos la cogieron desde atrás, casi dejó caer la botella. Sobresaltada, por un instante pensó que era Con. Pero entonces se giró y miró fastidiada a su hermano.

—¿Qué pretendes?

—Asustarte.

Ella dejó a un lado la botella.

—Eso lo haces todo el tiempo. Bueno, ¿aprobaste el examen?

—Por supuesto. Soy muy buen administrador, y no es mucho lo que hay que hacer. Para ser de un condado, la propiedad es bastante pequeña.

—¿En qué andas ahora, entonces?

—Haciendo de mensajero. Se te ordena cenar con el amo y señor.

Ella sintió pasar la alarma por todo el cuerpo.

—¿Sola?

Él arqueó las cejas.

—No, por supuesto. ¿Es que te ha molestado?

—No.

Lo dijo de forma que fuera creíble, lo que tendría que ser fácil, porque él no la molestaba, pero de todos modos, se sentía incomodada.

—¿Voy a comer con el conde y el señor De Vere? —preguntó, pensando qué habría detrás de esa orden.

—Y yo. Lo siento si no te gusta, cariño. Probablemente yo lo provoqué al decir que sería incómodo comer en la mesa del conde mientras mi hermana hacía de criada. Venga. Muchas veces cenabas conmigo y el anterior conde.

—Sí, pero cuando era secretaria usaba ropa normal —dijo ella, mirándose la ropa de ama de llaves.

—Tienes que tener algo apropiado aquí.

¿Ponerse un vestido bonito para Con? Un estremecimiento de

alarma chocó con otro de deseo. La invitación equivalía a una orden. O tal vez incluso a un desafío.

Por lo tanto, la aceptaría osadamente. Con sólo la había visto con ropa de escolar, con ropa de hombre y con el uniforme gris de ama de llaves. Tal vez era hora de recordarle que era una dama.

—Tengo un par de vestidos más elegantes aquí —dijo, y añadió sonriendo—, principalmente para evitar que Amelia los coja prestados.

—Es un palmo más baja que tú.

—Pero de anchura tenemos la misma talla. Ella le sube el dobladillo con unas puntadas, pero después los vestidos ya no quedan igual.

—¿No puedes impedírselo?

—No, estando aquí y los vestidos allá abajo. Me traje los favoritos para protegerlos. —Sonrió—. No me importa si toma prestados los demás. —Miró la botella de vino—. ¿Me harías el favor de decantar el vino y los licores y llevarlos al comedor?

—Consigue que contrate a un mayordomo —dijo él, en tono algo altivo, y ella observó lo cómodo que se sentía en su papel de caballero. ¿Por qué ella no podía ser igual?

Pero él se puso a trabajar y ella aprovechó para correr a su habitación, llamando a Ada para que la ayudara.

Necesitaba ayuda para ponerse el corsé elegante. Los de trabajo podía ponérselos sola, pero los que necesitaba para sus mejores vestidos había que ceñirlos con lazos por atrás.

Cuando el corsé ya estaba bien ceñido, levantándole los pechos a la altura que estaba de moda, le pidió a Ada que la ayudara a ponerse el vestido de muselina color marfil.

A ese vestido le había hecho un buen número de cambios a lo largo de los años, pero seguía siendo su favorito. La sobrefalda de tul con bordados en blanco y un poquito de marrón caía como un velo sobre la falda, la cual no hacía mucho había adornado en la orilla con una ancha banda de encaje blanco con los bordes en zigzag, que creaba el exquisito efecto de velo alrededor de los tobillos.

¿Demasiado atrevido? ¿Demasiado sugerente? Las únicas alternativas, aparte de la ropa de trabajo, eran un vestido de seda rosa fuerte, demasiado elegante, y uno de día azul con mangas largas y cerrado en el cuello. ¿Habría tiempo para enviar a buscar su vestido de batista color melocotón? Ése era muchísimo mejor para una cena informal.

Pero no, no habría tiempo.

Nerviosa, se tironeó el escote, que dejaba al descubierto una buena parte de sus pechos, que además estaban levantados por el corsé. Se había puesto ese vestido ya adornado hacía unos meses, y no sintió el menor nerviosismo, pero claro, esa vez no iba a encontrarse ante Con.

Mientras Ada le abrochaba los diminutos botones de madreperla, trató de dominar el miedo y la excitación. El vestido le sentaba muy bien, eso lo sabía.

Era una armadura apropiada para la inminente batalla.

¿Se sentiría así Con antes de una batalla? ¿Con miedo, excitación y deseo?

Pero ¿deseo de qué?

Su objetivo ahí debería ser muy simple: encontrar el dinero y marcharse. Pero estaba empezando a agitarse otro objetivo.

No podía recuperar lo que tuvieron aquella vez hacía tantos años, y Con había encontrado felicidad con otra mujer. Pero no deseaba marcharse de Crag Wyvern, dejar esa zona, sin haber intentado conocerlo un poco, conocer al hombre en que se había convertido.

Y ansiaba sanarlo. Fueran cuales fueran las cosas causantes de ese caparazón de oscuridad que lo rodeaba, ella era culpable de algunas. Fueron amigos una vez; ¿de qué manera podría ayudar a un amigo?

Se miró en el espejo y se hizo una mueca. Sí, podía tener pensamientos muy nobles, pero la verdad era que estaba excitada por el deseo de verse lo mejor posible, de poder demostrarle que era una mujer capaz de atraer a los hombres.

¿Atraer a los hombres?

Rayos y truenos, llevaba ese mismo vestido seis años atrás, cuando se dejó seducir por lord Rivenham. Entonces era mucho menos escotado, no llevaba el encaje y estaba adornado por cintas doradas, pero era ese mismo vestido.

Al día siguiente, cuando la llevó en coche a unas discretas habitaciones privadas, llevaba el de organdí rosa, pero esa noche en la sala de fiestas de Bath, era ese vestido.

Ah, que locura fue ésa.

Ada terminó de abrocharle los botones, por lo que se sentó para que le cepillara el pelo. No podía dejar de recordar esas locuras del pasado.

Estaba en Bath con su tía y su prima. A la tía Miriam le habían aconsejado tomar las aguas y llevó a sus dos hijas mayores, como siempre las llamaba, para que disfrutaran de los eventos sociales de allí. Cecilia, a sus veintiún años, conoció a su marido en ese lugar. Ella, a los veinte, aprovechó la oportunidad para intentar quitarse a Con de la cabeza y del corazón.

No fue terrible ni desagradable. Lord Rivenham era unos años mayor que ella, estaba casado y era un conocido calavera. No era un hombre honorable, pero sí un experto. Incluso le llevó una esponja empapada en vinagre y le explicó cómo debía insertársela.

Todo le resultó muy interesante, en especial el contraste entre el entusiasmo ignorante de Con y la pericia de Rivenham. Pero no fue un progreso, a no ser en el sentido puramente mecánico.

Cuando iban saliendo de las habitaciones, curiosamente de vuelta a la normalidad después de esos breves momentos de alboroto, él le preguntó: «¿Obtuviste lo que deseabas, gatita?»

Recordaba ese momento como si se lo hubieran puesto en un marco para la eternidad. Le ardían las mejillas, pero lo miró a los ojos, esos ojos curiosos, cínicos, y dijo: «Sí, gracias».

Él se echó a reír. «Supongo que nunca sabré qué te trajo aquí hoy, pero espero y deseo que encuentres al hombre que deseas para más de una tarde.»

Y no fue totalmente una mentira lo que le dijo. Había deseado borrarse a Con de la mente, de la piel, y no lo consiguió. Pero había ganado en conocimiento, y no sólo en el de prevenir embarazos.

Comprendió que ese asunto entre hombres y mujeres podía ser simplemente un acto, pero no siempre. Lo que ocurrió entre ella y Con había sido al mismo tiempo menos y más. Fue diferente debido a los sentimientos que entraron en juego; no causó los sentimientos, sino que fueron los sentimientos los que causaron el efecto.

Por lo tanto, se propuso enamorarse. Cecilia e incluso Amelia, que todavía era una niña, y la mayoría de las jóvenes que conocía, encontraban fácil enamorarse de jóvenes guapos y gallardos soldados. Y con la misma facilidad se desenamoraban.

Y así fue cómo se decidió a temblar de entusiasmo por el capitán Jeremy Lavalle, tan guapo con su uniforme de húsar. Pero cuando le permitió manosearla y hacerle el amor, a toda prisa y dejándola insatisfecha, en el mirador de la villa de su coronel, se sintió utilizada sin la menor muestra de atención ni aprecio.

Aun cuando el orgullo no le permitió protestar, chillar ni llorar, comprendió claramente que ella sólo era una comodidad física para él, además de un trofeo. Se separó de Jeremy con un miedo terrible de que alardeara de eso ante los demás oficiales, sabiendo que estaba en camino de un terrible desastre.

Bueno, por lo menos Con no era un húsar. Recordaba cómo pensó en eso como si fuera un punto esencial.

Esa experiencia con Lavalle no hizo ni la más mínima mella en el amor y sufrimientos secretos de su corazón, pero sí la decidió a cambiar su comportamiento. Comprendió por fin que no debía forzar a la vida para que siguiera por los canales elegidos por ella sino que debía vivirla con honor tal como se presentara.

Hay que jugar la mano que se te da, como al parecer lo expresaba Mel Clyst. Cuánto deseaba haber conocido mejor a su padre.

Rencorosamente deseó que el capitan Lavalle muriera en su primera batalla, pero superó eso e incluso se alegró cuando después leyó la noticia de que lo habían ascendido a comandante. Pero en sus oraciones rogaba que nunca volvieran a cruzarse sus caminos y que él guardara en secreto esa cita amorosa.

Cuando Ada comenzó a enrollarle el pelo, aprovechó el momento para alisarse el escotado corpiño. Menos mal que no llevaba ese vestido cuando estuvo con Lavalle. Tiró a la basura el vestido rosa adornado por capullos de rosa bordados; inmediatamente después del encuentro, derramó licor de moras en él, para verse obligada a tirarlo.

Ada terminó de enrollarle el pelo en un moño, afirmándolo con horquillas. Susan comenzó a preocuparse; Ada no era una doncella de cámara y se imaginó que la señora Gorland estaría fastidiada porque no estaba en la cocina. Pero ese vestido no le permitía la libertad de movimiento para peinarse sola. En realidad, vestir elegante tenía que ser una especie de prisión para las mujeres, pero claro, las chaquetas ceñidas y las camisas con cuellos altos almidonados de los hombres tenían que hacerlos sentirse atrapados también.

A Con no, a no ser que se vistiera de modo muy diferente para reuniones elegantes.

Terminado por fin el peinado, Ada le puso un delgado cintillo adornado con una cinta marrón dorado y diminutos botones de rosa de seda. Dándole las gracias, Susan la envió de vuelta al trabajo y se puso los pendientes y el collar de perlas.

Las perlas eran un regalo de su padre; había olvidado eso. Se los envió justo antes de que hiciera aquel viaje a Bath. A David le regaló un hermoso par de pistolas el día que cumplió veintiún años.

Acarició la enorme perla que colgaba en el centro del collar, pensando en lo que le dijera David acerca de Mel Clyst. Amargada a causa de su madre, ella nunca hizo un intento de conocer a su padre. Tal vez él guardaba las distancias porque veía que sus hijos mejoraban su posición social estando con la familia de su mujer.

Pero ¿por qué demonios no se casó con lady Belle? La unión habría seguido siendo un escándalo, pero algo menos si estaba bendecida. ¿Sería sencillamente para que sus hijos llevaran el apellido Kerslake y no Clyst?

Suspirando, dejó de lado el asunto. Si la intención de él había sido buena, ya era demasiado tarde para agradecérselo. Probablemente ya era demasiado tarde para todo. El pasado era real, ocurrió; estaba fijo como un armazón de mortero y debía vivir con él.

Se levantó a ponerse los zapatos de seda que iban con el vestido; apoyó el pie en una silla para atarse las cintas marrón dorado, pensando nuevamente en el efecto de velo del encaje alrededor de los tobillos.

¿Lo notaría Con? ¿Le importaría?

Se puso los guantes largos y un chal de gasa más abajo de los hombros y se hizo otra revisión en el espejo.

Estaba elegante y distinguida; en ella no había nada del ama de llaves ni de la chica que saltaba como una cabra por las rocas y la orilla del mar. Ya tenía alrededor de la cara unas guedejas escapadas del moño. Trató de volver a prenderlas con las horquillas y descubrió que no podía. Pasado un momento, decidió que el efecto era favorecedor, en cierto modo travieso.

Pues, sea. En realidad, iría más lejos aún.

De un cajón sacó un bote de colorete en crema y se aplicó un poquito, muy sutil, en los labios, y luego en las mejillas. Ya está; eso completaba el efecto. Riendo pensó en los hombres de las tribus guerreras de África y América, que iban a las batallas con las caras pintadas. Al parecer eso tenía que asustar a los enemigos.

A ver si eso hacía temblar a su dragón.

Capítulo 12

David la estaba esperando en la cocina, charlando con las criadas.

—Muy bonito, pero tal vez demasiado elegante, ¿no?

—No tengo nada entre medio —dijo ella, cogiéndose de su brazo.

Cuando iban caminando por el corredor, él dijo:

—No estarás pensando en intentar conquistarlo para casarte con él, ¿verdad?

Ella pensó si el colorete ocultaría o acentuaría su rubor.

—No, por supuesto que no. ¿Por qué se te ocurre eso?

—No logro imaginármelo —repuso él, sarcástico—. ¿Qué te propones? Siempre he pensado que tal vez te enamoraste un poco de él aquella vez. Estuviste rara un buen tiempo después.

—No creí que lo notaras.

—Claro que lo noté. No quiero que sufras, cariño.

Ella intentó pensar en una broma, encontrar una respuesta que tuviera lógica, pero al final dijo:

—No deseo hablar de eso.

—¿Tan terrible fue?

Habían tomado el corredor encerrado por las paredes exteriores en dirección al comedor. Ella se detuvo a mirarlo.

—Tal vez hubo un poco de amor, pero hace mucho tiempo de

eso, y los dos éramos prácticamente unos niños. Pero nos separamos de mala manera, sin quedar como amigos, y esta invitación es una especie de desafío.

—¿Qué fue lo que causó la pelea?

—Nada que sea asunto tuyo.

—Es decir, tú te portaste mal. ¿Sería mucho pedir que dijeras que lo sientes?

A ella la consternó esa idea.

—¿Después de once años? ¿Y qué te importa a ti, por cierto? No seguirás esperando que yo lo convierta a tu causa, ¿verdad? Créeme, David, no puedo pedir disculpas. No serviría de nada.

—¿Tan terrible fue, entonces? —Le cogió la mano y le pasó el brazo por el de él—. ¿Por qué tengo la impresión de que vas preparada para una batalla? La miel serviría a la causa más que el vinagre.

Eso era casi una orden; entrecerró los ojos.

—Ser el capitán Drake se te ha subido a la cabeza.

—Ser el capitán Drake es una responsabilidad real y exigente. No quiero que las cosas se enreden debido a un frívolo desacuerdo entre tú y el conde.

—¡Frívolo!

—Reconoces que hay un desacuerdo.

—Reconocí que nos separamos de mala manera. Seré educada siempre que él lo sea.

—Estoy seguro de que lo será —dijo él, con una confianza que la hizo desear arrojarle algo a la cabeza—. Vamos, entonces. Avancemos juntos.

Con y De Vere estaban en el salón, y al entrar en esa sala tan normal según los usos tradicionales, Susan tuvo la rara impresión de que entraba en otro mundo. Los dos hombres se habían cambiado de ropa, pero no vestían traje formal para la noche, tal vez debido a que David seguiría con su ropa para el día. El atuendo de ella era demasiado elegante, pero eso ya lo sabía.

Pero alcanzó a ver la penetrante mirada de Con antes de que desviara la vista, y eso la hizo sentirse bastante recompensada.

Una mirada a Susan dejó a Con como si hubiera recibido un golpe y casi lo hizo caer al suelo. Ésa era una Susan que no había visto nunca: la dama bella, elegante. Pero al mismo tiempo era la Susan que había esperado ver. No había en ella ninguna conexión clara con la chica retozona con ropa de escolar arrugada, y sin embargo la esencia era la misma, y le encendía la misma y apremiante reacción.

Había pensado si ella tendría la idea de volver a seducirlo, y en ese momento veía que sí. Trató de sentirse indignado, pero en su interior algo gruñía como un tigre hambriento.

Consiguió esbozar una tranquila sonrisa cuando la saludó:

—Señora Kerslake, me alegra mucho que nos acompañe.

Agradeció el «señora», que le recordaba a la Susan vestida de gris y blanco, y que la ponía ligeramente entre las casadas.

Pero entonces Kerslake dijo:

—Creo que en esta ocasión mi hermana debería ser señorita Kerslake, milord.

Susan pareció tan sorprendida como él.

—David, eso no es necesario.

—Yo creo que sí.

Era como si Kerslake le hubiera leído el pensamiento, pensó Con. O tal vez era un aliado en el plan de seducción. Eso le sirvió para recuperar la sensatez y el equilibrio. Consideraría un espectáculo divertido sus inútiles esfuerzos.

—Por supuesto —dijo—. Señorita Kerslake, ¿me permite ofrecerle una copa de jerez?

No había ninguna criada para servir en el salón, por lo tanto él lo sirvió. Cuando le pasó la copa se rozaron sus dedos y tuvo que recurrir a toda su disciplina para no pegar un salto; fue como tocar un hierro candente.

Pero aún así dominado, estuvo a punto de derramarle jerez en su hermoso vestido. Su hermoso vestido que dejaba ver muchísimo de sus redondos pechos, que eran mucho más llenos que entonces.

Recuperando su presencia de ánimo, retrocedió, diciendo:

—Si me quedo aquí mucho tiempo, será necesario contratar un lacayo; para que sirva el vino, entre otras cosas.

Vio que ella lo miraba brevemente a los ojos y notó el rubor de la comprensión en sus mejillas. Pero entonces sospechó que el color de esas mejillas era de colorete. Decididamente había venido con todas sus armas preparadas.

—Y un mayordomo, milord —dijo Kerslake—. Mi hermana tuvo que reclutarme para decantar los vinos.

—Mis disculpas —dijo, irónico—, pero todos tendremos que arreglárnolas con el caos dejado por mi predecesor. Sería excesivo contratar a un mayordomo cuando rara vez voy a estar aquí.

—Creo que las damas de la zona esperan persuadirle de quedarse, milord.

—¿Ah, sí? —dijo él, echándole una rápida mirada a Susan.

A ella se le acentuó el color en las mejillas, pero dijo en tono muy sereno:

—Todos esperan que se quede, milord.

—¿Incluso los contrabandistas?

Su intención era obligar a contestar al hermano de Susan, pero éste permaneció admirablemente indiferente, como si el contrabando fuera un asunto de escaso interés.

—Eso va a depender de su actitud hacia el comercio libre, milord —dijo Susan.

—¿Y cuál es su actitud, señorita Kerslake?

La mirada de ella le dijo que esa pregunta era un golpe desleal.

—No puedo aprobar la ilegalidad, milord, pero en realidad, las tasas impuestas por Londres son criminales en sí mismas. Y, por supuesto, soy la hija de un hombre deportado por contrabando.

Osado el ataque. Con sintió pasar por él un calorcillo que era casi ternura. Ella era tan valiente y franca como siempre.

—Y tú eres su hijo, Kerslake —dijo, mirando al hermano—. ¿Ese parentesco te causa mucho problema?

—Muy poco, milord. Y, claro, él ya no está aquí.

En los ojos del joven brilló un travieso destello de humor que haría bien en controlar; le estropeaba la actuación por lo demás excelente.

—O sea que tiene que haber un nuevo capitán Drake, supongo —dijo.

Pero entonces a Race se le ocurrió intervenir en la conversación:

—Capitán Drake. ¿Llamado así por sir Francis Drake?

Con los ojos brillantes y alertas, estaba actuando, tal como prometiera, como espectador de una placentera obra de teatro.

No, de una «farsa», había dicho.

Con dejó alargarse el silencio, hasta que al final contestó Kerslake:

—Sí, pero también por la asociación con dragones. «Drake» es otro nombre que se da al dragón, como también lo es «wyvern».

—Un dragón alado con dos patas que se come a los niños —aportó Con—. Parece que los condes de Wyvern han sellado su destino, ¿no?

—Sólo podemos esperar que no esté fijado permanentemente al título, milord —dijo Kerslake muy tranquilo, y añadió, dirigiéndose a Race—: ¿Ha visitado ya Dragon's Cove? Una guía de la zona lo describe como una pintoresca aldea de pescadores.

Con observó admirado cómo el hermano de Susan dirigía la conversación hacia puntos de interés local y otros temas inofensivos. Un joven de extraordinarios talentos.

Susan sonrió ante el comentario de David, pero su mente estaba zumbando por el efecto que le producía Con. Esa única mirada ardiente le había acelerado el pulso, excitándola, haciéndola tomar conciencia de él de una manera que no había experimentado nunca.

Lo observó girarse y se le aceleró la respiración también. Fue un movimiento elegante y potente; estaba junto al hogar, y durante un momento su fuerte mano morena quedó enmarcada por el mármol blanco, pasmosamente hermosa a pesar de las cicatrices blancas de pequeñas heridas.

Observó que cuando sonrió ante el comentario de David, su sonrisa fue franca, auténtica, diferente a las que le había dirigido a ella en esa casa, aunque le recordaba sonrisas del pasado. Ay, si volviera a sonreírle así.

No, no estaba bien pensar eso. Se unió a la conversación sobre los lugares de interés de los alrededores, y no se permitió mirar a Con, pero él seguía dominando en su mente.

Su reacción era simplemente física, pero no había experimentado nada parecido durante esos once años. Esa reacción tenía su propio poder, su propio imperativo; la obligaba a hacer esfuerzos para decir algo coherente.

¿Podría soportar separarse de Con sin probar ese deseo entre dos personas maduras con tiempo y libertad para explorarlo?

Un sorbo de jerez casi le cayó sobre el vestido debido al temblor de su mano. ¿Es que estaba pensando en intentar borrar a lord Rivenham y al capitán Lavalle en la cama de Con?

Uy, no. Sí que había dragones.

Cuando Race y Kerslake comenzaron a hablar de caza, Con aprovechó la oportunidad para hablar con Susan.

—Su hermano parece ser un joven excelente. De Vere está impresionado por sus dotes administrativas.

—Es muy inteligente, sí.

Ella estaba sorbiendo jerez y mirando a su hermano, no a él.

—Veo que de tanto en tanto cojea un poco. ¿Es una dolencia permanente?

Ella titubeó más de un segundo, pero sólo se traicionó en eso.

—Anoche estuvo metido en una pelea, por una mujer.

—¿Y ganó?

—No tengo idea.

—Supongo que ése no es el tipo de cosas que un joven le cuenta a su hermana mayor. ¿Le molesta que su actitud hacia usted sea tan protectora?

Entonces ella lo miró a los ojos, algo sorprendida. ¿Porque él entendía que eso la impacientaba?

—Ése es el estilo del mundo, milord. Pero es uno de los motivos de que prefiera tener un empleo.

—Qué americano —comentó él. Al ver su mirada interrogante, explicó—: La atracción por la independencia. Así pues, ¿qué hará cuando deje su puesto aquí, señorita Kerslake?

—Aún no lo he decidido, milord. —Lo miró a los ojos—. ¿Cuál es su opinión de los estados americanos, milord? ¿Cree que pueden continuar prosperando?

Y así dirigió firmemente la conversación hacia las diferentes formas de gobierno, desconcertándolo. Le había dado una oportunidad y no veía ni indicios de coqueteo en ella.

¿Es que creía que su hermosa y excitante apariencia le haría el trabajo? ¿Otra vez?

Ah, no. Él ya tenía que haber aprendido algo.

Cuando apareció Diddy a anunciar que la cena estaba lista, Susan le dio las gracias muy seria y se cogió del brazo de Con para guiarlos a todos hacia el comedor. Éste se había usado muy rara vez en los últimos años, por lo que, a pesar de la resplandeciente limpieza y las flores, tenía esa extraña aridez de un lugar abandonado.

Los macizos muebles de roble oscuro le daban un aspecto sombrío, aun cuando ella había ordenado que redujeran la mesa a su tamaño más pequeño y encendieran las velas de los candelabros. Incluso las sillas eran enormes sillones de madera tallada con los brazos, asiento y respaldo tapizados en terciopelo rojo.

Cuando todos estuvieron sentados, Susan se sintió como si estuviera ante un grupo de jueces reunidos para someter a juicio la comida. Como en todas las demás salas de la planta baja, había puertas cristaleras que daban al patio, pero estaban cerradas. Aun no oscurecía, pero las velas de los dos candelabros formaban óvalos de luz que intensificaban la sensación de una reunión secreta.

Casi esperaba que Con, que estaba sentado a su izquierda, golpeara la mesa con el martillo de juez y lanzara la acusación de que David era el capitán Drake.

Entonces entró Jane con la bandeja con la sopa y fue colocando los platos en la mesa; eso la distrajo un momento, observando que el servicio fuera correcto y luego probando la sopa para ver si estaba bien. Después se obligó a dejar eso de lado. Esa noche era la señorita Kerslake, no el ama de llaves, y necesitaba la cabeza para otras cosas.

David ya había dirigido diestramente la conversación hacia la propiedad de Sussex, haciendo hablar a Con, por lo tanto puso toda la atención que pudo, recordando con qué cariño hablaba él de su casa en el pasado. La alegraba que ese cariño hubiera perdurado. Él tenía una casa que le gustaba y quería y a una mujer a la que amaba también. Eso le producía auténtico placer.

Pero la cortesía le exigía que prestara atención a De Vere, que estaba sentado a su derecha.

—Espero que esté disfrutando de su estancia en Crag Wyvern, señor.

—Vamos, vamos, querida señora. Usted es la señorita Kerslake, una invitada aquí.

Eso era una reprimenda, o tal vez simplemente un recordatorio, aunque en realidad lo más probable era que sencillamente fuera una travesura.

Bebió otras dos cucharadas de sopa.

—Entonces soy dos personas en una, señor De Vere. Creo que nadie puede dejar de lado una parte de sí mismo según le convenga.

—¿No? A veces hay partes que nos gustaría dejar de lado.

Y eso era cierto.

—Entonces tal vez es posible hacerlo, con cierto esfuerzo. —Lo miró—. Usted, señor De Vere, es también un Jano. Una cara es la del hombre ocioso, risueño, y cuando se trata de trabajo con papeles muestra un aspecto más serio.

—Nada de eso. El trabajo de oficina me hace reír de alegría. Hay algo fascinante en él, ¿no le parece? En especial las cuentas confusas. Cada anotación da una pieza de un cuadro misterioso.

—¿Un cuadro de Crag Wyvern? No creo que valga el esfuerzo.

—Un cuadro es un cuadro, y a veces nos gusta armar uno pieza por pieza simplemente para divertirnos. ¿Ha visto cosas de ésas? En cierto modo no tiene sentido dividir un cuadro en piezas para que alguien lo arme, pero es entretenido hacerlo. Este cuadro forma parte de la vida de Wyvern, y eso me interesa. Como me interesa usted, señorita Kerslake.

—¿Yo? —preguntó ella, sintiendo una repentina opresión en el vientre.

—Usted. Es usted una mujer impresionante. Le comenté a Wyvern que usted se parece a un ángel renacentista.

Ella lo miró, tentada de echarse a reír.

—¿Y qué dijo?

—Reconoció la verdad, por supuesto. Demasiado hermosa para ser un hombre. Los rasgos demasiado fuertes para ser una mujer hermosa.

Jane entró a retirar los platos y eso le dio un momento para pensar.

—Yo podría tomar eso como un insulto, señor De Vere.

—Vamos, ¿sería tan tonto para insultarla delante de dos ardientes defensores? Es usted muy atractiva.

Eso le dio un pretexto para mirar hacia Con y David que estaban conversando como si sólo fueran dos simples caballeros.

—¿Dos ardientes defensores?

—Ciertamente. Así que sospecho que no sería prudente iniciar un coqueteo con usted.

Ella se volvió a mirarlo.

—Pero ¿para qué ser prudente, señor? No tengo muchas oportunidades de coquetear actualmente. —Puso el codo sobre la mesa y apoyó el mentón en la mano para mirarlo—. ¿Sabe?, usted tiene mucho aspecto de ángel.

Tuvo que reprimir una auténtica sonrisa, que pugnaba por formarse en sus labios. Hacía muchísimo tiempo que no practicaba ese juego.

—¿Demasiado hermoso para ser un hombre? —musitó él, con los ojos chispeantes de recelo y diversión al mismo tiempo.

—Pero muy atractivo también, incluso así.

Él curvó los labios.

—¿Y qué hacen, me pregunto, dos hermosos ángeles en momentos de intimidad? ¿Lo descubrimos, señorita Kerslake?

Ella bajó lentamente el brazo y enderezó la espalda. No podía permitirse una aventura amorosa, ni siquiera la más juguetona.

—Sin duda no valdría la pena molestarse, señor. Supongo que los ángeles rezan.

—¿O bailan sobre la cabeza de un alfiler? Muy fácil caerse, ¿no le parece?

Ella se giró hacia el otro lado, en una retirada instintiva, y se encontró mirando a Con, que probablemente lo había oído todo. David y Race entablaron conversación, por lo que por lógica ella debía hablar con Con.

—De Vere no es el conde, ¿sabe? —dijo él, en tono agradable pero fría la mirada.

—Buen Dios, debo de haberme confundido un momento.

A él se le ensanchó la sonrisa, y su mirada se tornó más fría.

—Aunque es el heredero de una simpática propiedad en Derbyshire, a no ser que su estricto e intransigente padre lo deshe-rede. Le vale la pena hacer el esfuerzo, si no tiene la mira absoluta-mente puesta en Wyvern.

Entonces ella sonrió, con una sonrisa tan falsa como la de él, y rogó que los otros dos no estuvieran oyendo.

—¿Tengo alguna posibilidad con Wyvern? —preguntó.

Él se quedó inmóvil, mirándola sin sonreír, y ella se preguntó por qué había caído en ese diálogo tan destructivo.

—Juega tu mano, Susan, y descúbrelo.

Eso era un reto. ¿Un reto a que intentara seducirlo otra vez, a probar si era posible persuadirlo? Seguro que él sabía que ella no haría eso.

No, tal vez no lo sabía.

Deseó angustiosamente ser franca con él, hablar del pasado, tra-tar de recuperar la amistad y la confianza que hubo entonces entre ellos. Él seguía furioso y desconfiado, y con razón, y no logró ima-ginarse la manera de cambiar eso.

No con palabras, eso seguro.

—Y usted, milord —dijo, dirigiendo la atención a su plato—, ¿qué ambiciones tiene?

—Ambiciones —repitió él, en un tono igual de amable—. Lo que ambiciono es paz, señorita Kerslake. Paz internacional y paz personal. Ambiciono tiempos tranquilos para el país, y comodidad para mis seres queridos.

Ella volvió a mirarlo, aliviada por haber encontrado un tema no espinoso.

—Su madre y sus hermanas.

—Y lady Anne.

A ella se le oprimió la garganta. Deseaba de todo corazón acep-tar la idea de su amada elegida, pero le resultaba difícil. Rogó que no se le notara el temblor de la mano con que sostenía el tenedor, pero la deliciosa langosta se convirtió en arcilla en su boca, tan densa y dura que igual podría atragantarse.

Masticó lentamente, para darse tiempo, y luego se obligó a tragar. Ya no había nada entre ellos, ¿entonces por qué el recordatorio de que estaba comprometido en matrimonio le producía esa dolorosa opresión en el pecho?

Bebió un trago de vino.

—¿Le gustará Crag Wyvern a su futura esposa? —preguntó, y las palabras le sonaron bastante normales a sus oídos.

—No. Sintonizamos extraordinariamente bien lady Anne y yo.

—Ahora comprendo por qué no piensa vivir aquí, milord.

Se sentía como si hubiera llegado a terreno sólido después de arrastrarse por un pantano. No era el terreno que habría elegido, pero era sólido.

—Recuerde que yo tampoco deseo vivir aquí.

Él quería hacerle llegar eso martilleándoselo, y comprendió por qué. Quería decirle que aun en el caso de que lograra engatusarlo para casarse con ella, de todos modos no cogería el premio que él creía que ella deseaba.

Oh, Con, ¿no podemos tener algo mejor que esto?

Lo intentó.

—A mí tampoco me gusta Crag Wyvern, milord —dijo francamente—. Tal vez lady Anne y yo sintonizaríamos bien si viniera aquí alguna vez.

—Difícil.

Ella arqueó una ceja.

—Usted es el ama de llaves aquí, señora Kerslake. Es impensable que mi mujer y usted puedan hablar de esas cosas.

Eso fue una descortesía tan intencionada que ella simplemente lo miró, y, pasado un momento, él desvió la mirada. Eso le dio la oportunidad de apretar los labios para tragarse las lágrimas.

Sólo el sufrimiento podía convertir a Con en ese hombre hiriente, y parte de ese sufrimiento, ¿la mayor parte?, era culpa de ella.

Captó la mirada de los perspicaces ojos de De Vere, pero eso al menos le dio un pretexto para hacerle un comentario y cambiar nuevamente de pareja en la conversación. Consiguió comer otro poco.

No había esperado que esa comida fuera placentera, pero tampoco había esperado que fuera una tortura. A pesar de la protección que le ofrecía la presencia de David y de un desconocido, se sentía como si la obligaran a caminar por encima de cristales rotos.

Fue David el que encontró un tema apropiado para una conversación entre cuatro: el papel que debía tener la prensa para contribuir a formar la opinión pública en los asuntos de interés nacional. Ninguno de ellos tenía fuertes inclinaciones políticas, por lo que pudieron debatir el asunto tranquilamente, sin fricciones. Susan lo habría besado. No sabía si él se dio cuenta o no de lo que pasaba, pero sin duda comenzaba a agradecer que él fuera una persona muy capaz de enfrentar el mundo, y ya no su difícil hermano pequeño.

Otro final. Uno bueno, pero un final de todos modos. A no ser tal vez en el asunto del oro, David ya no la necesitaba. Eso le dolía un poco, pero la liberaba. Podría marcharse, y si Con traía a su esposa a esa casa, aun cuando fuera en una brevísima visita, ella procuraría estar ya en otra parte.

Nunca había pensado que el matrimonio de Con fuera a dolerle tanto. No había comprendido lo mucho que todavía lo amaba.

¿Sería posible hacer algo para intentar recuperar el tesoro que arrojó lejos tan despreocupadamente?

No, no debía pensar de esa manera.

Aunque era la única dama, supuso que debía comportarse de la manera tradicional y la alegró la oportunidad de escapar. En el primer momento que le pareció adecuado, se levantó y se disculpó para marcharse y dejar solos a los caballeros.

Los tres se levantaron también, pero Con dijo:

—Creo que ninguno de nosotros desea libertad para emborracharnos y contar historias indecentes, señorita Kerslake. Mi idea era que nos trasladáramos al patio para disfrutar de oporto y coñac al aire fresco del anochecer. Haga el favor de acompañarnos.

Ella detectó claramente el filo de una orden.

Así que no podría escapar tan fácilmente. Muy bien. Aceptaría con una bravata.

—Encantada, milord. Me gusta beber un buen coñac.

—Y estoy seguro de que el coñac de aquí es muy bueno.

Al decir eso miró a David, que reaccionó con una amable y tranquila sonrisa, pero al instante ella tuvo la seguridad de que él había adivinado. Después de todo, sabía que David era el hijo de Mel Clyst.

¿Actuaría en contra de David como una forma de venganza? Aunque eso le parecía ajeno al Con que llevaba en el corazón, presentía que ese hombre tenía bastante negrura en él para hacerlo.

Con se volvió hacia las puertas cristaleras que daban al jardín y apoyó la mano en el respaldo de su sillón un momento. Tal vez había bebido más de lo que debía, pensó ella. ¿Cuántas botellas de vino habían servido? No lo sabía, y tampoco se había fijado en cuánto bebía él, pero rogó que no estuviera borracho. Eso inclinaba a muchos hombres, o mujeres, a hacer y decir cosas que de otra manera no harían ni dirían.

Él fue a abrir las puertas cristaleras y salió. Las paredes que encerraban el patio proyectaban sombras, pero aún no había oscurecido.

—Traigan los decantadores y copas —dijo, a nadie en particular, y tomó uno de los senderos empedrados en dirección a la fuente del centro.

Susan vio que alguien había dado el agua, tal vez con la intención de hacer lo mejor para el nuevo conde. A pesar de las horribles estatuas, la suave caída del agua era tranquilizadora. Sentía una necesidad absoluta de algo tranquilizador.

Miró hacia atrás, pero David le dijo:

—Continúa. De Vere y yo vamos a hacer de criados esta vez. ¿Preferirías té?

Ella hizo un rápido cálculo. Beber té sería maravillosamente normal, pero se sentiría ridícula intentando presidir una mesa de té ahí fuera al lado de las obscenas estatuas de la fuente.

—Beberé coñac con vosotros —dijo.

Continuó caminando, pero lento. No tenía la menor intención de tener un encuentro con Con junto a la fuente.

Tampoco tenía la menor intención de demostrar lo desasosegada que la hacía sentirse todo eso. Bebería su copa de coñac, la disfrutaría, y entonces daría las buenas noches amablemente. Y nada inferior a una franca orden le impediría marcharse a sus habitaciones y quedarse ahí.

A la mañana siguiente, decidió, deteniéndose a aspirar el perfume de unos jacintos, que comenzaría su retirada. Ahí no había nada para ella ni para Con aparte de sufrimiento. Él estaba atado de por vida a este lugar, de modo que a ella le correspondía marcharse.

No sería difícil encontrar a una mujer que la reemplazara como ama de llaves, y durante los días que le quedaban haría una búsqueda lógica y concienzuda de cuartos, compartimientos o agujeros secretos por si encontraba el oro. Ojalá hubiera hecho eso antes, pero estaba muy segura de que el conde había escondido el dinero sin ningún cuidado y, además, por seguridad, no deseaba que ni siquiera las criadas se enteraran cuando lo cogiera. Ahora, teniendo a Con allí, sería más difícil, pero lo haría. Aunque no encontrara el dinero, necesitaba saber que había hecho todo lo posible.

—¿Otro insecto?

Sobresaltada levantó la cabeza y vio que Con se había devuelto y estaba a su lado.

Capítulo 13

—¿Insecto? —preguntó Susan.

—¿No fue eso lo que te detuviste a examinar esta mañana?

Tal vez ella también había bebido demasiado. Le llevó un momento comprender a qué se refería él, y entonces le vino el vivo recuerdo de cuando se dio cuenta de que él la estaba mirando desde la ventana de su dormitorio, de que estaba desnudo desde las caderas hacia arriba, y desde las caderas hacia abajo, aunque eso no se veía.

Aunque él estaba ahora totalmente vestido, en su mente vio la imagen de su magnífico torso, y la del dragón que al parecer le estropeaba el pecho.

Trató de concentrarse en el momento.

—Ah, sí. Pero ahora no. Ahora estaba simplemente aspirando el perfume de estos jacintos y alhelíes.

Él aspiró también.

—Muy inglés. España y Portugal están llenos de olores, y algunos son incluso agradables. Pero no como los aromas de un jardín inglés.

Lo dijo de una manera tan sincera, tan normal, tan tierna incluso, que ella inspiró sus palabras, tal como hiciera con el perfume, reteniendo el instante como si pudiera detener el tiempo. Ni siquiera se atrevió a mirar atrás para ver qué les había ocurrido a David y De Vere.

Entonces cayó en la cuenta de que tenía que decir algo. Lo único que se le ocurrió fue de lo más prosaico:

—El jardín necesita un jardinero. Era el orgullo y la dicha de la señora Lane. Yo he hecho lo que he podido, pero no tengo un don especial para esto.

—¿No eres jardinera?

—No.

¿Sería tan valioso eso para él como lo era para ella, que él no supiera y se lo hubiera preguntado?

—¿Y tú?

—Uy, Dios, no. Aunque valoro un jardín sano cuando veo uno. Imagínate Crag Wyvern sin esto.

Se giró a contemplarlo y ella también, y lo vio con otros ojos. Estaba silencioso a esa hora en que la luz se iba desvaneciendo, pero durante el día era un alboroto con los zumbidos de los insectos, para los que el jardín era todo su mundo. Incluso los pájaros se negaban a abandonarlo. Un mundo, un mundo saludable dentro de Crag Wyvern. Sin él esa casa estaría realmente muerta y podrida.

Y a esa magia se añadía el sonido musical del chapoteo del agua de la fuente.

Él caminó hacia la fuente y ella lo siguió, ya menos nerviosa. Una mirada le indicó que venían David y De Vere, con decantadores y copas en las manos, hablando animadamente acerca de algo.

Un momento casi normal.

En Crag Wyvern.

Asombroso.

Entonces casi chocó con Con, pues él se había detenido bruscamente.

—Quiero que se quite eso —dijo.

Ella siguió su mirada.

—¿La fuente?

—Quiero que quiten esas figuras. Mañana. —La miró con los ojos feroces—. Si no ves por qué, Susan, quiere decir que el dragón te ha comido entera.

Temblorosa por ese ataque, miró las estatuas, las miró de verdad. La doncella estaba retorciéndose debajo del dragón, como siempre. La bestia le tenía sujetos los brazos con sus garras y le abría las piernas con la parte inferior del cuerpo.

Lo encontraba horripilante, pero había aprendido a desentenderse. En realidad, rara vez se daba el agua, porque entonces había que volver a llenar el depósito de la parte de arriba. Nunca las había mirado bien cuando estaba abierto el surtidor.

En ese momento, miró atentamente.

El surtidor era el enorme falo del dragón, que arrojaba el agua sobre la esposa doncella cautiva, y parte del agua le entraba en la boca abierta como para gritar y otra parte le caía sobre las manos lastimosamente extendidas.

Pasado un momento de horror, se giró hacia un lado.

—Sí, sí, por supuesto.

Seguía oyendo la música del agua, pero la imagen la hacía horrible.

Él tenía razón. El jardín era el corazón sanador de Crag Wyvern, pero al hacer construir la fuente con el dragón y su esposa el conde loco introdujo un veneno, roya.

—No sé cómo están construidas —dijo—, pero averiguaré qué es necesario hacer para sacarlas de ahí. Mañana.

—Lo siento —dijo él, en tono muy diferente.

Ella lo miró y vio a un hombre distinto, menos sombrío, menos duro, más parecido al Con que recordaba.

—¿Lo sientes? —preguntó, pensando si con eso él querría pedirle disculpas por los dardos que le había arrojado en la cena.

—En este momento usted no es mi ama de llaves, ¿verdad? No debería darle órdenes.

Ella reprimió un suspiro.

—No importa, milord. Es algo que debe hacerse.

Su hermano y De Vere ya estaban cerca, pero Con se alejó de la fuente.

—Creo que hay bancos debajo de ese tilo. Nos sentaremos ahí.

David la miró con una expresión que decía que, en su opinión, este conde estaba tan loco como los otros, pero ella lo entendía. Habiendo visto, gracias a él, lo repugnante que era la fuente, tampoco deseaba sentarse cerca.

Había dos bancos y acabó sentada en uno al lado de David, y Con y De Vere en el otro. Tuvo la impresión de que David hizo una ingeniosa manipulación para conseguir que así fuera, y eso la hizo pensar qué habría visto y comprendido él. Mientras calentaba entre las manos el coñac, el mejor que ofrecía el contrabando, deseó que ésa fuera una velada más sana.

Jamás había ni soñado con estar sentada en un tranquilo jardín al anochecer con Con y amigos, e incluso de esa manera defectuosa lo encontraba tan dulce que sentía deseos de llorar.

—Señorita Kerslake —dijo De Vere—, ¿sabe qué había aquí antes de este jardín?

Ella bebió un corto trago de coñac.

—No lo sé, señor. En los planos está diseñado un jardín aquí, pero me han dicho que antes que la señora Lane tomara a cargo su cuidado, estaba en muy mal estado. En algún momento era todo hierba para que sirviera como pista de tenis.

De Vere miró alrededor.

—¿Y sobrevivieron las puertas cristaleras?

—Creo que no. Antes las puertas tenían vidrios de colores. Hay un cuadro pintado en uno de los corredores.

—Locura —dijo De Vere meneando la cabeza—, y a lo largo de siglos además.

—Nadie lo niega, Race —dijo Con.

—Yo en tu lugar los repudiaría a todos.

Con bebió un largo trago de coñac.

—Ah, pero ésa es la carga de la aristocracia. No podemos repudiar a nuestros antepasados y quedarnos con el botín. —Miró a Susan—. ¿Hay documentos de la época del primer conde, señorita Kerslake? Me interesaría saber más sobre la historia del dragón.

—No lo sé, milord. En el sótano hay un cuarto lleno de cajas con libros de cuentas y documentos.

De Vere emitió un débil gemido y, sorprendentemente, Con se echó a reír, al parecer con verdadero buen humor.

—No los vas ni a oler mientras no hayas terminado con los asuntos actuales. Y en realidad, he conseguido que el coadjutor venga a revisar los libros. Podría estar dispuesto a hacer lo mismo con los archivos.

—Injusto. Muy injusto.

—Y en todo caso, es probable que no estemos aquí el tiempo suficiente para ponerlos en orden.

—Yo podría quedarme —dijo De Vere y miró hacia Susan, sonriente.

Eso fue imprudente. Ella sintió la fría desaprobación de Con como una lanza. Y él la hizo penetrar con sus palabras al decir:

—Eres mi secretario, Race. Donde yo voy vas tú.

—A mí eso me parece más una maldita esposa.

—Para eso te faltan ciertas cualificaciones esenciales.

De Vere no se amilanó por el filo que se detectó en las palabras de su empleador. Sonrió de una manera intencionadamente encantadora.

—La señorita Kerslake dijo que me encuentra angelical.

Con miró a Susan, penetrando con su mirada la creciente oscuridad.

—No olvide, señorita Kerslake, que Lucifer también fue un ángel.

Los dos hablaron de forma lacónica, cada uno repantigado en un extremo del banco, pero Susan deseó gritarles que dejaran de introducir comentarios afilados como cuchillos en la conversación.

Apuró el resto del coñac y se levantó.

—Creo que es hora de que me retire, milord, caballeros.

David también se levantó.

—Y yo debo volver a casa. Gracias, milord, por la excelente comida.

Mientras intercambiaban las cortesías normales, Susan no dejó de sentirse aplastada por la atención de Con, y temblaba del miedo a que él le ordenara quedarse. Sin duda no tenía nada que temer, pero ahí en el jardín ya casi oscuro, sentía miedo.

Pero él no dijo nada, así que se alejó con David, procurando caminar despacio. Entraron en la casa por el comedor y ella se alegró al ver que las criadas habían retirado todo de la mesa mientras ellos estaban fuera. Incluso habían dejado la mesa del tamaño normal para ocho personas, como quedaba más proporcionada al tamaño de la sala.

Cuando entraron en el corredor, David comentó:

—De Vere es un secretario muy raro.

—Creo que es más un amigo.

—Un amigo condenadamente raro también. ¿Estás bien aquí con ellos?

Si él sospechaba que se sentía violenta o incómoda, desearía que se marchara inmediatamente. Ella podía soportar la incomodidad, si no pasaba de ser eso.

—Por supuesto que estoy bien —dijo, pero añadió—. El conde está preocupado, tiene un problema personal. Yo creo que se debe a la guerra, lo que no es de extrañar. Tal vez De Vere sufre lo mismo pero lo lleva haciendo travesuras. Pero eso no me afecta a mí.

—Si estás segura... Pero si quieres mi opinión, la locura corre por la sangre de las dos ramas de la familia.

—Es posible.

Sin embargo ella no había visto ninguna señal de desequilibrio en Con once años atrás. Era la persona más cuerda y más ecuánime que había conocido.

Cuando llegaron a la sala grande o vestíbulo principal, se despidieron con un beso, y desde allí ella fue a la cocina a felicitar al personal. Todavía estaba ahí cuando sonó la campanilla. Le ordenó a Diddy que fuera a ver qué deseaba el conde.

—Probablemente más coñac —masculló, aunque estaría feliz si él se emborrachaba hasta quedar sin conocimiento.

Volvió Diddy.

—Quiere hablar con usted, señora Kerslake. Está en el comedor.

Susan sintió la fuerte tentación de no ir, pero ¿qué efecto causaría en las criadas? Y ante el resto del servicio. Además, la casa no era un castillo medieval en que el conde tendría el derecho del señor para utilizar a las criadas, ni nada tan absurdo. Y en todo caso, si no podía defenderse sola, tenía una familia de hombres dispuestos a hacerlo, o a vengar cualquier daño.

Él tenía que saber eso.

Si estaba cuerdo.

Si no estaba tan borracho que fuera peligroso.

Vaciló, calculando si tendría tiempo para cambiarse y ponerse su uniforme de ama de llaves a modo de defensa. Pero no lo tenía.

Salió de la cocina pero antes de alejarse dijo:

—Si grito, venid a rescatarme.

Lo dijo en tono de broma, pero sabía que las mujeres lo harían. Ya habían vivido con un conde loco de Wyvern.

Salió al jardín por otra parte. La oscuridad ya era casi completa y las lámparas formaban pozos de luz y rincones en sombra. Cuando llegó al corazón de las sombras, la fuente seguía manando.

La mujer seguía ahogándose.

Se desvió hacia la rueda oculta que cerraba el agua y la giró.

El chorro disminuyó a un chorrito pequeño y luego todo quedó en apacible silencio. En medio de ese silencio caminó hacia el rectángulo brillante que formaban las puertas del comedor, donde estaba Con esperando. Solo.

Se detuvo un momento en la oscuridad, pero no quería sentir miedo. Sentir verdadero miedo de Con sería la negación definitiva de todo lo que existió entre ellos en otro tiempo.

Entró en la sala.

—¿Milord? ¿Necesitaba algo?

Con estaba con la cara sin expresión, imposible de interpretar. En aquel momento ella deseó tener la ancha mesa entre ambos, pero él la había estado esperando cerca de la puerta. Ojalá hubiera entrado por el corredor.

Dio unos cuantos pasos, tratando de poner más distancia entre ellos, procurando que no pareciera una retirada. Tuvo que detenerse al llegar a la mesa. Dar la vuelta sería ridículo.

—En España casi violé a una mujer —dijo él.

Susan lo miró, tratando de ver qué había detrás de esas palabras, y lo encontró.

—¿Por eso le ofende la fuente?

—Tal vez por eso soy más sensible a ella que tú. Lamento haber dado a entender que eres indiferente a ella.

Ella sintió agitarse una emoción en su interior. No de esperanza, no; eso sería estúpido. Pero sí de placer, placer de que él pudiera decirle eso, que deseara decírselo y se sintiera libre para hacerlo.

—No, indiferente no —dijo—. Pero se me han formado callos. Crag Wyvern hace eso. El constante roce de lo malo y lo estrafalario nos hace insensibles después de un tiempo.

—Como la guerra. El constante roce con la violencia, el sufrimiento y la muerte. Una vez yo traté de quitarme los callos. Fue un error.

Ella no sabía qué había causado ese momento de franqueza, pero saborearlo era un tesoro. Se apoyó ligeramente en la mesa entre dos sillones.

—¿Por qué fue un error?

Como si quisiera imitarla, él también se apoyó en el marco de la puerta.

—Porque tuve que volver a la guerra. A Waterloo. Y lleva tiempo formar callos. O recuperarlos.

Estaba claro que él necesitaba hablar y la había elegido a ella para eso. Dio las gracias para sus adentros, y dijo simplemente:

—¿Qué ocurrió?

Él se encogió de hombros.

—Ganamos. Perdimos. Es decir, perdimos a muchísimos hombres buenos. A diez mil. Supongo que valió la pena, pero a veces resulta difícil comprender por qué. Si hubieran hecho lo debido con Napoleón la primera vez... —Volvió a encogerse de hombros.

—Tienen que haber muerto muchísimos de tus amigos allí. —Titubeó, pensando si sería o no un error preguntarle por sus amigos más íntimos, que era algo de lo que hablaban en el pasado. Pero se decidió—: ¿Los otros dos Georges? ¿Los Pícaros?

Él pareció sorprendido, tal vez hizo un movimiento de sorpresa, pero contestó:

—Uno de los Pícaros. Lord Darius Debenham.

Ella sufrió por él, pero apreció muchísimo el momento.

—Uno de los hijos del duque de Yeovil. Me enteré de su muerte. La siento mucho.

Él no dijo nada más y ella comprendió que esa conexión, lo que fuera, se iba desvaneciendo. La recuperaría si pudiera, pero no sabía cómo. Estuvieron un momento en silencio, hasta que él lo rompió, preguntando:

—¿Qué ocurrió hace once años, Susan?

Lo repentino de la pregunta la dejó muda. Pasados unos instantes, logró decir:

—Sabes lo que ocurrió, Con.

¿Es que creía que lo iba a negar? ¿Que aseguraría que había sido un inmenso error?

—Sí, supongo. Dejaste bastante claras tus ambiciones. ¿Trataste de casarte con Fred?

Estaba pisando sobre el filo de una navaja. ¿Debía reconocer que nunca había sentido lo mismo por ningún hombre, que había lamentado amargamente lo sucedido? ¿Debía proteger su orgullo con mentiras?

Reunió el valor para tomar el camino del medio.

—La tía Miriam tenía esperanzas. Supongo que todas lo intentamos un poco, pero mi corazón no lo deseaba.

¿Oyes lo que quiero decir, Con? ¿Te importa?

Él tenía los ojos muy serios, y la expresión de su cara era inescrutable.

—¿Y a mí me deseaba tu corazón?

Ante esa terrible falta de expresión, ella no podía dar el paso para la rendición definitiva.

Y a él no le importaba, eso estaba claro.

Tenía a lady Anne.

—¿Por qué me lo preguntas, Con? Eso ocurrió hace mucho tiempo y pronto te vas a casar.

Él entornó los párpados, casi ocultando sus ojos plateados con las pestañas.

—Ah, sí, lady Anne. Ella no tiene nada que ver con el pasado.

—Quita pertinencia al pasado.

Él se apartó del marco de la puerta y avanzó un paso.

—El pasado es siempre pertinente, aunque no queramos que lo sea. Me extraña que no te hayas casado. Si has dicho la verdad y ya no deseas Crag Wyvern.

—He dicho la verdad —repuso ella, forzando la voz para que le pasara a través del nudo que tenía en la garganta.

Había cambiado la atmósfera. Él seguía con la expresión inescrutable, pero el peligro parecía agitarse por el aire junto con el humo de las velas. Le había dicho a David que allí no estaba en peligro, creyendo que eso era cierto. Tal vez los hombres percibían cosas que las mujeres no.

—¿Entonces por qué no te has casado? —preguntó él.

Le exigía rendirse sin ofrecerle nada a cambio.

—La hija bastarda de un tabernero no recibe muchas proposiciones dignas.

—Dijiste que Mel te proveyó de dote.

—No tengo la menor intención de que se casen conmigo por mi dinero.

—Tal como yo no tengo la menor intención de que se casen conmigo por el condado. Pero ¿tienes dinero?

Ella titubeó. Mel le había comprado una propiedad, pero ella había entregado a la Horda todos sus últimos ingresos. Pero no quería decirle eso a Con. Además, se lo devolverían.

—Sí, tengo dinero.

—¿Entonces por qué estás jugando a ama de llaves?

Demasiado tarde ella se dio cuenta de que él se había ido acercando y ya estaba atrapada, apoyada en la mesa y entre dos sólidos sillones, sin un espacio para escapar a no ser que lo empujara.

¿Se movería él si lo empujaba?

Le pareció que no.

Con el corazón retumbante, se enderezó.

—No estoy jugando. Trabajo por mi salario.

Él apoyó las manos en los respaldos de los sillones, dejándola aprisionada. Ella se cogió de la mesa, por detrás, para no flaquear. No temía que le hiciera daño. Temía que la besara y besándola la derrotara totalmente.

—¿Qué ocurrió hace once años? —volvió a preguntar él, con los ojos oscurecidos, el color gris sólo un ribete alrededor de las pupilas.

Al menos una de las velas del centro de la mesa tenía que estar acabándose, porque la luz se movía sobre su cara sombría, creando santos y demonios alternadamente.

—¿Qué quieres decir? ¿Qué deseas saber?

Él se le acercó otro poco.

—Cuando nos besamos ese día en la playa de Irish Cove, ¿fue

tan milagro para ti como lo fue para mí? ¿O simplemente fue una oportunidad?

No podía negarle eso.

—Fue un milagro —musitó.

—Ah.

Bajó la cara para besarla y ella no intentó escabullirse, pero el beso no fue el fuerte y experimentado que ella esperaba. Fue igual que entonces, un beso tímido, dulce, suave. Igual de vacilante. Igual de receloso.

Igual de milagroso.

Apoyó las caderas en la mesa para sostenerse y aferró a ella las manos, como si en ello le fuera la vida, mientras él le presionaba los labios con los de él, en ese beso inocente.

Él le lamió la mejilla y ella abrió los ojos.

Entonces se dio cuenta de que le corrían lágrimas por las mejillas. Él se enderezó. Ella también, y se limpió las otras lágrimas traicioneras con las manos.

—¿Recuerdos? —preguntó él—. ¿O pesar? Sea lo uno o lo otro, Susan, es una maldita lástima que hicieras lo que hiciste en la Irish Cove.

Dicho esto se giró y salió al silencioso jardín.

Pasado un momento, Susan encontró la fuerza en las piernas para salir por la puerta del corredor y llegar al refugio de sus habitaciones.

Entonces le brotaron las lágrimas.

¡Jamás lloraba!

Pero las lágrimas se desencadenaron y se dejó caer en un sillón a llorar por lo que le hizo a un chico de quince años enamorado, y por el dolor de él que seguía vivo. Lloró por el hombre en que se había convertido, y por el hombre que pudo haber sido y no era.

Pero también lloró por haber perdido al hombre que él era, pérdida declarada por esas secas palabras: «Es una maldita lástima que hicieras lo que hiciste».

Porque éstas decían claramente: «Abandona la esperanza. El daño hecho es irreparable».

Con se detuvo junto a la repugnante fuente, contento al menos de que hubieran cerrado el agua, aunque eso dejaba en un espeluznante silencio el jardín encerrado. La débil luz de las dos lámparas distantes seguía brillando en las piernas y los brazos abiertos de la mujer inmovilizada por despiadadas garras. La abertura oscura de su boca daba la impresión de que estaba gritando.

Si lo creyera posible, quitaría esas estatuas de ahí con sus manos en ese mismo momento. Mañana ya no estarían. Si Susan no se encargaba de que las quitaran, lo haría él. Le costaba creer que las hubiera tolerado todo ese día.

Tenía la mente ofuscada por Susan, pero tal vez él estaba insensible. La insensibilidad es agradable a veces, pero principalmente es peligrosa. No se sentía insensible en ese momento.

Continuó caminando, afligido por la necesidad de besar a Susan como deseaba besarla. Pero ése era el camino hacia una dolorosa locura. Esa conversación en privado con ella había sido una locura, pero deseaba que ella lo supiera. No quería que ella creyera...

Basta, caramba. Pon en orden esta casa y márchate. Vuelve una vez al año para inspeccionarla. La próxima vez trae armadura. Trae a lady Anne, a una esposa.

Trató de hacerse una imagen clara de Anne y sólo logró reunir ciertos detalles básicos: esbelta, rubia, con una ligera cojera. Eso no le hacía justicia, pero fue la única imagen que logró armar forzando la mente.

Nada, no había ningún problema. No se habían visto muchas veces, por lo tanto no era sorprendente que no lograra hacerse una imagen clara de ella.

Sabía que sería una esposa perfecta, apacible, tranquila.

Capítulo 14

A la mañana siguiente, tan pronto como se levantó, Susan comenzó a organizar su escapada. Había soñado que estaban nuevamente en la Irish Cove y ella no decía esas horribles palabras, pero entonces del mar surgió un dragón; Con intentaba luchar con él, pero el dragón lo quemaba con las llamas de su aliento.

Después de esa pesadilla no pudo volver a dormirse y se pasó el resto de la noche dándole vueltas a todo lo que le dijo Con, buscando un resquicio de esperanza.

Eso le dijo claramennte que tenía que marcharse.

Mientras tomaba el desayuno, que le llevó Ellen, hizo una lista de las mujeres que podrían ser el ama de llaves en Crag Wyvern y eligió a tres. En realidad no eran del calibre para llevar la casa de un conde, pero ésa no era una casa normal de conde y Con no tenía la intención de vivir allí. Si conseguía alquilarla, los nuevos residentes elegirían a sus principales empleados.

Les escribió a las tres, preguntándoles si les interesaba el puesto. En algún momento tendría que preguntarle a Con si deseaba entrevistarlas él o dejar la elección a su juicio. Pero por el momento, su intención era eludirlo.

Después, escudada en su uniforme de ama de llaves salió a enviar las cartas y a organizar el trabajo del día. Abrió con sus llaves los armarios de la despensa para distribuir las provisiones necesarias, anotándolo todo en el libro para tal efecto; observó qué provisiones empezaban a escasear y envió los encargos a los comerciantes de la localidad. Asignó las tareas tratando de ser lo más justa posible y de ahí pasó a la cocina a supervisar la preparación del desayuno.

En la cocina estaba el ayuda de cámara español de Con, el que le preguntó por la lavandería. Ella le explicó que enviaban a lavar la ropa a unas mujeres de la aldea Church Wyvern.

El hombre se veía discreto y correcto, pero estaba generando un alboroto entre las criadas con su manera de ser tan española y sus pícaras sonrisas. Por suerte los otros dos criados de Con se alojaban en los cuartos del establo de la aldea.

Estaba claro que Sarmiento llevaba muchos años con Con, y parecía serle muy leal y sentirse muy orgulloso de él. Y estaba muy bien dispuesto a hablar siempre que alguna de las criadas le hacía una pregunta.

Susan no pudo resistirse al deseo de quedarse en la cocina a escuchar.

De pronto el ayuda de cámara se dirigió a ella otra vez:

—Señora Kerslake, ¿siempre hay agua caliente para el baño grande?

—Sí, señor Sarmiento. He ordenado que se mantenga lleno el depósito y se vaya añadiendo carbón al fogón encendido. ¿Aún no lo ha usado el conde?

—Anoche estaba demasiado cansado tal vez. Sólo pidió la bañera pequeña. Esta noche se lo recordaré. Parece que se siente abrumado por sus nuevas responsabilidades aquí, y le beneficiaría muchísimo darse ese lujo.

—¿Qué le parece Crag Wyvern, señor? —le preguntó ella, sin poder resistirse.

Él puso en blanco los ojos.

—En mi tierra natal muchas veces construimos las casas con el exterior lúgubre y el jardín sensual en el interior, pero allí tenemos un fuerte sol del que hay que refugiarse y protegerse. Pero ¿aquí..., aquí, donde el sol es como leche desnatada y apenas calienta el suelo? —Se encogió de hombros y meneó la cabeza. Entonces añadió—: Ahora bien, la otra casa de lord Wyvern, Somerford Court, ésa sí es una casa inglesa como es debido. Ahí los jardines están por fuera y las habitaciones tienen amplias vistas del hermoso y verde campo inglés. Aquí la gente dice que el clima no es bueno en verano, que llueve demasiado, pero yo... yo veo el verde que produce la lluvia y es dulce para mis ojos y mi corazón.

Seguro que en ese tema no había ningún riesgo.

—¿Somerford Court está en una colina?

—En una colina que mira el valle de un río llamado Eden, paraíso. En el valle está Hawk in the Vale. Es un pueblo antiguo, y amistoso a la manera de los lugares antiguos. —Hizo un guiño travieso—. Es decir, miran a un forastero como yo con desconfianza, pero no le arrojan piedras. Es igual que en mi pueblo, en mi país. El amigo íntimo del conde, el comandante Hawkinville, es hijo del terrateniente de allí. Es un gran héroe el comandante Hawkinville, aunque rara vez levantó un arma. Es un guerrero de la mente.

Susan no entendió qué quería decir, pero estaba deseosa de saber más de eso.

—El comandante George Hawkinville, supongo —dijo—. ¿Y el otro George? ¿George Vandeimen?

Él pareció sorprendido, pero lo disimuló inmediatamente.

—Ah, ¡sabe de los Georges, señora Kerslake! Ahora es lord Vandeimen. En esa familia el apellido y el título es el mismo, lo que no ocurre con frecuencia, tengo entendido. Todos sus familiares ya murieron. Es una gran tragedia. Pero ahora se va a casar con una mujer muy rica. Eso es bueno, ¿eh que sí? Él y mi amo no se han visto desde que lord Vandeimen se retiró del ejército, así que sólo sé lo que oigo en el pueblo.

—¿No se han visto? —exclamó Susan, y al instante se dio cuenta de que había cruzado la raya que se había trazado, pero tenía que saberlo—. ¿Lord Vandeiman ha estado fuera del país?

—No, señora. Volvió a Inglaterra en febrero, pero ha pasado su tiempo en Londres.

—¿Y el comandante Hawkinville?

—Sigue en el ejército. Después de la batalla y la victoria queda mucho que hacer para el Departamento del Intendente General.

—Sería mejor si el comandante estuviera en Inglaterra, ¿verdad?

Estaba demostrando tener mucho más interés personal de lo que era prudente, pero la inquietaba Con. Si tenía algún problema con lord Vandeimen, su otro amigo podría ayudarlo. Al parecer los Pícaros no habían penetrado el caparazón, y los Georges, el triunvirato, eran amigos de toda la vida.

—Lord Vandeimen llegó a visitar su propiedad justo antes de que nos viniéramos, señora —explicó Sarmiento—. Llegó acompañado por la mujer rica que va a ser su esposa. Ahora podrá restaurar Steynings y darle todo su antiguo esplendor. Pero, ay de mí, tuvimos que emprender el viaje hacia aquí antes de que tuvieran la oportunidad de un encuentro.

Susan comprendió que el ayuda de cámara le explicaba todo eso intencionadamente. ¿Lord Vandeimen volvió a su casa y Con vino a Devon? No tenía ningún motivo particular para venir tan pronto. Y no envió aviso de su llegada.

¿Sería un impulso? ¿Una repentina necesidad de escapar?

No necesitaba más preocupaciones, más enredos en el enredo, pero no le importó.

—¿Y los Pícaros? —preguntó.

A Sarmiento se le iluminaron los ojos.

—Ah, ¡los Pícaros! —exclamó y añadió en castellano—: ¡Qué hombres más admirables! —Luego continuó en inglés—: Pasamos con ellos mucho tiempo en el invierno. —Hizo un estremecimiento teatral, pero sin dejar de sonreír—. La caza. En lo que llaman los Shires. Cabalgan todo el día en persecución de un zorro. ¿Por qué un zorro?, pregunto yo. Su carne no se come. Pero los ingleses se gastan una fortuna en caballos para cazar un zorro. Se gastan otra fortuna en proteger al zorro para poder cazarlo. Están locos los ingleses, pero los Pícaros, ah, son magníficos. Y después de eso nos fuimos a Londres, también con los Pícaros. Mi amo parecía feliz entonces, pero por dentro sigue la tristeza.

—¿Lord Darius?

Él volvió a mirarla sorprendido.

—¿Le ha hablado de lord Dare?

¿Es que Con hablaba muy poco de algo que evidentemente le importaba mucho?

—Un alma feliz, lord Dare —continuó Sarmiento—, y su muerte es digna de duelo, pero las tinieblas de esa tristeza no se deben a lord Dare en realidad, señora. Es la guerra. La guerra es como un fuego por el que caminan los hombres. Mientras pasan por ella no ven lo caliente que es, no los quema. Pero después —añadió haciendo un elocuente gesto—, si eso cambia...

Susan tragó saliva. No le convenía saber eso. No deseaba saber que Con estaba sufriendo y ella no podía hacer nada.

—¿Y lady Anne?

—¿Lady Anne? —repitió él, y pareció desconcertado un momento, pero luego dijo—: Ah, tan amable y guapa.

Lo que ella quería saber era si lady Anne ayudaba a Con a arreglárselas con sus demonios, pero preguntar eso sería sobrepasarse mucho.

Se disculpó y fue a ocuparse de un problema con unos guisantes, porque debía hacer lo que fuera para quitarse de la mente todo lo que acababa de saber.

Le resultó imposible.

¿Con estaba distanciado de los Georges? ¿Porque estaban conectados con la guerra?

Seguía relacionándose con los Pícaros, pero al parecer éstos no lo ayudaban en nada.

La preocupaba en especial que hubiera venido a Devon expresamente para eludir a lord Vandeimen.

Entró en la despensa del servicio para la mesa a verificar que hubieran abrillantado bien la cubertería de plata.

—¡Basta! —masculló, cerrando un cajón.

Se sentía impotente, no podía hacer nada, y darles vueltas y vueltas a esas cosas en la cabeza la volvería loca.

En aquel momento entró Diddy.

—Llegó el coadjutor, señora.

Susan se volvió para salir, pero entonces Diddy añadió:

—Lo recibió el conde. Lo llevó a las habitaciones Wyvern. Qué no daría yo por verle la cara al señor Rufflestowe cuando vea esa colección.

A Susan también le habría gustado ver eso, pero el tema de la colección del conde le recordó la fuente. Hizo llamar a los hombres de Con, Pearce y White, y les pidió que miraran las estatuas a ver si veían una manera de desarmarlas. White era apenas un muchacho, pálido y nervioso, pero Pearce era un hombre corpulento que podría ser capaz de hacer el trabajo. Le dijo que contratara a hombres de la aldea o del pueblo si era necesario.

Después emprendió la exploración de Crag Wyvern en busca de escondrijos que pudieran estar ingeniosamente ocultos. Por lo que sabía, Con seguía arriba con el señor Rufflestowe, y De Vere estaba en el despacho, absorto en el trabajo, era de suponer. Si el oro estaba escondido ahí, sería difícil encontrarlo; parecía imposible que el hombre saliera de esa sala.

Pero ése había sido uno de los primeros lugares que revisó concienzudamente, y era difícil imaginarse un compartimiento grande que ella no hubiera detectado.

Al pensar en De Vere se obligó a ser sistemática en su búsqueda, en lugar de seguir su método habitual: depender de la inspiración. Reflexionó por dónde sería mejor empezar.

La sala grande o vestíbulo era un lugar improbable, puesto que normalmente se usaba para pasar de una parte a otra de la casa. La cocina y las dependencias de servicio no eran lugares fiables para tener algo secreto, y el difunto conde jamás iba allí, que ella supiera.

Muy bien, eso significaba que debía buscar bien en el comedor, la sala de desayuno, el salón y la biblioteca en la planta baja.

Decidió comenzar por el comedor, procurando dejar a un lado el recuerdo de la noche pasada. Había revisado esa sala, en realidad lo había revisado todo, pero esta vez intentaría descubrir escondrijos ingeniosamente ocultos.

Las paredes lisas pintadas lo hacían más fácil. Era imposible que hubiera algún compartimiento secreto en ellas al que se pudiera acceder a voluntad. Examinó el suelo de roble oscuro, miró atentamente el cielo raso liso y llegó a la misma conclusión. Había una ornamentada cornisa de yeso, pero ninguna otra decoración, y no veía cómo la cornisa podría ocultar alguna abertura útil.

Resuelta a ser meticulosa, volvió a pasear la mirada por toda la sala, buscando cualquier cosa sospechosa. No encontró ninguna, pero cuando su mirada pasó por las puertas cristaleras que daban al jardín, se le ocurrió que el oro podría estar enterrado ahí.

Pero no. Muy rara vez había visto al conde salir al jardín. Él prefería recorrer la casa caminando por los corredores. Nunca se le había ocurrido pensarlo, pero era como si ese espacio al aire libre pero encerrado entre cuatro paredes hubiera sido excesivo para el miedo irracional del conde.

Y aun en el caso de que hubiera tenido la costumbre de salir al jardín por la noche para cavar o enterrar algo, el jardín estaba al muy asiduo cuidado de la señora Lane, y seguro que ella habría notado si la tierra estaba removida.

Por entre las ramas de un arbusto vio a Pearce junto a la fuente. Resistió la distracción de ir a preguntarle qué opinaba.

Pasó a la sala de desayuno, la que dada su simplicidad monástica le fue fácil borrar de la lista. Cuando salió al corredor cayó en la cuenta de que no se le había ocurrido buscar en los corredores. Pero las paredes exteriores no tenían el grosor de los muros medievales, y las interiores eran aún más delgadas, a no ser que hubiera por ahí un espacio muy bien disimulado oculto por un tabique.

Los dejaría para el final.

Pero al seguir por el corredor en dirección a la sala grande, fue examinando atentamente todas las superficies, hasta que entró en el salón. Estaba construido separando un extremo del vestíbulo por una pared con puerta, era la única sala que no tenía puertas con salida al jardín. Sólo tenía una ventana, por lo que la iluminación era mala durante el día.

Con las paredes recubiertas por paneles tapizados en seda y complicadas molduras en yeso en el cielo raso, el salón era prometedor como lugar para un escondite, pero tenía solamente cinco años de antigüedad, y ella había contribuido un tiempo después en la decoración.

Estaba casi segura de que en esas paredes no se podría haber hecho ningún compartimiento secreto de importancia. De todos modos, paseó la mirada por las paredes buscando alguna superficie que sobresaliera un poco, o alguna grieta, una raya...

—¿Buscas algo?

Se giró y vio a Con en la puerta, mirándola.

—Telarañas —se apresuró a decir—. Eso es uno de mis deberes como ama de llaves.

—Pobres arañas. El señor Rufflestowe está convenientemente impresionado por los libros y manuscritos, y lo está pasando en grande. Lo dejé solo con su trabajo. ¿Cómo nos va con la fuente?

Nos.

Hizo a un lado ese pensamiento.

—He puesto a sus hombres a trabajar en eso, milord. Podría ir a hablarlo con ellos.

—¿Por qué no vamos juntos?

Miró su reloj de bolsillo que llevaba colgado de su cinturón, aunque no tenía ningún deber pendiente.

—Me necesitan en la cocina, milord.

Esperaba que él insistiera, pero él se limitó a decir:

—Muy bien.

Y dicho eso se alejó.

Dejó escapar el aliento en un resoplido, reconociendo que sentía pesar además de alivio. Deseaba pasar tiempo con él, pero estaba resuelta a ser sensata, lo que significaba eludirlo siempre que fuera posible.

Dado que el salón tenía esa única puerta, que daba a la sala grande o vestíbulo, esperó unos minutos para salir cautelosamente.

Con no estaba al acecho.

También la decepcionó un poco eso.

Lo cierto es que se encontraba en un estado mental peligroso, y cuanto antes se marchara, mejor.

Habiendo dicho que la necesitaban en la cocina, se sintió obligada a ir allí. Pero cuando iba atravesando el gran vestíbulo miró por una ventana y vio a Con en el jardín, en mangas de camisa, ayudando a sus hombres a levantar al dragón, separándolo de su nada dispuesta esposa.

Al parecer las dos estatuas eran independientes, pero la escena daba la curiosa impresión de que estuvieran obligando al monstruo a apartarse de la mujer. Rescatándola.

Cambió de rumbo y subió corriendo la escalera de caracol, siguió corriendo por el corredor y entró en la primera habitación que encontró. Fue hasta la ventana y se asomó a mirar, medio oculta por las cortinas.

El dragón ya estaba en el suelo, sobre un sendero, menos mal, no sobre un cuadro de flores, pero la mujer seguía tendida sobre la roca. Libre del agua y del violador, parecía estar vergonzosamente extasiada.

¿Tan cerca estaría el miedo del éxtasis? ¿Tendría el éxtasis el mismo origen que el miedo a la violación? Tendría que investigar eso. Seguro que arrojaría una extraña luz sobre las cosas.

Con saltó ágilmente y quedó de pie sobre el borde de piedra de la fuente; luego tendió la mano para que le pasaran una herramienta. Se había soltado los puños de la camisa y la tenía arremangada; también se había quitado la corbata, por lo que la camisa estaba abierta en el cuello.

Se veía pasmosamente desenvuelto, vulnerable, potente, accesible...

Hizo una respiración lenta y profunda, mientras lo observaba comenzar a trabajar en algo, en un tornillo tal vez, para soltar la estatua.

Cayó en la cuenta de que tenía fuertemente apretada la mano sobre la cortina de seda, de seda negra con dragones bordados. Estaba en el dormitorio de los aposentos China, en el que Con durmió la primera noche. Ésa era la ventana desde donde él la estaba observando esa primera mañana.

La mañana del día anterior. Toda una vida en un día.

Tenía que salir de ahí. No debía exponerse de esa manera, no debía arriesgarse a que la viera ahí, observándolo tal como él la estuvo observando a ella.

Pero sólo retrocedió un poco. Era improbable que mirara hacia arriba. Estaba absorto en su tarea, como si liberar a la figura de bronce fuera algo esencial para él.

Pero claro. En España estuvo a punto de violar a una mujer. Ahora estaba liberando a una. Le daba pena su evidente angustia, pero también le producía regocijo. Tenía que ser muy fácil para los soldados insensibilizarse a la violencia, pero él no se había insensibilizado.

Por supuesto que no. Era Con.

Al ver que estaba arrugando la preciosa cortina abrió lentamente la mano, soltándola, y luego la alisó. Se decía que esos dragones chinos eran símbolos del optimismo y la alegría, pero no era un dragón chino el que Con tenía tatuado en el pecho. Había elegido el dragón de san Jorge, el vil opresor que exigía vírgenes como tributo. Un dragón como el de la fuente, que violaba todo lo puro y bueno.

¿Por qué?

¿Por qué, si siempre deseó ser como san Jorge?

Lo vio entregar la herramienta al chico White y luego comenzar a levantar la estatua para sacarla de su base, firmemente equilibrado, con las piernas separadas, los brazos tensos, con los músculos de los antebrazos hinchados. No era un hombre corpulento, pero sí todo músculo.

Cayó en la cuenta de que se estaba pasando la lengua por los labios resecos.

El hombre corpulento, Pearce, lo ayudó con un grueso palo a modo de palanca, y después cogió a la mujer por los tobillos separados para poder pasarla por un lado de la fuente hasta dejarla en el suelo al lado de su vil torturador.

Con cogió su chaqueta y la cubrió con ella.

Entonces Susan retrocedió e hizo una inspiración profunda, que le pareció que era la primera que hacía en todos esos minutos. Aunque Con tuviera tatuado un dragón en el pecho, seguía siendo un heroico san Jorge. Nunca podría ser otra cosa.

Y ella debía desearle que fuera feliz con su esposa elegida.

Sin embargo, no pudo resistirse a una última tentación.

Rápidamente salió de la habitación y bajó a la biblioteca, deseando que no estuviera ahí ni Rufflestowe ni De Vere. Tenía todo el derecho a entrar ahí, pero la conciencia culpable hace sospechosa cualquier tarea inofensiva, y su intención era buscar información acerca de la bienamada de Con.

No había nadie en la biblioteca y le notó un aire de somnolencia, casi como si estuviera dormida.

Aunque estaba llena de libros, era una sala muy poco usada. El conde tenía sus libros favoritos en su habitación, como una ardilla guardando sus frutos secos. No hacía mucho le habían hecho una buena limpieza, pero tenía un aspecto triste, de abandono.

Pero encontró una guía nobiliaria bastante reciente, con la lista de todos los pares del reino e información sobre ellos y sus familias. La sacó y fue a abrirla sobre la mesa.

Lady Anne Peckworth...

No tardó en encontrar el nombre. Era la del medio de tres hijas del duque de Arran. Cuando se compuso el libro, dos años atrás, tenía veintiún años, y sus dos hermanas, la mayor y la menor, estaban casadas.

Frunció ligeramente el ceño pensando por qué lady Anne seguía soltera. Era una idiotez preocuparse de si era digna de Con, pues él la había elegido, pero se preocupó. Él tenía que casarse con la mejor, con una mujer excelente, que lo adorara. Pero los prosaicos detalles de la página no revelaban nada sobre las cualidades de lady Anne, ni sobre sus sentimientos.

¿Cómo podría no adorar a Con?

¿Sería un compromiso de mucho tiempo, que se alargó debido a la guerra? Pero en ese caso se habrían casado lo más pronto posible, y no seguirían solteros casi un año después de Waterloo.

Aunque leyó y releyó el párrafo impreso, no encontró más información. Cerró el pesado libro, haciendo volar polvo por el aire, y trató de cerrar junto con él su intrusa e inútil curiosidad. De todos modos se puso a pensar que si se marchaba de Crag Wyvern y emprendía un viaje, podría ir a Lea Park a investigar a lady Anne. Y si no era digna de Con, podría...

¿Qué? ¿Asesinarla?

Riéndose de sí misma fue a colocar el libro en su lugar en el estante. Éste era tan asunto suyo como el gobierno de India.

Cuando se giraba para salir de la sala, se le ocurrió que bien podría aprovechar para buscar el dinero.

No hacía mucho había supervisado la limpieza de primavera, en la que se sacaron y limpiaron todos los libros, y se les quitó el polvo a todos los estantes. Disimuladamente había mirado detrás de los libros por si había algún compartimiento falso.

Fue al asiento de la ventana y lo abrió para volver a revisarlo. Sí, el espacio interior seguía siendo del tamaño lógico correspondiente a las dimensiones externas.

Se incorporó, las manos en las caderas, frustrada. ¿Dónde diablos escondería su oro el conde demente? Tal vez más cerca de las habitaciones Wyvern, pero eso significaba toda la primera planta, y los corredores también, y el escondrijo podrían haberlo construido antes de que ella naciera, e incluso cuando construyeron la casa.

La búsqueda empezaba a parecerse a un trabajo de Hércules.

Fue a asomarse a la ventana para mirar el jardín otra vez, pensando cómo iría el trabajo en la fuente. Y sí, reconoció, con la esperanza de volver a ver a Con. Desde la planta baja la vista no era tan clara, pero daba la impresión de que Con y los hombres ya no estaban.

Curiosa, abrió las puertas cristaleras y salió.

Sí, ya se habían ido. Caminó hasta el centro y vio que se habían llevado al dragón y a la mujer, pero todavía estaba la cadena, colgando, sujeta a la roca por un extremo y el otro dentro de la fuente seca. Ociosamente se preguntó qué haría Con con las estatuas de bronce. Casi sentía la necesidad de que a la mujer le dieran un entierro decente.

Continuaba ahí la roca sobre la que había estado tendida la mujer, y a un lado sobresalía el caño de metal por el que entraba el agua en el dragón. Pensó si podrían seguir teniendo la música del agua sin las figuras. El agua caería simplemente sobre la roca.

Fue hasta el grifo en forma de rueda y comenzó a girarla.

Después de tres vueltas completas comenzó a salir el agua, y tenía que estar totalmente abierta para que el surtidor funcionara bien. La hizo girar rápidamente.

De repente saltó el fuerte chorro de agua. Subió hasta la altura del techo y de allí el agua empezó a caer como lluvia por los lados, cayendo primero sobre la roca y de ahí, de rebote, hacia todos lados, rociando todo el círculo de la fuente y más allá. Absolutamente empapada, retrocedió y se alejó saltando, pero no pudo dejar de reírse, como una niñita feliz, disfrutando de ese placer. Miró hacia arriba, hasta donde llegaba el chorro y fue bajando la vista hasta los chorros brillantes como diamantes que iban mojando todo alrededor y rociando flores y arbustos agradecidos.

Y entonces vio a Con, que la estaba mirando desde el otro lado del patio.

Seguía en mangas de camisa, y de repente, sonrió.

Tal vez sonreía al verla a ella toda empapada y riéndose del agua, pero no le importó. Su sonrisa era algo que ella recordaba con alegría.

Era tonto, no era nada, pero no podía evitar la risa que le salía burbujeante, libre como el agua de la fuente. Se cubrió la boca con una mano, pero no pudo parar.

Tal vez sólo fue un momento, pero ya empezaba a dolerle el estómago cuando lo oyó decir:

—¿No te parece que deberías cerrar el grifo?

Ahogando una exclamación, vio que él se había acercado, estaba al otro lado de la fuente, pero a salvo, en un lugar entre dos chorros.

—Sería una pena —logró decir ella.

—¿Un placer tan desmadrado en Crag Wyvern?

La risa loca ya empezaba a calmarse. Deseó decirle algo sobre el placer desmadrado, pero tuvo la sensatez de no hacerlo. Se volvió hacia la rueda, pero no avanzó.

El chorro que primero la mojó seguía cayendo sobre la rueda, como para impedir que alguien pusiera fin a su libertad. Miró a Con, pero él simplemente arqueó las cejas, sin dejar de sonreírle. Hizo una inspiración profunda, se armó de valor y corrió hacia la rueda y empezó a hacerla girar, aguantando el chorro de agua.

Entonces el agua dejó de golpearla, pero oyó un grito.

Se giró a mirar y vio que con la menor presión el arco del chorro había cambiado, dejando totalmente empapado a Con.

Volvió a ganar la risa, pero luego se convirtió en una sonrisa de simple placer. Tenía el pelo aplastado a la cabeza y el agua corría por todo él, pero seguía ahí, con los brazos abiertos, recibiendo el remojón como si estuviera encantado.

Tenía la camisa y los pantalones pegados al cuerpo.

Volvió a coger la rueda, pero se le resbalaban las manos, y tenía menos fuerza en ellas. Tal vez el agua estaba luchando por su libertad. De repente vio otras manos ayudándola, unas manos fuertes, morenas, marcadas por cicatrices. Juntos lograron girar la rueda y cerrar totalmente el surtidor.

Cuando acabó el sonido de los últimos chorros y se hizo el silencio, se enderezó y miró a Con.

Él ya no estaba sonriendo, pero algo de su sonrisa continuaba en sus ojos.

—¿La venganza del agua? —dijo.

—Creo que detestaba que la obligaran a pasar por ese surtidor —repuso ella.

—Tal vez simplemente detestaba que la obligaran.

Susan vio que la camisa le ceñía todo el contorno del pecho y era casi transparente; dejaba ver una sombra oscura en el lado derecho.

Eso no se podía pasar por alto, pensó. Deseó tocarlo, pero no se atrevió. Pero tenía que hablar de eso.

—Un dragón, tengo entendido.

Él pareció perplejo, pero luego se le iluminó la cara.

—Ah, la criada robusta. Se llama Diddy, ¿no? Todos nos hicimos grabar tatuajes, Van, Hawk y yo. La idea fue que si teníamos que buscarnos mutuamente los cuerpos mutilados, nos resultaría más fácil la tarea. Y resultó que no era una mala idea.

Susan comprendió que esa repentina tristeza que vio en él no se debía a Crag Wyvern ni a ella.

—¿A quién no encontrasteis? ¿A lord Darius?

—Eran muchos, muchísimos, los muertos y los moribundos —dijo él, desviando la mirada, pero de una manera que no rompió la magia—, y a algunos los habían desnudado, o pisoteado, o destrozado. —Negó con la cabeza—. No conviene hablar de esas cosas. —Se giró hacia la fuente—. ¿Qué crees que deberíamos poner ahí en lugar del dragón?

Ella no estaba dispuesta a que se rompiera la conexión sin dar pelea. Sólo habría breves momentos como éste, cuando en otro tiempo el momento podría haber sido eterno.

—Era un Pícaro, me dijiste. Recuerdo cuando hablabas de ellos.

Él volvió a mirarla, sombrío, pero no a causa de ella, la expresión no iba dirigida a ella, menos mal.

—Recuerdas muchísimo.

Ella dudó un momento, pero al final dijo:

—Lo recuerdo todo, Con.

Él curvó los labios en un rictus.

—Yo también. —Hizo una inspiración y añadió—: Sí, era un Pícaro. Pero no era soldado. No debería haber estado ahí. Yo debería habérselo impedido.

—Tal vez él no quería que se lo impidieran.

—Debería habérselo impedido de todas maneras. O haberlo preparado mejor. O... —de pronto la miró de arriba abajo y ella vio, con toda claridad, que lo había recordado todo y cerrado firmemente una puerta—. Esa tela gris no dejaría ver un tatuaje, pero no oculta mucho, ¿sabes?

Ella se miró y vio que, cómo no, tenía el vestido pegado al cuerpo, moldeándoselo, tal como él tenía pegada la camisa. El corsé le protegía la parte de arriba, pero el vientre, los muslos, la hendidura entre los muslos...

Con la cara ardiendo, se apartó la tela del cuerpo, agitándola y levantándola para que no se le volviera a adherir. Lo miró y no pudo evitar un estremecimiento de excitación al ver la expresión de sus ojos, aunque ésta no era decorosa, ni respetuosa ni particularmente amable.

—Tú tampoco ocultas mucho —dijo, bajando adrede la mirada hacia sus pantalones.

—Lo sé.

A ella comenzó a retumbarle el corazón.

—¿Sientes tanta curiosidad como yo, Susan? ¿Por saber cómo sería? ¿Ahora?

Curiosidad y más que curiosidad, sentía ella. Sintió aumentar en su interior una cálida pesadez, unas ansias... Pasado un momento, logró decir:

—¿Y lady Anne?

—No está aquí, ¿verdad?

Aah. Sintió oprimida la garganta. Se obligó a tragar saliva.

Curiosidad. Para él sólo era eso.

Para ella era un deseo que iba mucho más profundo, pero no haría eso. No sería un simple y cómodo alivio para él ni pecaría contra la mujer que él había elegido, aun cuando no estuviera ahí. No se rebajaría a ser una puta, ni siquiera por Con. Eso los destrozaría a los dos.

—Está en espíritu —dijo, retrocediendo—. Tengo que ir a cambiarme, milord. —Pero miró hacia la fuente, que estaba detrás de él—. Creo que debería ser un san Jorge. Crag Wyvern necesita un héroe que derrote a las tinieblas.

Acto seguido, echó a andar con paso enérgico hacia la casa.

Capítulo 15

Con se dio media vuelta, apoyó las manos en el rugoso y frío borde de la fuente y se puso a contemplar el agua que había alcanzado a juntarse en el fondo, que brillaba como un espejo.

San Jorge.

Un héroe.

¿Adónde se había ido ese joven idealista?

Susan lo hirió muy profundo aquella vez, pero no mató al héroe. Eso lo hizo la guerra. Ah, oficialmente lo convirtió en una especie de héroe, sí. No había sido el tipo de gallardo oficial que atrajera mucha atención, pero sabía que había hecho bien su trabajo, por el bien de sus hombres, de su general y su rey. Hawk le había comentado que Wellington dijo una vez, refiriéndose a él, «ese oficial condenadamente bueno», lo cual era bastante elogio para cualquier hombre.

Pero los interminables años, si bien llenos de emoción, sensación de triunfo e incluso placer entre los momentos tristes, mataron al santo. No temía lo que le deparaba el futuro, sino lo que él podría hacerles a otros en ese estado sin alma.

Algunos adivinos aseguraban que eran capaces de revelar el futuro mirando los reflejos en el agua. ¿Cómo interpretaría alguien su imagen en el agua?

Había llamado a lady Anne en su defensa, y ahora era una barrera. Susan no iría a su cama debido a lady Anne.

Pero era eso lo que deseaba, ¿no?

Lo que deseaba, ferozmente, era a Susan, acostarse con Susan.

Verla riendo descontrolada ante el inesperado chorro de agua rompió algo en él, llevándolo derecho de vuelta al pasado resplandeciente de sol. Y luego ver su cuerpo, más exuberante, más femenino en sus misterios, pero Susan de todos modos, fue su perdición.

No podía dejarse utilizar otra vez, y a pesar del deseo y la necesidad sin alma que vibraba en él, no quería utilizarla. Pero ¿sería capaz de soportar marcharse de ahí sin haber experimentado a Susan tal como era ahora?

Podría decirle que lady Anne era una posibilidad, no un compromiso. Tentarla con la oportunidad de ganarse Crag Wyvern para ella. Ella aseguraba que ya no deseaba el condado, pero eso tenía que ser mentira. ¿Por qué estaba ahí, si no?

De pronto tuvo la visión de una Susan voluptuosa, una Susan femenina, experimentada, proponiéndose seducirlo.

Pero lady Anne era más que una posibilidad; él le había enviado esa carta.

Además, era la esposa ideal, perfecta para él.

Si Susan se casaba con él, sería por Crag Wyvern. Y puesto que él no tenía la menor intención de pasar ahí más de una semana o algo así al año, por deber, ella sería desgraciada.

No, Susan nunca se revolcaría en la desgracia. Lucharía por lo que deseaba. Había visto a hombres casados con mujeres resueltas a hacerlos cambiar, a ellos y sus circunstancias, a conveniencia de ellas. Había visto cómo ellas, con críticas, quejas y regañinas, los obligaban a alistarse en el ejército, a retirarse del ejército, a cambiar de regimiento, a gastar dinero que no tenían, a ahorrar como si hubieran perdido la cordura.

No había paz en esos hogares. Cuando le habló a Susan de sus ambiciones le dijo la verdad. Lo que deseaba por encima de todo era paz. Paz y apacibles placeres en Somerford Court, donde creía que finalmente podría redescubrir su alma y tal vez incluso sus ideales juveniles.

Se agachó a coger agua entre las manos y se mojó la cara. Pero ya estaba tibia por el sol y no le sirvió de nada.

Se apartó de la fuente y se dirigió a la casa. Se cambiaría de ropa y saldría a cabalgar otra vez. Eso era lo más cuerdo que podía hacer.

Susan estaba tiritando violentamente cuando se quitó el vestido mojado, aunque los estremecimientos no se debían solamente al frío. Jamás en su vida había sentido un deseo físico tan intenso por un hombre. Ni siquiera sabía que eso existía.

Su experiencia con Con aquella vez fue una entrada en lo desconocido, en el misterio. Con Rivenham fue la consecuencia de un plan. Él le produjo el deseo, pero eso fue algo intencionado por parte de los dos.

Con el capitán Lavalle también fue un plan, pero un inmenso error también. Físicamente no fue nada.

Peor que nada.

Fue repugnante.

Y en esos momentos, sin siquiera haber tocado a Con, lo deseaba, toda ella ardía por él. Cuando estaban en el jardín deseó tocarlo, apretar el cuerpo a esos duros músculos que su camisa mojada marcaba tan seductoramente, abrazarlo, consolarlo, ser consolada y sanada.

Se sentó bruscamente en el borde de la cama, sin haberse quitado el corsé ni la camisola mojados, reflexionando para entender esa inesperada fuerza.

Que «amaba», lo sabía. Ese amor tenía su fuerza propia, pero una fuerza que ella podía controlar con la voluntad. Amaba, y dado que amaba, le era posible no demostrarlo, no molestarlo a él con su amor y dejarlo ir a la mujer que él había elegido.

Pero eso, eso era más elemental. Parte del deseo nacía, no le cabía duda, de esforzarse en no actuar, como si luchara contra un fuerte viento o con el empuje de un mar azotado por una tempestad. Veía muy probable que esa fuerza la avasallara, arrastrándola al desastre.

Desastre para los dos.

Estremeciéndose se levantó y terminó de quitarse las prendas mojadas y luego se friccionó fuertemente con una toalla hasta que le ardió la piel y le remitió el deseo.

Tenía que marcharse, inmediatamente. No se le ocurría ninguna explicación para darle a nadie, pero Con comprendería. Volvería a la casa de sus tíos, y de allí se iría a alguna parte.

Se quedó inmóvil, contemplando muchos problemas.

No tendría dinero hasta que la Horda volviera a ser próspera.

No tenía ningún lugar donde ir, ni tampoco posibilidades de encontrar un empleo con facilidad.

Pero nada de eso importaba. Por el bien de él y de ella, tenía que por lo menos marcharse de Crag Wyvern. La señora Gorland podría llevar la casa hasta que contrataran a otra ama de llaves.

Diría que estaba enferma.

Y en ese momento se sentía casi enferma.

Se puso una camisola seca y otro corsé de trabajo. Sacó su otro vestido gris y se lo puso. Puesto que se marchaba, podía ponerse un vestido normal, pero ese uniforme era una armadura.

Sin embargo no la protegió de Con.

Desechando el recuerdo, se envolvió los hombros en un pañuelo almidonado. Se cepilló el pelo, se lo recogió en un moño alto y tirante y se puso una cofia, atándose las cintas.

No era suficiente protección.

Jamás sería suficiente.

No existía ninguna protección fuera de la distancia.

Miró sus cosas, libros, labores de aguja, adornos. ¿En qué podría llevárselas?

No podía retrasarse envolviéndolos en algo. Tenía que irse ya.

Salió a la cocina.

—Está por acabarse la mantequilla, señora —dijo la señora Gorland—. Y me vendría muy bien tener un buen solomillo.

Susan deseaba salir inmediatamente, pero el deber la obligó a detenerse.

—Envíe a Ripford a buscar la carne y que compre toda la mantequilla que necesita en el pueblo.

—Muy bien, señora. —Entonces la cocinera la observó atentamente—. ¿Se encuentra bien, querida?

El cambio del tema de trabajo a algo personal casi desquició a Susan, pero logró esbozar una sonrisa.

—Sí, por supuesto, pero necesito ir a la casa otra vez.

—No pasa nada. Podemos arreglarnos muy bien.

—Lo sé, gracias.

Salió, deseando poder despedirse bien de todo el personal.

Pensó que podría escabullirse por una de las puertas pequeñas, pero la entrada principal estaba más cerca, así que se dirigió a ella pasando por el vestíbulo grande. Cuando entró ahí, vio que había un hombre esperando.

¡Con!

No, no era Con, gracias al cielo. Sólo era el teniente Gifford. De todos modos era alguien con quien tendría que hablar antes de quedar libre.

—Teniente, ¿se le ofrece algo?

Él la miró y se ruborizó. Juraría que eso era rubor. Se miró la ropa puesta a toda prisa, pero no vio nada que pudiera inspirar vergüenza.

Él se tironeó la tirilla a la que estaba prendido el cuello postizo de militar.

—He venido a hablar con el conde, señora Kerslake. Una criada fue a buscarlo. En cuanto a mí...

¿Hablar con Con? ¿Sobre contrabando? Y era probable que

Con supiera que David era el capitán Drake y podría decir algo. Seguro que no...

No podía ocuparse de eso en ese momento.

Santo cielo. Con podría aparecer ahí en cualquier momento.

—Entonces, si me disculpa, señor, tengo que ir a hacer un recado.

Trató de pasar por el lado de él, pero él le cerró el paso.

—Esto... preferiría que me hiciera compañía un rato.

Ella lo miró tratando de enfocar la mente en eso.

—Perdón, ¿cómo ha dicho?

—Que preferiría su compañía —dijo él, en tono más firme, con aspecto de estar alarmado, pero también muy resuelto.

A ella empezó a subirle una risa loca a la garganta.

¿Es que le iba a proponer matrimonio?

¿Ahí?

¿En ese momento?

Volvió a intentar pasar por un lado.

—Es urgente el recado que tengo que hacer, teniente.

—También lo es el mío. Haga el favor de oír lo que tengo que decirle.

Baba del diablo. Con podría aparecer en cualquier momento; o la criada para conducir a Gifford a él. Le empujó el pecho con las dos manos, preparándose para echar a correr si era necesario. Pero él sólo retrocedió un paso y le cogió las muñecas.

—Suélteme —siseó, deseando atreverse a gritar pidiendo auxilio—. Lord Wyvern vendrá directamente aquí. No le agradará verle sujetándome así como a una prisionera.

—Ya te tiene, ¿eh? Eso tendrá que parar.

O estaba loca ella o estaba loco él.

—¿Qué?

Él miró alrededor, nervioso, claramente para comprobar si había alguien que pudiera verlos. Volvía a estar ruborizado, pero esta vez era de excitación; el deseo le brillaba en los ojos.

—No me lo podía creer —dijo, rápido, en voz baja, como si estuviera contándole un secreto—. Pero os vi a ti y al conde en el patio. Sólo los amantes se miran así, Susan. Y pensar que yo iba atacando tus defensas con tanto comedimiento.

—Teniente...

—Giles, Susan, Giles.

—Teniente... —El relámpago de furia que vio en sus ojos la dejó muda un momento. Se obligó a relajarse a pesar de que él le tenía cogidas las muñecas, y lo miró tranquilamente—. Teniente, lo siento mucho pero no podría casarme con usted...

Él agrandó los ojos y se rió.

—Mi querida señora, no voy tras el matrimonio. Deseo lo que disfrutó el capitán Lavalle.

Dios misericordioso. Sus piernas amenazaron con traicionarla. Siempre había temido eso, que el canalla les contara eso a otros oficiales. Aunque hacía tantos años... Aunque con retraso, intentó farolear.

—No sé de qué habla.

—Ah, sí que lo sabes. Entusiasta para el asuntito, dijo Lavalle, y ahora veo cuánta razón tenía. El conde sólo ha estado aquí dos noches y está claro que ya se acostó contigo. Ahora me toca a mí. Eres una mujer muy atractiva, Susan. Te encuentro una verdadera calientapollas, en particular con ese atuendo gris y blanco, el pelo todo metido debajo de esa cofia...

La iba empujando hacia atrás mientras hablaba, y ella retrocedía, sin ocurrírsele qué hacer. Hasta que la frenó la mesa del centro, golpeándole las caderas, y él la atrapó ahí, lamiéndose los labios y apretándose a ella, tratando de separarle los muslos.

—¿Está loco? —siseó, desesperada—. ¡Suélteme inmediatamente!

Él la apretó más fuerte, y el borde de la mesa se le enterró en el cuerpo.

—¿Un simple teniente no vale lo suficiente para ti después de un conde?

—¡Pare o gritaré! —siseó

Y lo haría, aunque entonces él le diría a Con lo de Lavalle. Ay, Dios, ay, Dios.

—No. Si gritas arrestaré a tu hermano como al capitán Drake.

Se le formó un nudo en la garganta. Él lo sabía.

No, comprendió, ya despabilada la mente, lo suponía.

Se obligó a mirarlo a los ojos y parecer asombrada.

—¿David? ¿Contrabandista? Está loco.

—David, hijo de Mel Clyst, Susan, tal como tú eres hija de Mel Clyst.

La soltó y retrocedió, ya seguro de que ella no huiría. ¿Debería huir para demostrarle la inocencia de David? Pero antes de que pudiera decidir, él continuó:

—Me extrañaba que no estuvieras ya respetablemente casada, pero es que no eres la señorita Kerslake de Kerslake Manor, ¿verdad? Eres la hija bastarda de un contrabandista y una puta, y verdadera hija de tu madre, por lo que le oí a Lavalle.

—Sea lo que sea lo que le dijo, mintió. Supongo que los hombres alardean de cosas así cuando creen que pueden salir impunes. Intentó seducirme, sí. Hace cinco años, creo. No se tomó bien mi rechazo. —Vio en él un leve gesto de inseguridad y lo aprovechó—. Tenía mejor opinión de usted, teniente; no habría imaginado que pudiera dar crédito a habladurías de un borracho.

Desapareció la inseguridad de él.

—No estaba borracho, Susan, se estaba muriendo. Compartimos una estera en la atiborrada tienda del cirujano después de Albuera. Yo sobreviví, él no. Pero hablamos de nuestra tierra, y una de las cosas de que habló él fue de ti. Una dama hermosa y de buena crianza que prácticamente le suplicó que le diera un revolcón. Pero después se enteró de que en realidad no era una dama de buena crianza, y que su madre era una puta, así que no había sido tan milagroso después de todo.

A Susan no se le ocurría nada que decir, pero el alivio la iba inundando en una mareante oleada. Era posible que Lavalle no hubiera hablado de ella en todas las atiborradas tiendas de la Península.

Pero aún le faltaba arreglárselas con Gifford.

—Sea mi puta, señora Kerslake, y su hermano estará a salvo.

Señor, y ella había creído que Gifford era un hombre bueno. ¿Rendirse? ¿Luchar?

Luchar, faltaría más.

—Mi hermano es el administrador del conde aquí —dijo secamente—, y usted, señor, es un canalla sinvergüenza.

Él palideció pero apretó los labios.

—Pero no le dirás al conde lo que he hecho, ¿verdad?

—Lo más seguro es que creería que estoy tan loca como usted. Dudo que tenga el valor de reconocer ante él sus palabras.

—Entonces es tu amante, ¿verdad?

Ella lo miró a los ojos.

—No. Si ahora intento continuar mi camino, ¿va a volver a agredirme?

Con eso lo dejó desconcertado. Incluso se mordió el labio inferior.

Pero entonces se irguió más.

—Dentro de una semana —dijo—, cuando la luna esté tan llena que a la plaga de contrabandistas le sea imposible actuar. —Su sonrisa demostró que había recuperado el valor—. Ve a mis habitaciones en la posada Crown and Anchor. Los contrabandistas locales llevan meses tratando de descubrir mi precio para sobornarme —añadió—. Bueno, pues, ahora lo tienen. Mientras me complazcas, Susan, puedes ser la paga.

El sonido de pasos la salvó de tener que encontrar una respuesta. Tanto ella como Gifford se volvieron hacia la puerta, en el momento en que iba entrando Con.

Él se detuvo.

¿Qué parecerían ahí, tan juntos?

Con continuó caminando, con la cara sin expresión.

—Teniente Gifford.

Gifford se inclinó.

—Milord.

La voz le salió algo estrangulada por los repentinos nervios, y ella sintió en la garganta unas burbujas de risa. Siempre se le olvidaba que Con era un conde y había que mirarlo con pavor y temblores.

Ah, pues sí. Ella podría hacer muy bien lo del pavor y los temblores.

Sabía que si le contaba lo de la amenaza de Gifford y le enseñaba las marcas que le dejó en las muñecas, Con acabaría con Gifford por ella. Sin duda ahí mismo y en ese momento.

Pero no podía hacer eso, porque entonces tendría que explicarle el por qué.

Además, no quería ser la causa de la destrucción de Gifford. El hombre se había descarriado por la historia de Lavalle, la cual en esencia era cierta. Como sus demás aflicciones, ella misma se había atraído esa.

Aunque claro, ahora no tenía ningún sentido huir a la casa de sus tíos. Los enemigos estaban fuera y dentro de Crag Wyvern.

Con y Gifford llevaban un rato hablando y en ese momento Con le hizo un gesto indicándole que lo acompañara.

—Señora Kerslake —le dijo con tranquila formalidad—, por favor ordene que lleven refrigerios a la biblioteca.

Recurriendo a los modales del ama de llaves perfecta, ella le hizo una reverencia.

—Sí, milord.

Con llevó a Gifford a la biblioteca atravesando el jardín, deseando tener un pretexto para enterrarle el puño en la cara. ¿Gifford y Susan? Condenación, ¿por qué un policía de prevención iba a querer liarse con la hija de un contrabandista?

Tal vez no lo sabía.

Gifford le hizo un comentario insulso acerca del jardín y se la contestó. Podría dejar caer la información en la conversación. Suponía que iban a hablar del contrabando.

Cuando iban pasando junto a la fuente, recordó lo que había ocurrido ahí. No podía traicionar a Susan. Él era un dragón, pero no uno de la peor calaña. Seguro que Gifford descubriría la verdad muy pronto, y, si él era bueno para juzgar, ése sería el fin de cualquier posibilidad de matrimonio, pero no sería a causa de él.

Pero entonces pensó que si Susan le daba aliento a Gifford tal vez era cierto que ya no deseaba Crag Wyvern.

¿O le daría aliento para favorecer la causa de la Horda del Dragón?

Se desvaneció su momentánea esperanza.

Eso era, por supuesto.

Pobre Gifford.

Víctima del dragón de otra manera.

Susan fue a la cocina a dar la orden de que llevaran los refrigerios y de ahí corrió a esconderse en su habitación.

¿Qué diablos podía hacer?

Empezó a pasearse por su refugio, con las manos aferradas a la inútil cofia. Tenía que avisar a David, pero no quería decirle lo de la amenaza. David siempre parecía muy juicioso, pero ningún hombre continuaría juicioso si le decían que a su hermana la estaban chantajeando para que se prostituyera.

Podría retar a duelo a Gifford.

En calidad de capitán Drake, incluso podría ordenar que lo mataran sin más.

Eso estaría mal, y sería desastroso que otro policía montado más muriera en ese trecho de costa. Acabarían encontrándose con soldados cada dos palmos, y cuando cogieran al jefe de contrabandistas local, encontrarían la manera de colgarlo. Si no, sin duda se caería por un acantilado.

La amenaza de Gifford era hueca. No podía arrestar a David. No tenía ninguna prueba. Pero estaría vigilándolo a él y la zona como un halcón.

Bajó las manos y exhaló un largo suspiro. No podía decírselo ni a David ni a Con, porque tendría que decirles lo de Lavalle. De todas las cosas que se avergonzaba de haber hecho, esa sesión con el capitán Lavalle era la peor.

No quería que nadie lo supiera, y al parecer Lavalle había contado la historia

Mientras hablaba con Gifford sintió la casi seguridad de que Lavalle sólo había hablado de ella cuando se estaba muriendo, pero ¿y si antes hubiera contado la historia a muchos? ¿O si Gifford la hubiera andado propagando por ahí? No, no habría hecho eso; era su arma. Pero ¿y si...?

Sintió dolor en los ojos por la presión de las lágrimas que pugnaban por salir y trató de retenerlas. Pero salieron y se desmoronó en un sillón, tratando de no sollozar fuerte, tapándose la boca para que la tormenta fuera silenciosa. Al parecer eso le empujó la aflicción hacia el pecho, introduciéndola en su magullado y dolorido corazón.

Pasado un momento logró controlarse, pero, Señor, qué dolorida estaba. Le dolía el pecho, le dolía la garganta y le ardían los ojos. No lograba imaginarse de dónde salió la expresión «un buen llanto».

Pero poco a poco comenzó a sentirse mejor.

No bien, pero mejor.

En el pasado había comprendido que algunas cosas sencillamente no se pueden cambiar y que el mundo no llega a su fin debido a la angustia o sufrimiento de una persona. Ya comprendía que la vida hay que vivirla tal como se presenta, no como ella quería que fuera. Ya sabía que no podía tomar la vida en sus manos como si se tratara de arcilla para modelar.

Eso era simplemente otra dolorosa lección.

Se levantó y se sonó la nariz. El espejo le mostró sus ojos rojos e hinchados. ¿Cómo podía presentarse así ante nadie?

Pero se quitó el pañuelo almidonado y la cofia. Estaba claro que no le servían para nada como armadura. En realidad, recordó estremeciéndose, Gifford le dijo que lo excitaban.

Atragantándose por la risa, pensó si no estaría haciéndolo todo al revés. Tal vez si se paseaba por la casa a medio vestir Con no se sentiría afectado y los hombres como Gifford echarían a correr.

Pero no. El escote del vestido que se puso la noche pasada no era seguro tampoco.

Gifford le daba una semana.

Tenía una semana para decidir qué hacer.

Una semana para encontrar el oro.

Lo cual significaba una semana ahí, con Con, y en sólo dos días las cosas se estaban descontrolando. Esa fuerza, ese poder que la impulsó a huir seguía girando por Crag Wyvern.

Pero el oro sería la solución.

Con el oro, David podría estar inactivo unos meses. Gifford podía vigilarlo hasta que se le secaran los ojos como pasas y no descubriría nada.

Y con el oro, David podría pagarle los préstamos que había hecho a la Horda. Podría marcharse lejos. En realidad, pensó, entusiasmada por la idea, le pediría a David que la acompañara para ayudarla a instalarse.

En Bath, tal vez. No, demasiado cerca.

Londres.

¿Escocia?

¿Lograría convencerlo de que la llevara a Italia?

Cuanto más lejos, mejor.

Tal vez podría retenerlo con ella unas cuantas semanas. Un mes, incluso más. Él tendría que volver, lógicamente. Tendría que estar en peligro en el futuro, pero el peligro principal ya habría pasado.

Seguro que Gifford la olvidaría una vez que ella estuviera lejos. Seguiría sospechando de David, pero los policías de prevención siempre habían sospechado de Mel. Simplemente no lograban cogerlo con las manos en la masa ni demostrar nada.

Hasta que al parecer los ayudó el difunto conde, maldito su negro corazón.

Sí, era un buen plan. Pero por el momento, ésa era una excelente ocasión para buscar el oro.

Con estaba con Gifford en la biblioteca, y seguro que De Vere estaba en el despacho ocupado en su aventura amorosa con los archivos y libros de cuentas. No tendría que haber nadie en la primera planta, en los dormitorios.

Pasó discretamente por la cocina y las dependencias de servicio sin atraer la atención, y se dirigió a la escalera de caracol. Pero cuando iba pasando junto a una ventana que daba al jardín, vio movimiento.

Era De Vere, que estaba fuera del despacho, por una vez. Ésa era una de las salas que conocía mejor, y la había revisado concienzudamente. Estaba casi segura de que el dinero no podía estar escondido ahí, pero sería mejor que le echara una última mirada.

Capítulo 16

En el preciso instante en que entró, vio los efectos de otra mano. Las plumas y el resto del material para escribir estaban dispuestos de otra manera. Por la orilla del escritorio había rimeros de papeles, cada uno con una nota encima. Se acercó a mirarlas y vio que una nota decía: «Investigar más».

¿Qué habría encontrado De Vere?

Hojeó rápidamente los papeles de ese rimero y no encontró nada acerca de contrabando. Contenía principalmente facturas y supuso que no había recibos que indicaran su pago.

No tardó casi nada en asegurarse de que no había ningún lugar en que podría haber un escondite que no hubiera visto antes. Sin embargo de pronto vio sobre el escritorio una caja pequeña de madera que había estado metida en un cajón durante años. La abrió y vio que estaba llena hasta la mitad con trozos de papel e incluso trozos arrancados de libros impresos.

Reconoció las notas que acostumbraba a escribir el conde. Comprendió que De Vere las iba reuniendo a medida que las encontraba. Las sacó y las fue pasando.

Algunas eran puras tonterías. Algunas eran claras, por ejemplo: «Averiguar qué significa nao cha». Algunas eran crípticas: «¿Patos o gatos?, ése es el dilema».

Pero encontró dos que la hicieron fruncir el ceño.

Una decía: «Mel y Belle. Belle y Mel. ¿Quién lo diría? Toca la campana, ding dong bell».

La otra decía: «Mel y Belle, Belle y Mel. Iros al diablo. Mejor a la tierra del demonio. ¡Ja! ¡Ja! ¡Ja!»

¿«¡Ja, ja, ja!»? Eso indicaba una forma muy infantil de locura, pero ¿qué lo impulsó a escribir esas notas?

Gifford había dado a entender que el conde colaboró en la captura de Mel, y las notas demostraban clara animosidad.

¿Por qué? ¿Que motivo podía tener el conde para proponerse crearles problemas a Mel y lady Belle? El contrabando le proporcionaba el dinero que empleaba en su loca búsqueda de un heredero. Hasta el final parecía ser un entusiasta partidario.

¿Un loco necesita motivos?

Encogiéndose de hombros devolvió las notas a la caja. Lo que fuera que motivó a su desquiciada mente, ya era historia. Ya estaba muerto y Mel y Belle estaban en el otro lado del mundo. Fue hasta el globo terráqueo que se apoyaba en su pedestal cerca de las puertas cristaleras que daban al patio, y lo giró para mirar Australia, tan lejana.

Todavía no lograba perdonar a lady Belle que se hubiera llevado despreocupadamente todo el dinero sin tomar en cuenta la seguridad de su hijo, pero tal vez ya la entendía un poco mejor. El regreso de Con le había enseñado algo sobre el poder del amor, y acababa de experimentar el poder del deseo.

Sus experiencias con Rivenham y Lavalle la habían cerrado a esa parte de sí misma, la habían hecho negar que existía. Y eso le resultó fácil, pues no había conocido a ningún hombre que la tentara.

Claro que, suponía, ya estaba por encima de toda tentación. Once años atrás, en dos semanas de amistad y sol y un día de pecaminosa exploración, había quedado capturada para toda la vida.

Hizo girar lentamente el globo.

Menos mal que Con no había quedado tan atrapado como ella.

Pudo escapar de las tinieblas generadas ese día y encontrar el amor en otra mujer, y eso demostraba que la vida a veces es justa. Él no había hecho nada malo.

Estaba mirando el globo sin verlo cuando de pronto algo hizo clic en su cerebro.

El sur de Australia; una isla.

Van Deimen's Land.

«A la tierra del demonio.»

¡Baba del dragón! El conde loco sí planeó enviar a Mel a uno de los penales de Australia. Daba la impresión de que también había planeado enviar ahí a lady Belle, pero eso era imposible, a no ser que adivinara que ella haría algo tan escandaloso.

¿Tan bien la conocía que pudo predecir lo que haría? No tenía idea de si el conde y lady Belle se habían conocido, a no ser, suponía, como miembros de la aristocracia local, que tenían más o menos la misma edad.

Pero aún en el caso de que hubiera planeado enviarlos a los dos a la «tierra del demonio», ¿por qué?

Su locura era del tipo astuto, no totalmente desmandada. Siempre tenía un motivo para hacer lo que hacía.

¿Por qué?

Pensando en todo eso estaba mirando hacia el jardín por las puertas cristaleras cuando vio a De Vere salir por las puertas de la biblioteca y dirigirse de vuelta hacia esa sala.

Al instante retrocedió, se giró y se apresuró a salir por la otra puerta. El conde loco era historia pasada y ella tenía un presente urgente de qué ocuparse.

El resto de la tarde, entre uno y otro de los asuntos rutinarios que debía atender, exploró todos los dormitorios por si encontraba algún escondrijo secreto. No encontró nada. Para adelantar algo en la tarea respecto a los corredores puso a Ellen, Diddy y Ada a barrerlos y quitarles el polvo, diciéndole que fueran fijándose si había alguna grieta en las paredes.

Después de ir a la cocina a ver que todo estuviera bien en la preparación de la cena, subió a la última planta, donde en una casa normal están los cuartos de la parte de arriba. Ahí, gran parte del espacio lo ocupaban dos enormes depósitos de agua.

El más grande, en el lado oeste, contenía el agua para la casa, incluida la de la fuente, y estaba ahí desde la construcción de la casa. Dado que la casa estaba sobre el acantilado, bombeaban el agua desde el pueblo, mediante un ingenioso sistema de aspas accionadas por caballos. El más pequeño estaba en el lado norte, justo encima de las habitaciones Saint George; en éste se juntaba y calentaba el agua para el baño romano. Le llegaba agua del depósito principal mediante un sistema basado en la gravedad. Debajo de ese depósito había un fogón a carbón para calentar el agua.

Observó satisfecha que se estaban cumpliendo sus órdenes. El fuego estaba encendido y había cuatro cubos llenos de carbón cerca. Si a Con se le metía en la cabeza usar el baño grande, estaría preparado. Tenía conciencia de la estúpida ternura que sentía al ocuparse de organizarle esas comodidades. Era su ama de llaves, por el amor de Dios; le pagaban para ocuparse de todos los detalles que le hicieran la vida cómoda.

De todos modos, hacerlo la complacía.

Por primera vez se le ocurrió que el oro podría estar oculto en uno de los depósitos.

Con sumo cuidado levantó el portillo y se asomó a mirar a través del vapor caliente. Sería un escondrijo muy ingenioso para algo indestructible como el oro, pero no vio señales de que hubiera ahí una caja o una bolsa, ni de alguna cuerda de la que pudiera colgar algo sumergido.

Fue hasta el otro depósito, el más grande, y repitió la operación. Tampoco encontró nada, aunque sí comprobó que había bajado el nivel del agua, por haber tenido abierto tanto rato el surtidor del agua de la fuente. Enviaría un mensaje al pueblo para que lo llenaran.

Se quedó un momento ahí, sonriendo tristemente al recordar ese encuentro junto a la fuente, los dos empapados por el fuerte chorro del surtidor.

Un recuerdo precioso, pero doloroso. Una clara demostración de lo que había sacrificado inútilmente.

Pasado un momento se alejó resueltamente a explorar el resto de la planta. Que ella supiera, el conde no iba jamás allí, pero igual podría haber subido a escondidas por la noche. Ya antes había revisado todas las cajas y muebles viejos relegados ahí, por lo que se dedicó a buscar lugares donde podría disimularse un escondrijo, pero por mucho que palpó y empujó, no encontró nada.

Cuando se preparaba para bajar, limpiándose de polvo las manos, vio la escala que llevaba al terrado. Estaba segura de que el conde no había subido jamás allí, ah, no, jamás, ahí habría estado al aire libre, pero de todos modos decidió echar una mirada. Se recogió la falda y subió, corrió el cerrojo y levantó la trampilla, la que se detuvo sólo pasada la vertical, por suerte, porque así no fue necesario dejarla caer y hacer ruido. Cuando llegó arriba vio que quedaba apoyada en una chimenea.

Jamás había estado allí, y se encontró en un ancho pasillo que discurría entre el techo inclinado y las almenas. Agradeció que las almenas le llegaran al pecho, porque la distancia al suelo era enorme.

A esa altura la brisa era casi viento, muy fresco, que soplaba del mar. Encantada comenzó el recorrido, observando que el techo era bastante bajo, no se veía desde el exterior, y la inclinación era hacia las almenas, no hacia el patio. Por un lado del pasillo discurría una zanja, y cuando llegó a un agujero comprendió que la zanja era una cuneta que recibía el agua de la lluvia, la que caía por ese desagüe, el que, seguro, daba directamente al depósito grande, que en realidad era también cisterna.

Era un eficiente diseño, el cual hacía ridículas las gárgolas instaladas sólo hacía unos años. Con sumo cuidado se asomó por entre dos merlones para mirar una de las gárgolas, la de la esquina más cercana. En los verdaderos edificios medievales, las gárgolas eran desaguaderos; la que estaba mirando era inútil, no llevaba a ninguna parte.

Ésa era una imagen de algo; prefirió no mirarla muy detenidamente.

Cuando llegó al lado del mar, apoyó los brazos en la rugosa piedra para contemplar el Canal. El día estaba nublado, por lo que en la distancia sólo se veía niebla, pero más cerca se distinguían claramente las crestas plateadas de las olas sobre el mar gris acero, y las barcas de pescadores faenando industriosamente. Mar adentro iba pasando un velero, que se veía pequeño por la distancia, en dirección al oeste, hacia el Atlántico, tal vez con rumbo a Canadá, o al sur de España o a India.

O a Australia.

Las gaviotas pasaban planeando y chillando, y el aire marino le rozaba la cara, refrescante, limpio. A la derecha y a la izquierda se veían millas y millas de nebuloso litoral.

Otros lugares, otras personas.

Lugares a los que tendría que ir, personas con las que tendría que vivir. La atenazó el miedo a no tener su lugar, su hogar, su gente, pero procuró relajarse. Haría lo que tenía que hacer.

Reanudó la marcha, y continuó mirando hacia el exterior, deslumbrada por esa nueva visión de su vulgar mundo. Los campos se extendían como un mosaico de cuadros verdes y marrones, el verde pasto nuevo salpicado por animales. Desde ahí tenía una vista de ángel de los sotos e hileras de árboles de hoja perenne, y de tanto en tanto de un majestuoso árbol solitario; de colinas, cerros y valles y de plateados lagos.

Contempló las casas, las granjas, las torres de iglesias de su vida conocida, y los lugares distantes que contenían secretos e incluso aventuras.

Cuando llegó a la trampilla, casi no soportó la idea de bajar.

Trampilla. Trampa, desde luego.

Creía que había eludido la trampa de Crag Wyvern, pero luego vino a ella, durante un tiempo por el día, y luego a vivir. Y seguía ahí, cuando deseaba estar en otra parte.

Un poco de tiempo más.

Bajó rápidamente la escala, se las arregló con el complicado trabajo de cerrar la trampilla y correr el cerrojo, dejando fuera la luz y el aire.

El ático le pareció sofocante y con olor a rancio, y se apresuró a bajar por la escalera de caracol; cuando llegó a la primera planta siguió sintiéndose encerrada en uno de los estrechos corredores, así que continuó bajando y bajando hasta que por fin salió al aire fresco del patio.

Inspiró, pero ése no era el mismo aire que había inspirado arriba. Nuevamente se apresuró a escapar de Crag Wyvern, pero esta vez sólo deseaba libertad y aire fresco. Pasó por el grandioso arco de entrada e hizo una inspiración profunda.

Pero estaba en el lado de sombra de la casa, así que se recogió la falda y echó a correr, huyendo de la sombra en dirección a la luz, hasta que llegó al borde del acantilado donde soplaba la brisa del mar, agitándole la falda y soltándole el pelo de las horquillas que lo sujetaban.

El velero seguía su ruta, las barcas de pesca seguían meciéndose sobre las olas más cercanas, y los tripulantes echando o jalando las redes. Se oían más fuertes los chillidos de las gaviotas, y la vegetación parecía vibrar con los insectos y pájaros pequeños. Delirante de placer al ver y sentir todo, se sentó, rodeándose las rodillas con los brazos, y se dedicó a contemplar.

¿Desde cuándo no hacía eso? ¿Simplemente disfrutar del aire y del mundo que la rodeaba? Hacía mucho tiempo, demasiado. Pasado un momento se tendió boca abajo, a mirar la cala Wyvern, justo debajo, a la gente pasando de un lado a otro, a los ancianos trabajando en limpiar o reparar sus barcas o sentados reparando sus redes.

En este lugar el olor salino del mar y las algas se mezclaba con el olor a pescado, pero a ella le encantaba. Esos olores eran parte de su mundo. No por mucho tiempo más. Pero tenía que haber otros lugares igualmente encantadores y aprendería a sentirse a gusto en ellos.

Entonces rodó hasta quedar de espaldas y se puso a contemplar el neblinoso cielo. Se sentía pequeña pero entera, o al menos más entera de lo que se había sentido durante un tiempo.

Continuó allí un largo rato, sabiendo que debía levantarse. Ya no era una niña, sino una mujer adulta con un empleo y responsabilidades. Debería estar en la casa haciendo algo.

No logró recordar nada que necesitara su atención particular, por lo tanto continuó allí, sintiéndose descansada por primera vez desde hacía días.

Desde que llegó Con.

Aunque era algo más que eso. Era la atracción de la tierra.

Antes lo hacía todo el tiempo, conectar con la tierra con todas las partes del cuerpo que le fuera posible, pero en algún momento lo olvidó.

¿Sería desde once años atrás?

No, seguro que lo había hecho alguna vez después. Pero no recordaba cuándo. Después de su separación de Con, se había desvanecido el atractivo de los acantilados, promontorios y playas, de sus actividades al aire libre. No, no desvanecido sino ensombrecido por los recuerdos y pesares.

Causando un enorme placer a la tía Miriam, pasaba más tiempo con sus primas haciendo las cosas que deben hacer las señoritas. Ciertamente las damitas no deben estar tendidas de cualquier manera en lo alto de los acantilados.

Las amas de llaves tampoco.

Sí, decididamente tenía que levantarse y volver a Crag Wyvern.

Pero era como si la tierra la retuviera ahí con suaves garfios, o como si su ávida necesidad de la tierra la presionara impidiéndole moverse. Cerró los ojos y dejó embeberse de la tierra a todos su otros sentidos.

Una brisa de aire limpio le acariciaba la piel, le revolvía el pelo y jugueteaba con su falda.

Chillidos de gaviotas y zarapitos, voces de personas allá abajo en el pueblo, risas de niños, ladridos de un perro, el omnipresente rumor de las olas lamiendo la guijarrosa arena.

La maravillosa mezcla de los olores de plantas y mar que había inspirado toda su vida.

Notó una sombra sobre los párpados cerrados. Abrió los ojos pero antes de que se le adaptaran a la luz supo quién era.

Él se veía gigantesco al lado de ella, y por la mente le pasó la idea de si debería sentir miedo, pero en lo único que pudo pensar fue en lo maravilloso que sería si él cayera encima de ella y la besara.

—Te siguen gustando los acantilados —dijo él.

Estaba a contraluz, con el sol detrás, por lo que no podía verle la expresión de la cara.

—Por supuesto.

Debería levantarse, incluso hacer una reverencia, pero se resistió a ponerse de pie como una niña culpable. Además, la tierra la seguía abrazando.

Claro que era una ama de llaves muy culpable. Sintió deseos de sonreír al pensarlo.

De pronto él se sentó a sus pies, con las piernas cruzadas, y ella pudo verle la cara pensativa.

—Gifford sabe que tu hermano es el capitán Drake.

Por un instante ella pensó en negarlo, pero ése era Con. Se sentó; así podía verlo de frente.

—Lo sé. Me lo dijo a mí también.

—¿Por qué?

Ella se quedó inmóvil; no estaba preparada para esa pregunta. Pero claro, ahí al aire libre, en el soleado acantilado, tenía a alguien a quien podía decírselo.

—Quiere ser mi amante.

De pronto los ojos grises de él parecieron aclararse, platearse.

—¿Qué?

—Tiene una disculpa —se apresuró a decir ella, y entonces cayó en la cuenta de que eso la llevaba más lejos de lo que quería ir.

—¿Le has dado aliento?

Aunque él no se había movido, ella notó que quería poner distancia entre ellos. Si se lo decía todo lo alejaría totalmente de ella, pero fuera juicioso o estúpido, tenía que ser sincera.

De todos modos, desvió la mirada, hacia la línea del acantilado y la espumosa orilla del mar.

—Hace unos años, cometí un error con un hombre. Pensé... creí que deseaba hacer el amor con él. Pero fue un error. —Dios santo, ¿cómo se expresan con palabras estas cosas? Dilo simplemente. Lo miró a los ojos—. Alenté a un oficial del ejército a hacerme el amor..., no, no era amor. Apenas lo conocía. Llámalo como quieras. Fue idea mía, aunque él no necesitó mucho aliento.

—De eso no me cabe duda —dijo él.

Ella no logró discernir nada en su tono. Hizo una inspiración entrecortada y continuó:

—Se lo contó a Gifford, cuando se estaba muriendo, parece, así que Gifford cree que yo hago esas cosas todo el tiempo. —Consiguió encogerse de hombros—. Por lo tanto, desea que lo haga con él. A cambio, él haría la vista gorda respecto a las actividades del capitán Drake y de la Horda del Dragón.

Lo miró, temerosa de su reacción, pero inmensamente aliviada por haberle quitado a Gifford el poder que tendría si eso se guardaba en secreto. La alegraba también tener a alguien a quien contarle ese doloroso incidente.

Pero ¿a Con? ¿Es que el aire puro la había emborrachado y creía que podía confiarle sus más peligrosos secretos a ese nuevo Con?

—Lo destruiré —dijo él, con fría certeza.

—¡No! —exclamó ella, cogiéndole el brazo.

—Comprendo —dijo él, sus ojos plateados, ojos de dragón—. ¿Estás dispuesta entonces?

—Por supuesto que no. —Seguía con la mano en su brazo, tocándolo, a través de la gruesa tela, pero tocándolo. ¿Ésa era la primera vez que lo tocaba?—. No lo retes a duelo, Con. No soportaría que resultaras herido.

Él se echó a reír y se liberó el brazo.

—No tienes mucha fe en mí, ¿eh?

¡Ay, Dios!

—¡Cualquiera puede resultar herido en un duelo! Y no quiero que lo mates tampoco. Ahora lo odio, pero no se merece la muerte.

Él estuvo un momento con los ojos cerrados y luego la miró.

—Susan, soy un conde. No necesito retar a duelo a Gifford para arreglar cuentas con él. Si quiero que lo envíen al último cabo de Cornualles, puedo hacerlo. Puedo hacerlo enviar a India, o a lo más profundo del infierno de las Indias Occidentales, o a vigilar a Mel Clyst en Botany Bay. Si quiero que lo expulsen del servicio, puedo hacer eso también.

—Pero eso sería injusto.

Entonces comprendió que ese comentario parecía más una crítica que una protesta.

—Éste es un mundo injusto. ¿Qué quieres que haga? —Pasado un momento añadió—: Todavía puedo hacer el papel de san Jorge de vez en cuando.

Lo dijo sin expresión pero la transportó al pasado. No estaban en Irish Cove y los dos estaban totalmente vestidos, pero vio que él, igual que ella, estaba transportado a otra vida, a antes que...

—No soy virgen —dijo. Qué idiotez decir eso.

Eso provocó una leve sonrisa.

—Creo que sé muy bien eso.

De repente a ella le pareció esencial que fueran sinceros en eso.

—Quise decir... Ha habido otros.

—Eso acabas de decírmelo, ¿no?

Entonces ella deseó aclarar que sólo había habido otros dos, y que sólo habían sido otras dos veces.

—Para mí también ha habido otras —dijo él, muy amablemente—. Bastantes más, supongo.

—Por supuesto. Y me alegra.

Pero estuvo mal decir eso. Sus palabras no formulaban bien lo que quería decir. Se incorporó y se puso de pie.

Él también se levantó.

—¿Por qué te alegra?

Volvió a intentarlo:

—Mi deseo es que no hayas sufrido debido a lo que hice ese día. Lo siento, Con.

Uy, qué mal le salió eso.

Él desvió la vista y giró la cara hacia el mar.

—De eso hace mucho tiempo, Susan. Y es imposible imaginarse que hubiera resultado algo de todo aquello, ¿verdad? Dos críos de quince años. Yo el hijo menor, que debía abrirme camino en el mundo. Tú una damita no considerada preparada para el mundo.

Dijo todo eso en tono tan tranquilo que ella deseó protestar, insistir en que había sido mucho más. Pero tal vez para él había sido algo más simple. Horrorosamente violento y doloroso en el momento, pero ahora ya algo del pasado lejano.

Y había habido muchas otras mujeres.

—Eso es cierto —dijo, limpiándose la falda—. Aun en el caso de que yo hubiera quedado en un estado comprometido, probablemente no nos habrían obligado a casarnos. Una larga visita a un pariente, una familia pagada para que criara al hijo...

Jamás habría permitido eso, algo tan parecido al nacimiento y crianza de ella, aun cuando en su caso nunca hubo ni siquiera el intento de guardarlo en secreto. Pero él no tenía por qué saberlo.

Él volvió a mirarla.

—Le advertiré a Gifford que no vuelva a meterse contigo. Si tiene una pizca de sensatez, hará caso.

—Cree que somos amantes.

Él arqueó una ceja, interrogante, pero ella sintió que se había formado... una especie de manta de comodidad alrededor de ellos. Él no suponía que ella le hubiera dicho a Gifford que eran amantes.

—Nos vio junto a la fuente —explicó.

—No nos tocamos junto a la fuente.

—De todos modos.

Él hizo un gesto con la cara.

—Muy perspicaz por su parte.

Ella recordó la proposición que le había hecho él junto a la fuente, de satisfacer la curiosidad.

—Que piense lo que quiera —dijo entonces Con, secamente.

—Podría creer que simpatizas con los contrabandistas también.

Él movió la cabeza.

—Susan, te suponía más lista para captar las cosas. Soy el «conde», no lo olvides. Tendría que sorprenderme subiendo bateas por el acantilado para pensar siquiera en tocarme, y aún así, si lo hiciera, sería un condenado tonto. Se alzaría todo el sistema de poder de Gran Bretaña, todos furiosos por la idea de que a uno de los suyos lo arrastren a un tribunal por un asunto tan insignificante. Soy prácticamente intocable.

Ella guardó silencio un momento, porque no sabía bien qué estaba ocurriendo entre ellos, ni qué significaba, pero al fin se atrevió a preguntar:

—¿Protegerás a David, entonces?

Él apretó los labios, pero contestó:

—Sí, por ti.

—Por él también. —Nuevamente le puso la mano en el brazo, esta vez intencionadamente—. Él no eligió ese camino, Con. Es hijo de Mel. Las bandas rivales amenazaban con invadirnos y ningún otro tenía la autoridad.

—Comprendo. Muy bien. Pero no estaré aquí mucho tiempo. Sabes eso.

Eso abarcaba algo más que el asunto del contrabando. Decidió enfrentarlo francamente.

—Lo sé. Pronto te vas a casar con lady Anne y continuarás viviendo en Sussex.

En ese momento una ráfaga de viento le soltó un mechón de pelo y se lo agitó pegándoselo a la cara. Entonces recordó que se le habían caído la mayoría de las horquillas y debía estar hecha un desastre. Levantó la mano para apartarse el pelo, pero él se había adelantado.

Le cogió el mechón de pelo y se lo metió detrás de la oreja.

—La trenza era más práctica —dijo sonriendo.

Ella no pudo dejar de corresponderle la sonrisa.

—También se me escapaba de la trenza.

—Lo recuerdo. —Había dejado la mano en su oreja, pero entonces la bajó—. Fuimos amigos una vez, creo.

A ella le dio un vuelco el corazón.

—Sí.

—Y lo somos otra vez, espero.

Ella hizo una honda inspiración.

—Yo también.

—Nunca se puede decir que un hombre tiene demasiados amigos. Por otro lado —añadió sonriendo travieso—, parece que un conde tiene una sola ama de llaves. ¿No deberías estar llevando la casa?

Sonriendo, ella se puso a su lado y echó a caminar con él de vuelta a Crag Wyvern, sintiéndose como si de pronto hubiera encontrado el único oro que importaba. Por su actitud y palabras podía deducir que él la había perdonado por el pasado. Ella le había dicho lo peor acerca de ella. Y eran amigos.

Cierto, una persona nunca puede considerar que tiene demasiados amigos.

Pero cuando pasaron por la puerta y entraron en el frescor de la casa, su placer ya se iba convirtiendo en tristeza.

Sólo eran amigos.

Él le había dejado muy claro que amistad era lo único que podía existir entre ellos. Podría llorar por eso, porque no creía que pudiera soportar ser sólo amiga de Con. La amistad tendría que derivar a aguas más peligrosas y eso no podía permitirlo. A pesar de la tentación, no quería ser la causa de que Con faltara a sus promesas de matrimonio.

Cualquier encuentro entre ellos en el futuro tendría que ser muy distanciado, y ella se encargaría de que hubiera muchas personas presentes.

Con se separó de Susan y sin mirar atrás se dirigió directamente al despacho. Race estaba junto a un estante con un libro de cuentas en las manos y, como siempre, lo miró impaciente.

—Deja eso —dijo Con—. Vamos a salir a cabalgar.

—¿Cómo esperas que enderece esto si vives arrastrándome fuera de aquí?

—¿No está derecho?

—En su mayor parte, pero hay algunos aspectos maravillosamente arcanos y seductores.

Con apoyó las caderas en el escritorio.

—¿Qué te parece lady Anne?

Race puso los ojos en blanco y devolvió el libro al estante.

—Creo que estás más interesado en Susan Kerslake.

Con se enderezó. Una pelea podría ser justo lo que necesitaba.

—¿Quién te ha dado el derecho a llamarla por su nombre de pila?

—Nadie. Estoy cansado de intentar decidir si es señorita o señora Kerslake.

Desapareció la inclinación a la violencia y se convirtió en risa.

—Lo que me gusta de ti, Race, es que no te importa un pito que yo sea el maldito conde.

Race apoyó la espalda en la estantería y se cruzó de brazos.

—Tal como lo entiendo, tienes muchísimos amigos a los que no les importa un pito tampoco.

—Lo otro que me gusta de ti, que me gustaba de ti —dijo Con, mirándolo serio—, es que no te crees con derecho a hurgar en mis asuntos personales.

—A diferencia de los Georges y de los Pícaros —repuso Race, y arqueó una ceja—. ¿Vas a huir?

—Lo más probable es que te estrangule.

Race sonrió como si le hubiera ofrecido un premio.

—Infierno y condenación —exclamó Con, apartándose del escritorio y empezando a pasearse—. Creí que los empleados debían hacer lo que se les ordena.

—Los amigos no.

Con se giró a mirarlo, recordando esa educada conversación con Susan.

Amigos.

¡Condenación!

—Nicholas Delaney vive a un par de horas de aquí a caballo —dijo, y entonces cayó en la cuenta de que Race no sabía qué quería decir. Le había hablado de los Pícaros, pero no con detalles—. Es el fundador de los Pícaros. A veces lo llamamos rey Pícaro.

—¿Quieres ir a visitarlo? Lo encuentro una excelente idea, pero no tan tarde, con la noche nublada y apenas con una rajita de luna que nos espera.

—Pues, muy bien. Nick es un cabrón entrometido.

Race guiñó los ojos, travieso.

—Parece que es justo la poción.

—No digas poción en esta casa.

—¿Crees que se va a levantar un demonio?

—Si es una de las pociones del conde, será otra cosa la que se levante.

—Si encuentro ésa —dijo Race riendo—, hará mi fortuna. —Se

apartó de la estantería y fue a coger su chaqueta del respaldo de una silla—. Vamos a cabalgar, entonces.

Con sentía la fuerza del deseo de ir a visitar a Nick, para hablar con él de Susan, de Anne, del contrabando y de los Georges.

Y de Dare.

Tal vez más que nada deseaba hablar con Nicholas Delaney acerca de Dare. Tenía una especie de toque mágico para los asuntos difíciles.

Pero no ese día. Como dijera Race, sería muy poco práctico.

Igual que cabalgar por el campo sin rumbo ni finalidad.

Estaba huyendo, dicho lisa y llanamente. Había huido de Hawk in the Vale viniendo a Crag Wyvern, y ahora huía de Crag Wyvern y de Susan. Pero tendría que volver. Como un perro cazador con una cadena larga, estaba amarrado a lo que más temía y más deseaba.

Había acordado ser amigo de Susan.

Sintió deseos de aullar.

Capítulo 17

Cuando Susan se enteró de que Con y De Vere habían salido de Crag Wyvern, exhaló un suspiro de alivio; fue como si le hubieran quitado el peso que le oprimía el pecho, aunque al mismo tiempo, ridículamente, detestaba pensar que Con estaba a una distancia de ella, la que fuera.

Amigos.

Por lo menos tenía su protección para David.

Porque ella y él eran amigos.

Eso era más de lo que habría soñado posible esa mañana.

No le bastaba.

Fue a asegurarse de que la cena que se serviría Con cuando volviera fuera perfecta, y nuevamente eligió y preparó los vinos convenientes. Después fue a comprobar que la mesa estuviera puesta a la perfección. Nuevamente sentía ese patético placer por hacer esas insignificancias por él.

Por su amigo.

Ella no se quedaría ahí, no podría estar cerca, pero tal vez podrían escribirse.

Ah, no. Ella podría controlar sus sentimientos en las cartas, escribirlas y reescribirlas hasta que dijeran solamente lo que quería decir, pero las cartas de él la matarían lentamente.

—Hola —dijo David, entrando y cogiendo una uva de la fuente con frutas de la mesa—. ¿Qué pasa?

Ella lo miró sin entender, y de pronto recordó:

—Ah, te pedí que subieras.

—Exacto. ¿Pasa algo? ¿Es por Wyvern?

—No —se apresuró a decir ella, tal vez demasiado rápido—. Pero necesito hablar contigo. Ven.

Lo llevó a la salita de estar de sus habitaciones, donde podrían hablar en privado.

Cuando estaban sentados ahí, dijo:

—Gifford sabe que eres el capitán Drake. O por lo menos, tiene la fuerte sospecha.

—Qué diablos dices. ¿Qué sabe?

—Que tú y yo somos hijos de Mel Clyst.

—¿Sólo eso?

—Es bastante.

Él se encogió de hombros.

—Era seguro que se enteraría, aunque esperaba que tardara un poco más.

—Eso significa que debes dejar pasar un buen tiempo para hacer otra operación cerca de aquí. Te estará vigilando.

—Susan, ¿cuándo va a dejar de vigilarme? Probablemente nunca. Ya se me ocurrirá algo.

—¡David! —exclamó ella. Pero se refrenó a tiempo de largarle un sermón como una hermana mayor. Y no le diría lo de la protección de Con. Todavía no; él ya se sentía demasiado confiado con la situación tal como estaba—. Por lo menos espera unos cuantos meses.

—Unos cuantos meses —repitió él, riendo—. Sabes que eso no es posible. A no ser que hayas encontrado el oro.

Ella negó con la cabeza.

—Me he pasado la mayor parte del día explorando lugares donde podría haber un escondrijo ingeniosamente oculto, y ya casi no quedan más lugares por explorar. —Comenzó a pasearse por la habitación, frustrada—. Tiene que ser un lugar adonde al conde le hubiera resultado fácil ir, al menos de vez en cuando, y se pasaba casi todo el tiempo metido en sus habitaciones. Usaba el comedor muy de tarde en tarde, cuando tenía invitados, y el salón una o dos veces...

—¿Y las bodegas y almacenes del sótano?

Ella lo pensó un momento.

—No logro imaginármelo. Él consideraba indigno de un conde entrar en esos lugares. Tengo la impresión de que jamás visitó la cocina ni las dependencias de servicio anejas. —Lo miró a los ojos—. No puedo seguir aquí mucho tiempo más, y me parece que no voy a encontrar ese dinero. No sabes cuánto me gustaría que sólo fueras el administrador del conde aquí.

—Sabes muy bien que eso sería tremendamente aburrido —dijo él sonriendo—. Igual me metería en todo tipo de problemas.

—Ay de mí, qué cierto es eso. —Le cogió las manos—. Hazlo por mí, cariño, por lo menos procura tener cuidado.

Él le apretó la mano para tranquilizarla.

—Tengo cuidado, porque tengo en mis manos el bienestar de todo el mundo de por aquí.

Tal vez no fue su intención que eso fuera una amable reprimenda, pero para ella lo fue. Él era su hermano pequeño, pero ella no podía controlarlo; él era jefe. A la única esperanza que se podía aferrar era a la promesa de Con de protegerlo, de procurar mantenerlo a salvo. A diferencia del anterior conde, Con cumpliría su promesa.

Le soltó las manos sonriéndole y le contó lo de las notas que había encontrado.

—Me dieron la impresión de que odiaba a Mel y a lady Belle.

—Mel dijo un par de cosas que sugerían que él y el conde estaban reñidos. Lo mantenía contento con dinero, pero también con cosas para su colección. —Sonrió—. Algunas de esas cosas eran menos auténticas de lo que debían ser.

—Tal vez el conde lo descubrió.

—Es posible, supongo.

—Pero ¿por qué esa animosidad hacia lady Belle también? —preguntó ella, ceñuda.

—¿Podría ser por celos? Me han dicho que él la cortejó cuando era joven. Antes de que conociera a Mel.

Entonces Susan lo recordó.

—Deben de haber sido muy jóvenes los dos. Ella tenía dieciocho años, ¿no?, cuando se lió con Mel. Podría haber sido condesa, ¿y prefirió vivir en pecado con un contrabandista? Una decisión juiciosa, pero extraordinaria.

Y tan diferente a la de ella, pensó. Por primera vez en su vida deseó haberse parecido más a su madre.

—¿Y él le guardó rencor durante casi treinta años? —dijo David, meneando la cabeza—. Absolutamente demencial. Pero, pardiez, estoy casi seguro de que él provocó el arresto de Mel. Ojalá siguiera vivo para hacerle pagar esa traición, pero ya está fuera de mi alcance.

Ella se estremeció; todo él era el capitán Drake.

De pronto él la miró con los ojos entrecerrados, observándola.

—¿Cómo descubriste que Gifford lo sabe?

Ella tuvo que pensar rápido. Le había confesado su pasado a Con, pero no soportaba decírselo a David.

—Se lo dijo al conde y el conde me lo dijo a mí.

—¿O sea que el conde está de nuestro lado?

—Hasta cierto punto. Creo que lo persuadí de lo importante que es el contrabando en esta zona.

Él asintió.

—Estupendo. Será mejor que me vaya. Tengo un compromiso esta noche.

—No...

—Maldita sea, Susan, tengo otros intereses aparte del contrabando, ¿sabes? Es un partido de cricket en Paston Harby.

Ella se rió de alivio.

—Al que seguirá un partido de borrachera en el Black Bull. Intenta no meterte en otra pelea, cariño.

Él le dio un beso en la mejilla.

—Tú también. Procura mantenerte en el lado derecho de Wyvern.

Sonriendo despreocupadamente, David se marchó y ella intentó comenzar a hacer lo que se había prometido: no inquietarse por lo que David pudiera hacer en los días siguientes.

Cenó en su habitación, servida por una criada, como era lo debido siendo el ama de llaves. Mientras comía continuó leyendo la novela *Guy Mannering* de sir Walter Scott. Las intensas emociones la habían atraído unos días atrás, pero en ese momento las encontró ridículas, comparadas con las febriles emociones reales que se agitaban en su vida.

Cambió la novela por un libro sobre los escarabajos y se obligó a concentrarse en ese tema y no pensar en contrabando, amigos ni amantes.

Sonó un golpe en la puerta.

—Adelante.

Maisie abrió la puerta y asomó la cabeza.

—El conde desea hablar con usted, señora Kerslake. Siguen en el comedor.

¿Otra vez?, pensó. Pero en lugar de miedo se agitó una estúpida esperanza en su interior.

Idiota. Eran amigos.

Sólo amigos.

Aunque estaba ese asunto de la curiosidad.

—¿Siguen? —preguntó.

—El conde y el señor De Vere, señora —dijo Maisie, como si la pregunta no hubiera sido estúpida.

Que lo era. Pero consiguió la información que necesitaba: Con no estaba solo.

No consideraba a De Vere un modelo de respetabilidad, pero sabía que Con no haría nada vergonzoso delante de un tercero.

—Gracias, Maisie.

Se miró en el espejo, tentada de ponerse nuevamente la cofia y el pañuelo almidonado, pero no, eso no era necesario. Eran amigos.

Entonces sintió la tentación de ponerse un vestido bonito, arreglarse el pelo de otra manera.

Eran «sólo» amigos.

Decidido eso, enderezó la espalda y fue al comedor con paso enérgico, tomando la ruta del corredor.

Con estaba sentado a la mesa, relajado, sosteniendo en la mano ahuecada una copa de coñac ya casi vacía. Le sonrió levemente a ella, pero fue una sonrisa reflexiva, reservada. El decantador estaba hasta la mitad, y no había manera de saber cuanto de él había bebido De Vere. De Vere estaba de pie, esperándola, y tenía los ojos brillantes. Algo pasaba por su mente traviesa.

Tal vez habían decidido que no tenía ningún sentido la formalidad, porque ninguno de los dos llevaba corbata, por lo que sus camisas estaban escandalosamente abiertas en el cuello.

Con levantó la copa y bebió un trago.

—¿Sí, milord? —dijo ella, intentando un tono almidonado; almidonado como la corbata que él no llevaba puesta.

Pero fue De Vere el que contestó:

—Nos gustaría ver esa cámara de torturas, señora Kerslake.

Con arqueó las cejas, dando a entender que él también encontraba tonto eso, pero no contradijo a su secretario.

Ella miró del uno al otro.

—¿Ahora? Sería mejor dejarlo para mañana por la mañana.

—¿El difunto conde la visitaba durante el día? —preguntó Con.

Ella pensó un momento.

—No, pero...

—Entonces creo que deberíamos verla del modo apropiado. —Echó atrás el sillón y se levantó, con las piernas bien firmes al parecer—. No se preocupe. Nos imaginamos que es adecuadamente horrenda. En realidad, De Vere cuenta con eso.

Ella dirigió una mirada nada amistosa a De Vere, pero a él no pareció afectarlo.

—Si la asusta —dijo Con—, indíquenos la manera de llegar e iremos solos.

—¿Asustarme? —dijo ella, volviéndose hacia él—. No, no me asusta.

Entonces vio el brillo de humor en sus ojos y comprendió que había sido un reto intencionado. El problema de los amigos es que se conocen demasiado bien.

Incluso desde los extremos de un puente de once años.

Cogió el candelabro de la mesa.

—Es más ridícula que horrenda. Pero si quieren verla, vamos.

Los guió sin vacilar por el oscuro corredor, pero se detuvo indecisa al llegar al arco del que bajaba la escalera de caracol. Esas escaleras eran bastante estrechas, en imitación de las medievales, y eran traicioneras, en particular llevando un candelabro en la mano derecha. Se lo pasó a la izquierda y con la derecha se recogió las faldas.

Alguien le tocó el brazo y pegó un salto.

Era Con. Ya sabía que era Con. Conocía su contacto, como hielo, como fuego.

Él cogió el candelabro y se le adelantó.

—Seguro que es el papel del noble héroe bajar él primero por una escalera como ésta y, al fin y al cabo, soy convenientemente zurdo. Race, confío en que tú combatirás a cualquier demonio o dragón que nos ataque por detrás.

Y así ella se encontró bajando la escalera entre los dos hombres, encerrada y protegida en la frágil burbuja de luz. La alivió realmente tener una mano libre para ir palpando la pared a medida que bajaban. No le gustaban nada esas escaleras. Siempre se sentía atrapada, como si se hubiera acabado el aire.

Finalmente llegaron a un cuarto pequeño, sin muebles ni adornos, e hizo una inspiración de alivio. Detestaba especialmente esas escaleras en la oscuridad. Debería haberlo recordado.

De la única puerta del cuarto salía un corredor.

—Por aquí, supongo —dijo Con.

—Sí. Se hizo estrecho para aumentar el efecto espeluznante. Todo está hecho por el efecto. ¿Guío yo o desea hacerlo usted?

Él le pasó el candelabro.

—Adelante, Macduff —dijo, citando intencionadamente mal el reto de Macbeth—. Si hay una trampa, supongo que sabrás evitarla.

—No hay ninguna trampa. Todo es completamente inofensivo, aunque diseñado para inspirar miedo.

Lo dijo con voz tranquila, pero sentía la opresión del estrecho corredor; incluso las tres velas se veían débiles en esa oscuridad. La puerta enmarcada y reforzada por hierro, y con una ventanilla con rejas, parecía moverse a la parpadeante luz.

Movió el frío cerrojo de hierro y empujó la pesada puerta, que hizo un chirrido largo y espeluznante.

—Al parecer fue bastante difícil lograr que la puerta hiciera justo el ruido adecuado —comentó, prosaicamente.

—Los milagros de la ingeniería moderna —dijo Con.

La insinuación de risa que detectó en su voz la arropó y ahuyentó el miedo.

Amigos. Entrar ahí con un amigo era muy diferente a entrar con el difunto conde; éste insistió en enseñarle tres veces esa cámara de torturas.

Colocó el candelabro en una mesa, en un espacio dejado por diversos instrumentos raros, y retrocedió, para observar la reacción de los dos hombres.

—Esta cámara no es totalmente subterránea —explicó, como si fuera una guía en un recorrido turístico, y oyó resonar su voz en el cuarto—. Como pueden ver, caballeros, hay ventanas con rejas. Durante el día entra un poco de luz por ellas. Para las visitas nocturnas programadas se encienden las antorchas de las paredes, y el brasero, lógicamente, para calentar al rojo los instrumentos de hierro y esas cosas. —Señaló los instrumentos que estaban sobre la mesa; no sabía qué eran y no deseaba saberlo—. Las antorchas producen mucho humo, pero si sopla el viento en la dirección conveniente, se escapa por las ventanas.

Con y Race estaban recorriendo la sala por entre los claros y sombras formados por la parpadeante luz de las velas, examinando los instrumentos de tortura colgados en las paredes y distribuidos encima de estantes y mesas, y de tanto en tanto mirando hacia las víctimas. Tres hombres de cera estaban colgados de la pared con cadenas, entre armas antiguas. Otro parecía estar chillando calladamente, con el pie cogido en un cepo de hierro. Sobre el instrumento de tortura principal, el potro, estaba estirada una mujer, con la espalda medio arqueada por el dolor.

Las figuras de cera estaban extraordinariamente bien hechas, daban la impresión de ser personas reales; la primera vez que entró ella en la cámara, se horrorizó. Miró a Con y a Race, pero no logró discernir qué pensaban de todo eso.

—¿No hay ningún torturador de cera? —preguntó Con.

Estaba moviendo un azote de nueve trallas que colgaba de la pared, con la cara inescrutable. Claro que éstos se usaban en el ejército y en la armada sobre personas reales. También se usaban en las calles para azotar a ladrones y a prostitutas.

—Al conde y a sus invitados les gustaba representar ellos esos papeles.

Miró a De Vere, suponiendo que estaba disfrutando de esa visita, pero él estaba mirando alrededor con un ligero entrecejo.

—¿Por qué? —preguntó entonces él.

Sin proponérselo, Susan intercambió una mirada con Con, pues lo miró justo cuando él se giraba a mirarla. La pregunta era excelente, pero a quienes conocían Crag Wyvern y sabían acerca de los condes dementes de Devon no se les había ocurrido.

—Porque estaba loco, rematadamente loco, por supuesto —dijo Con. Luego le preguntó a ella—: ¿Realmente funciona alguno de estos instrumentos?

Ella entendió lo que preguntaba: «¿Se han usado alguna vez de verdad?».

—No, claro que no, pero están diseñados para jugar con ellos. —Fue hasta una de las horrorosas víctimas, un hombre colgado en la pared, con heridas, magulladuras y quemaduras—. Las quemaduras no son de cera sino de metal pintado sobre madera, por lo que se les puede aplicar un hierro candente. Se pueden recubrir con grasa de cordero para que echen olor y humo. En diversos lugares de las figuras hay vejigas con líquido rojo, que se pueden pinchar para que salga «sangre».

Con movió la cabeza.

—Podría haberse alistado con los cirujanos del ejército y se habría divertido mucho más.

Susan sintió entonces una punzada de vergüenza. Este lugar no tenía nada que ver con ella, pero lo había considerado simplemente ridículo, cuando debería haberse sentido realmente horrorizada.

Como con las estatuas del dragón y su esposa de la fuente.

Miró hacia el potro y la estremeció ver la similitud entre la figura de la mujer estirada ahí con la espalda arqueada y la «esposa» atada a la roca. Qué mente más vil y retorcida tenía que tener un hombre para que se le ocurriera hacer esas cosas.

Debería haberlas visto en lo que eran. Debería haber evitado todo tipo de relación con el conde loco. En lugar de eso, había decidido trabajar ahí, y por lo tanto dejarse embrutecer por Crag Wyvern.

Casi había caído en el lazo del dragón.

Dio las gracias a Dios por la presencia de De Vere y Con, que habían visto horrores y sufrimientos reales, los sufrimientos de amigos y héroes, en la batalla y bajo el bisturí del cirujano, mientras el conde demente y sus idiotas invitados jugaban a esos viles juegos en esa mazmorra.

Deseó salir de ahí inmediatamente, pero Con se había acercado al potro.

—¿Y esto?

—Funciona hasta cierto punto. ¿Quiere verlo?

—Ah, de todas maneras.

—Maldita sea, Con, es una mujer —protestó De Vere.

—Es de cera con una peluca; además, ¿debemos sentir menos lástima del hombre torturado que de la mujer torturada?

Susan se acercó y cogió la manivela de la enorme rueda del torno, dentada y con trinquete para impedirle retroceder. Tuvo que recurrir a toda su fuerza, pero logró hacerla girar hasta que el trinquete avanzó un diente. La figura ya tensada se estiró unos dedos más, lo que parecía imposible. Se le dobló la espalda, y un agudo alarido de dolor resonó en las paredes de piedra.

—¡Dios todopoderoso! —exclamó Con y, avanzando de un salto, tiró del mecanismo del trinquete.

La rueda, ya libre, empezó a girar hacia atrás y se aflojaron las cuerdas. Bajó la parte de la espalda arqueada de la figura y se le movieron los brazos como si estuvieran sueltos. Un largo sonido parecido a un resuello indicó que en el interior se había aflojado el mecanismo de fuelles.

Los tres se quedaron inmóviles, como figuras de cera. Pasado un momento, Con cogió un hacha de verdugo que colgaba en la pared y cortó las cuerdas que sujetaban las manos de la víctima. Con otros tantos golpes cortó las que le sujetaban los pies, enterrando el hacha en la madera. Con otro golpe enterró el hacha en la rueda de madera, rompiéndola.

De Vere sacó a la víctima de ahí para evitar que la golpeara el hacha; acto seguido se quitó la chaqueta, cogió una maza y con la gruesa y pesada cabeza de hierro empezó a golpear el centro del aparato, y salieron volando astillas de la madera. Con se rió, se quitó la chaqueta y volvió a blandir el hacha.

Pasmada, Susan retrocedió, poniéndose a salvo de esas armas en movimiento, de las astillas de madera voladoras y de los dos maníacos que hacía unos momentos parecían caballeros civilizados. Pero más que nada, con la mano en la boca, trataba de no reírse ante ese salvajismo que, por lo demás, era de lo más correcto. Ya era hora que se hicieran añicos ciertas partes de Crag Wyvern.

Tal vez estaba admirada también, al ver a Con dominado por esa fiebre destructora, blandiendo esa potente hacha. Debería sentir miedo, pero él estaba tan magnífico haciendo ese ejercicio, que la deslumbraba. Él estaba de espaldas a ella y en la tela de su chaleco y camisa se marcaban los ondulantes músculos en feroz acción dejando ver su fuerza y potencia.

Desde el primer hachazo no había habido nada tímido ni irresoluto en él. Su amable Con, tan amante de la diversión y la risa, estaba acostumbrado a blandir armas para destruir, acostumbrado a enterrarlas hasta la médula para matar antes de que lo mataran a él.

Eso la consternaba.

Le producía hormigueos del más vivo deseo.

Se obligó a apartar los ojos de él para mirar a De Vere, igualmente masculino, igualmente feroz. Él estaba de cara a ella y vio algo aterrador en la furia y pasión con que destruía, como si quisiera reducir la madera y el metal a astillas, a polvo, a nada.

Pero su violencia no agitaba nada en ella, en cambio a Con, deseaba quitarle la ropa.

Volvió a mirarlo, pensando qué expresión tendría su cara. De pronto él dejó de golpear, se apoyó en el hacha y se quedó mirando la destrucción, jadeante. Nuevamente tenía pegada la camisa a la piel, esta vez por el sudor.

De Vere continuaba machacando el maltrecho aparato con la maza. ¿Lo detendría Con? Pensando que podía resultar muerto, se preparó para correr a intervenir.

En ese mismo instante él se volvió hacia ella.

En su cara no había expresión de locura, pero sus ojos brillaban con un fuego que la hizo retroceder instintivamente. Él avanzó hacia ella, mirándola con los ojos oscurecidos, y ella habría retrocedido más pero ya había chocado con la puerta y tenía los fríos tachones de hierro hundidos en la espalda.

No sabía qué indicaba su cara, pero en ese momento ella era puro instinto; instinto que la impulsaba a huir; instinto que la impulsaba a rendirse al dragón.

Él prácticamente se desplomó sobre ella, cogiéndola con sus fuertes brazos y manos, y encerrándola, y bajó la cabeza para apoderarse de su boca en un implacable beso.

Tal vez podría haber escapado. No supo qué habría hecho él si ella se hubiera escabullido deslizándose hacia abajo, o evitado el beso volviendo hacia un lado la cabeza, porque en lugar de hacer eso, se rindió.

Sintiendo los continuados ruidos de los golpes y del estropicio, que resonaban en las paredes de piedra, y la violencia que se agitaba en el aire, se rindió a un beso que no tenía nada que ver con las dulces exploraciones de once años atrás.

¿Recordaba su sabor? Creía que sí, pero eso podía ser solamente una ilusión. Pero sí recordaba su olor, fuerte en ese momento, con la madurez y el calor, picante e intenso, que le penetraba en los sentidos, dejándola marcada.

Lady Anne. El pensamiento salió de alguna parte de la distante cordura de su mente.

Por lady Anne no lo tocaría, no lo acariciaría ni doblaría los brazos alrededor de sus anchos hombros. Pero sí se dejó consumir por la ardiente boca del dragón y su potente olor, tanto que le dolieron los pezones de deseo y le flaquearon las piernas.

Las piernas la traicionaron al fin, y comenzó a deslizarse hacia abajo, sintiendo los arañazos de las láminas y tachones de hierro por toda la espalda. Él bajó con ella, sin interrumpir el beso, hasta que quedó montado a horcajadas sobre ella, y le cogió la cabeza para derribarla totalmente.

Con las manos fuertemente cerradas, ella continuó sin tocarlo, pero le brotaron las lágrimas, tal vez debido a que no lo acariciaba.

Silencio.

De pronto se hizo el silencio.

Todavía devorada por la ávida boca de él, se obligó a abrir los ojos y miró a la luz de las parpadeantes velas. Desde ahí no veía a De Vere, pero él tenía que estar mirándolos.

Entonces lo tocó, empujándolo por los hombros, y logró liberar la boca para exclamar:

—¡Para!

Qué tontería decir eso, y tan demasiado tarde además; él ya había dejado de besarla, y tenía los ojos cerrados. Demasiado tarde por otros motivos también.

Ese beso había encendido fuegos más profundos, más fuertes.

Con bajó la cabeza hacia un lado de ella, y entonces vio a De Vere; estaba aparentemente cuerdo, observándolos con vivo interés. Con seguía encima de ella, aplastándola con su peso y encerrándole la parte inferior del cuerpo entre las piernas.

Le dolía y escocía la espalda y sentía entumecidas las piernas.

¿Qué estaría pensando él? ¿Estaría, como ella, pensando en el fuego, en llamaradas más grandes e intensas? ¿O estaba agobiado por el remordimiento?

Se obligó a hablar con tranquila firmeza.

—Con, déjame levantarme.

Él se estremeció, la miró y se apresuró a apartarse y levantarse, cogiéndole al mismo tiempo la mano para ponerla de pie, tal como hiciera la noche de su llegada en el promontorio. Ella sintió flaquear las piernas, por lo que apoyó la espalda en la puerta. Él continuaba con su mano cogida, mirándola como si estuviera buscando las palabras para decirle algo.

¿Qué había que decir, particularmente delante de un testigo?

¿Qué habría ocurrido si no hubiera estado ahí ese testigo?

Por un momento, indignamente, saboreó ese pensamiento, ese

placer, pensando que tal vez Con podría haber roto el compromiso con la otra.

Entonces él se estremeció, con todo el cuerpo, como un caballo, le soltó la mano y se volvió a mirar a su amigo.

—¿Suficiente destrucción para tu gusto? —preguntó.

La voz le salió algo ronca, pero tal vez ella no habría logrado hablar ni siquiera así.

—Lo siento —dijo De Vere, como quien ha golpeado un vaso barato haciéndolo caer de la mesa y rompiéndolo.

¿O tal vez pedía disculpas por haberlos estado mirando?

—Tal vez fue un desahogo útil —dijo Con, yendo a recoger su chaqueta del suelo y sacudiéndole las astillas de madera—. No me cabe duda de que Crag Wyvern puede proporcionarnos muchas cosas para destrozar.

Los dos hacían caso omiso de ella como si no estuviera allí. ¿Sería una forma de cortesía? ¿Cómo si desentenderse de ella significara que no había ocurrido nada?

¿O sería un insulto? «Desentiéndete de lo gris y monótono.»

¿Acababa de ser agredida, o habían exhibido una pasión profunda, prohibida?

Ya fuera curiosidad o pasión, lo deseaba. Deseaba a Con con estremecedoras ansias, con una necesidad sin fondo. Si no fuera por lady Anne, se despojaría de todo su orgullo y le pediría que la llevara a su cama, aunque sólo fuera por una vez. Como él, deseaba hacer lo que hicieron once años atrás, y esta vez hacerlo con sus cuerpos adultos, con conocimiento, fuerza y voluntad.

Y corazón. Y corazón. Pero ése era su secreto, el que debía guardar.

—En realidad, recuperé la sensatez a causa de algo indestructible —dijo De Vere.

El tono de su voz la devolvió a la cordura. Enfocó los ojos y lo vio retroceder e indicar con un gesto el montón de madera rota y metal torcido. Se apartó de la puerta y avanzó medio tambaleante a ver qué había allí.

¿Un cadáver?

¿Algún otro aparato raro?

Vio el brillo del oro al mismo tiempo que De Vere decía:

—El dinero que faltaba, supongo, milord conde.

Susan se detuvo y se quedó inmóvil mirando el montón de monedas de oro desparramadas debajo de los metales torcidos y los trozos y astillas de madera. Algunas de las astillas eran de los cajones rotos que contenían las monedas.

Ay, Dios, ya no había posibilidad de recuperarlas para David. No podría impedirle que se arriesgara a efectuar otra operación de contrabando, y Gifford estaría vigilando y esperando.

Pero Con había prometido protegerlo.

Se acordó de respirar. Con le había prometido protección para David. Pero ¿podría el conde de Wyvern impedir el cumplimiento de la ley si a David lo sorprendían con las manos en la masa?

Capítulo 18

Con estaba recostado en el inmenso baño romano casi lleno de agua humeante. Race estaba en igual posición cerca de él. Los dos tenían apoyada la cabeza en el borde redondeado del baño, contemplando el cielo raso en forma de cúpula, donde estaba pintada otra imagen del dragón a punto de afirmar su derecho de propiedad sobre una mujer atada.

La mujer parecía ser la misma, pensó Con. Habían usado la misma modelo para todo, incluso para la mujer de cera estirada en el potro de tortura. Era una joven hermosa, con un cuerpo exuberante, atractivo, de generosos muslos, pechos voluminosos, largo pelo leonado. A él no le importaría estar ahí en ese baño disfrutando de sus encantos, pero no mientras gritaba pidiendo auxilio por estar a punto de ser violada por el dragón.

Sería una lástima estropear una obra de arte pero iba a tener que encargar que pintaran otra cosa encima.

Susan no tenía ese tipo de exuberancia. Ya tenía todas las curvas femeninas, pero no sería tan blanda, estaba seguro, con todo el tiempo que pasaba trepando por acantilados y nadando.

¿Montaría a caballo? No lo sabía.

Toda la hora pasada había estado deseando un baño, pero primero tuvieron que ocuparse de las monedas de oro. Considerando que era mejor que no se enterara todo el personal de la casa, que correrían la voz, solamente llamó a Diego para que los ayudara a subirlo y guardarlo en la caja fuerte del despacho. No cupieron todas, por lo que lo hizo envolver el resto en una toalla y guardarlas en uno de los cajones de su dormitorio.

Susan había desaparecido, y eso le venía muy bien a él, sin duda. ¿Qué se podía decir sobre ese beso?

Sí que tenía mucho que pensar acerca del beso, pero no podría soportarlo. Todavía no.

Cuando por fin acabaron se acordó del baño romano y le ordenó a Diego que viera si se podía usar. Y ahí estaban, bañándose juntos como los guerreros de antaño después de una batalla.

Era un cielo, solamente estropeado por la persistente imagen de Susan en el agua con él en lugar de Race.

Y, claro, por la absoluta locura de ese beso.

Ese condenable, traicionero y aniquilador beso.

Race no había dicho ni una sola palabra acerca de eso, por lo que pensó que tenía que decir algo.

—Fuimos amantes cuando teníamos quince años —dijo.

—Lo suponía —dijo Race—. Bastante prematuro a esa edad, en especial para ella.

Con deseó defender la virtud de Susan, pero eso ocurrió. Y volvió a ocurrir después, con otros hombres. Eso no lo había olvidado; simplemente intentaba simular que no tenía importancia. Recordaba la ocasión, hacía un par de años, cuando Nicholas dijo que era injusto que a las mujeres se les exigiera una virtud más estricta que la que un hombre estaría dispuesto a aceptar.

Pero al parecer ella tenía ese instinto.

Pensó si ella rabiaría en silencio al imaginárselo a él en los brazos de otras mujeres; dentro de otras mujeres. Principalmente había sido un uso utilitario de prostitutas.

No, sin duda a ella no le importaba.

Sólo eran amigos, después de todo.

Se rió y su risa resonó en las paredes embaldosadas.

—La vida es condenadamente divertida a veces, ¿verdad? —dijo Race rindiéndose a la pereza.

Tenía los ojos cerrados y parecía dichosamente relajado.

Race era un amigo, pero más en el sentido de compañero de armas que de un amigo con el cual hablar de asuntos íntimos. Podía imaginarse en tiempos mejores hablando de Susan con Van o Hawk, e incluso con alguno de los Pícaros, pero no se había imaginado haciéndolo con Race.

Los gobernantes romanos se bañaban juntos de esa manera. ¿Eso les soltaría la lengua? Se entretuvo imaginándose los efectos que tendría en la política de Gran Bretaña que los poderosos de Londres se reunieran desnudos en un baño común.

—Siempre fue una chica corriente —dijo—. Se crió y educó con sus tíos en la casa señorial del aristócrata del pueblo, pero en realidad es la hija de la caprichosa hermana de él y el jefe de contrabandistas de la localidad, Melquisedec Clyst.

—Maravilloso nombre.

—Es bastante común por aquí. Hace unos meses lo deportaron, y al parecer su dama se embarcó en pos de él.

—Sangre brava por ambos lados —comentó Race—, con cierta tendencia a una lealtad anormal.

—¿Lady Belle? Ah, sí, es decididamente leal. Leal hasta el extremo de excluir a sus hijos.

—¿Hijos? ¿Cuántos tuvo?

—Tres, me parece. Susan, David y uno que murió bebé. Lady Belle trataba a Susan como a cualquier otra niña, ni siquiera como a una sobrina. Mel Clyst mostraba más interés.

De pronto se sorprendió contándole a Race acerca de aquella vez que Mel Clyst le aconsejó que se alejara de su hija.

—Entonces, supongo que ella nunca se lo dijo.

Con se quedó en silencio, examinándose. Él nunca se había imaginado que Susan se lo dijera a alguien, y mucho menos a Mel Clyst. A pesar de su conducta y sus motivos, él había dado por descontado que la amistad entre ellos era verdadera y que por lo tanto ella no lo metería en problemas por despecho.

Claro que si lo hubiera dicho podrían haber acabado casados, y eso era algo que no entraba en los planes de ella.

Esa tarde le había pedido disculpas.

Y él creía que iba en serio.

Como ya había aceptado, muchas personas a veces casi llegan a hacer cosas que después lamentan. Y muchas veces la diferencia entre el «hice» y el «casi hice» es una casualidad o accidente, o incluso debilidad o cobardía.

En su interior comenzaba a quebrarse algo, abriéndole una dolorosa grieta. Deseó cerrar la grieta sujetando las partes con las manos, como había visto hacer a muchos hombres moribundos al tratar de impedir que se les salieran las entrañas.

—Por suerte no la dejaste embarazada —dijo Race.

—Sí, mucha suerte, aunque entonces yo era tan insensible que ni siquiera se me ocurrió pensar en la posibilidad. Es asombroso pensar que podría tener un hijo de diez años.

Hijos.

Nunca había pensado en hijos, aunque suponía que llegarían después de la boda. Pero en ese momento casi se los imaginó. Hijos en Somerford jugando en el bosque y en el valle tal como jugaban él, Van y Hawk. Hijas también, tal vez, disfrutando de la libertad que disfrutaba Susan.

Cayó en la cuenta de que los hijos que se imaginaba eran de él y de Susan, las hijas esbeltas, ágiles y aventureras.

Amistad.

¿Qué tonto idiota había hablado de amistad?

—Un hijo de diez años —repitió, lamentando un poco que ese hijo no existiera.

—Y otra media docena ya, sin duda —bromeó Race.

Con le salpicó agua; la pereza le impedía enzarzarse en una pelea amistosa.

Pero qué extraña es la vida, pensó. Se toman caminos, muchas veces por motivos insignificantes, y no se toman otros.

Él se había alistado en el ejército por sugerencia de Hawk. Hawk deseaba escapar de su malhadada familia. Entonces sugirió que se le unieran él y Van. Todavía con la herida infligida por Susan en carne viva, él aceptó. Siendo el hijo menor, necesitaba una profesión, y le pareció ideal una que lo mantendría lejos de Crag Wyvern y de Susan Kerslake.

Van era hijo único, como Hawk, pero su familia era amorosa; tuvo que pelearlo más, pero siempre había sido alocado y finalmente sus padres le dieron el permiso.

Entonces hicieron planes para comprar comisiones en el mismo regimiento de caballería, pero al final él se decidió por la infantería. Si iba a hacer eso, lo haría bien, y la infantería era el meollo del ejército británico, en el cual la ecuanimidad y la disciplina son la clave.

Y así sirvió a su país, de maneras de las que podía sentirse orgulloso, pero de todos modos sus motivos para alistarse en el ejército se originaron en la cobardía. Era una manera de evitar futuras visitas a Crag Wyvern.

Con los años había llegado a considerar que eso fue una estupidez, que en realidad no había nada que temer.

En esos momentos veía que sí había algo que temer.

Sólo llevaba dos días ahí, y todo había explotado llevándolos a ese beso.

Ya era más un borroso chisporroteo que un recuerdo. El deseo se apoderó de él como una fiebre o una tormenta, y si no hubiera sido porque estaba Race, la habría poseído allí mismo sobre el suelo empedrado.

Si ella se lo hubiera permitido.

¿Habría podido ella impedírselo?

Sí, tenía que creer que sí, si no, querría decir que se había convertido en el dragón.

Volvió a mirar al maldito dragón predador de la pintura y luego se miró el que tenía tatuado en el pecho. Por lo menos éste sólo estaba enroscado ahí, echando fuego por las fauces.

—Condenación —exclamó—. El tatuaje debería ser ilegal.

Race abrió los ojos y giró la cabeza para mirarlo.

—Es un espécimen bastante bello.

—Pero permanente.

—Unos cuantos hombres del regimiento se hicieron tatuajes después de ver el tuyo.

—Condenados idiotas.

—Yo lo pensé también, pero no logré decidir qué sería más conveniente.

—Un ángel, según Susan.

Race sonrió, formando unos profundos surcos en las mejillas, enmarcando la boca.

—Entonces debería tener un contraste.

—¿Un demonio?

—No me atrae —dijo Race en tono perezoso. Parecía un hermoso ángel hedonista, con los rizos rubios pegados alrededor de la cara—. ¿Tienes celos de mí y la angelical Susan?

—No, si los dos os portáis como ángeles.

—¿Porque los ángeles son espíritus puros, sin inclinaciones carnales?

—Exactamente.

—Entonces creo que ni ella ni yo somos ángeles.

—Exactamente.

Race emitió una risita suave.

—¿Qué vas a hacer?

—No lo sé —repuso Con.

¿Habría representado al dragón en la mazmorra?, pensó. ¿La habría forzado a aceptar ese beso?

Ella no se debatió, hasta el final, pero tampoco lo tocó. Incluso dominado por esa fiebre, se fijó en eso. Él tampoco la tocó al principio, aparte de con los labios, como si eso lo fuera a tener a salvo, pero al final no fue capaz de resistirse.

Pero ella sí.

Como si le estuvieran retorciendo una espada en las entrañas, en su interior se retorcía la incertidumbre: ¿habría ella detestado cada minuto? ¿Se habría sometido por miedo?

O, peor aún, ¿se habría sometido porque su primera sospecha era correcta y seguía deseando, por encima de todo, ser la condesa de Wyvern?

Cuando estaban en el acantilado, tuvo la seguridad de que no era así.

De vuelta en el interior de Crag Wyvern, volvía a agitarse la sospecha.

Race movió los brazos formando serpentinas ondulaciones en el agua.

—¿Le viste la cara a la señorita Kerslake cuando vio el oro? —preguntó.

Con lo miró.

—No.

La sonrisa que esbozó Race era angelical, si no se olvida que el demonio es un ángel caído.

—Estaba aniquilada. Deseaba ese dinero.

Eso golpeó a Con como otra traición más. Retrocediendo la mente a ese momento, vio a Susan avanzando algo tambaleante a mirar las monedas de oro. Race tenía razón. Estaba palidísima por la conmoción.

—¿Has visto algo que indique que ha estado registrando esta casa?

—Sí —contestó Con secamente, procurando no demostrar lo mucho que lo hería eso—. Claro, por eso está aquí jugando a ama de llaves. Eso no es una ocupación apropiada para ella.

Amigos.

Los amigos no se roban entre sí.

Delincuente por el lado de su padre; puta por el de su madre.

Se incorporó y por su cuerpo chorreó el agua cayendo en el baño.

—La sangre se revela —dijo, forzando un tono alegre—. Sería interesante ver qué hará ahora.

—Tratar de seducirte, tal vez —dijo Race, con una beatífica sonrisa—. ¡Más diversión teatral aún!

Decidiendo que era preferible eso a un sangriento asesinato, Con salió del baño y se envolvió en una de las enormes toallas de lino que tenía cerca. Normalmente salía de un baño sintiéndose relajado y calmado, pero de ése no salía así.

Entró en el dormitorio, donde esperaba Diego, que al instante le presentó amablemente un camisón de dormir limpio. Con no se quitó la toalla; a pesar de todo, la idea de Susan seduciéndolo lo había excitado, y prefería ocultar la dura prueba de su excitación.

Lady Anne.

Instaló a lady Anne en su mente como un escudo. Su dulce sonrisa, sus amables ojos azules, su facilidad para conversar sobre temas triviales, su capacidad para hablar de temas más serios: la educación y la apurada situación de los ancianos pobres.

¿A qué causas benéficas aportaba algo Susan? Todo el producto de su trabajo lo dedicaba pródigamente a un montón de ladrones y asesinos.

Lady Anne no robaría jamás, ni siquiera por los ancianos pobres. No se involucraría jamás en contrabando, ni para fundar cien escuelas. Y de ninguna manera invitaría a su cama a un indigno oficial, por capricho.

Race salió del cuarto de baño también envuelto en una toalla, con todo el aspecto de un ángel hedonista.

Peligroso error, pensó Con. Qué extraordinariamente difícil es saber cómo son realmente las personas.

—¿Ese baño se desagua por una gárgola? —preguntó Race.

—Creo que sí.

—Salgamos a verla caer.

—¿A ver agua? Ya se ha apoderado de ti el tedio letal de Crag Wyvern, ¿eh?

—Tal vez simplemente deseo salir al aire libre.

Esas palabras dieron en el clavo, pero Con dijo:

—Está oscuro.

—No totalmente. Se puso el sol, pero todavía hay luz.

Sí, en ese caso el instinto de Race era acertado.

—Ropa —dijo a Diego, quitándose la toalla.

Race sonrió de oreja a oreja y salió para ir a su habitación a vestirse. Con pensó qué ocurriría si se encontraba con una criada en el camino.

Sospechó que Race se retrasaría.

El sensato Diego sólo trajo calzoncillos, unas calzas y una camisa. Con se vistió a toda prisa y se puso las botas.

—Mira por una de las saeteras del corredor y yo te haré señas cuando lleguemos al lugar. Entonces tira la cadena del tapón. Y toca la campanilla, supongo.

—Sí, señor —dijo Diego en castellano.

Con salió sonriendo. Diego siempre le hablaba en castellano cuando él hacía algo infantil. Eso parecía indicar que estaba complacido.

Algo infantil. ¿Desde cuándo no sentía un toque del niño?

Desde sólo unas horas. En el jardín, empapado por el fresco chorro de agua. Susan riéndose...

Maldita sea.

Pasó a recoger a Race, que no había sido interrumpido por ninguna mujer rapaz, y lo llevó por la ruta más rápida al exterior.

El sol ya se había puesto, pero todavía se veían listas color rosa en el vasto firmamento gris perlado, y la luz se movía sobre el mar volviéndolo de un color rosa opalescente. Aunque se veían barcas de pesca en el mar, sobre Dragon's Cove planeaban bajo y chillando una bandada de gaviotas. Sin duda algunos pescadores estaban limpiando el pescado y arrojaban desperdicios a las aves.

Todo allí se veía hermosísimo y sano. Y Crag Wyvern se cerraba intencionadamente a esa maravillosa vista. El jardín era hermoso, pero estaba en el interior, y en cierto modo era artificial. El mundo exterior estaba excluido, y podía comenzar a desaparecer, incluso de la memoria. El conde tenía miedo de estar al aire libre; no era de extrañar que se hubiera vuelto loco.

Sin embargo Susan había elegido vivir ahí muchos años, primero como secretaria y luego como ama de llaves. No era de extrañar que se convirtiera en una ladrona sin conciencia.

Soplaba una fresca brisa, que sintió fría en el pelo mojado, pero que también lo hacía sentirse vivo y libre. Incluso el pequeño promontorio tenía sus encantos, salpicado por flores silvestres. Cuando se giró a mirar hacia el otro lado, contempló el campo de Devon, que se extendía en matices de verde y marrón por los bosques, setos y campos de cultivo, con torres de iglesias aquí y allá, cada una señalando una aldea o pueblo, una comunidad.

—Hermoso lugar —comentó Race—. Lástima la casa.

—¿Crees que debería derribarla?

—Tentadora idea.

—Desde luego. Pero entonces tendría que construir otra cosa, y ni siquiera con ese oro puedo permitírmelo.

—Podrías invertir en contrabando.

—No. Vamos.

Echó a andar hacia el lado norte de la casa.

Ése era el lado más lúgubre de Crag Wyvern. Las cuatro paredes de la casa eran de la misma piedra plana, y las únicas aberturas eran las estrechas ventanas estilo saeteras, pero el lado norte siempre se veía más triste. Tal vez se debía a que nunca le daba el sol. ¿Podría acumularse la lobreguez en las piedras, tal como la humedad y el musgo?

—Desde aquí se ve extraordinariamente parecida a una severa fortaleza —comentó Race—. ¿Alguna vez ha resistido un ataque?

—Pues, sí, da la casualidad. Durante la Guerra Civil. Los condes de Wyvern eran realistas acérrimos, y un ejército del Parlamento vino a atacar pero no logró tomar la casa. Aunque en realidad el ataque no fue muy entusiasta, en parte porque mi antepasado directo, el entonces sir John Somerford, tenía un puesto importantísimo en las filas del Parlamento. Siempre hemos tendido a estar en los lados opuestos.

—No me digas. Los Somerford de Devon por Estuardo y los Somerford de Sussex por Hannover.

—Y los Somerford de Devon por Jacobo segundo, mientras mi rama daba la bienvenida a Guillermo de Orange.

—Deben de estar revolcándose en sus tumbas al ver a un Somerford de Sussex aquí.

—Ciertamente. Y a eso se debía que el conde estuviera obsesionado por engendrar un heredero.

—Ah. Pero yo creía que no se casó.

—Uno de los muchos misterios de Crag Wyvern. Dice el rumor que deseaba probar a las damas primero.

—¿No lo deseamos todos?

Con se rió.

—Al parecer éste se tomaba en serio las pruebas.

Le contó el sistema que le había explicado Susan.

—Pues, tienes una familia muy interesante. ¿Muchas mujeres aceptaban su invitación?

—Unas cuantas, supongo. Sin duda no de las clases superiores.

Entonces Race se echó a reír.

—¿Sabes?, se parece bastante al mítico dragón que exigía doncellas como tributo.

—Con la diferencia de que en este caso no era necesario que fueran vírgenes, y les pagaba. Después enviaba a las chicas a sus casas con veinte guineas por el servicio. Eso es toda una bonita dote en una familia de campesinos.

—El derecho del señor también. ¡Qué espléndido!

Con le dio una palmada y agitó la mano hacia el lugar donde suponía que estaba Diego mirando.

La gárgola que daba al baño parecía gruñirle desde media altura de la pared; era un dragón con cresta y una larga lengua bífida. Pasado un instante sonó la campanilla y el dragón comenzó a arrojar agua, que empezó a caer en un arco plateado aunque con ligeros matices rosa por la luz del crepúsculo, formando charcos y pequeños arroyos en el áspero suelo.

Race aplaudió.

—Es fácil divertirte —dijo Con.

—Y tal vez eso es conveniente en esta casa.

—¿Qué? En sólo dos días que has estado aquí ya has tenido contrabando, una cámara de torturas, una enérgica obra de destrucción y un tesoro escondido. Por no decir todos esos simpáticos papeles para jugar. ¿Qué esperas como bis?

—Unas monjas concupiscentes a medianoche vendrían muy bien.

Con se rió.

—Tal vez podrías tener a Diddy si lo intentaras. —Entonces hizo un gesto disculpándose por esas insensibles palabras y recordó la advertencia de Susan—. Deja en paz a las criadas.

—Podría ofenderme por eso —dijo Race en voz baja.

—Lo sé. Perdona. Oye, entra ahora, ¿quieres? Yo voy a quedarme un rato aquí fuera.

Race, el perspicaz Race, le tocó ligeramente el hombro y se alejó.

Con contempló nuevamente la tierra, su tierra, acomodándose lentamente para los sutiles consuelos de la noche. Dentro de Crag Wyvern le resultaba fácil olvidarla, quedar atrapado en sus retorcidos problemas personales. Fuera, comprendía que esas granjas y aldeas se merecían algo mejor que un señor ausente.

Pero eso era lo único que podía ofrecerles. De verdad creía que Crag Wyvern podría volverlo loco, pero, por encima de todo, no podría vivir cerca de Susan.

Podría ser una ladrona. No, lo era.

Pese a las apariencias y a lo que le decía su instinto, podría ser una puta.

Seguía siendo la mujer que había vivido en su corazón durante más de diez años y que ahora lo excitaba con sólo una mirada.

Y ahí estaba, temeroso de volver a su casa.

Tenía la mente llena de Susan y de ese beso y no sabía si alguna vez lograría volver a pensar derecho.

Pero no podía quedarse ahí fuera, y la oscuridad era cada vez mayor, desvaneciendo los colores del cielo y de la tierra. Reanduvo sus pasos y entró en la casa, pero no sin estremecerse.

Entró directamente en el jardín, pensando que sería una especie de refugio, pero entonces en lo único que pudo pensar fue en Susan, riendo bajo el chorro de agua. Susan, con el vestido mojado marcándole todas sus deliciosas curvas.

Su Susan en ese momento.

Su Susan en el acantilado.

Su Susan...

En ese momento salió una criada por una puerta y al verlo se detuvo y se giró para volver a entrar.

—Para.

Ella se giró a mirarlo, con los ojos agrandados.

No era de extrañar. Él sólo vestía las calzas y la camisa desabotonada, y sin duda parecía un salvaje.

—¿Cómo te llamas?

Ella le hizo una reverencia.

—Ellen, milord.

La muchacha era menuda, frágil, muy poco mayor que una niña, y parecía asustada. Tal vez hacía los trabajos más humildes, y no debería estar ahí. O tal vez, simplemente, se le había enseñado a temerle a cualquier conde de Wyvern, en especial si actuaba de una manera rara.

—Ellen, llévale un mensaje a la señora Kerslake. Dile que deseo verla en mi habitación. —No vendría, pensó. Sabía que no vendría. Tenía que venir—. Dile que es urgente.

La criada agrandó aún más los ojos, pero no con expresión de desconfianza o sospecha.

—Sí, milord.

La chica volvió a entrar en la casa casi corriendo.

Pero ¿qué diablos iba a hacer?

Lo sabía. Otra vez estaba en las garras de esa fuerza loca y no era capaz de resistírsele.

Ella deseaba el oro, ¿no?

Le daría el oro.

Subió a su habitación y despidió a Diego. Después se quedó mirando la pintura de san Jorge, pasándose las manos por el pelo, tratando de recuperar la cordura. Debería rogar que ella no viniera.

Rogó que viniera.

Tenía que venir. Él necesitaba conocerla; tenía que «conocerla».

¿Cómo podría casarse con otra mujer teniendo esa locura ardiendo dentro?

¿Cómo podría casarse con Susan, ladrona y puta?

Tal vez si ella iba ahí esa noche esa obsesión se apagaría y lo dejaría libre.

Si ella venía...

Sonó un golpe en la puerta y se giró a mirar.

Se abrió la puerta y entró Susan.

Capítulo 19

Ella seguía con su modesto vestido gris de manga larga, pero se había soltado el pelo y lo llevaba atado en una coleta. Se había estado preparando para la cama.

Cama.

—Quítatelo —dijo.

Ella lo miró sorprendida, con los labios entreabiertos, las mejillas sonrosadas.

—El vestido. Es horrible. Quítatelo.

Su boca hablaba separada del cerebro, pero las partes de él que estaban al mando de esa función no tenían nada que ver con su cerebro.

Ella se ruborizó.

Antes de que ella pudiera negarse, se apresuró a añadir:

—Deseabas ese oro. Te daré la mitad por una noche.

De la cara de ella desapareció todo el bonito color rosa, y la cara le quedó blanca como mármol.

—¿Quiere convertirme en su puta?

Él deseó negarlo y arrodillarse ante ella, pero el intenso deseo arrasó con su conciencia. Se decidió por encogerse de hombros.

—Está claro que deseabas ese oro. Se me ocurrió ofrecerte una oportunidad de ganártelo.

A ella le relampaguearon los ojos de furia, pero no se marchó.

—Una puta extraordinariamente bien pagada —comentó.

Y simplemente continuó mirándolo, misteriosa, inescrutable, un largo rato que a él le pareció una era.

Entonces se le debilitaron las piernas al verla levantar las manos para desabrocharse los botones del corpiño que cerraban la parte delantera.

La observó, casi sin creerlo, doblar los brazos hacia la espalda para desatarse algo.

El vestido se soltó y ella lo cogió por los hombros y empezó a quitárselo por la cabeza, dejando poco a poco al descubierto unas toscas medias grises, una sencilla camisola y un ordinario corsé sin ningún adorno.

Él miró el corsé sorprendido; jamás había visto un corsé tan sencillo, tan ordinario. Seguro que era algo que sólo usaban las mujeres trabajadoras, o que sólo usaban las mujeres decentes. Pero Susan, por admisión de ella misma, no era una mujer decente. Por eso ahora estaban así.

—¿Para qué deseas el oro? —preguntó, con la esperanza de que ella le diera alguna explicación que tuviera lógica; lógica para ella.

—Eso no es asunto suyo, milord.

—Con —dijo él firmemente.

—Con —repitió ella, aceptando, pero con el mentón muy firme y sus ojos fijos en él.

Ah, Susan, magnífica Susan.

—Pero ¿no niegas que lo deseas? ¿Que lo has estado buscando?

—No, no lo niego.

Diciendo eso dejó caer el vestido al suelo y continuó ahí, erguida. Tenía los ojos agrandados, pero no como la chica Ellen. Susan no era una inocente, ni simulaba serlo. Tampoco se mostraba no dispuesta. Él veía, estaba seguro que veía, arder en ella la misma pasión que lo consumía a él.

Podían venir furiosas batallas y caer los reinos, que a él no le importaría. Sólo deseaba eso.

Avanzó hacia ella mirando el corsé y advirtió que se abrochaba por delante. Puso las dos manos, nada firmes, en el borde superior del corsé, entre sus pechos, esos pechos que se levantaban y bajaban sobre sus dedos mientras él soltaba torpemente esos broches.

Susan no sabía si le estaba temblando el cuerpo o si el temblor que sentía era algo invisible, que sólo se producía dentro de su corazón, en su alma. Había subido a la habitación con una esperanza irracional, y el cruel golpe que recibió ahí la conmocionó. Pero entonces, entonces en lo único que pudo pensar fue que iban a hacer el amor, que ella tendría esa única noche para recordar.

Lo siento, lady Anne, pero sólo será esta única noche.

Sí, debería haber reaccionado con rabia a esa propuesta, con indignación incluso. Pero así habría puesto fin a eso. Conocía a Con; él no se permitiría hacer eso si la creyera honrada y virtuosa.

Por ese motivo prefirió no decirle que el oro pertenecía a la Horda. Sí él la creía, igual podría darle la mitad del oro, o incluso todo, pero no le daría lo que ella ansiaba, aquello por lo que ardía de deseo.

Él.

Pero en ese momento, al sentir sus manos tocándola, veía que no sabía su papel. ¿Qué debía hacer? Once años atrás había sido más osada, llevada por el valor que da la ignorancia y el instinto. Ahora estaba ahí pasiva mientras él le desabrochaba el corsé.

Él soltó el último broche, abrió el corsé, dejándole libres los ansiosos pechos, y le bajó los tirantes por los hombros y los brazos.

El corsé cayó al suelo.

Mientras él le desataba la cinta que cerraba el cuello de la camisola, ella se dedicó a mirarle el cuello por la abertura en uve de la camisa. Qué fuerte tenía el cuello ahora, qué firme la cuadrada mandíbula, algo oscurecida por la barba de un día.

Él aflojó el cuello de la camisola y también se la bajó por los dóciles brazos. Ella se estremeció al sentir pasar la tela por sus sensibles pezones, y se estremeció más aún al sentirla deslizarse por toda su deseosa piel y caer a sus pies.

Sólo quedaban las medias.

Haciendo una inspiración entrecortada, lo observó, buscando ver una tranquilizadora pasión, si no amor.

Él le contempló el cuerpo un momento y luego subió los ojos, oscurecidos, hacia los de ella.

—No te voy a forzar —dijo.

Ella no supo si ésa era o no una pregunta, pero dijo:

—No, no me vas a forzar. Ni por todo ese oro haría esto si no te deseara.

Era verdad. Toda ella, por dentro y por fuera, palpitaba por la caricia de él. Volvió a sentir el calor, y no sólo entre los muslos; por todas partes. Si él la tocaba, seguro que sentiría ese calor. ¡Que me toque, por favor! Sintió temblar las piernas, igual que cuando la besó en la mazmorra, y ni siquiera la estaba besando. ¡Que me bese, por favor!

Él estaba inmóvil, como si estuviera paralizado, separado de ella por menos de un palmo. Temiendo que se echara atrás, se le acercó y le puso las manos en el pecho.

Entonces a él se le acabó la parálisis y la besó, la besó tal como la había besado antes, y así abrazados y besándose con desesperación se fueron desmoronando hasta quedar en el suelo. Ella habría hecho el amor ahí mismo, en ese momento, pero él la levantó en los brazos, la llevó hasta la cama, la depositó allí y comenzó a desvestirse.

En sólo unos segundos quedó desnudo, y ella se sentó.

—Para. —Al ver la cara que puso él, se apresuró a añadir—: ¡Quiero mirarte! Sólo es eso. Deseo mirarte, Con. Eres muy, muy hermoso.

Él se rió y la volvió a acostar.

—Mira después. Estoy muy desesperado.

Riendo con él, y no había imaginado que habría risas, ella retiró las mantas deslizándolas por debajo del cuerpo para llegar a la sábana. De un fuerte tirón él las sacó todas de la cama y de un salto se tendió a su lado, dejándola atrapada con una pierna, puesta donde ella la deseaba.

—Mejor que una playa —dijo, con el pecho agitado, haciendo vibrar el aire con su deseo.

—Y sin miedo a que nos pillen —añadió ella, poniéndose de espaldas y atrayéndolo para que montara encima.

—Susan...

—Chss —susurró ella, acomodando las caderas y guiándole el miembro con la mano para que la penetrara.

Estremecidos los dos, se unieron.

—Chss —repitió ella al oírlo gemir.

Pero no lo dijo en serio. Le encantó oír el sonido de su necesidad satisfecha, de su placer.

Y le encantó su resonancia en ella.

Él la llenaba, la llenaba bellamente, y dejó de tener importancia que tuviera tan poca experiencia en eso. Una potente oleada de conocimiento femenino la arrastraba.

Él comenzó a moverse, entrando y saliendo, y ella siguió su ritmo, arqueándose para recibirlo, tratando de no rendirse a la febril excitación que iba aumentando dentro, porque deseaba darle eso, y deseaba mirarlo, ver a Con, para embeberse en su placer hasta la última gota.

Para recordarlo.

De todos modos se vio arrastrada por el torbellino que la sumergió en la oscuridad de su pasión secreta, y sólo tuvo una vaga conciencia de la exclamación que emitió él, de la fuerza de su eyaculación, y luego de todo su peso sobre ella.

Se hizo el silencio, caluroso, sólo interrumpido por la respiración jadeante, profunda, un silencio sudoroso en el que se sentía ligeramente deprimida y temblorosa.

Lo sintió salir de ella, dejándola vibrando, casi dolorida. ¿Es que iba a resultar mal también con Con? No podría soportarlo.

No se sintió así la primera vez, con él en la playa. No se sintió así con Riverham; ni siquiera se sintió tan mal con el capitán Lavalle.

Él pareció despertar, se movió ligeramente hacia un lado de ella, deslizando la mano por su costado, por su cadera. Le rozó con la boca los sensibles pechos hasta encontrar un pezón. Se lo succionó suavemente.

La sensación le hizo saltar todo el cuerpo.

—¡Con!

Él levantó la cabeza sólo para hacerle un suave «Chss», en el que ella detectó risa, y continuó lamiéndole y succionándole el pezón, introduciéndole la mano en la entrepierna. Ella se encogió, pues sentía delicada esa parte, y él suavizó inmediatamente la caricia, y continuó exactamente como ella la deseaba.

Con las yemas de los dedos él le acarició ahí suavemente, en círculos, y ella comenzó a sentir una vibración en la cabeza, que casi la sacó fuera de sí misma. Con inmensa gratitud, reconoció la sensación, la acogió y se rindió.

Después se quedó muy quieta, de espaldas, sintiendo la mano de él ahuecada ahí, y la sorprendió lo perfectamente que se sentía. ¿Perfectamente qué? No tenía idea.

Ladeó la cabeza para mirarlo. Se veía más que nada pensativo, aunque con pensamientos entrañablemente tranquilos. Tenía el corto pelo de punta en algunas partes y unos mechones pegados en la frente. Su mandíbula oscura lo hacía diferente a su Con del pasado, y sin embargo se sentía como si sólo hubiera transcurrido un ratito entre ese momento y aquella vez que estuvieron así abrazados, satisfechos y sudorosos.

Miró hacia abajo y vio el dragón.

Lo empujó hasta dejarlo de espaldas, y se sentó para pasar los dedos por el dibujo.

—Está muy bien hecho.

Él la estaba mirando con los párpados entornados.

—Por pura suerte dimos con un experto. Pero llevó una tremenda cantidad de tiempo. —Pasado un momento, añadió—: Me he estirado y desarrollado, y eso lo ha estropeado un poco.

El dragón oscuro estaba enroscado echando llamas hacia el centro de su pecho.

—¿Por qué un dragón, Con? —le preguntó, porque tenía que saberlo—. ¿Fue por mi causa?

Volvió a mirarlo; él seguía mirándola. Creyó que no iba a contestar, pero entonces él dijo:

—Sí.

Ella hizo una inspiración entrecortada, que fue sobre todo de gratitud por su sinceridad.

—No sabes cuánto lo siento. Ojalá pudiera borrártelo.

Él le cogió la mano.

—No, gracias.

Ella detectó humor en su voz y lo miró a los ojos.

—Está hecho —dijo él—, no se puede deshacer. Como muchas otras cosas.

Con el corazón rompiéndosele, ella comprendió. Procuró mantener una sonrisa en la cara.

—Pero ¿tenemos una noche?

Él le levantó la mano y se la besó.

—Tenemos una noche. Ojalá no hubiera gastado el agua del baño en Race.

Entonces ella sonrió de verdad.

—Tu ayuda de cámara me preguntó si el estanque volvería a llenarse, y le contesté que sí. El agua no ha tenido tiempo para calentarse mucho...

Él ya se había bajado de la cama y tenía la palmatoria en una mano y con la otra la iba llevando con él.

—¿Cómo se llena tan rápido?

—Por un sistema basado en la gravedad le llega agua del depósito principal.

—Maravilloso diseño.

Ya estaban en el cuarto de baño y él fue a abrir los inmensos grifos. Comenzó a salir el agua, él puso una mano debajo y le sonrió:

—Al menos no está tan fría como el mar.

Recuerdos. Recuerdos.

Si entonces ella hubiera sido una mujer más sabia, si hubiera sido una mujer por lo menos, podría haber hecho suyo ese tesoro más valioso que el oro.

Pero por lo menos tenía esa noche.

Él dejó la palmatoria en el borde, y la parpadeante luz de la vela comenzó a formar extraños claros y sombras móviles alrededor de las pinturas de la pared, dejando misteriosos rincones oscuros donde sin duda acechaba la maldad. Después bajó de un salto al baño, que le llegaba hasta la cintura, y el agua empezó a girar alrededor de sus tobillos. Le tendió las manos para ayudarla a saltar, pero ella fue hasta un estante en que había unos botes de fina porcelana.

—Si ahí hay de las pociones del difunto conde, no deseo tener nada que ver con ellas.

Ella se giró a mirarlo sonriendo.

—¿No cabe ninguna duda de su virilidad, señor?

Él se miró.

—Contigo no, Susan. Nunca contigo.

Al sentir subir el rubor a la cara, ella se giró.

—Éstos sólo son perfumes.

—Tampoco necesitamos perfumes.

De todos modos ella cogió un bote y fue a echar un puñado de polvos marrón en el agua.

Cuando iba bajando los peldaños de mármol, el aroma de sándalo comenzaba a llenar el cuarto.

—Si dejamos correr el agua hasta que se agote el estanque, ¿el agua rebasaría el baño? —preguntó él, caminando hacia ella.

—Se supone que no. ¿Por qué?

—Yo podría olvidarme de poner atención muy pronto.

La cogió en sus brazos y la hizo retroceder hasta que su espalda tocó el frío lado del baño.

Ella se apoyó, comenzando a ponerse nerviosa. Esa ardiente pasión había estado muy bien, pero ella le había dado a entender que tenía muchísima experiencia, y en ese momento, así abrazados, con todas las facultades alertas, no sabía qué hacer.

Sabía que su experiencia, supuestamente enorme, era otro motivo para que él estuviera haciendo eso. No debía dejar que adivinara la verdad.

Él le mordisqueó el cuello y la mandíbula.

—¿Qué pasa? ¿Hay algo en particular que desees?

¿Qué quería decir?

—No. —Pero al instante dijo—: Sí. Un beso muy largo, Con.

Él le deslizó una mano por la espalda hasta dejársela ahuecada en la nuca, para sostenerle la cabeza, y sus labios se posaron en los de ella, firmes, ardientes. Ella se abrió a él, disfrutando del beso, y deslizando la mano por su fuerte hombro, su cuello, su pelo...

El agua tronaba mientras tanto, subiéndole por las pantorrilas. El sándalo creaba aromáticos misterios.

Él apartó la cara.

—¿Así? —le preguntó sonriendo.

Ella le correspondió la sonrisa.

—Así.

Él volvió a besarla y ella le correspondió el beso, con el cuerpo estremecido por un conocimiento primordial. Tal vez todo era puro instinto, el que sólo surgía con la pareja adecuada.

Él se apretó a ella, y sintió el agua girando alrededor de las rodillas, que le flaqueaban. Tal vez a él también le flaquearon, porque se arrodilló, bajándola con él y hundiéndola en el agua, que ya le llegaba a la altura del pecho.

Él sonrió.

Ella se miró y vio que el agua le estaba lamiendo los pezones. Se echó a reír; sabía exactamente qué estaba pensando.

—Puedes tocarlos si quieres.

—Ah, sí que quiero. —Puso las manos bajo sus pechos, levantándoselos y moviéndole los pezones con los pulgares—. Recuerdo que pensé que sería hombre muerto si Mel Clyst se llegaba a enterar de que le había tocado los pechos a su hija. Y que lo valía.

Sus caricias y sus palabras le encendieron un intenso deseo. A través del agua transparente veía su erección. Se atrevió a bajar la mano algo temblorosa por el agua y le acarició suavemente el miembro erecto.

Con volvió a deslizar la boca por sus pechos levantados, y dado que el agua iba subiendo, tuvo que incorporarse lentamente, afirmándose en los hombros de él.

Estaba totalmente absorto en su juego, lamiéndole, estirándole y mordisqueándole los pezones. De pronto le mordió uno un poco fuerte y ella gritó y se echó hacia atrás. Él la soltó y Susan cayó y se hundió; al momento reapareció escupiendo agua y quitándose mechones mojados de la cara.

—¡Me mordiste!

—Mmmm.

Riendo la cogió por la cintura, la sacó del agua, la sentó en el borde del baño y le separó las piernas. Le miró la entrepierna sonriendo, tal como antes sonrió mirándole los pechos, y entonces puso la boca ahí.

—¡Con!

Trató de moverse hacia atrás, pero él se lo impidió cogiéndola por las caderas, y la miró sorprendido.

Entonces ella comprendió que eso era algo que hacían los amantes experimentados. Dejó de tratar de escapar, pero no sabía qué hacer, qué decir.

—¿No te gusta? —le preguntó él.

—¡Sí, claro que sí! Simplemente me sorprendiste. —¿Sería convincente eso?—. Además, me mordiste —añadió, para distraerlo—. Creí que me ibas a morder ahí.

—Nada de dientes, lo prometo.

Apoyando una mano en el borde, salió del baño con un ágil salto, fue a coger un montón de toallas de lino de un estante, y las extendió sobre las baldosas del ancho borde.

Mientras tanto ella se quedó sentada ahí, admirando la belleza de su fuerte cuerpo y tratando de parecer que sabía lo que él iba a hacer. Le había mentido, y era algo que detestaba. Pero no le diría la verdad. No soportaría que eso se acabara.

Él la levantó, la sentó sobre las toallas y volvió a meterse en el agua de un salto.

Sí que era mucho más cómodo estar sentada en toallas que en las frías y duras baldosas.

—Ahora échate de espaldas.

Ella obedeció, pero él tenía las manos sobre sus rodillas, por lo que quedó con las piernas colgando, con el agua hasta los tobillos. Entonces él la arrastró hacia él y le pasó las piernas por encima de sus hombros.

Ella ya sabía que no debía gritar ni protestar, por lo tanto se quedó quieta, aunque estremecida por la incertidumbre que le provocaba su ignorancia, y se puso a mirar las obscenas imágenes pintadas en el cielo raso, pensando horrorizada que tenía expuesta esa parte a los ojos de él, y muy de cerca.

Entonces sintió sus manos bajo las nalgas, acariciándole con los pulgares la sensible piel, separándole los pliegues de la abertura. Fijó los ojos en el dragón que estaba a punto de introducir el enorme miembro en la doncella con la boca abierta gritando, sintiendo el atronador ruido del agua que seguía cayendo en el baño, y resonando en las paredes embaldosadas.

Entonces él le introdujo los pulgares, abriéndola, haciéndola estremecerse y desear apartarse y, al mismo tiempo, acercarse más. Luego sólo sintió su boca, frotándole y succionándole. Pensaba que esa zona era tan delicada que le dolería, sin embargo al instante su cuerpo reaccionó pidiendo más.

Él hizo girar la lengua ahí y ella retuvo el aliento.

Le hormiguearon los pechos y se los tocó para aliviarlos, apretándolos y frotándolos. Con sólo tocarse los pezones sintió pasar la excitación por toda ella, por lo que presionó y apretó aquí y allá. Un intenso placer la impulsó a arquearse, para empujar más esa parte hacia la boca de él, pero su dragón le tenía la parte inferior del cuerpo encadenada, totalmente en su poder.

Se le escapó un gemido, que resonó en todo el cuarto. Se apretó más los pechos cuando él le succionó más fuerte y se estrechó ese círculo de placer en que estaba.

Su dragón la estaba devorando, pero extasiándola, no violándola. Ése era el éxtasis más perfecto, el más dichoso que podía imaginarse.

Entonces él la penetró con una enérgica embestida, su miembro maravillosamente grande, duro y fuerte, introduciéndola más y más en esa aterciopelada oscuridad, hasta que ésta se la tragó entera.

Volvió a la conciencia sintiendo la dureza de las baldosas que había debajo de las toallas húmedas, y los olores a sudor y a sándalo. Notó el silencio; había dejado de caer agua.

Curiosa, levantó la cabeza para mirar. El agua llegaba a cuatro dedos del borde.

—¿Hemos producido una inundación? —preguntó él, con la voz adormilada.

Ella bajó la cabeza. Él estaba medio encima de ella, con la cabeza apoyada entre sus pechos. Se la acarició.

—No.

—Una lástima. No me importaría que fuera el fin del mundo.

Ella entendió lo que quería decir.

Bajó la mano por su espalda, acariciando su suave piel mojada, palpando sus fuertes músculos, y sintió un gusanillo de tristeza. Jamás volvería a hacer eso. Una amarga pena, pero mejor así que no haberlo conocido nunca.

La única vela daba poca luz. El cuarto y toda la casa estaban silenciosos. Incluso sus respiraciones se habían calmado.

Entonces él se despabiló, se separó de Susan y se levantó. Le tendió la mano, ella se la cogió y la levantó. Cuando estuvo de pie, no pudo evitar un gesto de dolor. Sentía su sexo dolorido, y las piernas también le protestaban, por el ejercicio al que no estaban acostumbradas.

Sonriendo, él la empujó arrojándola en el agua. Al zambullirse ella gritó, y el grito resonó en todo el cuarto. ¿Sonaría el eco también en los corredores y el patio, diciéndole al mundo lo que estaban haciendo ahí?

No le importó.

Él saltó detrás de ella, y las olas subieron hasta los bordes y ondularon sobre el primer peldaño.

—¡Vas a echar abajo la casa! —protestó Susan, riendo.

—Buena idea —dijo él, moviendo los brazos en círculo para formar olas.

Ella se abalanzó sobre él para sujetarle los brazos, y sus manos se deslizaron por su cuerpo resbaloso. Luchando cayeron bajo el agua y reaparecieron, los dos borboteando, y fueron a apoyarse agotados en el borde del baño.

—Podríamos ir a la playa —dijo él, mordisqueándole la oreja—. A nadar en la oscuridad.

Ella sentía la misma necesidad de él de recrear el pasado, de sanarlo y hacerlo bueno, pero tuvo que decir:

—Hay muy poca luz de luna.

—En otra ocasión entonces —dijo él.

Lo dijo en tono perezoso, pero por la tensión de su cuerpo ella comprendió que había recordado que no habría otra ocasión.

Y puesto que no habría otra ocasión, cada momento de esa noche era precioso, y una cosa que deseaba era saber más acerca de él.

Logró enderezarse y lo abrazó ahí dentro del agua.

—Cuéntame algo de tu vida en el ejército.

—Eso no es algo que te convenga oír.

—Es la mayor parte de los años que nos separan, Con. Y tiene que haber habido momentos en que lo pasaras bien.

Él retrocedió para apoyarse en el lado del baño y ella lo soltó. Entonces él apoyó la cabeza en el borde y levantó el cuerpo hasta que quedó flotando en la superficie; ella hizo lo mismo y quedó flotando a su lado, a pesar de la distracción de su hermoso cuerpo y sus blandos y prometedores genitales.

—Parece algo bárbaro —dijo él—, pero es cierto, había buenos momentos. Desmadres, incidentes disparatados, locos actos de valentía y generosidad. Y farsa, como aquella vez en que la compañía intentó llevar de contrabando unos cerditos durante una marcha.

Y así comenzó a hablar, contándole historias, pero reservándose muchas cosas. Ella deseaba preguntarle: «¿Sentiste miedo? ¿Cómo es matar? ¿Cuántas veces resultaste herido? ¿Te dolía mucho?»

Eran preguntas estúpidas, intrusas, pero eran cosas que formaban parte de su vida que ella no conocía.

Por su cuerpo sabía que no había sido herido gravemente, pero las cicatrices hablaban de dolor. Suponía que todo el mundo, a menos que fuera un idiota, siente miedo a veces. Y un soldado debe matar, ciertamente.

Su dulce y amable Con.

Se giró y lo rodeó con un brazo, para flotar apretada a él.

—Me alegra no haber estado contigo cuando ocurrió todo eso.

Él le acarició la espalda.

—Pero sí te estaba contando aquella vez que el comandante Tippet se citó con tres españolas la misma noche. Eso no es tan terrible.

—Lo sé —dijo ella, sin dar explicaciones, y él no le pidió ninguna—. Leía las listas de bajas. Sabía que finalmente tendríamos las noticias, pero no soportaba no mirarlas. —El agua ya estaba bastante fría, pero no quería moverse, no deseaba arriesgarse a ningún cambio—. Tantas muertes. Cada vez que me enteraba de una pensaba cómo me sentiría si hubieras sido tú. Me obsesioné con eso. El tío Nathaniel trató de prohibirme que leyera los diarios, pero yo siempre encontraba la manera de leerlo. Claro que ellos no podían entender, no sabían lo que tú significabas para mí.

—Tienen que haber sabido algo.

Ella pasó un dedo por el dibujo del dragón enroscado.

—Sabían que nos encontrábamos. Nos habían visto juntos muchas veces. Pero la mayor parte del tiempo estábamos fuera de su vista. Nadie sabía cuánto tiempo pasábamos juntos. Y, lógicamente, nadie lo sabía todo.

—¿Nunca se lo dijiste a nadie?

Ella cambió de posición para mirarlo.

—¿Tú sí?

—No, por supuesto que no.

—¿Entonces por qué piensas que yo lo iba a decir? —Dolida, añadió—: No era que yo deseara que me obligaran a casarme contigo, después de todo.

Se apartaron.

—Tu intención era obligar, ¿verdad?

Consternada, ella trató de reparar el daño.

—¡No! Creí que estabas dispuesto. Y estabas dispuesto. Yo simplemente te di aliento.

—Pero habrías dado aliento a Fred si hubieras sabido que era él el heredero, ¿verdad? Y de hecho lo hiciste. Por sus cartas yo entendía que la señorita Susan Kerslake hacía todo lo posible para interesarlo.

Ella se tragó las lágrimas.

—Te lo dije. Casarme con el futuro conde «tenía» que ser un objetivo digno. Ya te había sacrificado a ti en aras de eso.

—¿Una apasionada sesión en la playa con él? Lo dudo. Si no tenías velas y timón, Fred ni te habría mirado.

Ella hizo una inspiración profunda.

—No hagas esto, Con. De eso hace mucho tiempo. —Desesperada por restablecer la armonía, cautelosa le ofreció un trocito de su corazón—: Él no era tú.

Él lo interpretó mal.

—Ése fue siempre el problema, ¿verdad?

Diciendo eso tiró violentamente la cadena del tapón y el agua comenzó a salir, llevándose con ella la noche mágica.

Ella se giró y subió los peldaños, cogió una toalla húmeda para envolverse y secarse un poco y entró a toda prisa en el dormitorio.

Él la siguió, totalmente desnudo, observándola en silencio.

—¿Hemos terminado? —preguntó ella, comprendiendo que eso también le salió mal.

—Ah, sí, creo que sí.

Ella le dio la espalda y comenzó a vestirse; la camisola, el corsé y luego el vestido. Se estremeció por el agua que le bajaba por la espalda, del pelo todavía empapado.

No, no era por eso que temblaba.

Había creado un tiempo de mentiras. Lo deseaba, y para obtener lo que deseaba le mintió. Tal como había temido, como había sabido, ahora sólo tenía polvo en las manos.

Ya no había nada para ellos, pero antes había habido amistad, y esa noche había acabado con eso también. ¿Y de qué serviría la amistad, por cierto, si no se iban a encontrar nunca?

Cuando él se marchara de allí, y se marchara ella, no volverían a encontrarse nunca más.

Se giró a mirarlo y vio que él seguía mirándola, todavía desnudo.

La habitación olía a sándalo, a pasión y a Con. Pensó que recordaría eso toda su vida.

¿Qué decir en un momento así?

Al final, simplemente se dio media vuelta y salió en silencio.

Capítulo 20

Sólo entonces Con pudo por fin desmoronarse en un sillón y bajar la cabeza hasta las rodillas, hundiéndola entre las manos.

Susan, Susan.

Ladrona, puta, y mentirosa además.

Se levantó, fue hasta la mesa, llenó una copa de vino y se lo bebió de un solo trago. Ahora entendía a esos pobres tontos enredados con mujeres indignas. Sentía las ataduras en los brazos y las piernas.

¿Qué importa eso?, le decía una voz. Siendo su mujer ella no tendría ninguna necesidad de robar. Seguro que él sería capaz de tenerla satisfecha, contenta y disciplinada para que no anduviera haciendo de puta por ahí.

Pero ¿podría creerla alguna vez?

Mentía muy bien, de manera muy convincente. Le aseguró que había tenido amantes sólo para vencer su resistencia a satisfacer su necesidad y deseo.

Pero eso fue idea de él. Eso lo recordaba. Su loca y avasalladora idea. La sobornó con la mitad del oro.

¿Estaba equivocado? ¿Sería honrada y sincera?

¿Cómo podía torcer las lentes para verla como a una persona honrada, sincera?

—Lady Anne, lady Anne, lady Anne —dijo en voz alta, como si ése fuera un encantamiento en contra de la magia negra.

Gracias a Dios había enviado esa carta. La carta lo ataba, lo protegía. Pero aún así, tenía que marcharse de allí cuanto antes.

Al día siguiente vendría Swann de Honiton, y Race ya tenía ordenado lo más esencial de los asuntos del condado. Incluso dándole a Susan la mitad del tesoro le quedaría suficiente para mantener esta casa funcionando durante un tiempo.

Por la noche ya estaría libre para marcharse con la conciencia tranquila y cabalgar hacia el este.

A casarse con lady Anne.

Dulce, amable, buena...

Arrojó violentamente la copa, que fue a estrellarse en la engreída cara de san Jorge.

Susan se sentía tan sofocada por la tristeza que casi no podía respirar. Salió al jardín en busca de refugio, pero todo siguió tan horrible como en el pasado, y sin las descaradas certezas de la juventud para esconderse.

Entonces, durante un tiempo, había podido pensar: «Hice un valiente sacrificio para poder continuar en pos de mi grandioso objetivo».

Ahora sólo podía pensar en los «podría haber sido».

Por lo menos podrían haber seguido siendo amigos.

¿En qué se equivocó?

En todo.

Debería haber reaccionado con indignación, tal como lo deseó, a la propuesta de comprarla, y debería haberle explicado claramente por qué la Horda del Dragón tenía derecho a ese dinero. Tal vez él no habría estado de acuerdo, pero habría sabido que ella no era una codiciosa ladrona.

Pero entonces no habrían hecho el amor.

Dio la vuelta a la oscura fuente pensando en la esposa del dragón aplastada en la roca chillando. ¿Chillaba de verdadero terror o porque la horrorizaba desear ser violada?

La cadena seguía colgando ahí, con un extremo todo fláccido en el fondo de la fuente. ¿Qué ataba realmente a la esposa a la roca? ¿Y si hubiera ido bien dispuesta, aunque temblando, a entregarse al dragón?

Se apoyó en el rugoso borde de piedra, temblorosa por la sensación de pérdida y por el prosaico frío de la ropa húmeda y el pelo mojado. ¿Qué debería haber hecho de otra manera?

Debería haber simulado mejor que tenía experiencia.

No, no. Debería haberle dicho la verdad.

Pero entonces no habrían hecho el amor.

De ninguna manera debería haber demostrado rabia al final. Pero ¿por qué no? ¿Por qué no? ¿Por qué no debía indignarla que la consideraran sin honor? ¿Así era como la había considerado él todos esos años, una persona que provocaría problemas por despecho o rencor?

Pero si se hubiera controlado y callado, tal vez en ese momento estarían haciendo el amor otra vez.

Se enderezó e hizo una respiración profunda. La vida continúa. A pesar de las oportunidades perdidas y los corazones rotos, la vida sigue y hay que soportarla.

Continuando el paseo por el oscuro jardín, trató de consolarse pensando que se había ganado la mitad del oro. No sabía cuánto era esa mitad, pero seguro que permitiría a David y a la Horda mantenerse inactivos uno o dos meses.

Pero eso no le alivió el dolor que la roía en lo más profundo.

A la mañana siguiente Susan se despertó, como siempre, por la entrada de Ellen con la bandeja de su desayuno. Té, pan fresco, mantequilla y mermelada.

Rutina, bendita rutina, aunque no le apetecía en absoluto comer. Había dormido muy poco, pero se las arregló para sonreírle a la chica y darle las gracias.

—¿Era algo terrible lo de anoche, señora? —le preguntó Ellen.

Susan se quedó inmóvil, pensando qué sabrían las criadas, qué habrían oído.

—El conde, señora. Dijo que era urgente, y se veía tan frenético.

Susan tuvo que tragarse la risa.

—No, no. Era un asunto sin importancia. Nada de qué preocuparse.

—Eso es fantástico, señora —dijo Ellen, sonriendo—. Es un hombre muy simpático, ¿verdad? Todo irá bien aquí con él como conde.

Susan sirvió té en su taza. La vida continúa.

—Sí, es un hombre simpático, aunque no va a vivir aquí. Pero tienes razón, Ellen. Todo irá bien aquí mientras él sea el conde.

La chica salió y Susan untó el pan con mantequilla y mermelada, tomó un bocado, lo masticó y se lo tragó.

La vida debe continuar.

Un hombre simpático.

Lo era.

Debajo de esos momentos sombríos y de furia vivía Con, la dicha de su juventud. Probablemente con lady Anne era ese hombre. Probablemente en Somerford Court era ese hombre.

Eso la consoló. Pensó que tal vez podría soportar su pérdida si él llevaba una buena vida en alguna parte del mundo.

Se levantó, se lavó y se vistió como siempre, sin poder evitar recordar los momentos en que Con estaba quitándole esas mismas prendas. Por lo tanto enfrentó esos recuerdos y los aceptó. La mayoría eran preciosos.

Casi tenía la impresión de que lo ocurrido esa noche debería haberle dejado marcas, pero un detenido examen ante el espejo le reveló que no había en ella ni una sola señal. Esa noche tenía la piel algo enrojecida y los labios un poco hinchados. Ya no quedaba ni rastro de eso.

Igual que once años atrás.

Cuando volvió a la casa aquella tarde estaba segura de que todos se darían cuenta de lo que había hecho, que estaba marcada, que se veía distinta. Pero nadie se dio cuenta de nada. Tres días después, Con se marchó con su padre y su hermano, y después de eso, la tía Miriam le comentó una o dos veces que le parecía que ella lo echaba de menos. Tal vez lo dijo con cierta compasión por un amor juvenil que no había llegado a nada. Pero nunca dijo nada más aparte de eso.

Y ese día nadie notaría nada tampoco.

¿Qué secretos habría en los corazones de las personas que la rodeaban?

Suspirando, salió a organizar el trabajo del día.

Estaba revisando la ropa limpia que acababa de llegar de la aldea cuando irrumpió Amelia, con los ojos brillantes y sonriendo de oreja a oreja.

—Hola, ¿dónde está el dragón?

—No en estas dependencias —contestó Susan, indicando a las criadas con un gesto que fueran a guardar las sábanas y fundas—. ¿Qué diablos haces aquí?

Pero estaba sonriendo. Nadie podía dejar de sonreírle a Amelia, y de pronto todas las tinieblas se redujeron a nada.

—Tengo un motivo —dijo su prima, guiñando los ojos, traviesa—, pero no te lo diré a menos que me cuentes algo interesante sobre el conde.

—Soy una criada aquí —dijo Susan, poniéndose difícil adrede—. No es propio de una criada contar chismes sobre su empleador.

—¡Susan! Antes cotilleábamos muchísimo acerca del conde. Lo que en realidad deseo es verlo.

—Tengo que ir a recoger unas cuantas flores para renovar el arreglo del comedor. Puedes acompañarme si te comportas.

—Yo no soy una criada aquí.

—Compórtate como una dama, quiero decir. Además —añadió, cogiendo una cesta y unas tijeras de podar—, es mucho más probable que lo veas ahí que aquí.

Eso entusiasmó a Amelia. Susan trató de desentenderse de un leve sentimiento de culpa. Si ella podía decidir, Amelia ni siquiera divisaría a Con mientras estuviera en su compañía.

Cuando salieron al patio, Amelia se dio una vuelta completa mirándolo.

—Esto no tiene mucho de jardín. Si hubiera sabido que querías flores te habría traído algunas de la casa. Estamos a rebosar de tulipanes.

—Dos caballeros no necesitan muchas flores —dijo Susan, cortando unos cuantos alhelíes y jacintos.

Amelia estaba mirando hacia la primera planta.

—Todas esas ventanas. Esto es como estar encajonadas, vigiladas.

Susan miró también y vio que Amelia tenía razón, y se le ocurrió que Con podría estar mirando.

Como si le hubiera seguido el pensamiento, Amelia preguntó:

—¿Dónde está el conde? Me muero de ganas de verlo.

—No lo sé.

Y era cierto. Sabía que él había tomado el desayuno, pero nada más. El señor Rufflestowe estaba en la casa otra vez, revisando y catalogando las curiosidades. De Vere debería estar en el despacho. Con podría estar con cualquiera de los dos, o en cualquier otra parte. Pero no creía que hubiera salido de Crag Wyvern. Se esperaba la visita del señor Swann.

—¿Cuánto tiempo vas a continuar aquí? —le preguntó Amelia—. Tiene que ser bastante aburrido. ¿Qué significa esto? —preguntó entonces—. ¿El Dragón y su esposa?

Susan se giró a mirarla. Amelia estaba observando las palabras grabadas en el borde de la fuente.

—Allí había dos estatuas. Un dragón y una mujer.

—¿Qué les ocurrió? —preguntó Amelia, girándose a mirarla.

Susan estaba recordando uno de los problemas que tenía con la vida de la casa señorial. Todos querían saberlo todo. No se les pasaba por la mente la idea de asuntos privados.

—Al conde no le gustó y ordenó que las quitaran.

A Amelia se le iluminaron los ojos.

—¿Eran muy indecentes?

—Mucho.

—Ojalá las hubiera visto antes de que las destruyeran. No es justo, de verdad. Nunca logro experimentar nada excitante.

Susan puso una delicada rama de ruda en su cesta.

—No te habría gustado tampoco.

Amelia caminó perezosamente hasta ponerse a su lado.

—No, si era desagradable, no. Pero una estatua atrevida no sería peligrosa, ¿verdad?

Susan reprimió una sonrisa irónica.

—Te sorprenderías.

Con estaba con el señor Rufflestowe, y sin querer, se sentía fascinado por los extraños y arcanos objetos que éste iba anotando en un meticuloso catálogo.

—¿Y de verdad se usan los ojos de tritón? —preguntó, mirando un frasco de vidrio con pequeños objetos secos.

—Así parece, milord —dijo el campechano y culto joven.

Diciendo esto se levantó a sacar un grueso libro encuadernado en piel de una sección ya revisada. Pasó con sumo cuidado las páginas y le señaló una receta.

—Me cuesta entender esa letra y mucho más traducir del latín después de todos estos años —dijo Con.

—Indica al usuario que disuelva cuatro ojos de tritón en mercurio y orina de cerdo.

—¿Y qué se supone que cura eso?

El señor Rufflestowe se ruborizó.

—Esto..., una dolencia femenina, milord.

—Yo diría que acabaría con todas las dolencias matando a la mujer.

Con se sentía ligeramente divertido y encontraba sorprendentemente amena la compañía de Rufflestowe, pero, en esencia, estaba escondido, esperando que se presentara Swann para poder organizar su escapada.

Susan estaba en alguna parte de la casa, y él no la iba a ver ni a hablar con ella si podía evitarlo.

Sin embargo miró por la ventana y se derrumbó una de sus resoluciones. Susan estaba ahí. Un nuevo aspecto de Susan, riendo y charlando con una llenita y guapa damita con un vestido de alegre color amarillo, que se veía aún más vivo al lado del gris y blanco de Susan.

Condenación, siendo su empleador, ¿no podía ordenarle que vistiera diferente?

Sería injusto. Y peligroso.

Pero no pudo dejar de mirar a las dos mujeres. Entre ellas se veía mucha comodidad y familiaridad, y cayó en la cuenta de que le recordaban a sus hermanas.

Ésa tenía que ser una de las primas Kerslake.

Tendría que dejar de mirar, pensó, girarse y darles la espalda, como huyendo de un encantamiento, pero continuó mirando.

Entonces apareció Race en su visión.

—¡Buenos días, señoras!

Susan se giró a mirar a Race quesalía por las puertas del despacho, sonriendo angelicalmente.

—Hablando de indecente y peligroso —susurró.

—Ah, encantador —susurró Amelia, dirigiendo a De Vere su mirada más coqueta.

—Señora Kerslake, ¿es que tenemos una nueva criada? —preguntó él, haciendo un guiño.

Susan oyó una indignada exclamación a su prima y tuvo que reprimir una sonrisa. Había creído que nunca más volvería a sonreír.

—No sea travieso, señor De Vere. Ella es mi prima, la señorita Kerslake. Amelia, el señor De Vere, el secretario de lord Wyvern.

—Y amigo —dijo él, acercándose más y haciendo una venia—. Significa algo ser el amigo de un conde.

Amelia hizo su reverencia, indicando con sus hoyuelos que ya no estaba indignada.

—¿Lleva mucho tiempo como secretario del conde, señor De Vere?

—Sólo unos meses, pero que me han parecido siglos, señorita Kerslake.

Susan puso en blanco los ojos y continuó buscando ramas con hojas verdes, dejándolos solos en su alegre coqueteo. Por lo menos Amelia había conseguido lo que había ido a buscar ahí, un encuentro con un caballero desconocido interesante. La selección en esa zona era muy limitada y muy conocida.

Pensó si Amelia habría buscado los antecedentes de De Vere en alguna guía nobiliaria, y qué habría encontrado. Estaba segura de que él no era el típico secretario que debía abrirse su camino en el mundo. Era demasiado seguro de sí mismo para ser sólo eso.

Continuó su camino por los senderos del jardín, oyendo de tanto en tanto unas risas como sonido de fondo, y de pronto recordó la pregunta interrumpida de Amelia: ¿Cuánto tiempo iba a continuar allí?

Ya no había nada que la retuviera.

Nada.

Un revoloteo de pena y miedo le advirtió lo mucho que necesitaba marcharse. No se iría mientras Con estuviera ahí. Podían ser migajas sobre la mesa, pero si eso era lo único que conseguiría, se quedaría por ellas.

Y tal vez, tal vez, él volvería a llamarla a su habitación.

Sólo pensar en eso le parecía incorrecto, pero no podía evitarlo. Y no se creía con la fuerza para no ir.

Con sintió una insensata irritación al ver a Race paseándose por el jardín coqueteando mientras él estaba clavado ahí arriba como simple observador. Susan ya estaba casi fuera de su vista, a no ser que se le ocurriera asomar la cabeza por la ventana, y eso era algo que no iba a hacer. Sólo alcanzaba a ver a la pareja que coqueteaba y reía.

Pero qué extraño era en realidad ver una conversación tan normal en Crag Wyvern. Estaba seguro de que hacía años, décadas incluso, desde que dos personas jóvenes normales disfrutaban allí de la mutua compañía.

¿Tendría algo que ver con las expectativas? ¿Podrían él y Susan llevarse mejor cuando estaban juntos si no estuvieran tan conscientes de la venenosa naturaleza de esa casa?

Pero claro, era el pasado común, no el lugar, lo que se había retorcido llevándolo todo al desastre.

Entró otra persona en el escenario.

El hermano de Susan.

Ah, sí. Recordó que le había enviado un mensaje para que viniera. Si iba a proteger al capitán Drake, eso bien podía ser un asunto del que pudieran hablar francamente entre ellos.

Por primera vez se le ocurrió pensar si debería advertir a Kerslake acerca de la amenaza de Gifford a Susan. Ella se lo dijo en confianza, como a un amigo, pero era un asunto del que era necesario ocuparse.

—Susan.

Susan se volvió y vio a David a su lado.

—Buen Dios, esto ya parece una plaza de mercado. —Pero enseguida añadió—. ¿Algún problema?

—Creo que no. Wyvern me mandó llamar.

—¿Qué? —Pero al instante remitió la alarma—. Supongo que para que examines lo que ha encontrado De Vere en los archivos.

Él se encogió de hombros.

—Tenía que presentarme a él, no a De Vere. ¿Sabes dónde está?

David era el administrador de la propiedad, pensó ella. No tenía nada de raro que Con deseara hablar con él. Pero por el espinazo le subían y bajaban hormigueos de alarma.

Con no podía querer hablar de ella. No, claro que no.

Pero los hombres son muy raros en estas cosas.

Podría querer hablar de Gifford. ¿Pensaría que tenía que advertir a David sobre la amenaza de Gifford?

¿Querría hablarle sobre el oro?

¿Qué podría decirle sobre el oro?

Aún no había pensado en la forma de decirle a David que ya tenía dinero para la Horda.

—¿Que te pasa? —le preguntó David.

Ella consiguió esbozar una sonrisa.

—Nada. Es que no dormí bien anoche. —Eso al menos era cierto—. De Vere podría saber dónde está el conde. Si no, tendremos que organizar una búsqueda.

—Una caza del dragón —dijo David alegremente y echaron a andar hacia la otra pareja.

Susan hizo una mueca, pero entonces vio salir a Maisie por las puertas del vestíbulo y cojear hacia ellos.

—El señor Swann ha venido a ver al conde, señora Kerslake.

—Una plaza de mercado, desde luego —comentó ella, pensando que el volumen de tres personas ajenas a la casa, de cuatro si incluía a De Vere, cambiaba algo elemental en Crag Wyvern.

O igual el cambio sólo estaba en ella.

—Lo había olvidado —dijo entonces, ya cerca de los otros—.

David, sin duda por eso el conde te quiere aquí. Señor De Vere, ¿sabe dónde está el conde?

—Con Rufflestowe en las habitaciones Wyvern, creo, señora.

Qué agradablemente formales estaban todos.

—Iré a hablar con Swann —dijo David—. Que algún otro haga las excavaciones para sacar a Wyvern de Wyvern.

Sonriendo encantado se alejó a toda prisa en dirección al vestíbulo. De Vere se puso su máscara de humor y dijo:

—Iré yo. Seguro que algún día agradeceré esta exposición a encantamientos y auras de fertilidad.

Tan pronto como De Vere se había alejado lo suficiente para no oír, Amelia preguntó:

—¿Qué?

Pasado un momento de vacilación, Susan le contó lo de las habitaciones del conde.

Al final Amelia se estaba riendo con los ojos muy agrandados.

—Susan, «tengo» que ver esas habitaciones.

—Sería muy incorrecto.

—Fu. No sería más incorrecto para mí que para ti, aun cuando estés jugando a ama de llaves aquí.

—Trabajo aquí, Amelia. Me gano la paga —dijo Susan, sintiendo la detestable tentación de explicarle por qué exactamente eran diferentes.

Amelia sacó las tijeras de la cesta que llevaba Susan y comenzó a cortar más flores.

—He oído los rumores —dijo— de que venían mujeres aquí con la esperanza de quedar embarazadas y convertirse en la condesa. Es extraño que pensaran que lo valía.

—Muy extraño. Pero yo hablé con un par de ellas y era más el deseo de conseguir una buena dote por nada. Colijo que, en los últimos años al menos, el conde era... incapaz.

—¿Impotente? —preguntó Amelia, pero al instante arrugó la nariz—. De todos modos deseaba manosear y todo eso, ¿verdad?

Tom Marshwood intentó manosearme de la manera más indignante en una merienda campestre la semana pasada.

—¡El canalla! ¿Qué hiciste?

—Le dije exactamente lo que pensaba de él, por supuesto. No volverá a ser estúpido.

Qué soluciones tan sencillas entre personas decentes, se dijo Susan, pensando si tal vez Crag Wyvern despojaba de todo sentido de las proporciones.

Le quitó las tijeras a Amelia.

—Este jardín no permite coger tantas flores. Vamos a la cocina a tomar té.

Mientras caminaban continuaron conversando, pero Susan no podía dejar de pensar, inquieta, en la reunión entre Con, David y Swann. Todo sería de trabajo y negocios, pero la conversación podría llevar a otras cosas.

Ocurriera lo que ocurriera, se dijo, ella no podía hacer nada, y ya había tomado la resolución de dejar de intentar canalizar la vida según su conveniencia.

Decidió instalarse cómodamente en el refugio de esa alegre cháchara de cotilleos con Amelia, pensando si alguna vez tendría la posibilidad de ser tan franca como ella, o si estaría maldecida por su irregular nacimiento.

Con estaba echándole un vistazo a un libro de brujería cuando sonó un golpe en la puerta y entró Race.

—El señor Kerslake espera vuestras órdenes abajo, milord —anunció Race, como un mal actor en una mala obra.

Desde el día anterior Race tenía unos extraños modales, pensó Con, preguntándose qué demonios estaría tramando.

—¡Pero también hay otro esperándoos abajo! —continuó Race—. Para ser exactos, en el gran vestíbulo.

—Swann, supongo.

—Eso me han dicho, milord, aunque igual podría ser una simple oca y la criada se equivocó.

—Un ganso, por lo menos, o la pobre criada se habría equivocado mucho.

Race sonrió de oreja a oreja.

—Tocado.

—Y no lo olvides, vuelve a tu madriguera de archivos inicuos y prepárate para la invasión —dijo Con, pensando que la tontería de Race era contagiosa—. ¿Estamos preparados para enderezarlo todo?

—¿Se puede enderezar una rama torcida? Estamos preparados para hablar de las cosas tal como están.

—Eso tendrá que bastar.

Después que Race se marchara, Con se quedó un momento más en la habitación, y cayó en la cuenta de que no deseaba poner en orden los asuntos del condado, porque entonces no tendría ningún pretexto para no marcharse.

Capítulo 21

El té y la simple conversación con Amelia devolvió algo de normalidad a la vida de Susan. Tal vez también contribuía saber que había otras personas en la casa, aunque la cocina siempre había sido un oasis de cordura.

Estaban sentadas a la mesa grande junto con las otras criadas. Estando todos los «superiores» reunidos hablando de negocios, éstos no necesitaban nada en otras partes de la casa.

Una aromática sopa hervía a fuego lento en la moderna cocina que habían instalado hacía cinco años por insistencia de la señora Lane, y en una rejilla se estaban enfriando sabrosos pasteles con especias, los que no estaban ya en la mesa para comerlos.

Ya se sentía como en una hermandad con las demás criadas. Tal como ella, todas estaban en Crag Wyvern porque en cierto modo no encajaban en ninguna otra parte.

Ada y Diddy estaban ahí porque vinieron a probar suerte con el conde y luego se quedaron. Diddy, al menos, había probado suerte un buen número de veces, a veinte guineas la vez. Ella era una de las que le había dicho que el conde era impotente.

«Mucho manoseo y muchos lamentos —le comentó—, pero a mí no me cuesta nada soportar eso por la paga de un año en un mes.

Aunque es una lástima que sea impotente. Habría sido grandioso ser una milady, ¿no?»

Después que murió el conde dijo: «Entonces es hora de comenzar a buscar marido. Aunque con mi bonita dote seré yo la que elija».

Ada sólo estuvo un mes como novia a prueba. Al parecer el conde estaba convencido de que una mujer delgada no puede concebir. Pero terminado ese mes, al enterarse ella de que en casa esperaba a la chica un padre cruel, que fue el que la envió a Crag Wyvern, la dejó ahí como parte del personal y anotó su nombre en el libro, y si el conde se fijó, no le importó.

De eso hacía casi cuatro años, cuando era la secretaria.

También fue ella la que empleó a Maisie y a Ellen. Debido a que tenía la columna torcida, Maisie no lograba encontrar un buen empleo, y Ellen le tenía un miedo de muerte a la familia para la que trabajó por primera vez, la familia Monkcroft, que vivía cerca de Axmisnter. Lo que Ellen le contó sobre las peleas de esa familia fue una revelación para ella, y después, cuando la chica le dijo que Crag Wyvern le parecía un feliz refugio comprendió que todo depende del punto desde el que se mira.

La señora Gorland era la cocinera ahí desde hacía casi veinte años, y con su pericia podía trabajar en cualquier parte, pero tenía una cierta disposición republicana y le resultaría difícil tratar con una señora de la casa que exigiera deferencia.

Sabía que echaría de menos a esas mujeres tanto como echaría de menos a su familia de la casa señorial.

Aun cuando Amelia no había estado nunca en el comedor de las criadas en Crag Wyvern, se sentía cómoda con ellas, intercambiando anécdotas de las familias de la localidad y oyendo historias acerca del conde anterior. Historias bastante decentes, pensó Susan complacida, aunque tal vez no había ninguna necesidad de proteger a Amelia. Ninguna chica de campo en sus cabales era ingenua.

A los quince años, sin haber sido besada nunca, ella sabía lo suficiente para seducir a Con.

Se sentía cómoda en la agradable satisfacción de ese momento. Pero claro, llegó el instante en que Amelia tenía que marcharse. La acompañó hasta la puerta principal, sintiéndose extraordinariamente mejor. Sólo cuando estaban fuera de la puerta, recordó la llegada de Amelia.

—¿No dijiste que tenías un motivo para venir?

—¡Ah, sí! —Amelia sacó del bolsillo una carta algo maltrecha—. Llegó esto para ti. Pensamos que podría ser de lady Belle. ¿Crees que ya habrá llegado a Australia?

—Lo dudo, sólo se embarcó hace tres meses. —Cogió la carta, que estaba dirigida a la casa señorial pero no tenía remitente—. ¿Para qué diablos escribirme a mí?

—Eres su hija.

—Hecho que ha ignorado toda mi vida.

Cayó en la cuenta de que ni siquiera sabía cómo era la letra de su madre. Eso era extraño, pero claro, su madre jamás se relacionó con ella en ningún aspecto práctico de la vida cotidiana. Entonces ¿por qué una carta?

La carta había pasado por manos toscas antes de llegar a las descuidadas de Amelia, y era imposible distinguir las manchadas palabras que tal vez indicaban su procedencia. Pero venía del extranjero, eso estaba claro, ¿y qué otra persona le escribiría a ella desde el extranjero?

Dominando su creciente renuencia, rompió el sello y abrió la gruesa carta.

Tal vez uno de sus padres había muerto.

Eran cuatro hojas escritas enteras y un sobre lacrado adjunto. Al final de la última página, venía la firma: Lady Belle.

No «Madre». No, claro que no. ¿Es que después de todos esos años todavía albergaba la esperanza de que lady Belle llegara algún día a parecerse a la tía Miriam?

Lady Belle. Estaba viva. Y sin duda deseaba algo.

Volvió la atención a la primera hoja. La letra de lady Belle no era nada elegante; una letra de rasgos enérgicos, algo puntiaguda, muy inclinada a la derecha, con grandes bucles, y muchos borrones. Típico de ella, no intentó hacer la letra pequeña para ahorrar en papel y en peso. Escribía con una letra grande, las líneas muy separadas y luego continuaba escribiendo líneas apaisadas en los márgenes, tapando los comienzos y finales de las líneas horizontales.

—¿Qué dice? —preguntó Amelia, acercándose a mirar—. ¡Aj, qué enredo!

—Eso resume a lady Belle —dijo Susan, sarcástica—. «Mi querida hija» —leyó, y no pudo evitar poner en blanco los ojos, pero enseguida entendió, al continuar leyendo—: «Sé que la palabra "querida" no tiene verdadero significado entre nosotras, pero ¿de qué otra manera podía comenzar esta carta?»

Se echó a reír. Qué típico. Lady Belle jamás se había andado con tapujos respecto a sus sentimientos o falta de ellos, ni pedido disculpas. En cierto modo ella la admiraba por eso.

Pero sintió algo más, una especie de mal presentimiento respecto a esa carta.

—Creo que necesito leerla yo sola.

Al instante Amelia dejó de mirar por encima de su hombro y se apartó, tal vez por primera vez consciente de la necesidad de privacidad.

—Comprendo. Qué raro es todo esto —comentó, como si nunca antes se le hubiera ocurrido pensar en las rarezas de la relación de Susan con sus padres—. Y ya debería volver a casa, por cierto. Madre me hizo prometer que no estaría mucho rato aquí. No sé qué la preocupaba más, que yo hiciera alguna diablura o que el dragón me cogiera en sus garras. ¡Y hete aquí que ni siquiera le he visto! ¡Acuérdate de ese baile!

Haciendo un alegre gesto de despedida con la mano, se marchó.

El primer impulso de Susan fue ir a su habitación a leer la carta, pero en lugar de eso echó a caminar lentamente hacia el promontorio, para estar al aire libre y la luz, en el lugar donde el día anterior había hablado con Con.

El lugar donde habían encontrado la manera de llegar a un acuerdo, el que duró tan poco.

Ella ya lo sabía, pensó amargamente. Sabía que cualquier cosa de tipo carnal lo estropearía todo. Pero no tuvo la fuerza necesaria para resistirse.

¿De tal madre tal hija?

Se sentó en el suelo, alisó el papel y comenzó a descifrar las palabras:

Mi querida hija:

Sé que la palabra «querida» no tiene verdadero significado entre nosotras, pero ¿de qué otra manera podía comenzar esta carta?

Un viaje por mar, he descubierto, ofrece muchísimo tiempo para pensar, y he pensado que mi amadísimo Mel podría desaprobar que yo haya cogido los medios para hacer este viaje, aunque no me cabe duda de que estará encantado de verme.

He recordado que me dijiste que la Horda del Dragón podría verse en dificultades debido a falta de fondos, y que mi hijo podría tener que tomar el mando y exponerse a grandes riesgos. Claro que ya no se puede hacer nada respecto a eso, pero

Tuvo que girar la página y concentrarse en las líneas más largas apaisadas en los márgenes. Qué, ¿es que había otro escondrijo de dinero en alguna parte?

hay algo que podría servir. Aunque indudablemente tú me crees sin corazón, no soy totalmente indiferente a la seguridad de mi único hijo.

Me arrojaste a la cara que nunca me casé con Melquisedec.

Quiero que sepas que eso no fue por mi culpa ni por la de Melquisedec. Por desgracia yo tenía un matrimonio anterior. Estaba casada con el conde de Wyvern.

Susan ladeó el papel para releer eso, no fuera que hubiera leído mal. No, eso era exactamente lo que decía.

¡Buen Dios! ¿Es que su madre también se había vuelto loca?

Wyvern me cortejó, y he de confesar que me atrajo la idea de ser una condesa. Él no era tan raro en ese tiempo, aunque sí bastante. Ya tenía su obsesión de engendrar un heredero, y me hizo la proposición que después sería tan infame.

Ahí terminaba la primera página, pasó a la segunda y tuvo que girar las hojas en noventa grados para poder leer bien. Estaba claro que lady Belle se había dado cuenta de que la carta sería larga, porque ahí las líneas ya venían más apretadas y era aún más difícil leerlas.

Lógicamente me negué, pero él estaba tan loco por mí que me presentó otro plan. Nos casaríamos en secreto, y una vez que yo resultara embarazada, se anunciaría el matrimonio. Incluso me ofreció una boda normal para entonces. Yo sólo tenía diecisiete años, y reconozco que me dejé persuadir. He lamentado muchísimo no haber podido casarme con mi amadísimo Mel en la iglesia, rodeados por todos nuestros amigos.

¿Cómo se organizó esto, preguntas?

Sí, ¡pregunto!, pensó Susan. ¿Cómo pudo su madre, la señorita Kerslake de Kerslake Manor ir a Gretna Green y volver sin que nadie lo notara? Lady Belle tenía que estar loca de remate o creerla a ella una absoluta idiota para contarle ese cuento.

Pero continuó leyendo, ya era imposible resistirse.

La forma fue tan sencilla que me extraña que esto no se haga con más frecuencia. James Somerford estaba loco, pero de ninguna manera era estúpido. Encontró a una prostituta joven que se parecía a mí y fue con ella, no a Gretna, sino a la isla Guernsey, cerca de la costa de enfrente, donde por lo visto existen las mismas facilidades para casarse. Ingenioso, ¿verdad? Ahí, la impostora declaró que era yo, y así quedé casada sin ninguna incomodidad ni molestia.

Cuando él volvió con el certificado de la boda, comenzamos nuestro matrimonio secreto, pero, sin ensuciar tus oídos de doncella, hija, eso no fue en absoluto de mi gusto. En realidad, fue muy espantoso, horroroso, y cuando hui de allí por la noche, me encontré con Melquisedec Clyst. Estaba dirigiendo una operación de contrabando, por supuesto, y me retuvo con él mientras hacía su trabajo.

Por lo que sé de ti, Susan, creo que careces de la sensibilidad para sentir emociones más intensas, o careces de un corazón apasionado,

—¿Por lo que sabes de mí? —masculló Susan, pasando a la siguiente página.

Pero estaba totalmente atrapada por esa historia increíble. Era tan increíble que debía ser cierta. Y explicaba el gran misterio de por qué sus padres no se casaron.

pero para una mujer como yo, llega un vínculo que no se puede rechazar y que es para toda la vida, y así ha sido para mí y Mel. Te aseguro que nada inferior a una fuerza irresistible, tumultuosa, podría haberme arrojado en los brazos de un simple tabernero sin la bendición del matrimonio.

Susan se rió en voz alta al leer eso. Qué manera tan propia de ser la de lady Belle.

Descubrir que él era el capitán Drake y que el contrabando era lucrativo, fue un cierto consuelo. También era favorable para mí que él fuera lo bastante poderoso para protegerme de James, quien podría haber hecho valer sus derechos de marido.

Resumiendo, Susan, para no alargarme, los tres acordamos no mencionar el matrimonio. Eso significaba que James estaba libre para casarse con otra si lograba dejarla embarazada. A cambio de mi silencio, James aceptó no interponerse entre Mel y yo, y proteger a la Horda del Dragón, por un abusivo diez por ciento de las ganancias. Sin embargo, juró que si yo intentaba pasar por una ceremonia de bodas con Mel, él sacaría a la luz el certificado de matrimonio y ejercería su autoridad de marido sobre mí.

Puedes imaginarte que yo rogaba que naciera un hijo en Crag Wyvern con tanto fervor como James, aunque él no creía en la santa oración, porque así yo quedaría libre y podría casarme públicamente con mi amadísimo Mel. Pero ahora soy viuda, y por lo tanto haré eso tan pronto como lo encuentre.

Comprendes, por supuesto, lo que significa esto para vosotros.

—Noo —musitó, casi mareada por esa extraña historia.

O tal vez era sólo por el esfuerzo de leer la enrevesada escritura. Comenzó la última página:

Por ley, un hijo nacido de un matrimonio es legítimo a no ser que haya pruebas de lo contrario. James nunca afirmó que David y tú fuerais hijos suyos, por supuesto, pero tampoco lo negó, y sin duda se pueden aducir las claras pruebas de su locura para explicar esto.

Por el bien de mi hijo, y para desquitarme de James, lo reconozco, he redactado el testimonio jurado que adjunto, en el que declaro que mis hijos fueron engendrados por el conde, pero que en su locura los amenazaba y por lo tanto no me dejó otra opción que entregarlos al cuidado de mis parientes. Que él, en su locura, los repudió.

Puede que no lo sepas, ya que eras una niña pequeña en ese tiempo, pero durante los primeros años, mi relación con Mel se mantuvo en secreto. Yo seguí viviendo en la casa y los últimos meses de mis embarazos los pasaba fuera, en una larga visita. Mis padres y mi hermano mayor se aferraban a la esperanza de que yo recuperara la sensatez e hiciera un buen matrimonio, ¿sabes? Cuando cumplí los veintiún años, no mucho después del nacimiento de David, me marché de casa para siempre. Comprenderás, sin embargo, cómo esto también podría apoyar la idea de que tú y David sois los hijos de mi matrimonio con el conde loco.

Si te interesa saber si hay alguna prueba sobre mi paradero en el momento de la boda, fui con mi vieja tata a visitar a una amiga cerca de Lyme Regis. La tata murió hace mucho tiempo, y dudo que alguien logre recordar el nombre de la amiga. Yo no lo recuerdo, ciertamente.

No tengo idea de si esto se puede hacer, pero el certificado de matrimonio está en alguna parte en Crag Wyvern. James no lo habría destruido jamás, puesto que le daba poder sobre nosotros. Tal vez tú puedas usarlo para hacer conde a David, lo cual eliminaría la necesidad de que se exponga a riesgos siendo el capitán Drake. Y tú, lógicamente, serías lady Susan Somerford, y podrías por fin encontrarte un marido.

Ya está, he cumplido con mi deber de enmendar las cosas. Haz con esto lo que quieras.

Lady Belle

Susan enderezó la espalda, casi esperando que la carta se convirtiera en polvo entre sus manos, como un artefacto misterioso en una novela gótica. Pero la carta continuó entera, conteniendo su estrafalario mensaje.

¡David! Se incorporó de un salto. Tenía que hablar con David respecto a ese asunto.

Sólo entonces cayó en la cuenta de que David debía estar con Con.

Con.

Si usaba esa información, Con podría perder el condado.

Pero David sería prácticamente intocable si era conde. Aparte de los beneficios del rango y la fortuna, no lo podrían colgar ni deportar por contrabando. En realidad, toda esa zona podría disfrutar de décadas de paz y prosperidad ilegal.

No sería correcto usar esa información; David no era hijo del conde. Pero la idea era tan tentadora como la manzana de la serpiente.

¿Y Con?

Le robarían el título y la fortuna.

Debía destruir esa carta y llevarse con ella hasta la tumba el contenido. Comenzó a romperla, pero cuando sólo había roto un pequeño trocito, se detuvo. Romperla y quemarla no borraría el conocimiento de su mente.

¿David o Con?

¿Mentira o verdad?

Capítulo 22

Verdad, decidió.

Una vez decidido, lo vio tan claramente correcto que habría llorado de alivio. Ya veía que esa noche con Con había sido una maraña de mentiras, de falsedades. Sus intenciones no eran malas, pero no fue sincera y por lo tanto todo se hizo trizas en sus manos.

Si se aventuraba a mentir otra vez, sus intenciones no serían malas, pero estaría de vuelta a su antigua costumbre, tratar de manipular la vida para que conviniera a sus necesidades. Estaba harta de eso.

Pero de pronto comprendió que debía poner el asunto en manos de David. No era a ella sola a quien le correspondía decidir. De todos modos, decidiera lo que decidiera David, ella le diría la verdad a Con.

Volvió a la casa. Si David no se había marchado aún, tendría que poder interceptarlo para hablar a solas con él.

Y entonces lo vio saliendo por el arco.

—¡David!

Él se giró a mirarla sonriente y a ella le resultó fácil sonreírle. Era lo correcto decírselo y sería agradable hacerlo fuera de la opresiva casa.

—Lo creas o no —dijo cuando estuvo a su lado—, he recibido una carta de lady Belle.

—¿Qué desea? —preguntó él.

Eso la hizo reír.

—Ah, es toda bondad y buena voluntad. Léela.

Él cogió la carta, pero al ver la letra hizo una mueca poniendo los ojos turbios.

—Supongo que habrás descifrado esto. ¿Qué tal si me la resumes?

—No, creo que es necesario que la leas entera.

Él exhaló un suspiro, pero comenzó a leerla, quejándose. Pasado un momento, al llegar a las revelaciones, se quedó en silencio. Cuando terminó, continuó en silencio.

Ella resistió el deseo de exigirle una opinión.

—Desde luego, es una mujer muy inmoral —dijo él al fin—. No hay indicios de que haya vacilado en perpetrar el engaño e inventar un falso testimonio.

—Lo sé. Sería agradable descubrir que no fue nuestra madre, pero creo que no hay esperanzas de eso.

—A mí me enorgullece ser hijo de Mel, sobre todo ahora que sé por qué no se casaron. —Volvió a mirar la carta—. Sólo ha enviado esto porque sabía que él lo desaprobaría. Una señal de su amor, supongo, pero de todos modos...

—¿Qué vas a hacer? —preguntó ella, porque debía preguntarlo.

—¿Hacer? Nada. Por el amor de Dios, no habrás creído que yo iba a actuar según esto, ¿verdad? ¡Es un fraude!

De pronto Susan retrocedió al momento de esa noche pasada cuando se ofendió tanto por la sencilla pregunta de Con de si le había contado a alguien que habían hecho el amor. Mal otra vez. Cada paso que daba, mal, mal, mal.

Se concentró en el presente.

—No, no creí que lo harías. Supuse que no. Pero decidí ponerlo en tus manos. Y creo que es necesario decírselo a Con. Podría aparecer ese certificado y no me extrañaría si lady Belle removiera el asunto después. Ahora que su marido el conde ha muerto no corre ningún riesgo en afirmar su derecho a ser la condesa.

—A excepción de la carta —señaló David—. Ahí reconoce que somos hijos de Mel, y deja muy clara su disposición a mentir bajo juramento.

Se miraron a los ojos.

—Entonces tenemos que entregársela a Con.

Él la dobló y se la pasó.

—Tú se la das. —Pasado un momento de titubeo, le preguntó—: ¿Puedes decirme qué hay entre vosotros dos, Susan? Sea lo que sea, no te hace feliz. No quiero ser descortés, pero haces mala cara, no tienes buen aspecto.

Suspirando, ella se le acercó más.

—Dame un abrazo, David. Necesito un abrazo.

Agradeció sentir sus fuertes brazos alrededor, y el conocimiento seguro de que él la apoyaría toda su vida, aun en el caso de que continuara haciendo tonterías. Pronto podría decirle la verdad sobre algunas de las cosas que había hecho, pensó; pero no todavía.

Cuando se apartaron, le dijo una verdad:

—Lo quiero, David. Lo he amado desde que tenía quince años. Pero él se va a casar con lady Anne Peckworth, la cual, no me cabe duda, es una dama encantadora que lo hará muy feliz.

—¿Es por tu nacimiento? ¿Es eso lo que se interpone entre vosotros?

Ella sonrió.

—No, no, claro que no. Simplemente él no corresponde mi amor. Eso ocurre todo el tiempo, sin duda, y no por ello se acaba el mundo.

—Pero once años... Me extrañaba que no te hubieras casado. Parece que tienes una cosa en común con nuestra madre: constancia eterna.

—Es de esperar que no sea tan obsesiva. Vete. Yo le daré esta carta y te contaré su reacción.

Se quedó un momento mirándolo bajar la colina, y luego se dio media vuelta y entró en la casa. Tendría que emprender la búsqueda del dragón. Atravesó el patio y al pasar por las puertas cristaleras de la biblioteca vio que Con seguía ahí con De Vere y Swann.

No había mucha urgencia en entregarle la carta a Con, y sin embargo lo sentía urgente. Tal vez temía que se le debilitara la voluntad e intentara convencer a David de que buscara la seguridad mediante el fraude. Todavía no se sentía del todo segura en su nueva piel.

O tal vez simplemente deseaba un pretexto para volver a estar con Con.

Buscó un lugar de observación y eligió la sala de desayuno, desde la que se veía la biblioteca. No tardó mucho en verse recompensada, pues él salió por las puertas que daban al jardín, dejando solo a De Vere con Swann.

Esperó un momento, haciendo la última reflexión, y salió a toda prisa.

—¡Con!

Él se giró bruscamente. Ella casi vio subir sus escudos.

—Susan.

—Tengo algo que debo enseñarte, decirte.

Él se tomó un tiempo para pensarlo, y eso le dolió, pero al final dijo:

—Muy bien.

Ella miró todas las ventanas desde las que se podía observar. Ya había pocas personas ahí para mirar, pero de todos modos dijo:

—En la sala de desayuno sería mejor.

Él la miró receloso, pero le hizo un gesto indicándole que ella entrara primero. Cuando estuvieron los dos dentro, cerró las puertas.

—Esto es algo que no debe escuchar nadie —explicó. Al ver su expresión, se apresuró a añadir—. Esto no es un ataque, Con. Por favor, no me mires así. Es... es una atención, una amabilidad. Por lo menos un acto sincero. —Sacó la carta del bolsillo—. Amelia me trajo esta carta. Es de mi madre. Puedes leerla si quieres, aunque tiene una letra horrorosa. —Miró la primera página, las enrevesadas líneas—. Nunca le había visto la letra. ¿No es raro eso?

Cuando lo miró vio que él tenía la cara sin expresión, estaba distante, como si fueran desconocidos. ¿Por qué le decía esas cosas tan tontas, que no venían al caso?

—¿Qué dice? —le preguntó él.

Ella no supo por dónde empezar.

—Que estaba casada con el conde. Lo sé. ¡Lo sé! Pero la creo. Fue un asunto de locos. Pero él estaba loco.

Le explicó los detalles, observando que su distante frialdad iba pasando por lo menos a sorpresa.

Le puso la carta en las manos.

—Ten. Todo está ahí. Es la carta que puedes usar para impedírselo si ella vuelve a intentar esto. Y la declaración jurada falsa. Sin duda ese certificado de matrimonio está en alguna parte de esta casa. Si lo encuentras, puedes romperlo, y así ella no tendrá nada para defender su caso.

—Creo que en Guernsey tienen que tener también el registro de matrimonio.

—No importa. Fue un matrimonio falso. Seguro que se puede demostrar que es falso.

—Tal vez... —la miró a los ojos—. Podrías hacerlo valer, hacerlo efectivo, y entonces tendrías Crag Wyvern, al menos a través de tu hermano.

—¡Baba del dragón! ¡No deseo Crag Wyvern! No veo las horas de escapar de esta casa.

—Y sin embargo acabas de asegurar que sea mía. Y anoche demostraste que sigo siendo vulnerable a ti.

Ella cerró los ojos.

—¡Con, por favor! —Los abrió y lo miró, para intentarlo una última vez—: Sé que tienes motivos para desconfiar de mí, pero en esto soy totalmente sincera. Al igual que tú, no viviré nunca en Crag Wyvern, sea de quien sea. No me importa el título, ningún título. Lamento muchísimo haberte dado motivo para desconfiar así, pero en este momento, aquí, soy absolutamente sincera.

Él estaba dándole vueltas a la carta entre las manos como si por fuera pudiera revelar algo extra.

—Sé sincera, entonces. ¿Cuántos amantes has tenido?

—Tres —repuso ella en voz baja.

Él la miró a los ojos, exigiéndole más.

—En cuatro ocasiones —añadió entonces, suspirando—. Lamento haberte dado a entender que fueron más, pero pensé que si sabías la verdad no me harías el amor, y yo te deseaba tanto, tanto. Pero estuvo mal mentir, aun cuando fuera sin decirlo expresamente.

—¿Por qué sólo otras dos ocasiones? No tengo ningún derecho a preguntar, pero necesito saberlo.

Ella titubeó, pero continuó por el camino de la sinceridad.

—Quería borrar el recuerdo de ti y... y no resultó.

Pasado un momento él se metió la carta en el bolsillo.

—Necesito pensar esto.

—No hay nada que pensar. Se lo dije a David y piensa igual que yo. Estaría horrorosamente mal.

Él continuó mirándola sombrío y pensativo.

—¡Con! Por favor. Nunca volveré a hacer nada que te hiera.

—Te creo —dijo él, con una insinuación de sonrisa en los labios—. No te marches de aquí, Susan. Necesito hablar más de esto contigo.

—Me quedaré unos pocos días más.

Él asintió y salió por la puerta del corredor.

Con cerró la puerta y se detuvo a intentar ordenar los pensamientos que le giraban como un torbellino en la cabeza. No le sirvió de nada. En ese momento, antes de tomar alguna decisión esencial, necesitaba la ayuda de una cabeza realmente cuerda.

Subió a su dormitorio a ponerse ropa de montar, después bajó al establo de Crag Wyvern al pie de la colina, en la aldea, y emprendió la cabalgada de dos horas a Redoaks, hacia la casa de Nicholas Delaney en Somerset.

Rogaba que Nicholas estuviera en casa.

Durante el trayecto se puso a pensar que ésa era la primera vez que se le ocurría ir ver a un amigo, para recurrir a él, desde que regresó a casa después de Waterloo. Había pasado un tiempo con los Pícaros en los condados del centro y después en Londres, pero con su máscara y sus escudos de protección bien colocados. En lugar de estar con ellos, había estado escondido de ellos.

La última vez que vio a Nicholas fue en Londres, hacía unos meses, cuando Francis se casó con su bella y escandalosa mujer. Todos los Pícaros que estaban en Inglaterra se reunieron entonces para contribuir a su lanzamiento en sociedad. Pero puesto que estaba escondido, él evitó encontrarse con Nicholas, que tenía la tendencia a notar esas cosas.

El diablo le busca trabajo a la mente ociosa, así que intentó continuar con la mente ocupada.

Incluso fue a Irlanda para asistir a la boda de otro Pícaro.

Pero al final se apoderaron de él las tinieblas y comenzó a eludir a todos los amigos que lo conocían bien. A las cartas de Hawk, que seguía fuera, contestaba con pura cháchara vacía. Les enviaba cartas breves a diversos Pícaros, quienes estaban ocupados con sus propios asuntos. Pero no contestaba las cartas de Van, porque era muy probable que éste buscara un encuentro con él.

Sabía que Van tenía que estar debatiéndose con sus propias tinieblas, pero él estaba tan metido en su agujero negro que no era capaz de tenderle la mano a un amigo.

¿Se merecía la ayuda de Nicholas?

Aun no habían transcurrido las dos horas cuando estaba mirando Redoaks, la casa de campo de ladrillos de Nicholas.

La casa era sencilla, pero sus proporciones, los jardines y los robles rojos que le daban su nombre hablaban del tipo de integridad y llaneza que elegiría Nicholas.

Todo un contraste con Crag Wyvern.

Guió a su caballo para que tomara el corto camino de entrada, pensando qué le diría exactamente, aunque sabiendo que eso no importaba.

Se abrió la puerta antes de que él llegara a la casa, y apareció Nicholas. Vestía camisa de cuello abierto y pantalones holgados, y era evidente que no llevaba cortado a la moda su pelo rubio oscuro.

—¡Con! Esto es una sorpresa, pero deliciosa.

Se veía relajado y acogedor, comprobó Con, como un sol de primavera en un cielo despejado, lo cual lo hizo tomar conciencia de que tenía muchísima sed. Se apeó del caballo.

—Estoy en Crag Wyvern. ¿Sabías que heredé el condado?

—Sí, por supuesto. Interesante carga, diría yo.

—Eso lo resume todo, sí.

Con notó que estaba sonriendo sin tener ningún motivo claro, aparte tal vez de que lo alegraba haber hecho ese viaje.

Por la parte de atrás de la casa apareció un mozo, que fue a hacerse cargo del caballo, y Nicholas lo hizo pasar a un vestíbulo cuadrado, pintado en verde claro, y en el que había dos macetas con jacintos. El agradable perfume de la cera de abeja y las flores le recordó Somerford Court.

—¿Está a cuánto? —preguntó Nicholas— ¿Unas quince millas?

—Un poco menos creo. Esto ha sido un impulso, aunque si visitaras Crag Wyvern te darías cuenta de que el impulso de ir a otra parte es constante.

Nicholas se echó a reír.

—He conocido muchas casas así. Vi un grabado de ésta en un libro. Estaba convenientemente rodeada por nubarrones negros y un mar embravecido, y tenía bastante aspecto de algo soñado por Monk Lewis.*

—Ah, un simple novelista no podría hacerle justicia. Para crear Crag Wyvern hay que estar completamente loco. La locura viene de familia.

Vio que Nicholas le echaba una rápida mirada cuando iban entrando en una sala que posiblemente se llamaba salón, pero era tan simpática y acogedora que rechazaba ese término tan formal.

Había libros, lógicamente en estanterías, en pequeños rimeros sobre las mesas, y tres esperando en sillones. En el brazo de un sillón había un cesto de costura, y más allá una invitadora mesa de ajedrez. Con fue a mirar la mesa, atraído por las insólitas piezas, y vio que eran de un diseño indio, con elefantes en lugar de caballos.

—De metal —dijo Nicholas—. Muy práctico habiendo dedos pequeños por aquí.

Entonces Con se fijó que había juguetes por toda la sala, entre otros una colección de muñecas y animales tallados formando un círculo alrededor de un pequeño gorro de encajes.

—Montando guardia, por supuesto. Por el momento es la más preciada posesión de Arabel. Eleanor salió y la llevó con ella, así que tendrás que conformarte con la tosca hospitalidad masculina. ¿Qué te apetece?

—¿Tienes sidra?

—Por supuesto —dijo Nicholas, saliendo a dar la orden.

Con dejó el sombrero, los guantes y la fusta sobre una mesa, sintiéndose pesado con tanta ropa. Pasado un momento se quitó la chaqueta y se abrió el cuello de la camisa. Cuando volvió Nicholas, preguntó:

* Monk Lewis: apodo que daban al novelista inglés Matthew Gregory Lewis (1775-1818), inspirado por su novela gótica *The Monk* (El monje). *(N. de la T.)*

—¿Por qué los hombres nos ponemos tanta ropa en mayo?

—En recompensa por exigir que las mujeres usen corsé.

—¿Exigimos eso?

—Pero si no, ¿se exigirían eso ellas mismas?

Pero su sonrisa indicaba que pensaba que la mayoría de las tonterías son autoimpuestas, lo cual coincidía bastante con lo que Con estaba pensando en ese momento.

Probablemente Nicholas no le haría ninguna pregunta directa. No era ése su estilo. Pero él no tenía muy claro de qué venía a hablar con Nicholas.

Crag Wyvern, Susan, lady Anne, Gifford, contrabando, herencia...

Lo de la herencia fue lo que lo llevó disparado ahí, pero estaba mezclado con lo demás.

Trajeron la sidra en un jarro grande de cerámica todo empañado por gotitas de agua, acompañado por dos jarras de cristal. Nicholas llenó las dos y le pasó una.

Al primer trago, Con exhaló un suspiro de satisfacción. Después del segundo, exclamó:

—¡Esto es fuerte!

—Hecha en casa —explicó Nicholas—. Si no estás preparado para contarme tus secretos ahora, lo estarás dentro de un rato.

Con se sentó en un sillón y bebió otro trago, y largo.

—Supongo que simplemente no me habría dejado caer aquí.

Nicholas se sentó en el sillón de enfrente, con sus característicos movimientos pausados, elegantes. Daba la impresión de que nunca pensaba en sus movimientos, y sin duda no los pensaba, pero al parecer su cuerpo no aceptaba movimientos torpes.

—¿Dare? —preguntó.

Típico de Nicholas dar justo en el clavo. O en uno de ellos.

—Es como un dolor de muelas. No tan terrible que te lleve al dentista, pero tan constante que te impide descansar y te quita todo agrado. No tiene ningún sentido. No fue culpa mía. Pero no puedo cerrar la puerta y dejarlo fuera. Si al menos hubiéramos encontrado su cadáver.

—Su madre está igual, pobre mujer. Ahora está obsesionada por conseguir que a todos los soldados y oficiales del ejército británico se les obligue a hacerse un tatuaje para facilitar la identificación de los cadáveres. Colijo que tú eres el responsable de eso.

—Buen Dios. Sí que le hablé de nuestros tatuajes, que nos los habíamos hecho por ese motivo. Qué imprudencia.

—No podrías haberte imaginado que se aferraría a eso. Y piensa que eso le da una especie de finalidad. —Nicholas se interrumpió para beber otro trago—. Supongo que Crag Wyvern no contribuye positivamente. Sé que nunca deseaste el condado.

Con se encogió de hombros.

—Desde la muerte de Fred, sabía que esto tendría que ocurrir algún día. Pero había motivos para suponer que no ocurriría hasta pasado muchísimo tiempo. El conde loco sólo tenía cincuenta años. El muy condenado se mató con una poción que supuestamente le iba a aumentar la longevidad.

Riéndose, Nicholas le pidió detalles, así que le explicó lo del despacho particular y el dormitorio y todo lo demás que sabía acerca de las excentricidades del conde loco. Los falos secos causaron la sensación que cabía esperar.

—No me vendría mal echarles una mirada a esos libros y manuscritos, ¿sabes? Soy coleccionista.

—¿De ridiculeces de alquimia?

—De curiosidades de alquimia, entre otras cosas.

—Sólo quieres los falos secos. Marcha retardada con la vejez, ¿eh?

—Con crujidos y quejidos. Así pues, ¿eso es lo peor de Crag Wyvern?

Con pensó en la fuente y en Susan, en el oro y en Susan, en el baño y en Susan, pero no sabía cómo empezar, ni si quería que Nicholas pusiera sus despejados ojos en esos asuntos.

Había venido a hablar de la herencia.

—Se me ha presentado un dilema —comenzó, y le explicó los puntos principales de la carta de lady Belle.

—Qué familia más interesante tienes.

—Ella no es familiar mía.

—Es la condesa de Wyvern, en cierto modo. Si ella se pusiera firme sospecho que lo tendrías muy difícil para demostrar que no era ella la mujer que se casó en Guernsey.

Con emitió un gemido.

—Lo único que me faltaba, lady Belle viviendo en Crag Wyvern. Gracias a Dios se le metió en la cabeza embarcarse en seguimiento de Mel.

—Tal vez podrías mover algunas cuerdas en la administración para que ella y este Melquisedec Clyst reciban buen trato en Australia. Maravilloso nombre, por cierto. No sé si Eleanor estaría de acuerdo en llamar así a nuestro primogénito.

—Probablemente no.

—Cierto —rió Nicholas.

Pero Con estaba pensando en lo que acababa de decir Nicholas.

—Si los tratan bien podrían quedarse ahí después que acaben los siete años de Mel. Me imagino que en esa tierra en bruto hay todo un amplio campo de actividades para un hombre de sus talentos. Pero ¿qué hago si ella insiste en que su hijo es el verdadero conde?

—Tienes esa carta. Ésta refutaría completamente sus argumentos. Tonta mujer.

—Pero si no fuera por la carta, podría colar.

—Aah —dijo Nicholas, y se bebió el resto de su jarra. Típico de él ver inmediatamente las posibilidades. Se levantó a llenar las dos jarras—. ¿Tanto detestas ser el conde de Wyvern?

—Y más.

Nicholas volvió a sentarse.

—Una idea muy interesante. Deliciosamente Pícara en realidad. Es una lástima que no esté aquí Stephen con su sabiduría jurídica, pero no veo por qué no triunfaría. Provocaría toda una tormenta en la sociedad, y muchísimas habladurías.

—Creo que eso puedo manejarlo. Pero sería una falsedad. Puede que no sienta una fuerte lealtad hacia los Somerford de Devon, pero va contra el código poner a alguien totalmente ajeno a la familia ahí. Igual vendrían todos los condenados a rondarme.

—Tal vez sólo pueden rondar por Crag Wyvern. Si te mantienes lejos, estarías a salvo.

Con lo miró a los ojos.

—¿De veras no ves nada incorrecto en eso?

—Me gusta mirar las consecuencias, no las normas tradicionales. ¿Quién sufre? Los Somerford dementes de Devon, tal vez, pero todos se murieron sin que hubieras influido tú para nada. ¿Quién gana? Tú. Ese David Kerslake. La gente de la zona, que tendrá un lord residente. Los contrabandistas, que tendrán muchísima seguridad. ¿Te parece que es capaz para ser un buen conde de Wyvern?

Con lo pensó.

—Sí. Es algo impetuoso y demasiado seguro de sí mismo, pero claro, sólo tiene veinticuatro años y no ha sufrido los suficientes golpes para madurar rápido. Diría que es sensato. Ciertamente es inteligente y muy trabajador.

—Dios de los cielos, ¡lánzate con ese plan! ¿A cuántos pares del reino podrías describir así?

Con negó con la cabeza.

—Lo haces parecer fácil. Es posible que él no acepte. —Tendría que mencionar a Susan—. Su hermana es mi ama de llaves. Esa carta la recibió ella. Antes de entregármela, habló con él, y él no desea de ningún modo participar en un fraude.

—Eso lo honra, pero habría que persuadirlo. No siempre obtenemos exactamente lo que nos gusta. ¿Qué te parecería si fuera contigo cuando vuelvas? No puedo resistirme a meter la mano en un asunto tan delicioso, y de verdad querría tener prioridad de elección con esa arcana colección.

—Nada me gustaría más, pero es una casa opresiva. De verdad creo que puede volver loca a la gente.

—Si fuera a volverme loco a causa de lugares, eso habría ocurrido hace mucho tiempo. Ah —añadió, levantándose, antes de que Con hubiera oído los pasos y los balbuceos infantiles.

Pasado un momento, entró Eleanor Delaney, ataviada con un vestido de tela estampada con espigas y una muy ancha pamela atada con cintas color esmeralda. Como siempre, se veía corriente, sensata, y muy atractiva. Llevaba en brazos a la pequeña, pero la puso de pie en el suelo para saludar.

—Con, cuánto me alegra verte. Nicholas dijo que vendrías tan pronto como llegaras a visitar Devon.

Con miró hacia su amigo, pero la atención de éste estaba en su hija.

Arabel, con un vestido igual al de su madre, aparte de los adornos rosa, ya había caminado hacia su padre tendiéndole los brazos, para que la levantara y la besara. Después de eso, y sólo después, miró alrededor y dedicó una ancha sonrisa a Con.

—Al parecer Crag Wyvern está llena de libros y manuscritos arcanos —dijo Nicholas a Eleanor.

Eleanor gimió.

—No querrías que me perdiera una oportunidad como ésa, cariño. Podéis venir tú y Arabel también...

—¡No! —se le escapó a Con, y lo avergonzó, pero continuó—: De verdad, Nick, es un lugar insalubre.

—¿El aire? —preguntó Eleanor.

—La atmósfera.

Arabel se agitó en los brazos de Nicholas, para que la bajara. Nicholas la dejó en el suelo, y le quitó la pamela, que se le había caído hacia atrás y cuyas cintas amenazaban con estrangularla.

—Muy bien. Iré solo.

—Pero no esta noche —dijo Eleanor firmemente—. Prometimos ir a cenar a casa de los Stottford.

—Pues sí. ¿Te puedes quedar, Con? Seguro que no les importará un invitado extra, sobre todo si es temporalmente tan buen partido como un conde.

—¡Ja!

Con miró hacia abajo y vio que Arabel, que se había puesto el gorro de encajes, parecía estar saludándolo.

—Hola.

Ella le tendió los brazos, y él la cogió, con cierta vacilación. No recordaba haber tenido en brazos a un niñito o niñita en su vida. Pero al parecer ella era una profesional, y se acomodó bien y muy firme en su brazo.

—¿Temporalmente? —preguntó Eleanor—. ¿Es que te vas a casar, Con? Ya era hora. Debe hacer... eeh..., ah, por lo menos un mes desde que tuvimos la última boda de un Pícaro.

—La picardía no te sienta bien, cariño —comentó Nicholas—. Sería mejor atar a todos los Pícaros, antes de que causen más estragos.

Eso fue causa de que Con se acordara repentinamente de lady Anne. Debería decirle ahí mismo a Nicholas que tenía la intención de casarse con ella, para reparar un poco el desastre ocasionado por un Pícaro. Pero se le quedaron atascadas las palabras en la garganta. Se le quedaron atascadas porque no podía dejar de pensar en Susan.

Pero le había enviado esa carta.

Miró a la bonita niñita de rizos castaños que le estaba explorando la camisa y la piel con sus pequeñas y suaves manos, y se le hizo atractiva la idea del matrimonio, de tener hijos.

Hijos de Susan.

—¿Con? ¿Puedes quedarte a pasar la noche? —le preguntó Eleanor.

Él se le acercó y le pasó la niña que le distraía los pensamientos.

—Es tentador, pero prefiero volver. No dejé nada organizado para una ausencia.

—Podríamos enviar un mensaje con un mozo.

—Si él puede cabalgar, también puedo yo.

No sabía por qué insistía en volver. En parte, sabía, porque no estaba del todo preparado para estar mucho tiempo con personas normales, pero también deseaba volver, y lo preocupaba lo que podría haber ocurrido en su ausencia.

Susan podría desaparecer.

No tenía ningún derecho a encadenarla, pero tampoco soportaba la idea de perderla, tan pronto.

Cogió sus cosas, diciendo a Nicholas:

—¿Irás mañana?

—Nada me lo impedirá.

—Excelente. Y quédate todo el tiempo que quieras. Es posible que tengas el efecto de antídoto en esa casa. Puedes alojarte en las habitaciones China. Estoy seguro de que los dragones saltando, retorciéndose y arrojando fuego no tienen ningún efecto en ti.

—¿Dragones chinos? No les tengo miedo. Las escamas del dragón, dicen los chinos, son nueve por nueve en total, y por lo tanto, el número de la suerte perfecto. Éste produce tormentas, pero también optimismo, salud y longevidad.

—¿Ah, sí? Caramba. ¿Sabría eso mi pariente loco? Apostaría que no, porque si lo hubiera sabido habría ocupado él esas habitaciones.

Capítulo 23

Con llegó a la aldea avanzada la tarde. Se sentía mejor por haber estado unas horas lejos de Crag Wyvern; también se sentía mejor por haber estado con Nicholas, Eleanor y su hija.

Alrededor de ellos parecían vibrar la cordura y la buena salud, y sin embargo los dos, tanto Nicholas como Eleanor, habían pasado por problemas. Pero no se habían dejado tragar por la negrura; lucharon y combatieron el uno por el otro.

Pasó a dejar el caballo en el establo al pie de la colina, en lugar de cabalgar hasta la casa y dejar que un mozo se encargara del caballo. Para retrasar su regreso, supuso.

Necesitaba tiempo para reflexionar.

Había tenido las horas de cabalgada para pensar, pero las aprovechó para despejarse la mente. Asombrosamente, se sentía mejor por eso también. Estaba como un pizarrón limpio.

Estuvo un rato charlando con los mozos, notando cómo lo observaban. Él era esencial para la vida de ellos, y lo que realmente necesitaban era un conde cuerdo que residiera ahí de forma más o menos permanente. Que el conde recibiera huéspedes era especialmente agradable para ellos, ya que venían acompañados por sus propios criados, y les daban generosas propinas por sus servicios.

Salió del establo, pero en lugar de subir inmediatamente la colina se acercó hasta la aldea y se dirigió a la iglesia. Ésta no se llamaba Saint George sino Saint Edmund. Claro que estaba ahí mucho antes de la supuesta aventura del primer conde con un dragón.

Recorrió el corto camino de entrada y entró en la fresca iglesia, en la que, afortunadamente, no había nadie.

Recordaba que allí estaban los sepulcros de los condes anteriores. El primer conde se había hecho tallar un sepulcro de mármol delante del altar; típica grandiosidad. Al comienzo el hombre era un simple caballero rural; gracias a ganarse el favor de un rey y luego casarse con una heredera, estaba ahí, esculpido en piedra, vistiendo túnica y encajes, rodeado por las tallas en miniaturas de todos sus amantes familiares.

—Recuerda, conde, que polvo eres y en polvo te convertirás —musitó.

Tal vez no era tan terrible que el condado hubiera retornado a un linaje de la aristocracia rural de pequeños terratenientes. Creía recordar que en la época de los Tudor, los Somerford sólo eran agricultores.

Encontró las tumbas de los cuatro condes siguientes, pero tuvo que salir a buscar fuera la de su predecesor, el conde loco. Este sexto conde había olvidado dejar disposiciones para su sepultura, de modo que cuando le pidieron a él que diera las órdenes respectivas, simplemente le ordenó a Swann que se ocupara de encargar un sepulcro adecuado.

El sepulcro adecuado era una tumba en forma de ataúd con citas de las Escrituras grabadas en los cuatro costados. Mientras las leía no pudo dejar de pensar que el párroco y los otros que las eligieron podrían haber encontrado considerable satisfacción en encajonar al loco entre esas citas:

> Porque todos morimos y somos como agua que se derrama en la tierra. *2 Samuel, 14, 14.*

Fue arrojado el dragón grande. *Apocalipsis, 12, 9.*

No os engañéis; de Dios nadie se burla. Lo que el hombre sembrare, eso cosechará. *Gálatas, 6, 7.*

Hiciste ver a tu pueblo cosas duras, nos diste a beber el vino del vértigo. *Salmo 60, 5.*

El principio de la sabiduría es el temor de Dios. *Salmo 111, 10.*

Las palabras grabadas encima de la tumba decían que James Burleigh Somerford, conde de Wyvern, vivió de 1766 a 1816 y pasó a la otra vida confiando en la infinita misericordia del Señor.

Otra frase ingeniosa.

Se giró a contemplar el agradable camposanto, todo lleno de flores de primavera y sombreado por frondosos árboles. Un agradable lugar para reposar los huesos, pero no para él. Era curioso. Ni siquiera en el polvoriento calor de España había sentido tanta nostalgia de Hawk in the Vale y de Somerford Court como la que sentía ahí en ese lugar igualmente sano.

¿Estaría pensando en la posibilidad de cometer una superchería simplemente para librarse de una carga?

Sí, en parte.

Sabía que podía tomar un atajo hasta el camino a Crag Wyvern atravesando el camposanto, así que tomó esa ruta. En el camino se encontró entre las tumbas de la familia Kerslake. Se detuvo ante una diminuta de piedra, donde, según la lápida, descansaban los restos de Samuel Kerslake, nacido en mayo de 1799 y muerto en junio de ese mismo año. El hermano menor de Susan; no aparecían los nombres de los padres.

¿Es que el bebé iba a convertirse en el Honorable Samuel Somerford, hijo de Isabelle, condesa de Wyvern, y el conde de Wyvern? Comprendía cómo, escrito así, sería sencillamente irresistible para lady Belle, pensara lo que pensara Kerslake.

Pasó a mirar las otras tumbas Kerslake y encontró una muy interesante.

El reloj de la iglesia estaba dando las cinco cuando salió por la pequeña puerta y tomó el estrecho sendero bordeado por verdes setos llenos de bulliciosos pájaros anidando. Cuando llegó al final del sendero, que desembocaba en el camino más ancho, se encontró con una campesina de edad madura con un sombrero de ala ancha y delantal. Su mirada franca y sagaz le advirtió que no era lo que parecía, y no se sorprendió cuando una sonrisa le iluminó la cara.

—Vamos, usted tiene que ser el conde. Ahora le recuerdo. Soy lady Kerslake, lord Wyvern. Usted y su familia comieron con nosotros un par de veces hace muchísimos años. No ha cambiado nada.

Con pensaba que en él no quedaban ni indicios de ese chico inocente, pero mientras la saludaba con una inclinación de la cabeza, pensó que a ella le salía muy natural esa afirmacion tan positiva. Así que ésa era la generosa mujer que les había dado hogar e inagotable cariño de madre a los hijos despreocupadamente abandonados por su cuñada.

—Lady Kerslake. Sí que la recuerdo. Fue usted muy amable.

—Vamos, qué tontería. Una familia de interesantes forasteros es una agradable fiesta en estos tranquilos parajes. ¿Va hacia la casa, milord? Yo voy por el mismo camino hasta el establo, a ver a la abuela de Will Cupper.

Echaron a caminar juntos.

—Susan dice que no va a vivir en Crag Wyvern —dijo ella.

—Sé que eso causará inconvenientes en la zona, pero tengo mi casa en Sussex. Y además —añadió—, Crag Wyvern es Crag Wyvern.

—Sí, eso sí. ¿Sabe que en diversos lugares de la costa ha cedido la tierra de tanto en tanto? He pensado que sería agradable que allí cediera. Pero claro, sólo si nadie resultara dañado.

Se miraron risueños, y la mirada de ella le recordó a Susan. Muchísimo de ella debía venir de la familia que la crió, una familia buena, formal, excelente, tomado todo en cuenta.

Se le ocurrió pensar cuál sería el efecto en los Kerslake si David decidía reclamar su derecho a la posesión del condado. Sospechaba que no eran el tipo de familia que disfrutaría de la atención, las habladurías y elucubraciones que provocaría eso.

Eso al menos se podía decir en honor de ellos.

—Me parece que Crag Wyvern se construyó en un terreno bastante sólido —dijo—. Mis parientes de aquí han sido raros pero no totalmente tarados.

Habían llegado al establo y se detuvieron.

—El primer conde eligió el sitio para construir la casa, lord Wyvern. Creo que desde entonces todo ha ido en franca decadencia. La falta de descendencia podría considerarse un signo de la sabiduría divina.

—En el camposanto vi que una mujer Somerford se casó con un Kerslake. ¿Ha ocurrido eso con frecuencia?

—No, que yo sepa. Siempre han sido raros. Creo que ésa tiene que haber sido la bisabuela de mi marido. Una beldad, dicen, pero alocada. Cuenta la historia que murió de tanto bailar, al asistir a una fiesta demasiado pronto después del nacimiento de su tercer hijo.

Con exhaló un suspiro y nuevamente miró hacia la casa.

—¿Cree que es inevitable? ¿Cree que cualquier persona que viva ahí se volverá forzosamente loca?

Claro que David Kerslake no tenía por qué vivir ahí si no quería, pensó entonces. Podría construirse una casa en esa aldea. Pero Crag Wyvern seguiría siendo una carga que cualquier conde de Wyvern tendría que soportar.

—No es una casa saludable —dijo ella—, pero lo menos saludable es el linaje, y éste, gracias al cielo, ya se ha acabado. Tal vez la casa se podría beneficiar de una buena modernización y muchísima actividad. Mi hija Amelia se muere de ganas de que usted ofrezca un baile en ella.

—¡Un baile! ¿Y vendría alguien?

—¡Mi querido Wyvern! ¿Venir a ver al conde loco? La mayoría de los residentes en el condado subirían allí a pie y descalzos.

Él se rió.

—Una multitud elegante sí que exorcizaría algunos fantasmas.

—Y si necesita alivio, venga a comer con nosotros. Usted y su travieso secretario. A la suerte de la olla. Siempre será bienvenido.

—¿Y Susan? —preguntó él, llamándola adrede por el nombre de pila para ver su reacción.

—Ella es bienvenida siempre, por supuesto. —Ladeó la cabeza y lo miró con una simpática expresión de sabiduría práctica en los ojos—. Fuisteis amigos, creo, hace tantos años. Cuando somos jóvenes tendemos a no valorar esas amistades como es debido, creyendo que el mundo está lleno de ellas. Con el tiempo vemos que llegan muy rara vez en la vida y que hay que apreciarlas como un tesoro.

Él le abrió la puerta del patio para que entrara, luego la cerró y continuó su camino.

Una amistad es rara y preciosa, pensó. Eso era cierto, nunca lo había había pensado para considerarlo así, tal vez porque estaba tan generosamente provisto de amigos.

¿O no?

Él, Van y Hawk, al ser casi de la misma edad y estar unidos por el lugar geográfico, habían estado destinados a ser amigos. Estaban unidos por el tiempo y la proximidad, pero en realidad eran de naturalezas muy distintas. Si se hubieran conocido en otra parte, en el colegio o en el ejército, por ejemplo, tal vez no habrían formado ese vínculo tan fuerte.

Lo mismo podía decirse de los Pícaros. Nicholas reunió intencionadamente un grupo variopinto; el grupo lo formaban plebeyos y aristócratas, amantes del estudio y del deporte, pensadores y hombres de acción. Incluso contaban con su rebelde republicano, Miles Cavendish, el irlandés.

El grupo estaba unido por un fuerte vínculo, pero dentro de él se habían formado otras amistades. Durante los periodos de colegio, su mejor amigo había sido Roger Merryhew, que después entró en la armada y se ahogó durante una tormenta, cuando el barco ya avistaba Inglaterra.

Y entonces entró Susan en su vida.

Con ella nunca podrían ser solamente amigos, y sin embargo no podían ser algo más. Él le había enviado esa maldita carta a lady Anne. Aunque le encantaría librarse del compromiso, no podía hacerlo, estaba obligado por el honor.

Susan no lograba imaginarse dónde estaba Con. No entraba en los deberes del ama de llaves inquietarse por el paradero de su empleador, pero no podía evitar inquietarse. ¿Lo habría conmocionado tanto esa carta que se había caído por un acantilado?

Entonces se enteró de que había vuelto sano y salvo, y luego, muy poco después, de que estaba en el comedor cenando con De Vere. Trató de quitárselo de la cabeza y una vez que comprobó que todo estaba en orden para el día siguiente, se retiró a sus aposentos.

Pasado un rato golpearon la puerta y se asomó Ada a decirle que el conde reclamaba su presencia en la biblioteca.

Ah, no, esta vez no. Esa noche sería fuerte.

—Dile que, sintiéndolo mucho, no puedo ir, Ada. Dile que me vine a acostar con un dolor de cabeza.

—Si quiere, señora, pero su hermano está ahí.

—¿David? Muy bien.

Se levantó de un salto del sillón y rápidamente se recogió el pelo con horquillas.

Entró en la biblioteca temiendo una trampa. Pero enseguida vio que estaba ahí David también. Estaban pasando dibujos de una carpeta que estaba abierta sobre la larga mesa.

—Mira éstos —le dijo David—. Los diseños originales para Crag Wyvern.

Se veía totalmente relajado, como si no captara ninguna tensión ni problema en la atmósfera.

Se acercó a mirar, aun cuando eso la acercaba a Con. A un Con sombrío y pensativo. Sintió bajar un hormigueo de inquietud por la espalda. ¿Para qué había hecho venir a David? ¿Qué pensaba revelarle?

—Eran vidrios de colores —dijo, contemplando un meticuloso dibujo de puertas cristaleras—, y uno de los condes locos los rompió en un juego de pelota.

Captó una mirada de David que le sugirió que no estaba del todo inconsciente de la tensión. Claro que ella le había revelado que estaba enamorada de Con. Sólo podía rogar que su hermano no la dejara en vergüenza.

Con cerró firmemente la carpeta:

—Te he hecho llamar aquí por un motivo, Kerslake. Toma asiento, por favor, y tú también, Susan.

Se sentó en una de las sillas, con aspecto sombrío, todo él el conde, de la cabeza a los pies. Susan y David se sentaron al otro lado de la mesa.

—Kerslake —dijo Con, entonces—, Susan te enseñó esa carta de vuestra madre.

—Sí, espero que no esté preocupado de que yo vaya a actuar según lo que dice.

Todo él era el capitán Drake y su maldita arrogancia.

—No me preocupa en absoluto. En realidad, espero que lo hagas.

Susan miró del uno al otro.

David la miró de reojo.

—¿Quiere que intente reclamar la posesión del condado? —preguntó a Con—. ¿Por qué?

—Porque yo no lo quiero.

—Parece estar sobrio.

—Lo estoy, y condenadamente serio además. Escucha. No lo deseo, y no lo desearía ni que éste fuera el condado más rico de Inglaterra y Crag Wyvern una casa bella y refinada. Estoy tontamente apegado a mi terruño natal, y el título de mi padre es lo bastante bueno para mí. He aceptado mi deber, como nos enseñan a hacer, pero ahora que se me ha presentado una oportunidad para escapar, y con tu ayuda, es mi intención aprovecharla.

—¿Y sin mi ayuda?

Susan comprendió que Con podía valerse de los documentos sin el consentimiento de David.

—No —contestó Con, pasado un momento—. No te lo impondré por la fuerza.

David volvió a mirar a Susan, pero ella no tenía ningún buen consejo que ofrecer. Esto la había tomado totalmente por sorpresa.

—Pero es que por mí no corre ni una sola gota de sangre Somerford —dijo David al fin.

—Eso no es totalmente cierto —dijo Con—. Tal vez no has prestado atención a las tumbas de tu familia. Ha habido por lo menos un matrimonio entre las familias Kerslake y Somerford. Tu tatarabuela era Somerford.

—¡Señor!, ¿la que bailó hasta matarse? Sangre loca, y es una simple gota, afortunadamente.

—Pero sin duda eso es más de la que yo comparto con esta rama de la familia. Han pasado seis generaciones desde que el hijo menor del primer conde se marchó de aquí y se instaló en Sussex. Desde entonces no ha habido ninguna mezcla.

David se echó hacia atrás, apoyándose en el respaldo de la silla.

—Tal vez no lo deseo.

—Podríamos pelearlo. El que pierda lo gana todo.

Sólo un leve matiz de humor indicó que bromeaba.

David se levantó y comenzó a pasearse por la sala.

—¿Me conviene ese tipo de atención? ¿Esa notoriedad? El capitán Drake debería ser una figura en la sombra.

—Pues, mantenla en la sombra —repuso Con—. Pero en lugar de buscar la protección del conde puedes protegerte tú mismo.

—Colocó un papel sobre la mesa—. Ésta es la declaración jurada de Isabelle Kerslake, firmada ante testigos, de que se casó con el conde de Wyvern en Guernsey y que sus tres hijos fueron engendrados por él. Ya rompí la carta.

David se detuvo a mirarlo fijamente.

—Desea muy en serio librarse de esto, ¿no?

—Con todo mi corazón, pero no a la ligera, no despreocupadamente. No haría esto si no pensara que serías un buen gobernador para esta parte de Inglaterra.

David se ruborizó ligeramente, de orgullo. El juicio favorable de un hombre como Con era un honor.

—Habrá una horrenda cantidad de habladurías —añadió Con—, las que tocarán a toda tu familia.

—Mi familia —dijo David—. Mi familia es un motivo de que me resista a hacer esto. Ni al tío Nathaniel ni a la tía Miriam les gustará el alboroto, pero, además... no quiero renegar de Mel Clyst. Me siento orgulloso de ser su hijo. Y lógicamente no quiero afirmar que llevo la sangre del conde loco.

—Pocas cosas vienen sin un precio —dijo Con—. La decisión es tuya. No te impondré esto por la fuerza.

Susan había estado pensando qué decir, pero al final sólo dijo:

—A Mel le encantaría ver a su hijo como el conde de Wyvern, David. Sería la venganza perfecta.

—¿Venganza? —preguntó Con.

Ella lo miró.

—Como sabes por la carta, el conde y Mel tenían un pacto. Según Gifford, el conde colaboró en la captura de Mel. Lo traicionó.

—Pero según Swann, el conde lo hizo trabajar muchísimo para conseguir que a Mel Clyst no lo colgaran.

—¿Sí? —Susan pensó un momento—. Ah, pues, claro, la muerte habría sido demasiado sencilla, y habría dejado libre a lady Belle para hacer lo peor, siempre imprevisible. Es casi seguro que ella se habría venido a instalar en Crag Wyvern como la condesa. No me sorprendería que él la hubiera incitado a embarcarse en seguimiento de Mel. Por algún motivo, finalmente deseó librarse de ellos. Ella vino aquí después que sentenciaron a Mel. Tal vez vino a pedir su ayuda. Si vino a eso, no recibió ninguna ayuda, porque entonces fue cuando cogió el dinero de la Horda.

Pensando en voz alta no se dio cuenta de lo que decía hasta después de decirlo. Tal vez era el momento de explicarle a Con por qué había deseado el dinero del conde, pero al parecer él no se había fijado en sus palabras. Además, tenía que recordar que él estaba comprometido en matrimonio con lady Anne Pecksworth. Sería vergonzoso intentar ganarse su buena opinión.

En ese momento David dijo:

—Necesito tiempo para pensarlo. —Dirigiéndose a Con, añadió—: Aun cuando asegura que no desea nada de esto, le agradezco la generosidad. Y su buena opinión de mí.

Dicho esto se marchó, y Susan y Con se miraron. En el aire crujió la conciencia del uno del otro, de que estaban solos. Pero ninguno de los dos se movió, ni para acercarse, ni para alejarse.

—¿Resultaría? —preguntó ella.

—No veo por qué no. Además de la declaración jurada de lady Belle, el matrimonio tiene que estar registrado en Guernsey. Fíjate, sin embargo, que la tonta mujer no da ninguna fecha. ¿Cuándo naciste?

—En julio del noventa.

—Entonces la boda tuvo que ser más o menos un poco antes de octubre del ochenta y nueve.

—No querrás sugerir que yo podría ser la hija del conde loco, ¿verdad?

—Difícil, pero si la boda fue alrededor de ese tiempo es posible que nunca lo sepas.

La expresión traviesa que vio en sus ojos la hizo desear arrojarle algo, pero también la arropó. Le daba nuevamente esperanzas de amistad.

—Ruego que haya sido en verano, así me habría engendrado cuando ya estaba bien separada de él. ¿No sería más sensato hacer el viaje por mar a Guernsey en un mes cálido?

—Sin duda, pero estamos hablando del conde loco y lady Belle.

Susan emitió un gemido.

—Enviemos inmediatamente una carta a Guernsey pidiendo que nos den los datos de ese registro.

—Podría ser más fácil encontrar el certificado de matrimonio aquí.

—Está claro que nunca has buscado un tesoro aquí.

Él la miró con sus ojos grises cálidos.

—Tu consideras que ese oro pertenece a la Horda del Dragón, ¿verdad?

—Sí. Lo siento, Con, pero el conde incumplió su pacto con la Horda, así que no se merecía ese dinero. Y en ese dinero no están todos los pagos de Mel. Le traía todo tipo de curiosidades caras para tenerlo feliz.

—¿Y sin el dinero?

—David tendrá que hacer frecuentes y peligrosas operaciones de contrabando. Hay deudas, y más encima, están las personas que dependen de los ingresos que les da su participación en las operaciones. Si no hay trabajo aquí, trabajarán para otras bandas. Una vez que se acaba la lealtad...

—Comprendo. ¿Le has dicho que la mitad de ese montón de monedas es suyo?

—Supuse que tú se lo dirías.

Sintió subir el rubor a la cara al recordar lo que tuvo que hacer para ganarse esa mitad, y entonces también recordó cómo terminó eso.

—Lamento haberme ofendido por una pregunta lógica, Con.

—No te eches toda la culpa. Yo tampoco fui muy racional. No soy... —extendió las manos abiertas—. No soy yo mismo, por rara que parezca esa idea, puesto que, si lo pensamos, somos lo que somos. Ya no sé qué soy, pero estaba comenzando a descubrirlo cuando me cayó encima Crag Wyvern.

—Y yo te he hecho más difícil la situación. Tal vez sería mejor si me marchara inmediatamente.

—No —dijo él, y se quedó mirando al vacío, a una nada en sombras. Al final, simplemente dijo—: No te vayas, Susan. No te vayas todavía.

Se levantó y ella casi lo vio envolviéndose en un caparazón de tranquilidad, con la facilidad que da la práctica.

—Mañana organizaremos una búsqueda de ese documento. Por cierto, vendrá de visita un amigo mío, Nicholas Delaney, y se quedará por lo menos una noche. Le prometí las habitaciones China.

—El rey Pícaro. ¿Así que ahí fuiste hoy?

Eso era una intromisión, incluso entre amigos, pero encontraba mal que él se hubiera retirado al interior de su caparazón.

Él la miró, sumido en sus pensamientos.

—Lo recuerdas, ¿verdad? Tiene una casa encantadora. Me gustaría llevarte allí... —hizo una respiración entrecortada y continuó—: Creo que te caerá bien. Tal vez a tu hermano y a tu prima les gustaría participar en la búsqueda. ¿Tienes otros primos en casa?

—Sólo Henry, el mayor, y no es muy aficionado a este tipo de juegos.

Él había pensado en llevarla a visitar a su amigo, pensó, y entonces recordó a lady Anne. Deseó acercársele, para ayudarlo, pero eso llevaría al desastre.

Entonces él la miró fijamente con sus ojos plateados.

—Ven a mi habitación otra vez, Susan. Para nada esta vez. Tendremos cuidado.

A ella se le resecó la boca.

—No hace falta tener cuidado si es para nada.

—Para todo, entonces —dijo él sonriendo.

Pero la sonrisa no le eliminó la preocupación que se veía en sus ojos.

—No estaría bien, Con.

—Oh, sí que lo estaría.

Ella vaciló, casi como si se le fuera el cuerpo hacia él, e intentó resistirse. Sería mejor ni siquiera mencionar a lady Anne, porque eso podría hacerlo parecer una competición entre ellas.

—Después lo lamentarías.

Él empezó a dar la vuelta a la mesa.

—Es difícil saber por adelantado lo que se va a lamentar. ¿Te has fijado en eso? Yo he lamentado profundamente no haberte obligado a ser sensata once años atrás.

Ya estaba en ese lado de la mesa, acercándosele, y ella no logró obligarse a echar a correr.

—¿Lamentas lo de anoche? —le preguntó él entonces.

—Sólo el final, pero...

Él la cogió en sus brazos y la besó. Tan pronto como se tocaron sus labios abiertos, cayó derrotada su resolución y se fusionó con él. Cuando finalmente separaron sus labios, tuvo que recurrir a todas sus fuerzas para no decirle las palabras fatales, «Te quiero». Lo miró, avasallada por la fuerte tentación. ¿Quién puede resistirse a una tempestad?

En ese momento oyó que estaban golpeando la puerta.

Mirándose con expresiones culpables, se apartaron. Él fue a abrir la puerta. En el umbral estaba Jane, mirándolos con desconfianza.

—Tiene una visita, milord.

—¿Quién?

—Dice que se llama Hawkinville. Comandante Hawk Hawkinville.

Susan sintió un estremecimiento de temor, pensando que ese era un nuevo oficial de prevención de rango superior.

—Hawk —dijo Con.

Entonces ella recordó que ése era uno de los Georges.

¿Estaba ahí?

¿En ese momento?

Era una bendita interrupción, pero no sabía si sería capaz de hacer frente a más conmociones y sorpresas, y mucho menos teniendo el cuerpo todavía ardiendo en las llamas de su pasión prohibida por Con.

Capítulo 24

Con se giró a mirar brevemente a Susan, lamentando pero no lamentando la interrupción. Habría sido una locura rendirse, y habría estado muy mal.

—Hazlo pasar aquí, por favor —dijo a la criada. Cuando ésta se alejó, dijo—: Es tan buen amigo que podría llevarlo a su habitación y desentenderme de él, pero...

—Pero lo adivinaría, y no podemos hacer esto, Con. Lo sabes. —Antes de que él pudiera contestar imprudentemente, añadió—: Debes recordar a lady Anne.

Su prisión autoimpuesta, pensó él. Pero ella tenía razón. Fuerte, honorable, recta.

—Sí, ¿no? Muy bien, entonces, ¿qué habitaciones tenemos limpias para alojar a Hawk?

—Las habitaciones Jason y las Ouroboro.

—Ah, sí, las del dormitorio circular con el dragón mordiéndose la cola.* Pero las habitaciones Jason tienen laberintos dibujados

* Ouroboro: Símbolo usado en alquimia. Lo que significa da pie a muchas teorías; entre otras cosas, significa «devorar la propia vida» y «volver al punto de partida». Se representa por una serpiente o un dragón mordiéndose la cola, formando un aro. También por dos serpientes mordiéndose la cola, formando un ocho. *(N. de la T.)*

en las paredes, ¿verdad? Encárgate de que le preparen ésas. Le encantan los rompecabezas.

Ella lo estaba mirando con el ceño ligeramente fruncido.

—No pareces feliz por ver a tu amigo.

Él se encogió de hombros.

—Me gustaría saber por qué ha venido. O por algún problema o por curiosidad. O por ambas cosas.

Ella abrió la boca para decir algo más, pero volvió a cerrarla porque se oyeron ruidos de pasos.

Pasado un instante, entró Hawk. Su apariencia era la misma de siempre, comprobó Con. Un demonio elegante, incluso con la vulgar ropa de montar y después de un largo viaje.

Repentinamente se sintió tremendamente contento de que Hawk estuviera allí, y sonrió de oreja a oreja. Pasado un instante de rápida evaluación, Hawk también sonrió y se inclinó casi hasta el suelo, en una complicada y anticuada reverencia.

—¡Milord conde! —bramó.

Con lo atrajo hacia él y se dieron un fuerte abrazo, golpeándose las espaldas. Después de un año, se habría sentido feliz de ver a Hawk en cualquier circunstancia, pero en ese momento se sentía como si acabara de irrumpir la cordura en su caótica vida. Para empezar, Hawk tenía un don especial, desde siempre, para resolver rompecabezas y misterios, y éstos abundaban en Crag Wyvern.

Entonces Hawk miró hacia un lado; siguiendo su mirada, Con vio a Susan ahí, la imagen perfecta del ama de llaves, a pesar de su belleza y de que no llevaba la cofia. Se vio ante la necesidad de tomar una rápida decisión.

—Hawk, te presento a la señorita Susan Kerslake, de Kerslake Manor, que ha tenido la amabilidad de ocupar por un tiempo el puesto de ama de llaves aquí. Es también una amiga mía. Susan, el comandante Hawkinville. Me has oído hablar de él.

Ella lo miró interrogante, pero le tendió la mano a Hawk en lugar de hacer su reverencia de criada.

Hawk le cogió la mano y se inclinó.

—Encantado, señorita Kerslake.

A Con no le cupo duda de que su amigo estaba haciendo cien cálculos y evaluaciones rápidos y llegando a conclusiones, muchas de ellas correctas. Pero no lamentaba haberle presentado a Susan por lo que era.

—¿Las habitaciones Jason, entonces? —dijo ella.

Él asintió y ella salió, luego de mirarlos con una simpática sonrisa.

Entonces Hawk lo miró, sagaz, pero se limitó a decir:

—Interesante casa.

—Espera a verla entera. ¿Algún problema?

—Creo que no. Es probable que Van se case.

—¿Probable? Vi el anuncio en el diario.

—Eso fue una simulación. Es una larga historia. Pero ahora se hará real, si él logra persuadirla. Le proporcioné las municiones que lo llevarán a la victoria.

—Eso es estupendo, ¿verdad?

Hawk siempre había sido inescrutable, era dificilísimo discernir por su expresión qué pensaba o sentía, y sus años de trabajo administrativo en el ejército, que incluía algunas misiones secretas, le habían perfeccionado esa capacidad. Pero Con vio que estaba preocupado por algo.

—Es excelente —dijo Hawk, y sin más empezó a pasar revista a las estanterías acercándose aquí y allá a mirar los títulos—. Veo aquí una selección muy tradicional. Creí oírte decir que tu predecesor estaba loco.

Con entendía muy bien la inclinación a guardar secretos, así que lo dejó pasar.

—Lo interesante está arriba. Ven conmigo y te lo enseñaré.

Pero Hawk no se movió de donde estaba.

—Tal vez estoy celoso de Maria. Humillante pensamiento. Un George casado. Tú aquí en Devon.

—No tengo la menor intención de vivir aquí, pero nuestras vidas nunca volverán a ser como eran cuando teníamos dieciséis años. Sin duda los tres nos casaremos.

Entonces pensó en las tres nuevas familias: la de Van, la suya y la de Hawk, tan unidas como las de sus respectivos padres. Pensó en sus hijos, criándose juntos como amigos.

Pero vio hijos de Susan, no de Anne.

Tal vez si lo expresaba con palabras se haría más real.

—Más o menos le he propuesto matrimonio a lady Anne Peckworth —dijo.

Aunque había estado fuera del país la mayor parte de los últimos once años, y era un escolar cuando se alistaron en el ejército, a la mente enciclopédica de Hawk sólo le llevó un instante encontrar los antecedentes.

—¿Hija del duque de Arran? Muy buen partido.

—Sí.

—¿Más o menos?

No, Hawk no iba a pasar por alto una frase así.

—Le di a entender que iría a hablar con su padre cuando volviera al este.

—Ah.

Con vio preguntas en los ojos de Hawk, pero afortunadamente éste no las hizo.

—¿Y tú? —preguntó—. ¿Te has decidido por alguna dama?

Dios santo, que conversación más artificial. ¿Sería imposible recuperar una verdadera amistad?

—Dame tiempo. Sólo llevo una semana en Inglaterra. Además, a diferencia de mis dos tocayos, no tengo ni título ni una propiedad grande. Y puesto que no tengo la menor intención de vivir con mi padre en Hawkinville Manor, ni siquiera tengo casa.

Con vio un problema ahí también. Pero a pesar de Susan, y a pesar de los tímidos indicios de curación, le dio miedo explorarlo.

—¿Cómo está tu padre? Supe que sufrió una especie de ataque.

—Se está recuperando. Aún no he ido a verlo.

Nuevamente no sabía cómo continuar la conversación.

—Tal vez deberíamos darnos un baño.

Hawk arqueó las cejas, interrogante.

—Ven a ver —dijo Con, riendo y salieron.

Al ver el baño romano Hawk emitió un silbido.

—Estrafalariamente suntuoso, pero no puedo decir que me guste la decoración. Les tenía verdadera aversión a las mujeres, ¿verdad?

—Supongo que porque siempre le fallaban. Un hombre como ése siempre le echa la culpa a la mujer. Pero parece que compartir un baño caliente anima a hacer confidencias.

—Debo recordar eso la próxima vez que tenga que interrogar a un informante engañoso. Aunque, tomando en cuenta los hábitos personales de la mayoría de los informantes engañosos, tal vez no.

Entraron en el dormitorio y Con se detuvo a mirar el fresco de san Jorge y el dragón.

—Al parecer, el modelo para el santo fue mi antepasado, el primer conde.

—No era un guerrero, supongo. No apostaría ni un penique por él en contra del dragón.

—Yo tampoco. ¿Te fijas que esa lanza no tiene guarnición? La bestia podría seguir enterrándose en ella y comérselo mientras se muere.

Se entretuvieron un rato haciendo un humorístico análisis profesional de la pintura y después pasaron a las habitaciones Wyvern, bromeando acerca de diversos aspectos del corredor.

Con notaba cómo iba desapareciendo la tensión y se iba desenroscando la vieja comodidad entre ellos, poco a poco, pero con toda la potencia de una hoja desenroscándose al abrirse, y lo agradeció en silencio.

Cuando vio la cama, Hawk soltó una carcajada.

—¿Y con todo esto nunca dio señales de engendrar un hijo?

—Ah, pues, ésa es una pregunta interesantísima —dijo Con.

Pasó a explicarle sucintamente los principales puntos de la carta de lady Belle.

—Qué idea más espléndida —comentó Hawk sonriendo—. ¿Crees que podrás persuadir al joven Kerslake de que se lance tras esto?

—Eso espero. ¿Ves algún problema?

Hawk estuvo un momento contemplando un trozo de pared desnuda que quedaba exactamente frente al pie de la cama.

—Ninguno grave —dijo al fin—. Es sospechoso que no haya engendrado más hijos, pero esas cosas ocurren. Y su costumbre de beber extraños brebajes podría haber tenido un efecto negativo. Me gustaría saber qué le ocurrió a la joven que se hizo pasar por ella en Guernsey.

—¿Podría presentarse para el puesto de condesa cuando el matrimonio sea de conocimiento público?

—Más probable es que exija dinero por su silencio. Ese problema se lo puedes dejar al nuevo conde. Y, ¿sabes?, por mi muy breve visión de la naturaleza de tu predecesor, dudo que haya sobrevivido.

—¿La arrojó por la borda durante el trayecto de vuelta?

—Y guardó el certificado de matrimonio en estas habitaciones. Deseaba tenerlo cerca. Cosido a la piel de encuadernación de un libro. O en un agujero excavado en la pared... —Fue hasta el trozo de pared desnuda que había estado mirando y pasó los dedos, palpando—. ¿Se ha retirado algo de aquí?

—Creo que no. ¿Por qué? ¿Has encontrado algo?

—He encontrado un trozo de pared sin nada en una habitación que por lo demás está absolutamente atestada, y una ligera huella de algo que podría ser una rendija... Ah.

Enterró las uñas y tiró hacia fuera, y se deslizó hacia un lado una delgada lámina de la piedra falsa.

Detrás no había ningún compartimiento secreto sino un dibujo. Era el retrato de una jovencita, muy detallado, claramente la obra de un profesional, pues estaban delineados a la perfección los delicados adornos de encaje del vestido y las perlas del collar. La joven tenía el pelo recogido en un peinado sencillo, al estilo de una chica a la que acaban de presentar en sociedad. Pero de su cara no se veía nada, pues esa parte estaba toda cortada con cuchillo, como un pastel, y los trozos triangulares quedaban sueltos, doblados hacia fuera, dejando vacío el espacio que ocuparía su cara.

—Isabelle Kerslake, supongo —dijo Con. Había creído que ya estaba curado de espantos, que ya no podía horrorizarlo nada de su predecesor, pero eso era una absoluta vileza—. Él yacía ahí en su estrafalaria cama mirándola y odiándola, y odiando a Mel Clyst. Me gustaría saber qué lo impulsó repentinamente a expresar con obras ese odio.

—Los hombres se quiebran —dijo Hawk paseando la mirada por el resto de la atiborrada habitación—. La última gota que rebasa el vaso y esas cosas. Confieso que será muy interesante desarmar todo esto trocito a trocito y descubrir sus otros secretos, junto con ese documento.

—Sólo nos interesa la diversión —dijo Con—. Tal vez debería abrir esto al público y cobrar un penique por mirar cada cosa. Mañana vendrá Nicholas Delaney también. No tiene tu talento para resolver misterios, pero sabe ser perspicaz a su manera.

—¿El fundador de los Pícaros? Me hace ilusión conocerle.

—¡Señor! —exclamó Con, moviendo la cabeza de lado a lado—, sí que es raro que vengan personas aquí. Personas normales. Tal vez deberíamos invitar a los Kerslake. Lo único que me preocupa es que Crag Wyvern se venga abajo y desaparezca en un montón de escombros.

—Lo siento si estás apegado a ella, pero de buena te librarías, mientras no muera nadie en el derrumbe.

—Otra persona dijo eso mismo. Y ni ella ni tú habéis visto aún la cámara de tortura.

—Gracias a Dios. No me sorprendería, ¿sabes?, si esta casa te hubiera soltado algunos tornillos.

—¿Tanto se me nota, entonces? —dijo Con, abriéndose camino por entre los muebles hasta salir al corredor.

—¿Está Diego contigo? —preguntó Hawk, saliendo tras él.

—Sí, ¿por qué?

—Sólo habría venido a Inglaterra si se sentía necesitado.

Ésa era la conclusión astuta de alguien que lo conocía muy bien; era la evaluación que había estado temiendo. Ya no le resultaba intolerable.

—Es la enfermedad de la guerra —dijo, poniéndole llave a la puerta—. La estaba superando.

—¿Dare? —preguntó Hawk, implacable como un cirujano hurgando en la herida en busca de municiones de metralla.

En Bruselas, antes de Waterloo, habían compartido alojamiento los cuatro: Van, Hawk, Dare y él. Van y Hawk, soldados profesionales como él, se impacientaban un tanto con el manifiesto entusiasmo de Dare, pero llegaron a cobrarle simpatía. Era imposible tomarle aversión al alegre, animoso y generoso Dare.

—La muerte de Dare no contribuyó a mejorarme —dijo, caminando delante por el corredor—. Pero no es irracional encontrar perturbadora la experiencia de la muerte y el sufrimiento.

—No, claro que no. Pero colijo que has estado eludiendo a tus amigos.

—Ya no —dijo Con, contento por haber llegado a las habitaciones Jason—. Tráelos a todos. Cuantos más, mejor.

Una vez que entraron en la habitación, él salió y dejó solo a Hawk, consciente de que eso no era un acto amistoso. Se estaba desplegando la vieja amistad, pero todavía no estaba del todo preparado para sentirla en toda su potencia.

¿Dónde ir? ¿Qué lugar podía encontrar, en esa fortaleza llena de habitaciones, donde pudiera estar seguro de que nadie lo molestaría? Una de las habitaciones Wyvern, tal vez, pero no quería ir allí.

El terrado. Explorando la casa una vez con Fred, habían encontrado la subida al terrado, y creía que sabría recordarla. Subió por la escalera de caracol a la última planta, donde estaban los depósitos de agua. No tardó en encontrar la trampilla y subió al terrado.

Disfrutando de la agradable brisa fresca del atardecer, fue a apoyarse en un merlón a contemplar la tierra y el mar, el «exterior».

Kerslake se resistía a aceptar su oferta por un buen número de motivos, pensó. ¿Sería puro egoísmo intentar convencerlo? Pero la santa verdad era que se consideraría dichoso si no tenía que volver allí nunca más.

Claro que la posesión de Crag Wyvern le ofrecía al menos la dolorosa esperanza de volver a ver a Susan. Si Kerslake se convertía en el conde no tendría ningún motivo, ningún pretexto.

Echó a caminar por el pasillo adyacente al parapeto con la intención de dar toda la vuelta. Cuando viró en la esquina y entró en el lado sur, se detuvo, sorprendido. Ahí estaba Susan, de cara a él, envuelta en un chal de punto para protegerse de la fría brisa que soplaba del mar.

Parecía la más sencilla de las campesinas.

Para él, estaba, como siempre, magnífica.

—Lo siento —dijo ella—. Tenía la esperanza de que no vieras que estaba yo aquí.

Él no se lo tomó mal; sabía exactamente qué quería decir.

Avanzó hacia ella.

—¿Me acompañas a la Irish Cove?

Ella lo miró fijamente, pero no soprendida.

—Está bastante fresco.

—No es mi idea ir a bañarnos en el mar.

Ella ladeó la cabeza, mirándolo pensativa, y pasado un momento dijo:

—De acuerdo.

Él caminó delante de ella hasta la trampilla, y cuando se hizo a un lado para que ella bajara primero, le pidió:

—¿Te cambiarías la ropa por mí? No me gusta ese vestido gris.

Ella volvió a pensarlo.

—Si quieres.

Bajaron hasta la planta baja y cuando estaban cerca de una puerta para salir al jardín, ella se detuvo.

—No tardaré mucho —dijo, y se alejó hacia las dependencias de servicio.

Él deseó acompañarla, no fuera que cambiara de opinión, pero se obligó a esperar, deseando que no apareciera nadie y le interrumpiera ese paseo. Race había vuelto al despacho, pero igual podría salir por algún motivo. Hawk...

Había dejado abandonado a Hawk, el que sin duda estaba sacando todo tipo de conclusiones. Si sacaba las correctas, no se entrometería.

Aunque tal vez debería.

Un caballero comprometido para casarse con una dama no sale a dar paseos al anochecer con otra.

¿Entonces por qué iba a ir a la Irish Cove con Susan? A enfrentar las sombras del pasado. A nada más. Seguro que hacía demasiado frío para repetir la experiencia.

Entonces apareció ella, ataviada con un sencillo vestido de algodón azul cerrado en el cuello, con la cabeza descubierta y el pelo recogido en una trenza, pero envuelta en el chal. Él habría preferido que no se pusiera el chal, pero eso sería pedirle que sufriera aún más por él.

Salieron de la casa y tomaron el sendero que pasaba junto al promontorio cubierto de hierba, caminando lado a lado en agradable silencio. Él comprendió que ésa era una amistad que podría aceptar en toda su potencia, sin reservas; si él no hubiera erigido un muro entre ellos.

Finalmente llegaron a un barranco no profundo, consecuencia de un deslizamiento de tierra, que tuvieron que atravesar balanceándose por encima de un montón de escabrosas rocas y piedras revueltas. Riendo, ella se recogió la falda y le cogió la mano para afirmarse.

—¡Esto era mucho más fácil con la falda más corta de niña! —comentó.

—O con calzas ceñidas.

Ella le sonrió.

—O con calzas. Esto es una empresa de locos, ¿sabes?

—¿Quieres que volvamos?

—No, no. Tal vez seremos amantes lunáticos extraviados en el acantilado.

Se le desvaneció la sonrisa, al darse cuenta de lo que acababa de decir.

—Somos amantes —dijo él, dándole un impulso para que subiera a tierra firme—. Del pasado y casi del presente.

«¿Y del futuro?», estuvo a punto de decir. Pero no quería ser amante de Susan. La parte carnal sería maravillosa, pero no era la esencia de lo que deseaba. Deseaba la maravillosa amistad, la compañera de toda su vida.

La esposa.

No la deshonraría tomando y dándole menos.

—Los amantes suelen ser trágicos, ¿verdad? —dijo ella, arrebujándose más en el chal y empezando a anudarse los extremos a la espalda.

Él la ayudó, embebiéndose de ese ligero contacto de sus manos con su flexible espalda.

—Porque por lo general los amantes están liados en algo ilícito —dijo.

—Esto no es exactamente lícito —dijo ella.

Típico de Susan, insistir en la sinceridad. ¿Podría vivir él con algo inferior?

Reanudaron la marcha con paso enérgico y, poco a poco, en ese lugar que habían recorrido y explorado tantas veces hacía once años, se les fue haciendo fácil hablar del pasado, de plantas y animales, y del mar y del cielo. Y luego de las aventuras en esos años transcurridos.

Ella le explicó más cosas sobre su trabajo con el conde loco. Él le habló de la vida del ejército.

Le contó más cosas sobre la batalla de Waterloo y sobre Dare, y ella le contó sucintamente sus experiencias con los otros dos hombres.

La red que iban tejiendo contenía dolor futuro además del placer del momento, pero él sabía de cierto que ella estaba tan dispuesta como él a soportarlo.

Cuando pasaron junto a una capilla abandonada, de la que se veía el interior de piedra desnuda por las ventanas sin vidrio, tomaron un estrecho y accidentado sendero que atravesaba esa parte plana y llevaba a la cala. Ese sendero era la ruta que seguían los contrabandistas, apenas visible pues estaba casi tapado por hierbas crecidas y malezas, por lo que tenían que ir mirando el suelo para sortear hoyos y rocas imprevisibles.

Cuando llegaron al borde del acantilado, Con miró la abrupta pendiente por la que bajaba el sendero a la playa, y vaciló.

—¿De veras bajábamos ahí sin siquiera pensarlo?

—¿Ya estás muy viejo para volver a hacerlo? —bromeó ella.

Sonriendo traviesa, se levantó la orilla de la falda hasta la cintura, sacó del bolsillo unos cuantos imperdibles y la prendió con ellos, dejando a la vista las piernas con medias hasta las rodillas. Y acto seguido inició el descenso, afirmando las manos y los pies en raíces y en las cortas barras de hierro clavadas en los lugares convenientes para esa finalidad.

Riendo, él la siguió, sin vacilar ni siquiera cuando se le deslizaban las botas por la resbalosa piedra caliza.

Cuando aún faltaban unos cuantos palmos para llegar a la guijarrosa playa, ella saltó y se giró a mirarlo. Él también saltó y la estrechó en sus brazos. Sólo era un abrazo, un abrazo amistoso, pero continuaron así, aferrados, agitadas sus ropas por la brisa marina. Él comprendió que ella lo estaba absorbiendo tal como él la estaba absorbiendo a ella. ¿Se sentiría también Susan como si se estuviera transformando en una persona entera?

Se apartaron al mismo tiempo, como por mutuo acuerdo, tal vez comprendiendo los dos que habían llegado al punto de no retorno, y se giraron a mirar la pequeña playa de la cala.

—La recuerdo más grande —dijo él.

—No se ha reducido, pero antes había más arena. El mar cambia. Como todo lo demás.

Diciendo esto echó a caminar hacia la orilla, donde las olas lamían la playa dejando espuma en la arena, y él la siguió, admirando los elegantes contornos de su cuerpo, tan diferentes a los de una niña, pero conocidos, y no sólo por lo de la noche anterior. Un hombre que conoce a un árbol joven lo reconoce cuando está totalmente crecido.

Anoche, pensó. ¿Es que había tratado de demostrar algo? ¿Demostrar lo que había aprendido con sus muchas amantes después de ella?

No pudo evitar la sonrisa que pugnó por formarse en sus labios.

—¿Susan?

Ella se giró a mirarlo, sonriendo, sujetándose con una mano un mechón de pelo que se le había escapado de la trenza, como siempre, para que no le cubriera la cara. Seguía con la orilla de la falda prendida a la cintura, dejando ver las piernas hasta las rodillas.

—Anoche. Anoche quería impresionarte.

A ella le subió un suave rubor a las mejillas.

—Lo conseguiste —dijo.

—Quería borrarte el recuerdo de tus muchos amantes, todos muy bien dotados por la naturaleza, todos poseedores de la pericia y la experiencia de los más fabulosos amantes del mundo.

Ella se echó a reír.

—¿Sí?

—Sí.

—No habría importado nada todo eso.

—Lo sé. —Tenía que decirle la dolorosa verdad—. Me vendría muy bien una oportunidad para hacerlo mejor, pero me he comprometido en matrimonio con lady Anne, ay de mí.

A ella se le desvaneció la sonrisa.

—¿Ay de mí?

—Ay de mí, sí. Tal vez sería mejor si fingiera otra cosa, pero sólo puedo ser sincero contigo. Mi primer día en Crag Wyvern le escribí, lo que vale tanto como si le hubiera propuesto matrimonio. No llegué aquí con la decisión tomada, aunque mis pensamientos iban en esa dirección. Me parecía que no tenía importancia con quién me casara. Ella es una joven buena y amable que se merece un marido. Pero cuando le escribí la carta, la utilicé; la utilicé como un escudo que me protegiera de ti. Y eso es ahora. Ay de mí.

—¿Y si no?

Sinceridad, sinceridad. Se rompería el corazón él y se lo rompería a ella.

—Si no, tendría por lo menos la esperanza de conquistarte para que fueras mi esposa, mi amiga, mi compañera todos los días de mi vida.

Ella se giró y se alejó, dándole la espalda. Por su postura, él comprendió que estaba tratando de contener las lágrimas. Se le acercó y la rodeó con los brazos desde atrás.

—Una vez tú arrojaste lejos lo que teníamos, aquí, en Irish Cove. Hace dos días yo repetí la estupidez. Parece que somos amantes trágicos, después de todo.

Se inclinó a besarle el cuello, que tenía frío por el viento. Ella bajó lentamente el brazo, dejando volar el mechón de pelo como quisiera.

—Toda mi vida he sido una luchadora —dijo—, siempre tratando de luchar contra mi destino. He luchado por cambiar las cosas para que fueran como yo quería, ¿y qué tengo? —extendió las manos abiertas—. Aire que se dezliza por entre mis dedos. Pero aún así —añadió, cerrando las manos en puños—, siento la tentación de hacerlo otra vez. Me tienta luchar contra esto.

Él negó con la cabeza, que tenía apoyada en la de ella.

—No puedo echarme atrás. Hace unos meses, otro Pícaro, lord Middlethorpe, estuvo cortejando a lady Anne. No llegó a proponerle matrimonio, pero se daba por entendido que lo haría. Ella esperaba su proposición y él tenía la intención de hacérsela. Pero entonces conoció a otra. Muy pronto la otra mujer estaba embarazada de él, por lo que una necesidad honorable derrotó a la otra.

Ella se giró bruscamente entre sus brazos.

—Yo podría estar embarazada —exclamó. Entonces cerró fuertemente los ojos—. No, ¡no!, eso no. No deseo tenerte de esa manera, Con, con deshonor y rodeados por el pesar.

Él le besó los párpados.

—Si estuvieras embarazada, debería casarme contigo, pero honradamente no puedo desear eso. Además, lady Anne y su familia van a esperar más de mí antes de que puedas saber si lo estás. Le dije que regresaría dentro de una semana. Te confieso que no veo la manera de llevar esto con decencia, y mucho menos con elegancia.

Ella apoyó la cabeza en su hombro.

—Voy a rogar que no esté embarazada. —Lo sintió reírse suavemente—. Toda mi vida, por encima de todo, he deseado ser normal. Deseaba ser como mis primas, como mi primo, como David, que encajan con tanta facilidad en el mundo normal. Pero en mí late una especie de salvajismo, que me impulsa a hacer caso omiso de las normas y convenciones, me impulsa a buscar los espacios abiertos, al aire libre, y las aventuras, aun cuando anhelo ser como los demás, pertenecer a un hogar. Deseaba un cortejo y una boda normales, pero mi lado salvaje me impulsó a arrojarme en tus brazos. Y luego a separarnos, destrozados.

Él la estrechó con más fuerza.

—No quiero que seas diferente en nada a lo que eres, Susan.

—Pero parece que llevo en mí las semillas de la destrucción.

Él se rió, adrede.

—Creo que llevas demasiado tiempo viviendo en Crag Wyvern, cariño. La vida real no es tan melodramática.

—A mí me lo parece. —Levantó la cabeza para mirarlo y él vio brillar las lágrimas en sus pestañas, pero no dijo nada—. ¿Crees que existe alguna posibilidad de que ella rechace tu proposición? —preguntó entonces.

Él sintió su dolor porque era igual al suyo.

—No lo sé. Sí que me ha pasado por la cabeza la idea de que podría estar menos dispuesta a casarse con el vizconde Amleigh que con el conde de Wyvern, pero no creo que sea tan quisquillosa, de miras tan estrechas. Nos llevamos bien, muy agradablemente, y creo que eso es lo que desea ella. También era lo que deseaba yo hace una semana, o creía desear.

Guardó silencio mientras pasaba planeando una bandada de gaviotas, llevadas por el viento, con sus chillidos parecidos a llanto. Bien podía decirle el resto, pensó. Ella se enteraría algún día.

—Anne lleva una vida muy sosegada porque nació con un pie torcido. Eso le impide bailar o caminar distancias largas, así que no tiene muchas oportunidades para coqueteos y galanteos, pero desea casarse, creo.

Vio que eso hacía el efecto debido en ella. Comprendía que Anne no era una contrincante con la que pudiera luchar con honor.

—Eso me hace desear quebrarme una pierna y convertirme en inválida también.

Él se echó a reír, porque era una broma, y también porque era tan propio de ella expresar lo que muchas personas guardarían en secreto por vergüenza.

A pesar del frío podría quedarse ahí eternamente, pero el sol ya se había perdido tras el horizonte y comenzaba a desaparecer la luz rosada y perlada del crepúsculo dejando el cielo gris.

—Tenemos que volver —dijo—. No nos conviene estar fuera en la oscuridad.

Ella se apartó y sin disimulo se pasó el dorso de la mano por los ojos. Él sacó su pañuelo, ella lo cogió y se los secó y se sonó la nariz.

—No quiero volver —dijo.

—No tenemos otra opción.

—Yo sí. Me iré a casa, a la de mis tíos.

Pasado un momento, él asintió.

—Ya es hora. No te pediré que intentes convencer a tu hermano. Esto no es una carga fácil de aceptar y comprendo todos sus escrúpulos. ¿Vendrás mañana a Crag Wyvern a ayudar en la búsqueda de ese papel? Decida lo que decida tu hermano, necesitamos encontrar ese papel y deliberar qué hacemos con él.

—Sí, por supuesto. —Le cogió la mano y empezaron a subir por la playa, hundiendo y haciendo crujir los guijarros—. No sé qué deseo que haga. Veo todas las ventajas, pero pienso si no habrá una maldición para el que sea conde de Wyvern.

—Las maldiciones se pueden anular. Tal vez uno de esos libros dice cómo. —Iban llegando al pie del acantilado y miró el estrecho sendero para subir la abrupta pendiente—. Hablando de maldiciones, creo que subir por ahí es peor que bajar.

—La alternativa es ahogarse, señor —dijo ella.

Dirigiéndole una descarada sonrisa, comenzó a trepar, ágil como una gata. ¿Qué podía hacer un hombre sino seguirla?

—La mayoría de las batallas se luchan en terreno bastante plano, ¿sabes? —le gritó.

Ella sólo se rió.

Todavía había risa, y eso era un milagro.

Pero cuando llegaron arriba y se volvieron a mirar la cala que había sido tan importante en sus vidas, ella estaba muy seria, y le dijo:

—La tuya es la parte más difícil.

—¿Por qué?

Ella lo miró.

—Porque harás todo lo posible por ser un marido bueno, amoroso y contento para lady Anne, mientras que yo estaré libre para ser una solterona amargada y excéntrica. —Le cogió la mano y lo tironeó para que continuaran caminando, de vuelta al resto de sus vidas—. No puedes imaginarte lo aliviada que me siento al pensar que no voy a dormir otra noche en Crag Wyvern.

—¿Ah, no?

Aunque dormiría en el mismo infierno, para pasar mis noches contigo, musitó para sus adentros.

Capítulo 25

Al despertar a la mañana siguiente, lo primero que experimentó Con fue una sutil percepción de que Susan no estaba en la casa y de que habían decidido su futuro. En armonía, pero separados.

Ella había hablado del deseo de luchar, y él lo sintió también, intensa, violentamente. Luchar por arrancar el tesoro de las fauces del destino. Pero se impuso el deber y la disciplina. Había tomado ese camino por libre voluntad, y puesto que estaba involucrada otra persona, debía seguirlo.

Se bajó de la cama y consiguió armarse de un poco de entusiasmo por la búsqueda del documento programada para ese día. De cierta manera simple, podría ser divertido, y si David Kerslake aceptaba su papel, le allanaría el camino a una especie de libertad, por lo menos lejos de Crag Wyvern.

Entonces recordó que Hawk estaba en la casa y que Nicholas había prometido venir. Susan también. Tal vez, por un milagro, podría ser un día de alegre diversión. Ante la presencia de personas ajenas a la casa, gran parte de las excentricidades del conde loco se veían más ridículas que horrorosas.

Relegó a un recoveco de la mente todos los pensamientos acerca del futuro, tal como había relegado muchas veces, antes de las batallas, las ideas de muerte y mutilación.

Cuando entró en la sala de desayuno se encontró con Race, que ya estaba sentado consumiendo, como siempre, su pantagruélica cantidad de comida, y entonces entró Hawk, casi detrás de él.

Hizo las presentaciones.

Hawk se sentó diciendo:

—Creo que nos conocimos en Fuentes de Oñoro.

—Dios mío, sí —exclamó Race, bastante impresionado, cosa muy rara en él—. Yo era el abanderado entonces. Me sorprende que me recuerde.

—No te lisonjees, Race —dijo Con sonriendo—. Hawk rara vez olvida algo.

—Es una maldición —convino Hawk—, pero en realidad, De Vere quedaba al mando cuando sus oficiales superiores resultaban heridos, y yo tenía que dejar en sus manos la ordenada retirada de su tropa. Hacía lo que se le ordenaba con exactitud y eficiencia. Eso es francamente excepcional.

—Obediente hasta el exceso —dijo Race, que al parecer había recuperado su actitud habitual—. Lo cual me lleva a preguntar, milord, si hoy tienes pensado algún trabajo para mí.

Sólo entonces Con cayó en la cuenta de que Race no sabía nada de lo que pasaba. Esperó a que se retiraran las criadas que habían venido a poner más comida, y se lo explicó.

—Hermosísimo —dijo Race sonriendo, con la cara tan resplandeciente como la de un querubín mirando a la cara al Señor—. Ojalá hubiera conocido a esa lady Belle.

—Te habría comido para la cena —dijo Con.

—Ah, no, no lo creo.

Pensándolo bien, Con decidió que tampoco lo creía.

Después de tragarse un buen bocado de grueso jamón, Race preguntó:

—¿Lady Belle vino a Crag Wyvern poco antes de marcharse?

—Creo que Susan dijo eso, sí —contestó Con—. ¿Por qué?

Race volvió a sonreír.

—Ella lo mató, por supuesto. Maravillosa mujer. Él había incumplido el pacto y hecho daño al hombre que ella amaba, así que vino aquí a vengarse. Supongo que él la dejó entrar en su despacho particular, y mientras estaba ahí puso a hurtadillas algo letal en uno de sus ingredientes favoritos.

—Porque, claro —dijo Hawk, con el mismo placer ante el misterio—, ella no pudo haber recibido la noticia de su muerte durante su viaje, y sin embargo, según lo que me dijiste, la daba por supuesta en la carta que le escribió a su hija, ¿eh que sí?

—Sí —dijo Con, asimilando eso—. Ella lo mató, está claro. No es otra cosa que constante en sus lealtades. Probablemente también calculó las ventajas de tener la influencia del conde de Wyvern a su favor, en especial si era su hijo. Hay que preguntarse qué será de Australia...

—¿Todavía desayunando?

Con miró hacia la puerta del jardín y vio a Susan ahí, con un favorecedor vestido color melocotón y una elegante papalina. Era otra Susan, una Susan a la que se podría acostumbrar muchísimo a ver por las mañanas. A su lado estaba una jovencita más baja, muy guapa y de grandes y chispeantes ojos.

—Soy Amelia Kerslake —dijo ella, sin esperar a que la presentaran, aunque hizo una reverencia—. No me cabe duda que le vendrán bien unas manos extras, lord Wyvern.

Él se levantó, junto con los otros dos, y dijo:

—Nos serán útiles esas manos extras siempre que no se horrorice fácilmente, señorita Kerslake. —Miró a Susan, interrogante, interesado en saber si le habría explicado los detalles a su prima, pero Susan se limitó a sonreír, y él no supo interpretar la sonrisa, por lo tanto simplemente dijo—: Pero nosotros, pobres hombrecillos, sólo acabamos de comenzar el desayuno y necesitamos nuestro sustento. ¿Os sentáis con nosotros?

Cuando ya todos estaban sentados, presentó a Hawk, observando que la joven Amelia estaba impaciente por probar sus coquetos dientes en cualquier hombre que se le pusiera por delante. No le cabía duda de que Hawk y Race sabrían arreglárselas.

—¿Va a venir tu hermano? —preguntó a Susan.

Había otras cosas que preferiría decirle, pero durante la noche, en que durmió muy poco, había llegado a un punto de calma y aceptación. Tenía la impresión de que ella también.

—Tenía unos asuntos que atender —dijo ella—, pero vendrá más tarde. Aún no ha decidido nada.

—No hay ninguna prisa.

—No, pero nosotras estamos impacientes por comenzar la búsqueda —dijo ella a todos—, así que, a comer.

Los tres se rieron y se apresuraron a limpiar sus platos.

—Formación del ejército —dijo Race, levantándose el primero—. La llamada a la batalla significa no desperdiciar lo que hay sobre la mesa.

—Eso sólo para alguien que necesita un tajadero muy hondo y lleno para sostener una figura de junco —dijo Con, tardando más en terminar.

Susan estaba sorprendida de que fuera posible estar así con Con, ser amigos; casi como una hermana, aunque por dentro se agitaban deseos nada fraternales. Era como si la vida tuviera capas.

Como el agua con vida debajo del hielo, aunque ésa no era buena analogía porque en la superficie su vida era sorprendentemente cálida y dichosa.

¿Como la deliciosa corteza crujiente de una empanada?

¿Como la nata sobre un pastel?

¿Como el estiércol de abono sobre un campo en barbecho?

—¿De qué sonríes? —le preguntó él.

Ella lo miró de reojo y se lo dijo.

Él se echó a reír fuerte.

—No te dediques a la poesía.

—Tal vez existe un lugar en la Tierra para la poesía terrenal.

Él hizo un gesto divertido ante su juego de palabras.

—Como la piedra que rodea el hogar —propuso—, calentada por lo que contiene.

Sonriendo, salieron juntos al patio detrás de los demás. De Vere iba protestando que su figura era mucho más voluminosa que un junco. Amelia había sacado una larga hoja de hierba de adorno del florero y la estaba comparando con él, simulando que el asunto era dudoso.

Susan se rió con todos, sintiéndose como si todo estuviera maravillosamente bien en el mundo, lo cual era raro porque el corazón se le estaba rompiendo. Las piedras alrededor de una fogata a veces se quiebran por el calor.

Pero sentía que entre ella y Con había algo firme, fuerte, y eso lo encontraba precioso. Una vez que acabara la búsqueda, tal vez no se volverían a encontrar nunca más. Sabía que no buscarían maneras de encontrarse. Pero saber que ese vínculo seguía existiendo, la sostendría.

Seguía deseando otras cosas, incluso rogaba por ellas, pero no a expensas del corazón de otra mujer.

Sí que pensaba si lady Anne desearía un marido que preferiría casarse con otra. Esa noche había combatido la tentación, y ganado, de escribirle y decírselo. Sabía que Con haría todo lo posible por no demostrar que tenía el corazón dividido, y su mejor posible sería excelente. Tal vez con el tiempo, su consideración por su mujer y madre de sus hijos se convertiría en verdadero amor.

Tenía que rezar por eso también.

Ella era la causante de lo que le ocurría. Con podía intentar echarse la culpa por haberle escrito a lady Anne, pero no habría reaccionado así si ella no se hubiera portado tan tontamente aquella vez, once años atrás.

Sorprendió al comandante Hawkinville mirándola con ojos demasiado sagaces, y se decidió por la osadía:

—La atmósfera de Crag Wyvern inclina a la melancolía, ¿verdad, comandante?

—Tal vez uno tiene que ser particularmente susceptible, señorita Kerslake.

—¿Y usted no es de disposición melancólica?

—Soy demasiado práctico. ¿Por qué esta fuente vacía tiene el letrero «El dragón y su esposa»?

Ella se acercó a la fuente.

—Aquí había dos estatuas. El dragón y su esposa.

—Ah. Habiendo visto el baño romano, ya me las puedo imaginar.

—¿Están hablando de la fuente? —preguntó Amelia, que desde siempre tenía la capacidad de seguir muchas conversaciones al mismo tiempo—. Me gustaría ver esas estatuas.

—No te conviene —dijo Susan.

—Tú las has visto y eres tan doncella como yo.

Susan miró hacia Con y al instante comprendió que eso fue un terrible error. Sintió subir el rubor a las mejillas y, claro, no podía hacer absolutamente nada para impedirlo.

—Sé que eso es una vergüenza a los veintiséis años —dijo, intentando explicar el rubor—, pero no hay ninguna necesidad de darle tanta importancia, Amelia.

—¡Susan! —exclamó Amelia, palideciendo—. Sabes que no he querido...

—Sí, lo sé —dijo Susan acercándose a abrazarla—. Era una broma. Pero las estatuas no son nada agradables.

Vio que De Vere la estaba mirando con las cejas arqueadas, en actitud calculadora, y comprendió que igual podría haber proclamado a gritos su pecado desde el techo.

—Creo que yo debería verlas —dijo el comandante Hawkinville—. Necesito ver todo lo relacionado con el difunto conde, si he de resolver este rompecabezas. Pero claro —añadió, sonriendo levemente—, yo no soy doncella.

Susan pensó que él había decidido decir eso para distraer la atención de su azoramiento, y elevó una oración de acción de gracias. Y tal como suponía, Amelia siguió insistiendo en que debía ir a verlas también.

—Muy bien, ¡pero no se lo digas a tía Miriam!

Entonces oyó claramente murmurar al comandante:

—Dudo mucho también de que ella sea doncella.

Con dirigió la marcha, puesto que sabía dónde habían colocado las estatuas: en un esconce de una pared del vestíbulo principal, sin ventana.

—No quisimos exponernos a la dificultad de subirlas o bajarlas por la escalera —explicó—, y de todos modos después tenían que salir por el vestíbulo. No son de tamaño natural, sólo la mitad —añadió, descorriendo la gruesa cortina—, pero es condenadamente difícil manejarlas.

Susan se quedó atrás para que entrara el comandante Hawkinville, pero al ver que Amelia entraba detrás de él, se sintió obligada a mirar.

Separadas, las figuras no se veían tan repugnantes.

El dragón estaba de espaldas, con las patas levantadas en el aire como un cachorro, con lo cual su inmenso pene se veía ridículo y su gesto de gruñir parecía una sonrisa tonta. Susan se mordió el labio para no reírse, mientras Amelia se reía sin tapujos.

La mujer, en cambio, seguía inspirando vergüenza, aunque sólo fuera porque daba la impresión de estar experimentando un éxtasis secreto.

Con y Race se habían quedado fuera, pero cuando Amelia se rió, Race entró. Le dijo algo a Amelia y ésta volvió a reírse.

Susan salió y le comentó a Con:

—Sin duda dijo algo indecoroso.

—Casi seguro.

—¿Qué vas a hacer con esas estatuas?

—Si tu hermano acepta mi propuesta, eso puede ser problema de él.

Entonces salieron los otros, el comandante Hawkinville llevando a Amelia y a De Vere como a dos alumnos pequeños. Miró a Con y a Susan y les sonrió, irónico.

De todos modos Susan pensó que los estaba evaluando. Era uno de esos hombres, decidió, que no pueden resistirse a intentar descifrar todo lo que se les pone por delante. Por las cosas que le contó Con cuando iban caminando hacia Irish Cove, eso de descifrar cosas y resolver misterios era parte del trabajo «del Hawk»* en el Departamento del Intendente General. La mayor parte del tiempo se ocupaba de las actividades administrativas habituales: hacer eficientes recorridos por el ejército y vigilar que no faltaran las provisiones necesarias para vivir y combatir. Pero también había demostrado tener un talento especial para resolver problemas e investigar delitos.

Seguro que un hombre como ése detectaría los sentimientos entre ellos, supuso. Razón de más para que ésos fueran los últimos días que estuvieran juntos.

Lady Anne podría ser perspicaz e inteligente también, y aunque no los hubiera visto juntos, otros sí los habrían visto; se irían contando historias de casa en casa y finalmente llegarían a oídos de ella. Eso ocurría siempre.

—¿Te ha venido la inspiración? —le preguntó Con a su amigo.

—No, pero no la esperaba. Mi método es la tediosa acumulación de datos y detalles. Finalmente surge un cuadro que apunta hacia la solución.

—Das por supuesto que aquí ha funcionado una cierta cordura.

—El caos es raro. Los locos tienen su lógica y sus finalidades también.

—Si insistes. Te doy el mando de esto, Hawk.

De ahí subieron todos a las habitaciones Wyvern, Amelia amenizando el trayecto con encantadas exclamaciones ante los decorados góticos; Yorrick el esqueleto se mereció un especial chillido.

* *Hawk* significa «halcón». *(N. de la T.)*

Cuando llegó a la puerta del despacho particular, Con sacó su llave y entonces descubrió que no estaba cerrada con llave. Entraron y se encontraron con el señor Rufflestowe, absorto en su trabajo de catalogarlo todo. Pareció considerablemente sorprendido por la invasión, y Susan, al menos, se asombró de encontrarlo allí. Lo había olvidado completamente.

—Estamos realizando una búsqueda, Rufflestowe —explicó Con—. Un documento legal que el conde no dejó donde debería estar. Es posible que lo guardara en alguna parte de estas habitaciones.

—Todos los papeles que he encontrado en los libros los he dejado sobre el escritorio, milord, pero ninguno era un documento legal. La mayoría son notas escritas a mano; algunos son recetas.

Con fue hasta el escritorio y les echó una rápida mirada.

—Muy cierto. ¿Qué método seguimos? —preguntó al comandante.

—Uno sistemático —contestó Hawkinville, que estaba paseando la mirada por la habitación como si ya estuviera arrancándole todos sus secretos—. Tenemos seis personas, y cuatro paredes, un escritorio y el resto del espacio. Tú revisas el escritorio, Con...

—Si me lo permite, milord —interrumpió el señor Rufflestowe—, comenzaré a trabajar con los libros de la otra habitación.

Con arqueó las cejas, extrañado, pero dijo:

—Por supuesto, faltaría más, pero tenga un ojo abierto por si ve algún documento legal, o un lugar donde podría estar escondido.

Cuando el coadjutor salió de la habitación, Con se echó a reír.

—¿Qué diablura creerá que estamos tramando?

—Cuidado —dijo Susan—, diablura no es una palabra para reírse.

—Pero la risa ahuyenta al diablo —dijo De Vere.

—Cinco —interrumpió Hawkinville firmemente—. Con, tú te encargas del escritorio de todos modos, puesto que habrá papeles que tienen que ver con el condado. Los demás revisaremos una pared cada uno.

Susan se encontró revisando las estanterías de la pared de la puerta. Eso significaba bastantes menos estantes, pero de todos modos muy pronto se cansó del laborioso trabajo. También lamentaba no haberse puesto su uniforme gris. Tenía las manos y el vestido cubiertos de polvo.

Miró hacia Amelia, que estaba revisando los rollos de pergamino, y vio que de tanto en tanto le hacía un comentario a De Vere y se reía de sus respuestas en voz baja. De Vere estaba revisando los ingredientes, con lo que al parecer estaba disfrutando muchísimo.

Con estaba sentado ante el escritorio clasificando papeles, distribuyéndolos en rimeros, tal como hiciera De Vere en el despacho, pero cuando levantó la cabeza y captó su mirada, vio que ésa no era una tarea que le gustara mucho.

Intercambiaron una sonrisa irónica y volvieron la atención a sus respectivos trabajos.

En ese momento se abrió la puerta y entró Jane, con una expresión desaprobadora en la cara, como siempre.

—Un tal señor Delaney, milord —dijo, paseando la vista por toda la habitación y mirándolos a todos como si fueran un grupo de niños tramando alguna maldad.

Con se levantó.

—Nicholas. Estupendo, no te has perdido la diversión.

—¿Tan terrible es esto, eh? —dijo el hombre que tenía que ser Nicholas Delaney, el jefe de los Pícaros.

Mientras Con hacía las presentaciones, Susan lo observó con atención. Era guapo, con un estilo algo informal. Su pelo rubio era de un matiz más claro aún que el de De Vere, y daba la impresión de que iba al barbero a cortárselo solamente cuando se acordaba.

Recordó con qué interés escuchaba ella las historias que le contaba Con acerca de él; Con casi lo reverenciaba como a un héroe; claro que él nunca lo expresó de esa manera, simplemente su nombre surgía muchísimo en su conversación, diciendo aquí y allá «Dice Nicholas...».

La tarde anterior Con le había mencionado la visita que le hizo, y aunque eso fue lo único que dijo sobre el tema, ella tenía la impresión de que la visita le había servido para decidir acerca de muchas cosas.

—Hawk está al mando —dijo Con—. Me siento afortunado de que me haya tocado el trabajo con los papeles. La mayor parte de lo demás son cosas sucias, tanto en el sentido físico como metafísico.

—Pero no olvides que yo tengo un especial interés en esas cosas —dijo Delaney—. ¿Y eso pretende ser una mandrágora? —preguntó, acercándose a coger un frasco de uno de los estantes.

—¿Sabes discernir si lo es o no? —preguntó Hawkinville.

—Una vez se me dio una conferencia ilustrada sobre el tema. —Delaney abrió el frasco y sacó una larga raíz arrugada, bifurcada—. Por todos los brujos, creo que lo es. —Devolvió la raíz al frasco y lo cerró—. Esto lo puedes vender por una buena suma, Con.

—Excelente, pero ¿he de recordarte que estamos buscando un documento?

—¡Sí, sí, señor! —exclamó Nicholas, riendo.

—Si tienes el conocimiento, Delaney —dijo Hawkinville—, tal vez podrías examinar esos tesoros y así De Vere puede continuar con mi pared de libros. Yo exploraré los espacios intermedios.

Susan observó que Delaney asentía como si eso fuera lo más lógico del mundo.

Él la sorprendió mirándolo y le sonrió. Al instante ella se giró a continuar su trabajo en las estanterías de libros, resentida por la presencia de otro observador perspicaz más.

Más que perspicaz.

Astuto, como si supiera algo.

¿Qué le habría dicho Con?

Nicholas Delaney no tardó mucho en revisar el resto de los ingredientes y de ahí pasó a examinar los libros que Susan ya había abierto y revisado.

—¿Ha visto algo escrito por el conde de Saint Germain por aquí?

—No he mirado los títulos. Pero creo que el señor Rufflestowe ya ha catalogado todos estos.

—A él le interesaban los títulos, no encontrar escondrijos ingeniosos. Le echaré una mirada a sus listas. Con me ha ofrecido la primera opción.

—¿Es usted un estudiante de alquimia, señor? —preguntó ella, sin poder evitar el tono desaprobador.

—Soy estudiante de todo —contestó él, sonriendo. Sacó un libro, lo abrió y lo devolvió al estante—. ¿Ha vivido en esta zona toda su vida, señorita Kerslake?

—Sí.

—Entonces tal vez conoció a Con cuando estuvo aquí de visita hace unos años.

Tardíamente ella se puso en guardia, recelosa, pero no quería mentir:

—Sí, somos de la misma edad.

—Ciertamente él tenía interesantes recuerdos de su estancia aquí. Ah, perdón —pasó el brazo por delante de ella para coger del estante un libro alto y encuadernado en piel—. Un ejemplar de *Physica et Mystica*. ¡Con, está hecha tu fortuna! —gritó mirando hacia el escritorio—. El último ejemplar de este libro de que tuve noticia se vendió en trescientas.

—Está hecha la fortuna del conde de Wyvern —enmendó Con. Miró los cajones y la superficie del escritorio—. Creo que he terminado con esto. Supongo que es improbable que el certificado de matrimonio esté en un lugar tan visible, y no veo ningún compartimiento secreto.

—No te ofendas, Con —dijo Hawkinville, caminando hacia él—, pero quiero revisar eso.

Sacó todos los cajones y examinó los huecos, palpando, por si había algún compartimiento secreto. Después se metió debajo, de espaldas, y se oyeron ruidos de golpes y arañazos. Al cabo de un momento, salió de ahí y dijo:

—Tienes razón, no hay nada. —Se quitó el polvo de la ropa—. Nada en el suelo ni en el cielo raso. Las estanterías están firmemente adosadas a las paredes y no hay ningún espacio entre ellas. Ventanas, cortinas, puertas. Todo despejado. Las proporciones de la habitación parecen ser las correctas.

Así que eso fue lo que quiso decir él con lo de espacios intermedios, pensó Susan, recordando su búsqueda del oro, tan a la buena de Dios. Decididamente estaban en manos de un profesional.

De todo corazón deseó poder dejarlo todo enteramente en sus manos.

—Creo que deberíamos tomarnos un descanso para almorzar —dijo.

Sólo al decirlo cayó en la cuenta de que ya no le correspondía ni siquiera pensar en esas cosas. Ni siquiera como ama de llaves le habría correspondido.

Pero entonces Con dijo:

—Excelente idea. Podríamos invitar a Rufflestowe también.

Fue a abrir la puerta que daba al dormitorio, y desde donde estaba Susan vio al coadjutor inclinado haciendo algo encima de la cubierta despejada de una librería baja.

—¿Ha encontrado algo? —le preguntó Con.

Él coadjutor se enderezó, algo ruborizado.

—No, en realidad no, milord. Supongo que esto no forma parte del trabajo que me ha asignado, pero la pobre dama me pareció tan...

Con entró y Susan entró detrás. Rufflestowe había estado inclinado sobre el retrato con la cara rota que antes colgaba en la pared.

—Le pedí clara de huevo a la cocinera, milord —dijo el pobre hombre, con el aspecto de creer que iba a recibir un rapapolvo—, y lo pegué sobre una hoja de papel grueso. Todavía no están bien pegados los trozos.

De todos modos, los trozos cortados estaban lo bastante unidos como para ver una cara.

Delaney quiso saber la historia del retrato y Con se la explicó.

Amelia se acercó a mirar.

—Me parece una cara conocida.

—Creemos que es lady Belle —le dijo Susan amablemente—. Cuando era más joven que tú.

—Ah, sí, en casa tenemos colgado un retrato de ella y tía Sarah. Éste debe de ser un dibujo preliminar para ese retrato. Qué horrendo que lo haya cortado así y luego guardado. Si la odiaba tanto, ¿por qué no tiró el dibujo?

—Los estilos del odio —dijo Con, pensativo—. ¿Será posible levantar esto...? —Lo cogió, con todo cuidado, y las partes cortadas continuaron más o menos unidas—. Seguidme.

Salió al corredor y viró en dirección a las habitaciones Saint George. Comprendiendo lo que se proponía, Susan se adelantó para abrir las puertas.

Al final todos se encontraron reunidos alrededor del baño romano, amenizados por los comentarios de Amelia, que miraba las pinturas con los ojos agrandados.

—Es la misma —dijo Susan, en un ridículo susurro, como si pudiera oírla la mujer pintada en el cielo raso, en el fondo del baño y en el dibujo.

Todas eran la misma persona, todas lady Belle.

Su madre.

—Y la estatua de la fuente —dijo Hawkinville.

—¡Rayos, tienes razón! —exclamó Con. Volvió a mirar el retrato con la cara cortada—. Todas las hizo hacer a imagen de Isabelle Kerslake, y sin duda él se veía como el dragón. Dios condene su negra alma.

—Eso ya es un hecho, no le quepa duda, milord —dijo el señor Rufflestowe.

Con le entregó el dibujo.

—Haga el favor de llevar esto a las habitaciones Wyvern, Rufflestowe, y después venga a almorzar con nosotros.

—Muchísimas gracias, milord, muy amable —dijo el coadjutor cogiendo el retrato—, pero tengo que volver a casa. Mañana tengo que predicar y debo preparar el sermón.

Con sonrió irónico.

—Creo que le hemos dado muchísimo material para su sermón.

El coadjutor salió en dirección a las habitaciones del conde. Los demás bajaron a la planta baja, todos pensativos, y salieron al jardín a tomarse un descanso.

Sin duda todos sentían la necesidad del alivio que dan las plantas, verdes y vivas, pensó Susan.

Estaban haciendo comentarios sobre los extraños objetos que habían visto cuando Susan se acordó de David, y pensando en voz alta preguntó dónde podría estar. Entonces se fijó en que el comandante Hawkinville estaba muy quieto y callado. Miró a Con, que estaba a su lado, como si ése fuera el único lugar donde debía estar.

—Está pensando —dijo él—. Es capaz de convertirse en una isla de calma en medio de un bullicioso desorden.

Como si lo hubiera oído, Hawkinville los miró.

—¿Podría volver a ver esas estatuas de la fuente, Con?

—Por supuesto. ¿Crees que ahí hay una pista?

—Es posible —dijo el comandante.

Susan vio en sus ojos una expresión que casi podría considerarse de malestar.

Cuando se detuvieron fuera del esconce acortinado, Hawkinville dijo:

—No sé si la decencia exige que se excluya a las damas o que sólo se permita buscar a las damas.

—Las damas no deben ser excluidas jamás —dijo Delaney—. Ley de los Pícaros.

—¿Sí? —dijo Hawkinville, en un tono que tal vez indicaba que encontraba raro eso—. Adelante, entonces. Con, ¿podríamos conseguir una luz?

De Vere se ofreció a ir a la cocina a buscar una vela encendida. Todos se quedaron esperando. Susan deseaba preguntar por qué Hawkinville creía que encontrarían ahí el certificado de matrimonio.

—¿Porque la fuente lleva el nombre «El dragón y su esposa»? —preguntó al fin.

—Lo encuentro algo intencionado.

—Y esas estatuas son huecas —aportó Con—, aunque no tienen aberturas hacia el interior. ¿El caño que arrojaba agua por el... esto..., el pene del dragón? ¿Ahí?

—Eso sería agradable —dijo Hawkinville.

A Susan le pareció que no se sentía demasiado optimista al respecto.

De Vere volvió con una vela protegida por un tubo de cristal, llevándola levantada en alto como un ángel con una antorcha ardiendo. Con descorrió la cortina, De Vere entró y todos lo siguieron, apretujándose bien.

A la parpadeante luz de la vela el dragón ya no se veía tan divertido, y el gesto de las fauces sí que parecía un gruñido. Y eso era una especie de abertura, donde no estaba ocupada por la larga lengua bífida. Aunque también estaba el caño surtidor insertado en el pene.

—¿Con? —dijo el comandante Hawkinville, ofreciéndole la tarea.

—Por favor —dijo Con, cediéndole el honor con un gesto.

Hawkinville metió un dedo en el hocico y al instante negó con la cabeza. Entonces giró a la bestia para poder mirar por la abertura del caño.

—Cualquier cosa escondida aquí tendría que ser impermeable, totalmente plana y estar muy bien adherida. Y bastante cerca de la abertura. —De alguna parte sacó un cuchillo largo y delgado, exploró con él el interior y se incorporó—. Creo que no.

—En ningún momento lo has creído —dijo Con—. ¿Dónde?

Hawkinville se volvió hacia la estatua de la mujer.

—¿Dónde crees que lo habría escondido el conde demente?

La mujer tenía la boca abierta, pero era evidente que el hueco era muy poco profundo.

Entonces Susan cayó en la cuenta y miró entre las piernas abiertas. En la fuente esa parte no era visible porque el dragón estaba arrimado ahí e inclinado sobre ella, pero la estatua era anatómicamente correcta. Aun así, ése no parecía ser un lugar donde esconder algo. De todos modos, dio un paso adelante.

—Yo lo haré.

Palpando la entrepierna con los dedos tocó una parte que no era metal. Era cera.

—Un cuchillo o algo así —dijo, oyendo resonar su voz algo temblorosa en el silencio.

Con se arrodilló a su lado, ofreciéndole su cortaplumas.

—¿Quieres que lo haga yo?

—No, debo ser yo.

Sin poder evitar un ligero gesto de dolor, enterró la navaja en la cera y comenzó a girarla y a escarbar. Se le hizo más fácil; sólo era cera. Cuando salió el último trocito, vio un rollo delgado. Lo sacó y se lo pasó a Con. Después cogió un poco de cera y llenó el hueco lo mejor que pudo.

Era una tontería, pero debía hacerlo.

Se incorporó.

—Quiero que esta estatua se derrita y se convierta en otra cosa. En algo bueno.

—¿Un san Jorge? —preguntó Con.

Acto seguido se quitó la chaqueta, cubrió con ella la estatua y salió del esconce. Todos lo siguieron.

—No —dijo Susan entonces—. Algo libre. Un pájaro quizá. Tal vez nunca ha sido fácil ser Isabelle Kerslake, luchando por ser libre.

Con le sonrió, diciéndole que comprendía, y luego abrió la envoltura y desenrolló el documento.

—El certificado del matrimonio de James Burleigh Somerford, de Devon, e Isabelle Anne Kerslake, del mismo condado, el veinticuatro de agosto de mil setecientos ochenta y nueve. Casi un año antes de que tú nacieras, Susan. —Él entendía el intenso miedo que sentía ella de que pudiera ser hija del conde loco, por lo que añadió—: Lo más probable es que nunca pudo engendrar un hijo. Pero ahora todo depende de tu hermano. Puedes llevarle esto.

Ella lo miró a los ojos, pero él ya se había obligado a controlar sus emociones también.

—Quédatelo tú, por favor. Si él declina el honor, te corresponderá a ti decidir qué hacer con él.

—Como quieras.

Ésa era una despedida, y los dos lo sabían. Estaban a la vista de los demás, pero, en cierto modo, eso era una ventaja.

—Vamos, Amelia.

Sin mirar atrás, echó a andar con su prima hacia la salida de Crag Wyvern, pero no habían avanzado mucho cuando se detuvieron al ver a un muchachito entrar corriendo sin aliento. Era Kit Beethman.

—¡Señorita Kerslake!

El muchacho no dijo nada más y se quedó mirando con los ojos desorbitados a las personas que estaban cerca. Atenazada por un repentino miedo, Susan le cogió el brazo y lo llevó hacia un lado.

—¿Qué?

—¡El capitán Drake, señora! Está refugiado en la vieja capilla Saint Patrick rodeado por los policías de prevención. ¡Tal vez herido también!

Capítulo 26

—¿Herido? ¿Grave?

—No sé, señora. Enviaron una señal y mi papá la vio. Problema. Hay tres hombres allí y uno está herido, tal vez más de uno. Mi papá cree que Gifford envió a buscar refuerzos y los tiene cercados allí hasta que lleguen los soldados.

A Susan le retumbaba el corazón y le era difícil pensar. ¡Estúpido, estúpido! era el pensamiento que le pasaba una y otra vez por la cabeza. ¿Cómo pudo David ser tan estúpido para desembarcar contrabando a plena luz del día?

—¿Qué pasa? —preguntó Con, apareciendo a su lado—. ¿Qué ha ocurrido?

Ella le explicó el mensaje del niño.

—Tendré que organizar un rescate. Es probable que no haya nadie...

—Pues sí que hay. Estoy yo, para empezar, y Hawk Hawkinville y el rey Pícaro.

Ella lo miró a los ojos.

—No te conviene meterte en esto.

—Si tú estás metida, lo estoy yo —dijo él, sus ojos grises firmes como una roca—. Y donde estoy metido yo están mis amigos. —Miró al muchacho y le dijo—: Tú espera aquí mis órdenes.

—¡Sí, señor! —exclamó el niño.

Susan vio en el muchacho la reacción instintiva a una orden, y el alivio que sintió. Alguien estaba al mando y todo iría bien en el mundo.

Ella también sentía ese alivio, pero por dentro sentía terror. David estaba en un peligro terrible, y Con también podría estarlo, por muy conde que fuera.

Él la llevó de vuelta al vestíbulo principal.

—Consejo de guerra —dijo a los hombres—. En el despacho, me parece. —A Susan le preguntó en voz baja—: ¿Y tu prima?

—Es David, ¿no? —dijo Amelia al instante—. ¡Sabía que haría algo estúpido!

—Parece que pertenece a nuestra alegre banda —dijo Susan, sorprendida de que Amelia supiera más de lo que ella había imaginado.

Ya en el despacho, Con explicó sucintamente la situación. Añadió la amenaza de Gifford a Susan, sin contar lo que había detrás.

—Con esto pierde fuerza. Es una extraña maniobra.

—Tal vez no —dijo Susan—. Cogiendo a David con las manos en la masa ejercería aún más presión sobre mí.

—Pero ¿entonces para qué enviar a buscar refuerzos? Lo lógico es que desee un arreglo discreto contigo.

—Eso es pura elucubración —dijo ella—. Es posible que no haya enviado a buscar a nadie. Tendrá a los barqueros locales... —se interrumpió, haciendo una inspiración entrecortada—. Con, la capilla Saint Patrick es esa que está en ruinas cerca de Irish Cove.

Se miraron a los ojos. Si Gifford los había visto ahí abrazados, podría haber actuado por rabia y envidia.

Imprevisiblemente.

Y David podría estar herido.

—No sé qué hacer.

Con le cogió la mano.

—Todo saldrá bien. ¿Cuántos hombres podría tener Gifford con él?

—Tiene a seis barqueros de la localidad, pero normalmente van en pareja por tierra.

—Entonces, por ahora vamos a suponer que están ahí Gifford y dos de ellos. —Les explicó la situación de la capilla a los demás—. Es fácil resistir dentro ante un par de hombres de la localidad que no quieren que los maten y tal vez tampoco desean matar. El terreno que la rodea es principalmente llano, abierto. No quiero que esto se convierta en una batalla campal, pero sí quiero que Kerslake y sus hombres salgan de ahí sanos y salvos. ¿Sugerencias?

—Hawkinville y yo somos desconocidos aquí —dijo Delaney—. Si llegamos ahí por casualidad nadie puede acusarnos de meternos en medio de la capilla y...

—¿Y una bala de mosquete?

—Correremos nuestros riesgos. Mientras tanto, tú y De Vere podéis intentar el rescate.

—Y yo —dijo Susan—. No me vais a dejar atrás.

—Yo también quiero ayudar —dijo Amelia.

—Por supuesto —dijo Delaney, antes de que Susan pudiera protestar—. Pero como cualquier soldado sin experiencia, va a obedecer las órdenes, ¿eh que sí?

Amelia frunció el ceño, pero al instante dijo:

—¡Sí, señor!

—No soy militar. Soy simplemente un Pícaro. Con, ¿hay algún mapa del lugar por aquí?

De Vere sacó uno de un cajón y lo extendió sobre el escritorio. Pasó un dedo por la línea de la costa y dijo:

—Eso me parecía. Aquí está, Irish Cove. Y la cruz debe de indicar la capilla. Se ve bastante cerca del camino a Lewiscomb, pero ahí hay un corte.

—Hubo un deslizamiento de tierra ahí hace unos cincuenta años —explicó Susan—, y cortó el camino. Ya nadie lo usa.

—Sólo los contrabandistas —añadió Con.

—Y las personas que salen a dar un paseo.

Por un momento sus ojos se encontraron, fue un momentoextrañamente apacible.

—¿Es apto para cabalgar ese camino? —preguntó Hawkinville.

—Hasta el corte —contestó Susan—. Si se va desde aquí, el camino se termina antes de llegar a la capilla. Los caminantes pueden atravesar por el barranco de rocas y piedras todas revueltas, pero los caballos no.

—Vendremos por el otro lado —dijo Delaney, trazando la ruta—. Menos conexión aún con Crag Wyvern. Como forasteros ignorantes, no sabemos que el camino acaba ahí. Vamos cabalgando, vemos algo que nos capta la atención, y nos acercamos a la capilla.

—Gifford os grita que salgáis de esa zona —suplió Con.

—Y nosotros nos quedamos para preguntar qué pasa. Eso os da a vosotros cierto tiempo para actuar. Pero en un terreno tan llano, va a ser difícil que los hombres escapen sin que les disparen.

—Yo me encargaré de Gifford —dijo Con—, pero podríamos necesitar otra distracción.

—Niños —sugirió Amelia—. A veces llevo a los niños de la escuela a esa parte a explorar la naturaleza. No podría disparar habiendo niños por ahí, ¿verdad?

—Eso los pone en peligro —protestó Hawkinville.

Quedó claro que los demás hombres estaban de acuerdo con esa objeción.

—Están acostumbrados a participar en las operaciones de contrabando —dijo Susan—, y nosotras vigilaremos que estén fuera de peligro. Ve, Amelia, y llévate contigo a Kit Beetham.

Amelia se giró para salir.

—Espera —dijo Con—. Podríamos lograr que los hombres salieran de ahí disfrazados. Lleva a otras dos mujeres contigo, las más altas que haya, y que lleven puesta ropa extra que se puedan quitar fácilmente.

—¡Ingeniosa idea! —exclamó Amelia, sonriendo de oreja a oreja—. Pero ¿y David? Es demasiado alto.

—Lo sé. Pero es mi administrador, y me voy a enfurecer muy arrogantemente con quienquiera lo amenace en mi terreno. Dile eso, si puedes, Amelia, que ése es su papel.

—Amelia —dijo Susan, cuando ésta se giraba para marcharse—. El mensaje decía que está herido. Lleva vendas y cosas de esas también.

—Muy bien.

Amelia había palidecido al oír la palabra «herido», pero salió a toda prisa.

Susan tragó saliva. Había apoyado la idea de utilizar niños, pero por mucho cuidado que tuvieran, podría producirse un desastre. Vio que el comandante Hawkinville la estaba mirando.

—La carga del comandante nunca es fácil —dijo él.

—Yo no soy comandante en esto.

—Lo está haciendo muy bien. Perdone, pero su encantador vestido no me parece conveniente, a no ser que quiera emplear sus ardides femeninos como una carta con el policía montado.

—Uy, no —protestó ella, casi retrocediendo. Añadió—. Tengo una idea mejor.

Salió a toda prisa, contenta por no haber tenido todavía la oportunidad de llevarse sus cosas. Cuantos más desconocidos participaran, mejor. Cabía la posibilidad de que Gifford no la reconociera vestida de hombre.

En un momento ya estaba vestida con sus calzas, botas, camisa y chaqueta, y un pañuelo hacía las veces de tosca corbata. Se miró en el espejo, sin poder evitar el recuerdo de que estaba vestida así la noche en que llegó Con.

Cerró fuertemente los ojos para contener las lágrimas, y se concentró en la tarea de completar el disfraz.

Normalmente no se molestaba en ponerse sombrero, pero tenía uno, un sombrero de campesino de ala ancha. Se recogió el pelo con horquillas y se caló el sombrero. A modo de toque sutil, pasó un dedo por el interior de la chimenea y con el hollín se oscureció suavemente las mandíbulas y encima del labio superior para dar la impresión de barba de un día.

Se examinó en el espejo y decidió que daría el pego. Una lástima que no fuera lo bastante alta para hacerse pasar por su hermano.

Cuando volvió al despacho, entró con pasos largos y osados.

—¿Y bien?

Sólo estaban Con y De Vere ahí, pero los dos la miraron impresionados.

—Es muy convincente —comentó De Vere—, y yo tengo otra idea. Rápido, vamos a su habitación.

Con los acompañó, y tan pronto como entraron, De Vere comenzó a desvestirse.

—Creo que podría entrarme su vestido.

Eran de la misma altura, comprobó Susan, aunque veía muy difícil que su vestido melocotón le cerrara en los hombros. Lo ayudó a ponérselo y, tal como pensaba, no logró abrocharle los últimos botones. Hurgó en un cajón y encontró un bonito chal, con el que le cubrió los anchos hombros.

—Zapatos —dijo él, mirándose las botas—. Con, mi querido compañero, en mi habitación tengo zapatos de vestir para la noche.

Con salió a buscarlos.

—Sombrero —dijo Susan, y sacó su pamela de paja de aldeana. Le pasó una cinta por dos lados de la base de la copa para afirmárselo bien sobre los lados de la cabeza, para ocultar su pelo corto.

—Rasgos demasiado fuertes para ser una mujer hermosa —dijo—, pero demasiado hermosa para ser un hombre.

De Vere le sonrió.

—Somos seres ambiguos, ¿no?

—No si alguien nos mira muy de cerca. —Cogió su bote de colorete y le puso un poco en los labios y las mejillas—. No estás decente, querida mía, con tanta pintura, y mantén las manos debajo del chal. Tendrás que distraerlos. —Sacó varios pares de medias de un cajón—. Ten, métete éstas en el corpiño para formar los pechos.

Mientras él se metía las medias, ella sacó sus acuarelas y mezcló colores hasta conseguir un poco de marrón oscuro.

—No creo que esto te haga doler los ojos.

—No, gracias —dijo él, algo alarmado, pero se quedó quieto mientras ella le pintaba líneas oscuras alrededor de los ojos.

—Decididamente indecente, pero te hace ver más femenina.

—No puedes imaginarte cuánto me tranquiliza saber que esto es todo un desafío.

Se estaban riendo cuando llegó Con con los zapatos. Después que De Vere se los puso, Susan lo examinó.

—Creo que resultará. Así que somos una pareja cortejando, ¿eh? ¿Y tú Con?

—Yo voy a ser el maldito y arrogante conde de Wyvern. Vuestro trabajo será principalmente distraer a los hombres para que no oigan lo que le voy a decir a Gifford. Aunque me encantaría muchísimo estrangularlo, tenemos que lograr que salga de esto con su honor, el que tenga, intacto. Vámonos.

Salieron. Susan iba al lado de Con sintiendo una mezcla de entusiasmo y miedo que no había experimentado nunca antes. Una buena parte del entusiasmo era que tenía a Con a su lado. Si no otra cosa, eran compañeros en esa aventura.

Llegaba a su fin el tiempo que estarían juntos, pero sería un fin glorioso. Siempre que David saliera de eso sano y salvo.

Con había ordenado a Pearce y White que subieran caballos, así que cabalgaron parte del camino, y sólo desmontaron poco antes del lugar donde estarían a la vista. Los dos criados se quedaron con los caballos y ellos continuaron a pie.

Cuando se iban acercando al barranco que cortaba el camino, Con continuó con suma cautela, agachado.

—Veo la capilla. Hay una persona asomada a la ventana y alcanzo a distinguir a otra agachada a un lado. ¿Por qué no le dispara? Sea quien sea el que está en la ventana es un blanco visible.

Susan ya estaba detrás de él.

—Gifford está esperando refuerzos. O a mí.

—¿Entonces por qué no ha salido huyendo tu hermano?

—Porque entonces le dispararían. David estará esperando que su señal le traiga ayuda. Querrá salir sin que haya derramamiento de sangre. Policías de prevención muertos significan interminables problemas, y, en todo caso, no es ése el estilo de la Horda del Dragón.

—Ojalá pudiéramos hacer llegar un mensaje al interior de la capilla.

—Podemos —dijo ella sacando el pequeño espejo que había traído—. Sé las señales. Iré a ponerme detrás de esas rocas para que Gifford no las vea.

Con le cogió el brazo.

—Hazlas desde aquí.

—¿Por qué?

—Quiero que las vea Gifford, desde dondequiera que esté. No creo que esté ahí abajo. Yo no estaría. Ahí vienen acercándose Hawk y Nicholas, y me parece que oigo voces de niños.

—Yo no tengo por qué esconderme —dijo De Vere. Se enderezó y caminó el corto trecho que faltaba para llegar al borde de la pequeña pendiente, sujetándose la falda agitada por la brisa—. Sí. Son unos diez niños y tres mujeres.

—Excelente. Comienza a enviar las señales, Susan.

Ella ladeó el espejo para que cogiera la luz del sol y empezó a hacer las señales que significaban «Viene ayuda».

—¿Y yo me he vestido así para nada? —dijo De Vere.

—Eso sería una pena —dijo Con—. Ve a distraer a los barqueros.

—Eso me gusta más.

Dirigiéndoles una traviesa sonrisa a los dos, comenzó a caminar casi a gatas por las rocas hacia el terreno llano que llevaba a la capilla.

Cuando iban convergiendo las tres distracciones, Susan tuvo la aterradora sensación de que todo se estaba descontrolando.

Con le puso la mano en el hombro y se lo apretó.

—Sigue enviando señales.

Ella obedeció, con un resoplido.

—Esto va contra todo lo que me han enseñado, ¿sabes? Me siento como un conejo diciendo «Ven a comerme».

—Limítate a obedecer las órdenes —dijo él, con una sonrisa en el tono.

—Sí, señor.

Él siguió con la mano firmemente apoyada en su hombro y ella agradeció ese amado calor. Levantó la mano libre y cubrió la de él, un momento, sólo un momento.

Oyó el canto de los niños y luego los vio aparecer, caminando a paso enérgico en fila de a dos. Amelia iba a la cabeza, y dos mujeres cerraban la marcha, llevando cestas.

Los dos jinetes viraron en dirección a la capilla.

De entre los arbustos alguien les gritó ordenándoles que se alejaran. No era la voz de Gifford, comprobó Susan.

Hawkinville y Delaney detuvieron los caballos exactamente entre los arbustos y la capilla, y los hicieron girar, como si estuvieran desconcertados.

Entonces se levantó un hombre con el uniforme azul y blanco de los oficiales de Aduanas, agitando un mosquete hacia ellos.

Volvió a gritarles.

Los niños rompieron la fila y echaron a correr por la suave pendiente en dirección a la capilla. Las mujeres corrieron detrás ordenándoles que mantuvieran el orden.

Susan casi se incorporó a gritarles que volvieran atrás. ¡Sí que estaban en peligro!

El agente uniformado de Aduanas gritó más fuerte.

—Alguien va a resultar muerto —dijo a Con—. Tenemos que hacer algo.

—Nick y Hawk cuidarán de ellos. Se acerca Gifford. En realidad, es hora de que te alejes de aquí, cariño.

—Entonces voy a bajar a estar cerca de esos niños.

—Muy bien. Persigue a tu muchacha traviesa.

Ella se incorporó, pero vaciló.

—¿Estarás seguro?

—Limítate a obedecer, muchacho.

Ella puso en blanco los ojos, pero entonces oyó el ruido de cascos de caballo acercándose. Sin poder resistirse, lo acercó a ella, le dio un rápido beso y corriendo llegó al barranco y empezó a pasar sobre las rocas.

Cuando ya estaba al otro lado, bastante lejos de Con, gritó con la voz más ronca que pudo sacar:

—¡Betsy, maldita puta, vuelve aquí!

De Vere miró hacia atrás, lanzó un chillido y corrió hacia el oficial de Aduanas, gritando:

—¡Sálveme, señor! ¡Sálveme!

Riendo, Con se puso a mirar hacia el mar como si estuviera simplemente admirando la vista. Cuando Gifford detuvo bruscamente el caballo a su lado, se giró a mirarlo.

—¡Teniente! Qué día más agradable, ¿verdad?, después del tiempo fresco de los últimos días.

—¡Malditos sus ojos! Le llevaré a los tribunales por esto, por muy conde que sea.

—¿Por qué?

—Por hacer señales a los contrabandistas, señor.

—¿A plena luz del día?

Gifford miró la escena que se desarrollaba abajo, se puso de pie sobre los estribos y gritó:

—¡Disparadles, maldita sea! ¡Disparad!

Con se abalanzó sobre él de un salto, y de un tirón lo bajó de la silla. Gifford quedó tendido en el suelo, medio inconsciente por el golpe.

—¿Dispararles a mujeres y niños, señor?

Gifford continuó tendido, rojo de furia.

—Le haré colgar.

Con ya lo tenía inmovilizado con una rodilla sobre el vientre y con una mano en la garganta, cogida de la tirilla del cuello postizo.

—Y yo te haré trasladar a Jamaica, a no ser que hagas exactamente lo que te ordene.

—¡Tenía atrapados a unos contrabandistas en esa ruina, maldita sea!

Con apretó más la tirilla.

—Pues, entonces es probable que ya se hayan marchado. No hay nada que hacer acerca de eso. Pero me disgusta y encuentro muy reprensible tu intento de hacer daño a personas inocentes que van pasando. También me enfurece, violentamente —aumentó la presión de la rodilla— tu intento de chantajear a una dama para que vaya a tu cama. No, no lo digas —añadió, apretando más la tirilla, al verlo abrir la boca.

La cara de Gifford comenzó a amoratarse.

—La señorita Kerslake —continuó Con— es una dama por la que siento el mayor respeto, Gifford, y si me entero de que alguien sugiere algo en su descrédito, lo que sea, me veré obligado a actuar. Como conde y como hombre. ¿Hemos llegado a un punto de entendimiento?

El sonido gutural que emitió Gifford, lo interpretó como acuerdo, y aflojó un poco la tirilla para permitirle respirar.

Gifford aprovechó eso para insultarlo:

—Así que está conchabado con los contrabandistas, igual que el conde anterior.

Con sintió cierta compasión por Gifford, aunque sólo fuera porque intentaba cumplir con su deber.

—Gifford, hombre, no tiene mucho sentido arrestar a otro capitán Drake. Habrá otro y otro y otro.

—Es mi deber arrestar a contrabandistas, milord, y usted es un maldito traidor por oponerse a mí.

Con exhaló un suspiro.

—¿Oponerme? Simplemente he impedido que un loco le dispare a un grupo de niños.

—Ha reconocido...

—¿Qué? Soy el conde de Wyvern, hombre. De ninguna manera puedo ser un contrabandista. —Se incorporó y puso de pie a Gifford de un tirón—. Piensa con lógica.

Gifford aprovechó que estaba libre para sacar la pistola de la funda que colgaba de su silla de montar.

—Ah, un testigo —dijo Con, mirando a Hawk, al que había visto subir por las rocas y ya estaba a su lado; luego se giró a mirar la pistola—. Dispararle a un par del reino a sangre fría está muy mal visto, ¿sabes?

—¿Qué pasa aquí teniente? —preguntó Hawk, en un tono de clara autoridad militar, a pesar de su ropa de civil—. Allá abajo un oficial nos ha amenazado a mi amigo y a mí, y luego a unos niños, y después a una dama que le pedía ayuda. ¿Es usted su oficial jefe, señor?

Gifford bajó la pistola.

—Estábamos tratando de capturar a unos peligrosos contrabandistas, señor.

—Soy Wyvern —dijo Con amablemente a su amigo—, y él es el policía montado de esta zona, el teniente Gifford.

Hawk inclinó la cabeza.

—Comandante Hawkinville, milord. —A Gifford le ladró la orden—: Vaya a hacerse cargo de sus hombres, teniente.

Gifford se llevó la mano a la sien, en posición firmes.

—¿Debo suponer que usted va tomar el mando aquí, comandante?

—No, en absoluto, teniente. Sólo supongo que ya se le ha enfriado la cabeza para ver la forma de continuar.

Gifford lo miró frustrado y luego metió la pistola en su funda. Caminó pisando fuerte hasta la elevación de terreno y miró hacia el rocoso barranco y la capilla.

Con lo siguió, para mirar también. Los niños estaban jugando, entrando y saliendo de la capilla, vigilados por Nicholas; más allá estaban Race y Susan, más cuatro mujeres, rodeando a los desconcertados barqueros. Se iban pasando entre ellos una botella de cerámica; fuerte sidra casera, sin duda, lo que aturdía aún más a los hombres.

Entre medio estaba David, sentado en el suelo, con la camisa manchada de sangre, y Amelia le estaba curando la herida y poniendo vendas.

—¡Cáspita! —exclamó Con— ¡Tu soldado loco le ha disparado a mi administrador!

—Es un maldito contrabandista.

—¿Kerslake?

—Hijo de Melquisedec Clyst, como sabe muy bien.

—Yo soy pariente del difunto conde de Wyvern, Gifford. ¿Pretende insinuar que eso me hace inevitablemente loco? —Mientras Gifford intentaba encontrar una réplica, añadió—: ¿Tiene alguna prueba en su contra?

—Intercepté a unos hombres que iban subiendo fardos de té desde esa cala, milord, y Kerslake y otros nos retuvieron arriba mientras ellos se alejaban con el contrabando.

—¿Está seguro? Le ordené a Kerslake que viniera a examinar esta parte para ver si sería práctico reconstruir el camino cortado.

—¿Entonces por qué se escondió en esa ruina?

—Zeus, si alguien me estuviera disparando, yo me escondería en el primer refugio que encontrara. Seguro que usted ha hecho eso muchas veces.

Gifford lo miró con los ojos empañados de lágrimas de furia.

—Pero...

—No estás del todo equivocado, Gifford —dijo Con amablemente—, aunque has perdido mis simpatías por tu deshonrosa conducta hacia una mujer que no ha hecho otra cosa que tratarte con amabilidad. Pero ten la seguridad de que tendrás la total enemistad del conde de Wyvern si molestas a su gente de aquí.

—Es mi trabajo molestar a los contrabandistas, milord, y en estos lugares todos son unos condenados contrabandistas. Y Kerslake es ese canalla capitán Drake.

—Elige tus blancos, Gifford, elige tus blancos. El capitán Drake, sea quien sea, y la Horda del Dragón, cuentan con el apoyo y la cooperación de todo el mundo en esta zona. Así ha sido desde hace muchísimos años, generación tras generación. En cambio la Banda Blackstock del oeste y los Chicos de Tom Merriwether del este, son temidos en todas partes. Se sabe que azotan a hombres hasta matarlos, simplemente porque los han fastidiado, y violan a toda mujer que se pone en su camino. Azotan y violan por diversión también. Uno u otro de esos grupos asesinó a tu predecesor, no la Horda del Dragón.

Gifford curvó los labios.

—Sabe eso de cierto, ¿verdad?

—Conozco sus estilos. Ve detrás de las otras bandas y tendrás apoyo. En la Península aprendimos que una guerra se puede ganar o perder según sea la buena o mala voluntad de la gente de la zona.

Gifford se dio media vuelta y caminó hacia su caballo, que estaba paciendo.

—Le perjudicaré si puedo —declaró, montando.

—Imprudente decir una cosa así delante de testigos —le dijo Hawk—. Haría mejor en rogar que lord Wyvern no sufra ningún tipo de accidente, ¿no le parece?

Casi echando vapor, Gifford hizo girar bruscamente la cabeza del caballo con un cruel tirón de las riendas, y lo espoleó.

Con hizo un gesto de dolor.

—Me inspira bastante lástima, pero en esto no hay lugar para venganzas personales.

Continuaron mirándolo. Gifford galopó tierra adentro hasta que encontró un lugar para atravesar a caballo y de ahí se dirigió hasta la explanada a regañar a sus hombres y a alejarlos de la tentación. Cuando iba pasando junto a la capilla, detuvo el caballo para mirar el interior, evidentemente con la esperanza de encontrar parte del contrabando ahí, y luego miró furioso alrededor.

—No renuncia fácilmente, ¿eh? —comentó Hawk—. Es una lástima, en realidad. En tiempo de guerra probablemente sería un héroe.

Con observó que las dos «mujeres extras» ya habían desaparecido, dejando ahí a los inocentes intrusos y a David Kerslake. También vio que había mucha alegría en ese grupo, incitada por la sidra.

—Vamos ahí a poner orden en nuestra compañía —dijo.

Cuando llegaron al lugar donde ya sólo estaban Susan y Race riéndose, les preguntó:

—¿Ya os habéis reconciliado?

Sonriendo travieso, Race la cogió en sus brazos y la besó.

—¡Mi amor! ¡Perdóname!

Entonces Susan lo echó hacia atrás, como para darle un apasionado beso. Cuando se enderezó, dijo:

—Sólo si me prometes portarte bien.

—Cielo, soy tuya en todas las cosas —respondió Race, agitando las pestañas.

Con sintió una oleada de irracionales celos. Sabía que ninguno de los dos hablaba en serio, pero ¿y si Susan encontraba a otro hombre para amar? Él no tenía ningún derecho a molestarse por eso, pero lo hería como un cuchillo.

Pensar en lady Anne con él tenía que dolerle terriblemente a ella.

—¿Cómo está David? —le preguntó, adrede, para llevar su atención a otras cosas.

Ella se puso seria y se le acercó.

—No es grave la herida. Una bala en el hombro, pero la lesión no es profunda. ¿Qué va a hacer Gifford ahora?

—Absolutamente nada, si tiene una pizca de sensatez.

Le contó lo ocurrido. La sonrisa de ella fue radiante.

—¡Inicuamente ingenioso! —exclamó—. Como dices, ahora tendrá que tener mucho cuidado en cualquier maniobra que haga por aquí. Pero ojalá David aceptara la idea de ser el conde.

—Vamos a insistirle en la idea. Esto podría habérsela hecho más atractiva.

Nicholas y Hawk ya habían reunido a los niños, y por lo visto Nicholas les había confiscado la botella de sidra a las mujeres.

Comprobando todo eso, Con llegó al lugar donde Amelia estaba terminando de vendarle el hombro a David Kerslake.

—Condenado idiota. ¿A plena luz del día?

El joven lo miró imperturbable.

—Pensamiento creativo. Gifford ha estado recorriendo toda la zona con soldados extras por las noches. Anoche intenté desembarcar aquí el té, pero andaba muy cerca un barco de la armada. Por lo tanto les pedí que echaran al mar los fardos como flotadores. ¿Sabes qué significa eso?

—Con pesas para que floten justo debajo del agua con un indicador encima; algas o algo así.

—Correcto. Esperamos hasta que Gifford se alejó de aquí y entonces trajimos un par de barcas para recoger los fardos y traerlos a la playa. Gifford y sus hombres han estado patrullando durante toda la noche desde hace varios días. ¡Deberían haber estado durmiendo profundamente!

—¿Cómo fue que te dispararon?

—Un barquero me gritó un alto. Yo pensé que era un farol.

—¡David! —exclamó Susan—. Tienes suerte de no estar muerto.

—Suerte de que él tratara de matarme, quieres decir —dijo Kerslake sonriendo—. La posibilidad de que Saul Cogley dé en un blanco es remota.

Con movió la cabeza de lado a lado.

—¿Has tenido tiempo para pensar en el condado? Eso haría muchísimo más fácil este tipo de cosas, te lo aseguro.

En eso Amelia le apretó la venda y Kerslake hizo un gesto de dolor. Amelia también pareció afligida.

—Ésa no es una carga que desee un hombre de veinticuatro años —dijo, arrugando la nariz—. Puesto que viviría aquí tendría que ser el anfitrión de una horrorosa cantidad de eventos y tomar parte en los asuntos del condado. Y luego está Londres y el Parlamento, por el amor de Dios.

—El precio del liderazgo —dijo Con, sin la menor compasión.

—Maldito seas.

—Y ni siquiera has mencionado que instantáneamente te convertirás en un trofeo en la caza de maridos.

—¿No dijiste que «deseabas» que yo aceptara? —dijo Kerslake. Pasado un momento, suspiró—: Pero en realidad no tengo otra opción, ¿verdad?, si quiero hacer lo mejor por mi gente aquí.

Con sonrió levemente al oír ese «mi gente». Sí, lo quisiera o no, David Kerslake sería estupendo para esa zona.

—¿Me ayudas a levantarme, por favor? —dijo entonces Kerslake, y Con le ofreció el brazo para que se apoyara—. Me torcí la rodilla también, y eso fue otro motivo de que no pudiera escapar. Muy bien, condenación —añadió, tan pronto como estuvo de pie—. Trataré de arrancarte el premio del condado de tus codiciosas garras. Como dijiste, Susan, Mel se pondrá más contento que unas pascuas si resulta.

Susan se acercó a abrazarlo, y Con aprovechó la ocasión para abrazarla también.

Después se apartó y retrocedió unos pasos.

Ése era verdaderamente el final. Podría marcharse de Crag Wyvern de inmediato. Tal vez irse ese mismo día con Nicholas a su casa, a alojarse allí.

Nunca tendría ningún motivo para volver.

Pues, sea.

Después de intercambiar una última mirada con Susan, volvió la atención a los aspectos prácticos de llevar a Kerslake de vuelta a Church Wyvern. ¿Llevarlo por el camino rocoso o aprovechar uno de los caballos traídos por Nicholas y Hawk y dar toda la vuelta?

Se decidió por eso último, y ayudó a Kerslake a montar. Hawk se estaba preparando para montar, para acompañarlo, cuando habló Race, con la voz y gestos afeminados que iban con su disfraz.

—Mis estimadísimos señores, espero poder contar con ustedes para que me protejan.

—¿Qué? —preguntó Con, intercambiando miradas de extrañeza con Nicholas y Hawk.

—Tengo que confesar un pecadillo —dijo Race, metiéndose la mano bajo el corpiño y hurgando coquetonamente en su voluminoso pecho.

Capítulo 27

Con reprimió el impulso a cometer un acto de agresión de poca monta.

—Race, éste no es el momento para idioteces.

—Vaya por Dios, milord, francamente. Eso es como la olla llamando sucia a la tetera. —Sacó un papel enrollado y se lo pasó, con la muñeca fláccida, flexionada—. Tenga.

Parecía ser una carta. Con la cogió impaciente y al mirarla se le paró el corazón. Entonces volvió a latirle, le retumbaba en el pecho, cuando rompió el sello y le echó un vistazo a lo escrito. ¡Era! Era la carta que le había escrito a lady Anne hacía toda una vida.

Hacía tres días.

—¡El diablo te lleve! —Miró fijamente a Race sin saber si estrangularlo o besarlo—. ¿Qué derecho tienes a retener mis cartas?

—El derecho de un amigo —repuso Race, con su voz y actitud normales—. No la leí, pero entre Diego y yo decidimos que no podía ser tan urgente y que sí podría ser imprudente. Envíala ahora, si quieres.

Con volvió a pasar la mirada por sus fatídicas palabras, pensando en lady Anne. Estaba seguro de que ella no sentía una gran pasión, pero seguro que él le había hecho albergar ciertas esperanzas.

Le tenía verdadero afecto, pero no tanto como para sacrificarlo todo ahora que tenía una segunda oportunidad.

Miró a Susan, y vio que lo estaba mirando como si no pudiera creerlo.

—Te dije que le había escrito a una dama...

Todo el color abandonó la cara de ella.

—¿Con?

Con los ojos fijos en ella, él rompió la carta en trocitos diminutos y el viento se los llevó saltando por las rocas del acantilado hasta el infinito mar.

—Por un milagro —dijo entonces—, tengo la esperanza de ganar tu corazón, Susan, para que seas mi esposa, mi amiga, mi compañera, todos los días de mi vida.

Susan se había cerrado tan firmemente a toda esperanza que no se lo podía creer del todo.

—¿Con? —repitió, acercándose a él vacilante.

Él avanzó y le cogió la mano. Su mano era fuerte, firme, real. No estaba soñando.

—No estoy comprometido, Susan. Estoy libre para... Ay, Dios —dijo entonces haciendo un guiño travieso—, has cambiado de opinión. La exuberante figura de Race te ha...

Ella se arrojó en sus brazos y él la levantó en volandas y empezó a girar y girar con ella, al sol y al aire limpio.

Después se besaron.

Sin siquiera pensar en el público que tenían, se besaron larga y apasionadamente, como nunca antes, porque esta vez, después de tanto tiempo, prometía verdadera eternidad.

Les resultaba difícil dejar de besarse, separar sus cuerpos aunque fuera un momento, pero finalmente se apartaron, sonriendo, y ruborizados por estar ante los ojos interesados de amigos, familiares y vecinos.

—No me digas que te ibas a sacrificar por el honor de los Pícaros, Con —dijo Delaney.

—No habría sido un sacrificio tan terrible —dijo él, y miró a Susan, de una manera que le quitó el aliento y le enroscó los dedos de los pies—. Entonces.

Ella captó su honorable inquietud y lo atrajo hacia ella.

—Si lady Anne es tan buena como dices, cariño, encontrará a su verdadera pareja. Un hombre que la ame como nos amamos nosotros. —Entonces el aturdimiento y el delirio que siguió a todo se convirtieron en urgencia, y preguntó—: ¿Cuándo podemos casarnos?

La expresión de él indicaba que sentía la misma urgencia.

—A ti te corresponde fijar la fecha.

—¿Hoy?

Él se rió, nervioso.

—No creo que ni siquiera un conde pueda conseguir eso. —Le acercó los labios a la oreja, rozándosela—: Y aunque te deseo aquí mismo y en este momento, amor mío, deseo celebrar nuestro amor con flores de mayo y cintas y que nos arrojen los granos que prometen un futuro de abundancia.

Ella giró la cabeza hasta encontrar sus labios para besarlo.

—¿Una boda «normal»? —¿Cómo supo él antes que ella lo mucho que deseaba eso?—. ¿Cuánto tiempo llevará?

—No tengo idea. Si ponemos a Hawk a organizar la boda, sin duda lo hará con enérgica eficiencia y rapidez militar.

Riendo, ella se volvió hacia el comandante, y entonces descubrió que el público se había alejado discretamente, por cortesía, dejándolos dichosamente solos.

Por milagro tenían un para siempre, pero esos primeros momentos eran un tesoro semejante a joyas.

Con las manos entrelazadas caminaron hasta la orilla del acantilado a mirar Irish Cove, y se sentaron ahí, abrazados, en maravillado silencio.

—Todavía no me lo puedo creer del todo —dijo ella al fin, sin poder resistirse a acariciarle los amados contornos de la cara con una mano—. Una vez vi un retrato tuyo en miniatura, ¿sabes? y deseé apoderarme de él.

Le contó lo de aquella vez que su hermano llevó el retrato a Kerslake Manor.

Él le movió la mano para besarle la palma, con los párpados entornados.

—Yo no tenía ningún retrato tuyo. Trataba de decirme que no deseaba tener ninguno, pero era mentira.

—Con, lo siento, lo siento tanto.

—Chss —musitó él, con la boca pegada a su palma—. Chss, cariño. Bien o mal, todo eso está en el pasado, ¿y quién puede decir si no será mejor ahora, a partir de este comienzo? ¿Qué sabían de la vida esos críos, qué sabían de tentación, de tropiezos y deslices y de valientes recuperaciones?

Abrió los ojos y la miró sonriendo. No, más que sonriendo, adorándola. A ella le brotaron las lágrimas.

—Sé que las mujeres tenéis esa maldita costumbre de llorar cuando estáis felices —dijo él entonces—, pero, por favor, no llores, cariño. Escucha lo que te digo. Tú, tal como eres, con todo tu pasado, lo bueno y lo malo, eres perfecta para mí ahora. Eres la Susan a la que amo tanto que no tengo palabras para expresarlo.

Ella trató de contener las lágrimas.

—No puedo imaginarme palabras mejores. —Le cogió la mano y se la besó—. Siempre te he amado, pero adoro al hombre que eres ahora, probado, auténtico. Me siento embriagada de amor, como si pudiera saltar de este acantilado y volar.

—No, eso no —dijo él, tumbándola en el suelo y sujetándola firmemente con su cuerpo.

Muy parecido a esa primera noche, pero con todo muy distinto. Él se puso de lado para besarla. Continuó el beso y fue pasando a más, los dos tendidos sobre la tosca hierba encima de Irish Cove, pero no hicieron el amor. Finalmente se apartaron, pero ardiendo de deseo.

—Agua fría —dijo ella, mirando hacia el mar—. Me han dicho que es buena cura para esto.

Él se levantó de un salto, le cogió la mano y la puso de pie.

—No hay ninguna cura para esto, salvo la muerte. Vamos a tu casa a ver con qué rapidez se puede organizar una boda decente.

Con una licencia y muchos solícitos ayudantes, sólo les llevó unos días, y la boda podría haberse celebrado antes si no hubiera sido necesario el tiempo que llevó a la madre y las hermanas de Con viajar desde Sussex.

Van las acompañó, trayendo con él también a su prometida, la señora Celestine. Susan ya sabía que el asunto del compromiso había estado dudoso, pero al verlos nadie podía dudar del amor y la velada pasión que había entre ellos.

—Confieso que me hace lamentar haber fijado la fecha de la boda para dentro de unas semanas —le dijo la señora Celestine en la primera conversación después de saludarse.

Era una mujer elegante, muy serena y controlada, a no ser que lord Vandeimen la hiciera ruborizar. Pero Susan vio la simpatía y cariño debajo de ese exterior. Le agradó pensar que serían vecinas y amigas.

—Yo quería una grandiosa celebración en la casa de Van —explicó la señora Celestine—. Una bienvenida. Un nuevo comienzo, un medio para comenzar a sentirme en mi casa, supongo. Diga, por favor que va a formar parte de eso, aun cuando su boda se vaya a celebrar aquí.

Susan le cogió las manos, verdaderamente agradecida.

—Eso es muy generoso de su parte, señora Celestine. ¿Está segura de que no la importunará? Confieso que me asusta la idea de vivir entre desconocidos.

La mujer algo mayor que ella sonrió.

—Ni Van ni yo somos desconocidos. Ni lo es el comandante Hawkinville. Ni la familia de Con.

Susan sabía que eso era cierto; ya había sido aceptada cariñosamente por la madre y las hermanas de Con. No viviría entre desconocidos. De todos modos, la ponía un poco nerviosa la idea de aventurarse en el mundo lejos de ahí, pero día a día esto le iba pareciendo cada vez más una esperada aventura.

El día anterior a la boda, cuando se estaban paseando por el huerto, Con le dijo:

—Somerford Court no está junto al mar.

Ella lo besó.

—No soy un pez, cariño. Puedo vivir lejos del mar.

—Está a cinco millas.

Ella lo miró a los ojos, muy seria.

—Puedo vivir en cualquier parte contigo, Con. Tú eres mi mundo. Debería haberme dado cuenta de eso hace mucho tiempo.

—Nada de pensar en el pasado. —La cogió en sus brazos y permanecieron así abrazados, mientras una alondra llenaba el aire con sus trinos—. Si soy tu mundo, me esforzaré en hacer tu mundo lo más perfecto que sea humanamente posible. Ésa es, y siempre será, mi principal finalidad.

—Y la mía hacer perfecto el tuyo —dijo ella—. Tenemos una segunda oportunidad para hacer nuestro cielo, y la vamos a aprovechar y apreciar.

Susan se sintió como si ya hubieran hecho sus promesas de matrimonio, pero al día siguiente, en la iglesia alegremente decorada y llena de familiares, amigos y vecinos, pronunciaron las promesas tradicionales y luego salieron corriendo a recibir la lluvia de grano.

Cuando una de las personas que se acercó a felicitarlos la llamó lady Wyvern, por primera vez, intercambió una mirada con Con, y los dos sonrieron al recordar las tonterías del pasado. Ese título lo llevaría poco tiempo, en todo caso, y luego se convertiría en lady Amleigh, título que no contenía sombras ni recuerdos negros.

Estuvieron un tiempo compartiendo su dicha con todos, pero al final llegó el momento en que se encontraron solos, como marido y mujer.

Susan miró la enorme cama, toda la colcha verde salvia cubierta de pétalos de rosa.

—Con, he de decir que me siento muy rara por hacer esto en la cama de mis tíos.

Él la abrazó desde atrás riendo.

—Yo, por mi parte, les estoy extraordinariamente agradecido. No tenía la menor intención de pasar ni una sola noche más en Crag Wyvern.

Henry y David se habían mudado a Crag Wyvern para dejar espacio en la casa, y estaban haciendo de anfitriones para el montón de invitados que se alojaban allí: los Delaney, lord Vandeimen y la señora Celestine y el comandante Hawkinville. También había otros Pícaros: el conde y la condesa de Charrington, el señor Miles Cavanagh y señora, el comandante Beaumont y el señor Stephen Ball.

Habían recibido cariñosos mensajes y generosos regalos del marqués y la marquesa de Arden y de lord y lady Middlethorpe. Esas dos parejas no habían ido a la boda porque al parecer estaban esperando un feliz acontecimiento.

Susan se sentía como si estuviera nadando entre nuevos y acogedores amigos. En cierto modo era aterrador, pero al mismo tiempo glorioso, como nadar remontando olas altas.

Con le mordisqueó la nuca.

—Pero si de verdad no lo encuentras correcto aquí, podemos esperar a...

Ella se giró entre sus brazos.

—Podría decir que estás fanfarroneando.

—Yo ganaría.

Sonriendo ella se quitó el pañuelo de seda que le cubría el escote. Por diseño, el corpiño era escotadísimo.

—¿Estás seguro?

Vio que a él se le oscurecían los ojos y entreabría los labios. Retrocedió unos pasos, apoyó el pie en una silla y se levantó la falda, dejando ver la media color carne con rosas rojas bordadas. La liga era roja, adornada por una rosa. Comenzó a soltar el lazo lentamente.

Él se arrodilló junto a ella y continuó la tarea.

—Tú ganas.

—Ya me lo parecía.

Él la miró, riendo con ella.

—Sin duda soy el perdedor más feliz que ha conocido el mundo.

Después, cuando estaban saciados y fláccidos en la cama, abrazados, Con dijo:

—Pero es una pena ese baño. En casa no hay espacio para una cosa así. Cuando David sea el conde, tendremos que venir a visitarlo.

Susan se incorporó un poco para mirarlo.

—Sólo cuando haya hecho considerables renovaciones. —Le pasó un dedo por el contorno del dragón enroscado en el pecho—. Una pena esto también, pero tú no eres el dragón, Con Somerford. Eres el san Jorge. Mi George santo. —Tenía que referirse al pasado, aunque ya era un pasado que no podía dañarlos—. Te lo dije una vez y quiero decirlo ahora. Mi George, para siempre, siempre jamás.

—Amén —dijo él—. Frotó suavemente la frente en la de ella—. Me alegra mucho ver que yo tenía razón —musitó.

—¿Razón?

Él le pasó la lengua por el borde de la oreja, produciéndole un estremecimiento.

—Siempre he sospechado que cuando san Jorge rescató a la doncella del dragón, su verdadera recompensa vino después, más o menos así...

Nota de la autora

Normalmente ambiento mis novelas en un lugar geográfico correcto, y sólo invento las casas de los personajes principales, pero en ésta, casi todo es inventado. La costa de Devon es tal como la describo, lo que confirmé durante una visita que hice a esa zona. Exeter y Honiton son lugares reales. Pero nunca encontrarás la aldea Church Wyvern ni el pueblo Dragon's Cove, por mucho que los busques, ni una casa como Crag Wyvern. El motivo es que esta comunidad me vino completa a la imaginación.

Mirando un poco hacia atrás, mi primer plan para la dama de Con Somerford era lady Anne Peckworth. Sin embargo, cuando comencé a escribir, no me encajaba bien. Lady Anne se quejaba de que él era muy frío, y él consideraba su relación con ella solamente una buena acción. Ni siquiera meterlos en una aventura resultó mejor. Siempre había pensado qué ocurriría si mi héroe y mi heroína no se enamoraban, y ahora lo sé: la historia no hubiera funcionado.

Di la pelea por ellos durante un tiempo, hasta que al final abrí mi mente a otras posibilidades. De repente me fui con Con a esa extraña casa de Devon, donde acechaba un secreto de su juventud. Y el resto de la historia adquirió el título *La esposa del dragón*.

Las partes relativas al contrabando se basan en la verdad, eso sí. El contrabando era el principal comercio por toda la costa de Inglaterra en este periodo, pero especialmente en la costa sur, muy tentadora, por estar tan cerca del Continente. Durante la larga guerra contra Napoleón, los contrabandistas transportaban espías, mensajes y oro en ambos sentidos. Llegada la paz, las cosas se pusieron mucho más difíciles, pero tuvo que pasar más o menos otra generación para que el gobierno provocara el cambio reduciendo los aranceles de Aduana en lugar de gastar más y más dinero en tratar de detener a los contrabandistas.

También es cierto que había bandas de contrabandistas buenas y malas. Algunos grupos estaban formados por ladrones y asesinos, y eran temidos y despreciados por todos. Otros estaban dirigidos por hombres de negocio inteligentes que se ganaban la colaboración y la confianza en una zona y reducían al mínimo la violencia.

Muchas veces la situación de los policías montados era muy difícil. Antiguamente los policías para la prevención del contrabando eran de la localidad, y eso llevaba a problemas obvios, por lo cual se cambió la norma: a un policía montado lo enviaban a un lugar lejos de su casa. Sin amigos e impopulares, no tenían fácil la vida porque eran muy pocas las personas, de cualquier parte de Inglaterra, que consideraban malo ahorrarse el dinero que gastarían en tasas. Incluso se sabe de un párroco que escribió en su diario que le pagaba 21 chelines a su contrabandista por el galón de coñac.

En broma he llamado a esta serie «Los tres tíos llamados George», y recuerdo que jugaba ociosamente en mi mente con tres hombres muy distintos unidos por la geografía y una larga amistad. Me los imaginaba juntos en el ejército y en Waterloo, pero después comprendí que en unos diez años sus naturalezas tan distintas los llevarían en direcciones muy diferentes.

Y, claro, eso produce historias muy diferentes.

Con *El dragón y su esposa* se empiezan a urdir estas historias para convertirse en mi serie «La Compañía de los Pícaros». No es necesario haber leído las novelas de los Pícaros para disfrutar de estas subsiguientes, aunque se van a reimprimir los de la serie original. De esta serie son: *An Arranged Marriage*, *An Unwilling Bride*, *Christmas Angel*, *Forbidden* y *Dangerous Joy*.

Como sin duda habrás adivinado, en la siguiente novela, *The Devil's Heiress*, Hawk Hawkinville descubre que el amor es capaz de derrotar al corazón más resistente. Todo comienza, eso sí, estrictamente como asunto de negocio. Su despreciable padre ha hipotecado la casa de la familia en Hawk in the Vale con el fin de actuar para conseguir una herencia de su propia familia. Consigue hacerse con el título de lord Deveril, y entonces descubre que el difunto vizconde ha dejado su dinero a la señorita Clarissa Greystone, con la que lord Deveril pensaba casarse.

El terrateniente Hawkinville desea que Hawk obtenga el dinero casándose, tal como se casó él para tener Hawkinville Manor. Hawk se niega, pero se impone la tarea de demostrar que el testamento es una falsificación y que la señorita Greystone estuvo implicada en el asesinato de lord Deveril.

El problema es que ¡tiene razón!

El segundo problema es que se enamora de Clarissa.

Muy pronto este enredo está hecho un nudo tal que será necesario que Con, Van y algunos de los Pícaros lo ayuden a aclararlo.

Espérala en agosto de este año.

Si te perdiste la historia de Van, es la narración corta «The Demon's Mistress», de la colección *In Praise of Younger Men*.

¿Y Race de Vere? Sin duda hay una historia ahí también. Tal vez lo envíe a probar suerte con lady Anne.

En mi página web, www.poboxes.com/jobev, hay una lista de todas mis novelas. Y en ella hay un enlace para enviar comentarios a mi e-mail.

Me gusta muchísimo saber de mis lectoras. Puedes enviarme e-mails a jobev@poboxes.com. Para escribirme por correo normal, envíame la carta a Meg Ruley, The Jane Rotrosen Agency, 318 East 51st Street, Nueva York, NY 10022. Se agradecerá sobre adjunto con sello y dirección.